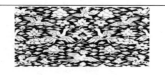

新 詩 啟 蒙

著者◎趙衛民

目　　次

眾神狂歡（序）

　　為教學的需要，追索詩作風格的誕生，此書大體上聚焦於百年來詩人在技巧上的尋索、突破與創新。既然詩人們大致多所借鑑外國詩人的詩作與詩論，也就尋索技巧與詩論的分合。

　　二十年代即開發了從浪漫主義到現代主義的可能性，三十年代上下以求索，較集中於象徵主義，四十年代到達現代主義的高峯。戰爭產生了斷層，又從三十年代的重新發展，五十年代是象徵主義與超現實主義的雙向發展。因理論的譯介有所不足，也產生西化與晦澀的問題，六十年代的爭辯中，超現實主義詩人態度有些模稜及保留。鄉土主義興起。七十年代要求回歸文化傳統及關注生活，對象徵主義與超現實主義的理論及技巧多是模糊的體會。八、九十年代缺乏現代主義的源頭，又面臨後現代主義的風潮，在創作上多是才氣的迸發與跳躍。

　　在體例上，二十年代以後第一節多均探索詩學相關問題：詩人對創作技巧的自覺與反省，在翻譯上的實踐與吸收，在詩潮上的融合與開發；並儘可能包納歐美名家名作，以收交光互網之效。第二節以後，抉取名家範例演示，至其風格成熟而後止；每一家務期展現其詩思與創作技巧的飛躍。

　　近十年來，大陸中譯世界名家詩作及詩論瘋狂引爆，在學習上正是理想的樂園；或許再經十年的蘊釀，又將誕生新時代的靈才與光焰。

第一章　抒情詩

第一節　抒情與經驗

　　「抒情詩」原意為由古希臘七弦豎琴伴奏吟唱的一種歌曲，所以最初的抒情詩歌都是以七弦琴伴奏而歌唱出來的。抒情詩人藉助於他自個兒的感受、思想與感情，通過個性狀態的描繪，來映現生活，映現人生。同時，因此也反映了生活對於人的特殊折射。

　　抒情詩如何成為可能呢？這表示人是有情感的，而情感本身為一複雜的因素。威廉·詹姆斯（William James, 1842~1910）很生動地表現我們的身體活動與經驗的關係。「所經驗的世界（另外也叫『意識場』）永遠是同我們的身體一起出現，把我們的身體作為它的中心──觀察中心，行為中心，興趣中心。身體所在之處就是『這裡』，身體行動之處就是『現在』；身體所觸的東西就是『這個』，這些加重地位的詞都含有把事物用存在於身體裡邊的行動和興趣為焦點而體系化起來的意思；這種體系化現在是完全本能的。」[1]所以身體是我們的觀察、行為和興趣的中心，「這裡」、「現在」、「這個」全都是以身體活動為中心。雖然他把世界稱為「意識場」，但是這「意識場」並非抽象意識，意識也包含感覺，想像甚至欲望的「興趣」，這樣一點兒也沒有忽略我們生命的現實性，它包括感受、沈思、行動，甚至興趣也可以是很寬泛的詞，表達

---

[1]　威廉·詹姆斯《徹底的經驗主義》，龐景江譯，（上海：上海人民，1965），
　　P.92。

了從欲望到理想的一系列的重要感受。他的意識即指經驗，脫離
不了身體活動。

　　抒情詩指向我們的生命或生活經驗。「經驗」在杜威（John
Dewey, 1859~1952）的意思上，是意味著哲學與詩的原始素質。「『經
驗』指出建立的場所，撒下的種子，收割的收獲，那被觀察到的
日夜、春秋、陰暗、冷熱的變化，害怕的、渴望的，它也指示那
建立的和收割的人，那工作和歡喜的人，恐懼、害怕、計畫的人，
那召喚魔術和化學來援助他，沮喪的或得意洋洋的。經驗承認在
行動和物質，主體與客體之間，基本的完整性並沒有區分。」[2] 所
以經驗是指經驗的整體，在人與人所經驗的世界裡並沒有區分，
他甚至直接指出：「環境與有機體的互動，不管是直接的或間接
的，是一切經驗的來源。環境所產生的制約、抗拒、推動或平衡，
如果被有機體的能力適當的方式對付時，就產生形式。」[3] 環境，
社會環境或自然環境，對人產生了「制約、抗拒、推動或平衡，
人產生了恐懼、害怕、沮喪或得意洋洋，如果有「適當的方式」
對付，而產生形式，這之間就產生了經驗。對杜威來說，實踐的、
情感的與智慧的，這些是無法區分的。而這經驗的統一性，呈現
了單一性質，即經驗的形式。[4] 杜威甚至認為這些完整具體的經
驗就是審美經驗，而像自然的循環往復一樣，某些經驗受到了興
趣的強調，就產生了經驗的形式。所以杜威大膽地說藝術即經驗。
這樣，如果以抒情詩來說，就是抒發具體完整的情感經驗，並且

---

[2] John Deway, "Experience and Nature." （Dover, U.S.A., 1958）P.8。

[3] 《杜威——科學與人文的護法》，李日章譯（台北：允晨，1982），P.52。

[4] John Deway, "Art and Experience." （Putnam, U.S.A., 1980）P.37。

包含有審美的、強調的經驗，而「智慧的」只是命名經驗有意義的事實。經驗總是自我完善及不斷地發展。

懷海德（Alfred North Whitehead, 1861~1947）就強調自然與人類生命的創造性，這種創造性是指人與物理共同享有的經驗，所謂經驗的機緣（occasion of experience），他認為一切生命歷程所以能被了解，就因為每一機緣的本質中就含有了創造的活動。「這個歷程把以前僅存在於未實現的可能性的形態中的因素，顯現而成為宇宙間實有存在的因素。自我創造的歷程就是由可能的變成實現的。」[5]在一切經驗的既定性中就含有可能性，而創造性就是把這些可能的變成為實現的，這是創造性的經驗，要將一切經驗從既定性中拯救出來，並已內含於經驗當中。即使任何情感經驗，也包含其可能性，這就是其創造性。換言之，在任何情感經驗中，以懷海德的說法，都有「純粹理想用以指揮創造的歷程。」

抒情詩雖然表達情感經驗，但無論詹姆士、杜威或懷海德均認為：身體活動是經驗的中心，或者可以說境域（horizon），懷海德認為「我們是能經驗，我的身體是屬於自己的」，而「身體的功能比官感知覺的結果有較為寬廣的影響」。所以抒情詩表達情感經驗，必須以身體活動為中心，而同時身體活動所包含的影響是比感官知覺更寬廣，因為「我自己乃是情感、享受、希望、恐懼、憂鬱、轉變的價值、決心等等主要的統一體」。

情感經驗是複雜的感受，既包含觀察、行動、興趣，又是此時此地的，它既以身體活動為中心，在人與環境的互動間，既包

---

[5] Alfred North Whitehead, "Science and the Modern World." （台北：虹橋，1983），P.158。

含人的恐懼、害怕、計畫、得意或失意，也包含了被觀察到的日夜、陰晴、春秋，不論環境的制約、抗拒、推動和平衡，人是「建立和收割，工作和狂喜」。如果如懷海德擴大來說，生命即是自然，我們生命的力能強度就如同自然的力能強度一樣，心靈既在世界中，世界也在心靈之中，既吸收過去的世界，又流向未來的世界而創造，這一切凝聚在瞬間的情感經驗。種種感覺、知覺的享受，也瀰漫著情感的氛圍。希望、恐懼、憂鬱均在一種情境當中，過去的呼喚，未來的召喚就蝟集在當下。

　　這樣的討論「經驗」，對抒情詩如何表達情感經驗一是有益的。英美與歐陸在「經驗」的這一論題上，有平行的意味，且更為對題地討論經驗的問題。譬如說：對於現象學宗師胡塞爾（Edmunt Husserl, 1859~1938）則把經驗修正為反省的經驗，以一根本改變的反省經驗取代了對世界的原始經驗。這種反省的經驗，改變原始的主觀過程，企圖呈現出經驗的模式。「關連回到早期過程，是覺醒，且或是顯然的覺醒，那早期過程本身的覺醒而非其他的。正是由此，經驗的知（首先只是描述的）才成為可能。」[6]反省的經驗並不取消事實世界，而是從中選擇或選取，帶著一個覺醒的過程，它指向自由自我。如果說依照這方式，抒情詩即回憶，選擇或選取有意味的事件，帶著一種新的眼光。個人的感受即意味新的覺醒。

---

[6] Edmunt Husserl,"Cartesian Meditations."trans. Dorion Cairns,（Hagre, Netherland, 1973）P.34。

第二節　詩與回憶

　　什麼是回憶呢？湖上詩人華滋華斯（William Wordsworth, 1770~1850）說：「詩是起於沈靜時刻的回憶。」當情感歸於沈靜時，回想那些所經驗到的事件，在情緒激動時是無法成詩的。不過，即使是情感的回憶，定必也帶有創造的想像。哲學家狄爾泰（Wilhelm Dilthy, 1833~1911）的《體驗與詩》中說：「沒有不以記憶為基礎的虛構力，同樣也沒有不包含虛構力的某一方面的記憶，再記憶同時也是變形。變形主管著我們的心靈中的圖象的整個生活。」[7] 所以回憶並非單純地再現過去的情感，因為過去的情感無法回復，只能經由「選擇」性地表達心境，這就是說，由想像力聯想和組合經驗內容。

　　回憶的說法，在尼采（Friedrich Nietzsche, 1844~1900）有更積極的表述，卻是由「忘我」所引起的「合一」。對尼采來說，酒神戴奧尼索斯的狂醉，在藝術上首先表現為音樂精神，這是抒情詩的起源：「抒情詩有賴於音樂精神，而音樂本身則獨立於意象或概念之外，雖然它可以容受兩者。」[8] 他認為「曲調先於一連串意象」，這種「先於」，在《悲劇的誕生》中認為是戴奧尼索斯的酒神「先於」阿波羅的日神，如果就該書尋索，我們發現了三個階段的戴奧尼索斯：原始的戴奧尼索斯：「戴奧尼索斯的微笑，產生了奧林帕斯的諸神」（七十二～七十三頁），神話該是此階段的代表，也就是說奧林帕斯的諸神代表「戴奧尼索斯酒神的肖象」。希臘的戴奧

---

[7] 威廉·狄爾泰《體驗與詩》，胡其鼎譯，（北京：三聯，2003），PP.152-153。
[8] 尼采《悲劇的誕生》，劉崎譯，（台北：志文，1971），P.47。

尼索斯：「戴奧尼索斯的眼淚，產生『人類』」（七十三頁），希臘所代表的阿波羅精神是受到戴奧尼索斯影響的。這是「肢解──真正戴奧尼索斯的痛苦」（七十二頁），悲劇是此階段的代表。第三個戴奧尼索斯，正是尼采所努力的，希望能打破阿波羅的個體化，能獲得一種藝術概念而使之得到最後完整化的「樂觀希望」。

　　原始的戴奧尼索斯就代表與宇宙本質完全合一的情形，只有透過醉狂似的神祕忘我，才能達到。奧林帕斯的諸神怎樣能與宇宙的本質完全合一呢？「認識整個自然，包括他自己，乃是意向、欲望和嗜慾的永恆源泉。」（四十七頁）只有原始的欲望之流，但必須有意向性，是諸神力量的來源，首先是音樂精神，並產生了神話。希臘的戴奧尼索斯則是像分裂為地、水、火、風似的，是阿波羅對戴奧尼索斯的壓制，如同理性或科學對神話的壓制。不過戴奧尼索斯的作用仍是最重要的勢力，就像宇宙是一種原始的曲調一樣，曲調也先於一切東西，「曲調不斷產生詩歌；從民歌的採取章節形式，就可以知道這一點」。至於希臘悲劇，原始的起源只是悲劇合唱隊，例如海洋女神合唱隊，海洋女神合唱隊總數有三千人，我們可以聽到此原始的喧囂的雜音如何在合唱中成為音樂，這就是與宇宙的本質合一的情形。至於抒情詩人呢？「就其透過意象來解釋音樂而論，不管他透過音樂媒介所看到的一切東西，如何在他四周猛烈地起伏澎湃，他還是處於阿波羅觀想的平靜海洋上。當他透過這個媒介來看自己的時候，他將發現他自己的影子，在一種喧囂雜亂的情況中，他自己的意欲和願望，他的嘆息和歡呼，都將對他表現為解釋音樂的一種比喻。」（四十七頁）尼采認為抒情詩人屬於「阿波羅天才」。在觀想的平靜中，以比喻（音樂的）來表達「欲望和願望，嘆息與歡呼」。至於第三個戴奧

尼索斯，必然是在阿波羅式分裂的痛苦裡回想戴奧尼索斯的原始
合一，只是「原始痛苦和形象的回響」，但在「神祕忘我」的情況
下，恢復原始的戴奧尼索斯，但這次酒神的洗禮，不再受阿波羅
日神的壓制。後期的尼采只輕輕一躍，本質與現象不再區分，戴
奧尼索斯就是宇宙現象，阿波羅衹是戴奧尼索斯的自我轉變。

　　音樂可以產生神話，音樂也可以產生民歌，如果說悲劇合唱
隊是希臘悲劇的起源，那麼音樂也可以產生悲劇。同樣的，音樂
也可以產生抒情詩，這時抒情詩不再屬於阿波羅天才，而是音樂
產生一連串的意象。我們可以想到原始的喧囂就是一種有節奏的
音樂。所以哲學家懷海德就把韻律視為生命（包含自然生命和人類生
命）。他認為：「有韻律的地方就有生命，韻律就是生命。在這個
意義上，可以說它是包含在自然之中。」[9] 同樣的，把戴奧尼索
斯視為宇宙的根本現象，必得視音樂為一切的起源。所以抒情詩
最重要的部分是韻律，由此韻律產生一切意象，它最理想的狀況
是近於民歌的。而抒情詩人，在一種分裂的痛苦中，首先回憶戴
奧尼索斯未分化的情況，只是一種痛苦及形象的回響，次則在神
秘忘我的情況裡，是一種戴奧尼索斯的狂醉現象，只是自我轉變，
自我產生，自我創造的歡悅，由韻律產生一切形象。

　　海德格（Martin Heidegger, 1889~1976）也說到詩與回憶的關聯，
他評注德國名詩人霍德林（Friedrich Hoelderlin, 1770~1843）的詩：

　　　我們是未被閱讀的符號

　　　不感到痛苦，我們幾已

　　　遺失舌頭在異地

---

[9] 李維《哲學與現代世界》，譚振球譯，（台北：志文，1978），P.615。

　　這頌歌包含著標題「記憶之神」（Monemosyne），海德格認為這希臘字是陰性的，甚至也可譯為「記憶女神」。霍德林使用記憶之神作為泰坦神性的名字，而泰坦正是天地之女。回憶什麼呢？他認為：「神話是最先地和真實地關注於所有人類的傾訴，使人思及在存有物（萬物）中所出現的，邏各斯（Logos）說的也是一樣。」[10] 所有人類的傾訴正像是在喧囂的雜音中有其音樂一樣，邏各斯即邏輯的前身，西方理性形上學的開始，也是與神話一樣，海德格奇怪的並沒有談到音樂，但他談到神話。「記憶女神，天地之女，宙斯之妻，在九夜裡，成為九個謬思之母。戲劇和音樂，舞蹈和詩，是來自記憶女神。」（十一頁）記憶女神所誕生的音樂，無論如何是未分化的，像是尼采所說的戴奧尼索斯音樂。邏各斯作為理性邏輯的起源，居然和神話說的是一樣的，這就表示是存有（道）的思考，和尼采式戴奧尼索斯的原始合一沒有什麼不同。記憶所要記憶的，正是在萬物中出現的，那無非是存有的出現。「記憶，謬思之母──回想到要被思考到的，是詩之來源和根據。這是為何詩乃流水，時時回流到根源，到作為一回想，回憶的思考。」（十一頁）回憶的思考是存有的思考，這當然是存有已被遺忘後，才需要回憶，才需要重新思考。這裡無法再深入比較尼采酒神戴奧尼索斯式醉狂與海德格的存有思考有何差異或相同（海德格認為尼采是在生物學的角度設想意志的本性，與存有的思考不同，法國新尼采學卻認為尼采所談的意志正是「存有」的字詞），但海德格談到霍德林的詩，說在霍德林的經驗中，「因為在其酒和水果，酒神守護存有物

---

[10] Martin Heidegger. "What is Called Thinking?" trans. J. Glerr Gray. (Harper & Row, New York, 1968）P.10。

朝向大地與天空彼此，作為人與諸神之間婚宴的位置」[11]。海德格沒有再繼續討論酒神的酒和水果是什麼，但對我們來說，相當於詩人的詩或藝術作品。無論如何，酒神式醉狂的自我遺忘如何能再談到「意志」？海德格自己說：「存有作為原始作用力而發生，這是開端的力量，把一切凝聚於自己，在這方式下也解放一切到其自己。」（一〇一頁）這是否與宇宙本質的原始合一呢？或許不能再說為「宇宙本質」，而是存有本質。

　　依晚期海德格，存有是首要的，但存有和人彼此相遇的地方是語言，「語言是存有之屋」，而思想家與詩人是小屋的守護者。藝術要揭露存有本身的真理，但藝術基本上是詩。海德格甚至引用格奧爾格（Stefan Anton George, 1868~1933）的詩：「話語破裂處，無物依然。」[12]來說明言說是事物的起源，言說與存有共同隸屬。「我們經歷語言的經驗，將觸及我們存在最深處的聯繫。」這時回憶已不再占上風，而是語言在存有之中的震動，通過了我們。這種詩的語言，讓萬物成為萬物。海德格說人要「詩般的居住」，這意謂著：「站在諸神的在場和事物本質的附近，存有的基本面相是詩的。」語言能凝聚一切事物到鄰近性中，語言為「靜止中的金鈴聲」。什麼是「靜止中的金鈴聲」呢？它是使事物第一次彰顯出來，命名出來的語言。海德格這樣說，是存有及語言以壓倒性的力量通過我們，淹沒了我們。

　　無論如何，在歷史命運中的我們，去回憶存有是必要的。這

---

[11] Martin Heidegger. "Poetry, Language, Thought." trans.Alber Hofstadter, （Harper & Row, New York, 1971）P.93。

[12] Martin Heidegger. "On the Way to Language."trans. Peter O. Hertz,（Harper & Row, San Francisco, 1971）P.108。

種存有的思考，也首先在人類生存的處境中被憶及，憶及這「靜默中的金鈴聲」。我們在人生的情感經驗中所經歷的，有些重要的感受也一直在憶念中回響，那也近乎是音樂性的。史泰格（Emil Staiger, 1908~1992）《詩學的基本概念》認為：「抒情詩人一再傾訴曾經鳴響過的情調，他重新使它產生……情調即是一個瞬間，一次單獨的鳴響。」[13] 這重要感受就是「曾經鳴響的情調」，詩人必須依賴著回憶，回憶那存在過的美麗的瞬間，在那情境中使意義得以發生的心情，那是存有的澄明之處。史泰格說：「詩人把自己託付給注入之念（Eingebung）……。情調及與之合一的語言被『注入』到他的心中。」（十三頁）這種情調的鳴響，是在語言中的音樂性，是「靜默中的金鈴聲」，是語言如此精緻的震動。

由這種音樂性中可以發展出一些詩的技巧。如果這「注入之念」是統一的，這鳴響過的情調通過「重複」來防止抒情式的詩作流散。譬如說「拍的重複」是相同時間單位的重複。（同上，十六頁）「疊句」是逐字的重複，可以造成音樂效果。（同上，二十一頁）「韻」：相同的語音一再烘托起相同的情調等等。（同上，二十七頁）他甚至說：「凡在語言裡音節力量突出的地方，我們就可以談論抒情式的效果。」在情調的鳴響中，有時只是感覺的呼叫。

因此，回憶並不是一切人或事均可回憶，而是那「一再鳴響的情調」，在此，存有作為人的而首先被遇到，也就是說作為語言發生，而且是有音樂性的語言。我們在語言中也凝聚一切事物到鄰近性中，語言要成為語言，必得是詩。

---

[13] 埃米爾·施塔格爾《詩學的基本概念》，胡其鼎譯，（北京：中國社會科學，1992），PP.14-16。

　　如聲音用對比或聯鎖將一個個單字結合在一起，聲韻也將產生語意功能。押韻普通的功能：詩人情緒的轉變而為相應的節拍，押韻之處多半是情緒凝聚之處。一般來說，「周期性是節奏的基本要素，節奏的基本單位是詩行，把節奏表現在詩中就是韻律。」[14]

第三節　意象與比喻

　　對於詩人來說，文字並不是一種無色無味的記號，文字也不只是觀念的傳達。小孩子有堆積木的遊戲，積木對小孩子而言，並不是完全抽象的木塊，在其組合中，就成為有意味的城堡，甚至積木塊的物質性，它的色彩、形狀、大小，都是有意義的單位，對詩人來說，文字的物質性也是有意義的單位，韻律和意象就是詩的構造中心。

　　如果說詩剛開始是一種情調的鳴響，也可以說它剛開始時作為一種感覺的呼叫，這也是詩與音樂同源之處。抒情效果就在語言裡音節力量突出的地方。這種情調的存在狀態把我們帶回到某種特殊的處境，像是人生第一次的許多重要而永遠不再重複的經驗，像是與生命初次的邂逅一樣，這是生命的開放性，我們對人生的初次領悟。

　　一篇詩作的統一性來自於詩人的想像，通過意象，作者所深深玩味的意象，詩人把自己的影子投入物質之中，這就是意象得以產生之處。這些過去的感覺，已被知解的經驗，在心靈中再現或記起的心靈現象，常先於思想而存在，是詩語言的起源，常可說是一種無任何跡象的實發性現象，這種令人驚愕的意象深深浸

---

[14] 趙滋蕃《文學原理》，（台北：東大，1988），P.422。

透了經驗，帶著啟發性的意味。詩的航行若有終點，就是對於經驗的啟示性，這啟示性不是確定的意義而是情感的擴散性。換言之，詩的關注常來自一種記憶，詩的基本單位，我們稱為意象（image），意象不僅屬於視覺的，聽覺、嗅覺、味覺，乃至觸覺的記憶均可以產生意象，當然意象的分類法不只這一種，這一種是從人類的感官知覺來分類，對於欣賞及閱讀來說，知道這一種已經夠了。

另外有一個詞叫形象，在狹義上還代表對可見的客體和情景進行的描寫。形象是語言繪成的圖畫，形象的作用是使詩歌「具體」而不是「抽象」。趙滋蕃（一九二四～一九八六）說：「當外物通過我們的感官感覺而作形象顯現時，它就叫外現的形象。當外物通過我們的記憶與聯想，而作影象的重現時，它就叫內心的意象。」（同上，一四三頁）我們如果把感官感覺包含視覺，聽覺與嗅覺、味覺、觸覺等接受各種對象的顯現能力，叫感覺力或感性，那麼憑想像力所記憶及的外物，就算內心的具體意象了，意象就是在心靈上重現過去感覺的遺跡，或重現過去經驗的影象。

形象映現人生，而意象藉回憶來表現人生。不過由感官感覺的心理活動，總要向記憶聯想的心理活動轉化，進一步呈現具體而鮮活的內心意象，外現的形象轉為內心的意象，使我們的心靈，產生意象構想的能力。無論如何意象總是比喻的。詩人在創作時，對語言的選擇，是希望能挑起感覺印象，引發情緒反應和心智反應。

修辭只是語言、文字構造的基本技法。瞭解這些技法，也只是瞭解藝術與技術相通的成分。對一個作家來說，與語言的搏鬥是終生的事，磨鍊這些技巧就是使修辭成為寫作本能的一部分。我們無法想像英國作家莎士比亞在寫作劇本時字斟句酌，但寫作

實際進行時，如何表達，還是會碰到修辭的困難，不過這時已是考慮如何配合全篇了。但熟悉修辭技法，就是玩味語言、文字組合的各種可能性。

　　凡是運用比喻來表情達意的方式，我們都稱為意象語，肯尼斯‧勃克（Kenneth Burke）區分了四種基本的修辭：諷喻（irony）、提喻（synecdoche）、轉喻（metonymy）和隱喻（metaphor）。諷喻被人們用來表示在場和缺席的問題，因為它們可以言此意彼，以至表達完全相反的意思。現在我們普遍把提喻稱作「象徵」（symbol），因為以部分代替整體的比喻性替代也表示了未完成的狀態。在此狀態中，詩裡的東西代替了詩外的東西。在轉喻中，鄰近代替了相似，因為任何東西只要在空間上與替代物相似，它的名稱或主要的方面都足夠用來替代。隱喻是在嚴格意義上把一個詞所具有的通常含義轉移到另一個詞上；正如哈特‧克蘭優美地寫道：「有小馬鬃毛的牡丹花」。（peonies with pony manes）[15]

　　詩的語言是日常語言的變形，寫一首詩，詩思像回到語言的源頭去思考，嘗試把語言的能量從魔瓶中釋放出來，詩語突然成為巨靈，詩人重新認識語言，不！他重新創造語言，就像倉頡造字一樣：「天雨粟，鬼夜哭」。語言成為我們的食糧，沒有了創新的語言，我們就有飢餓之感，而人類開始能傳遞光明。詩語也像一道光，照亮了我們所經驗的神祕。在語言的模糊狀態中，我們不太能確定自己所理解到的，經驗到的是什麼，直到我們創造性地找到語言來表現時，這些「什麼」才從意識層面浮現，從隱蔽

---

[15] 哈羅德‧布魯姆等著《讀詩的藝術》，王敖譯，（南京：南京大學，2010），
　　PP.1~2。

狀態開顯出來，我們才確定經驗到了，甚至有全新的經驗，事實上我們也在創造我們的經驗。

　　詩人在生活裡不斷以詩的語言，捕捉流動的質感，注入新奇的要素，正如網蝶人，追捕著美麗的瞬間。詩的語言使我們重新感受人生的富饒。就在對語言著魔中，每一微小的經驗也有了神奇的酵素，時間開始迴旋，空間開始伸展，想像中充滿了香氣，而山疊水映，月映萬川。

第二章　二十年代：浪漫與試探

在二十一世紀，回顧甚至評價二十世紀的中國詩作品已屬必要。而二十世紀的中國詩史，是一頁滄桑的秋海棠和苦澀的福爾摩莎。

回顧二十世紀的中國詩學，就是一頁滄桑而苦澀的驛旅，誰能宣稱已擁抱了文學的風姿，誰能宣稱他已界定了藝術？縱使作家懷抱著「為人類而藝術」的心願，多數也顛頓於摸索尋求的苦旅中，知我者謂我心憂，不知我者謂我何求？這正是本世紀作家形神的寫照。

當中華文化的風采，一朝被西方的船堅礮利叩關，保守型的城牆文化，粉碎於八國聯軍的洋鎗洋礮之際，就已注定了傳統文化圍攏的光暈，一朝光華盡失的夢魘。文化的開放，在初步階段，只能是文化中心的喪失。在對西方的科學和民主目眩心搖之際，與中國現代化過程相比肩的二十世紀中國現代文學，也經歷了蹣跚的學習與蛻變，並等待新生。

二十世紀詩人的巨大光譜，就從苦澀與滄桑中誕生，在當代的各種史料中，也紀錄了鉅變中掙扎立起的身影。這是一個文化碎形而復扭合的時代，在忙不迭地「拿來」西方的主義、也無法重新修復傳統文化的金身。作家的碎形吶喊，也是持續了一世紀的徬徨、困惑、短暫的膠合，剎那閃現作家的光華，復又形碎為苦澀的夢魂，每一代詩人既受到前一代詩人影響的焦慮，復又受到西方文化的轟擊，剪不斷傳統文化的臍帶，也不擔心文化殖民

的心緒。不過現代文學的肇始既是白話文運動，胡適的八不主義，既是時代的需求，也頗多向西方的意象主義借鏡，想求取民間白話文學泉源的那隻手恐怕也是蒼白無力，抵擋不了西潮洶湧而入的狂浪。靈才的光燄則能表現人性的真摯純樸，具藝術的感染力。

藝術作品要經得起時間的淘洗，不脫安諾德「時間是藝術的試金石」那句老話。藝術需要時間醞釀，詩人需要時間成熟，二十世紀的詩人，面對二十一世紀，仍具有實力掀開美麗的新頁。

詩人艾略特（Thomas Stearn Eliot, 1888~1965）強調詩人要有歷史感，傳統的力量永遠參與現實的創造，這就是歷史意識。但我們理解歷史，不是把歷史當作一個過去的紀錄，而是要從現在來理解歷史。歷史的記憶一再要從新的認識角度來解釋。甚至未來歷史的記憶也在時間發展的過程中不斷深化的。

新詩的發軔是兼容並蓄的，我們當然把五四運動視為古詩與新詩運動的分水嶺，換言之，語言總要承擔文化創造活力的使命。自此以後，只有現代詩能夠承擔文化創造的活力，能表達新時代、新感情、新生命。五四作家紛紛譯介西方文學思潮及作品，也開始大量的實驗創作，為我們掀開現代詩美麗的第一頁。五四作家大體上說，學養豐贍，具有很好的西學根柢。整個來講，在文化上是一次西潮運動。在這樣的萌芽期中，雖然詩人們有掩不住的創作才情，但摸索的意義、奔放的靈感，這時期較重要的意義，是完成從浪漫主義思潮到象徵主義的轉換，是一種試探的精神。

第一節　狂颮突進的精神

清末的「百日維新」，相當於日本的「明治維新」。戊戌政變失敗，但文學維新卻往前跨了一步。

黃遵憲（一八四八～一九〇五）的新詩體，倡導如：

〈雜感·第二〉

我手寫我口，古豈能拘牽？即今流俗語，我若登簡編，五千年後人，驚為古爛斑。

梁啟超（一八七三～一九二九）推許他「能熔鑄新理想以入舊風格」，「並非白話詩，只是以舊風格含新意境，舊詩體的解放。但若把這句詩孤立了看，無異是為後來文學革命的白話詩說法了。」[1] 採用流俗的語言，不用典雅的語言。

文體還是舊風格，有「維新」還沒有「革命」。另外，翻譯也算開拓了眼界，最初翻譯的有辜鴻銘、馬君武等，「致力於譯詩的，則當推蘇曼殊，譯有拜倫、師黎的詩，拜倫詩又是和黃侃合譯，經過章炳麟的潤色。雖然他譯的詩是五言體……」[2] 拜倫（Lord Byron, 1788~1824），師黎即雪萊（Percy Bysshe Shelly, 1792~1822）都是英國的浪漫主義詩人，靈感般的想像和多愁善感正在蘊釀。從發展的軌跡看，白話及翻譯兩條路線並行，「舊詩體的解放」推至澈底變革，只等胡適（一八九一～一九六二）吹響第一聲號角，推動「文學革命」。

中國新文學運動，依胡適說：「我們的中心理論只有兩個：一個是我們要建立一種『活的文學』，一個是我們要建立一種『人的文學』，前一個理論是文字工具的革新，後一種是文學內容的革

---

[1] 傅東華編《文學手冊》，（台北：大漢，1977），P.372。

[2] 同註1，PP.378-379。

新。」³ 其實沒有「活的文學」，就沒有「人的文學」；沒有「文字工具的革新」，也就不會有「文學內容的革新」。這篇寫於一九三五年的文字，只是較清楚地呈現其目標宗旨。那麼什麼是「文字工具的革新」呢？

《新青年》社胡適和劉半農（1916）

胡適（一八九一～一九六二）在美國留學時，適值英美意象主義（Imagism）的高潮，故在一九一六年十一月的〈文學改良芻議〉，借鏡〈自由詩運動〉的宣言，提出了八項主張：須言之有物，不摹仿古人，須講求文法，不作無病之呻吟，務去爛調套語，不用典，不講對仗，不避俗字俗語。這八項主張，其實「須言之有物」是較正面、積極的，要有情感有思想，「須講求文法」也是不能不合乎文法，「不避俗字俗語」也積極，可以用流俗的語言。其他幾個「不」字，雖表示堅決的態度，其實首先革了胡適自己新詩創作的命。依然是白話詩，可以用流俗的語言，但戴上太多手鐐腳銬。例如「不摹仿古人」，只是怕又落入文言詩的窠臼。

我家掛著一幅字，是已故陸軍名將上官雲相暮年學書所贈。（上官伯伯是我妹妹的乾爹，收養一久，至我妹妹都改姓上官。）這幅字錄寫易君左〈海角新詩〉：

> 曾從塞外射鵰來
> 露冷珠沈海角哀
> 春至無人垂問處

---

³ 胡適〈新文學運動小史〉，收入胡適編《中國新文藝大系・論戰一集》，（台北：大漢，1977），P.22。

埋頭自擁萬花開

這首詩在氣象上，真有「詩有唐音」的境界；這是在「海角──台灣」新寫的詩，可不是新詩。易君左參加的「少年中國學會」（一九一九年），主要成員有方東美、毛澤東、田漢及新詩人康白情、朱自清、宗白華等。易君左（也寫新詩）這首詩，詩境雅健雄深，非當時的新詩人所能望其項背。但詩體代變，創新的力量已「平地響起一聲雷」。即使舊詩再視新詩如同兒戲，一顆種子已在預期一座菓園。

一九一八年四月在〈建設的文學革命論〉一文，就將八項主張說成「八不主義」，「須言之有物」改成「不做『言之無物』的文字」，「須講求文法」改成「不做不合文法的文字」。這「八不主義」又改作了肯定的語氣，成為四條。一、要有話說，方才說話。二、有什麼話，說什麼話；話怎麼說，就怎麼說。三、要說我自己的話，別說別人的話。四、是什麼時代的人，說什麼時代的話。（同上，一八七頁）「文學改良」至此變成了說話的原則。其實重要的是：話應該怎麼說，這就有修辭的問題；而詩應該怎麼做，也就是「文字工具的革新」。這看來皆不如他所揭櫫的「國語的文學──文學的國語」那麼簡單明瞭。就以「言之有物」的「物」指情感、思想而論，還不如意象主義的原則：「對『事物』的直接處理，不論它是主觀的還是客觀的。」[4]

一九一九年六月，胡適〈寄沈尹默論詩〉一文談到「中國文學套語的心理學」，說套語在「初用時，這種具體的字最能引起一

---

[4] 納坦・扎赫〈意象主義和旋渦派〉，收入馬・布雷德伯里、詹・麥克法蘭編《現代主義》，胡家巒等譯，（上海，上海外語教育，1977），P.206。

種濃厚實在的意象；如說『垂楊芳草』，便真有一個具體的場景；說『楓葉蘆花』，便真有一個具體的秋景，……但是後來的人把這些字眼用得太爛熟了，便成了陳陳相因的套語。」（同註 3，三九五頁）所以套語是古詩中「濃厚實在的意象」，不可用。在同年十月〈談新詩〉一文，進一步解釋了「意象」；「凡是好詩，都能使我們腦子裡發生一種──或許多種──明顯逼人的影象。這便是詩的具體性。」（同註 3，三八八頁）具體的意象是明顯逼人的影象，大致近於意象主義的原則，較強調視覺意象，總算為新詩「文字工具的革新」聚了焦。至於聲音呢？〈談新詩〉一文說：「詩的音節全靠兩個重要的分子：一是語氣的自然節奏，二是每句內部用字的自然和諧。至於句末的韻腳，句中的平仄，都是不重要的事。語氣自然，用字和諧，就是句末無韻也不要緊。」那麼新詩要創造新的「濃厚實在的意象」，（同註 3，三八二頁）還要重視「語氣的自然節奏」，這粗略的架構已大致合乎意象主義的信條。

　　如果把意象視為詩的基本元素，「語氣的自然節奏」或就是要講求「句法」。胡適提倡美國女詩人艾媚‧羅威爾（Amy Lowell, 1874~1925）的詩[5]，意象主義運動的中心人物之一。「羅威爾只是一個描寫外在世界的詩人。她所偏重的是視覺上的效果，堅硬、乾淨、清楚，有點像彩色瓷器上的花卉，每一朵花和每一片葉子都有著一層琺瑯質的光輝。」[6]

───────────────

[5] 林語堂〈五四以來的中國文學〉，收入郁達夫編《中國新文藝大系‧小說一集》，（台北：大漢，1977），P.7。

[6] 林以亮〈羅威爾的生平與著作〉，收入張愛玲、余光中等譯《美國詩選》，（台北：台灣英文雜誌，1988），P.234。

〈十年〉　　艾媚·羅戚爾（林以亮譯）

當初你來的時候，像紅酒和蜜

你的甜入心脾的滋味燃燒著我的嘴唇

現在你卻像早上的新鮮麵包，

容易上口而可親。

我用不著咀嚼你，因為我早已熟悉你的味道，

可是我卻得到充分的營養。（同註6，二三九頁）

　　胡適的詩也許缺乏「濃厚實在」的表現，但領袖的姿態和理論奠基是重要的。他把新詩聚焦到「意象」和「句法」上。周作人的提法：「文字的死活只因它的排列法而不同，其古與不古，死與活，在文字的本身並沒有明瞭的界限。」[7]這關心也在「句法」上。

　　劉半農（一八九一～一九三四）在一九一七年出任北大預科教授，與胡適同齡。劉半農在〈揚鞭集〉自序上說：「我在詩的體裁上是最會翻新花樣的。當初的無韻詩，散文詩，後來的用方言擬民歌，擬『擬曲』，都是我首先嘗試。至於白話詩的音節問題，乃是我自九年以來無日不在心頭的事。」[8]體裁的創發，也許沒有他對民歌的收集和模仿來得重要。鮮活而有地方特色的口語，熱烈而真誠的感情。「要做文章，就該赤裸裸的把個人的思想情感傳達出來。」[9]如果說胡適看重技法和句法，使句子較富密度，劉半農

---

[7] 周作人《中國新文學的源流》，（上海：華東師範大學，1995），P.60。

[8] 引自秦賢次〈劉半農的面面觀〉，收入瘂弦編《劉半農卷》，（台北：洪範，1977），P.241。

[9] 同註8，P.244。

則重視個人的思想和情感,他並未忽視句法,音節問題也是句法問題。模仿民歌,不避俚俗,語言富有生活口語的魔力,這種強烈的感情容易引起共鳴,自然而不矯飾。

劉半農編譯頗多,在譯詩部分有印度泰戈爾(Rabindranath Tagore, 1861~1941)和奈都夫人(Mrs. Sarojini Naidu, 1879~1949)。「泰戈爾詩清新俊逸,毫無斧鑿痕跡……奈都夫人詩句鍊字鑄,意境深刻……(同樣)有其偉大的哲學思想。」[10] 於此不選劉譯,另選兩首更有特色的。

〈孩子天使〉[11]　　　泰戈爾

「他們喧嘩爭鬥,他們懷疑失望,他們辯論而沒有結果。」

「我的孩子,讓你的生命到他們當中去,如一線鎮定而純潔之光,使他們愉悅而沉默。」

「他們的貪心和妒忌是殘忍的;他們的話,好像暗藏的刀,渴欲飲血。」

「我的孩子,去,去站在他們憤懣的心中,把你的和善的眼光落在它們上面,好像那傍晚的寬洪大量的和平,覆蓋著日間的騷擾一樣。」

「我的孩子,讓他們望著你的臉,因此能夠知道一切事物的意義;讓他們愛你,因此他們能夠相愛。」

「來,坐在『無限』的胸膛上,我的孩子。朝陽出來時,開放而且抬起你的心,像一朵盛開的花;夕陽落下時,低下你的頭,默默做完這一天的禮拜。」

---

[10] 糜文開譯註《奈都夫人詩全集》,(台北:三民,1975),P.20。

[11] 泰戈爾《泰戈爾全集》,(台北:江南,1973),P.1。

　　《泰戈爾全集》〈新序〉上說，集中《漂鳥集》短詩原有三百二十六首，他在一九二二年的夏天譯了二百五十七首。可見在二十年代，詩哲泰戈爾已完全進入新詩人的視野。這首詩在天真的童心裏孕育天使心，是天堂般的詩歌。

迷蛇曲[12]　　奈都夫人（糜文開譯）

在我魔笛的叫喚下，你將躲向何處？

被罩住在月光織成的香味網，

那裏有一叢寇拉香看守著瞌睡的松鼠，

那裏有茉莉花在深樹裏閃發出淡白的光，你在何處躲藏？

哦，可愛的，我將餵你牛奶和野紅蜜我將帶你在燈心草編
　　的筐中，綠和白相間，

到宮殿去，那裏穿著金縷衣的少女們正把笑聲伴著針線，

在穿結悅人的花瓣。

你在水聲淙淙的洞穴邊，何處逍遙？

那裏有夾竹桃散佈著紅得像神祕的火光。

來啊，你，我用蜜語求愛的妙人兒新娘，

來啊，你，像銀護的胸膛，是我願望裏的月光。

譯者註：寇拉 Keora 香草名。印度弄蛇者吹其魔笛，蛇即昂首舞動，沉醉於音樂聲中，印度街頭常有弄蛇者表演蛇舞以歛錢。奈都夫人此作，即模擬魔笛音調寫魔笛中所傾洩的媚蛇之語。

　　這首詩寫得像弄蛇人對蛇的愛情催眠曲，「譯者註」中「吹其

---

[12] 同註10，P.4。

魔笛」恐誤，應是「吹其魔簫」。直簫擺動，蛇首隨之昂首舞動。詩中名詞意象不住變換，在視境上構成月色迷離的氛圍，嗅覺、味覺、聽覺渾洽融合。

《新青年》兩位主將在理論上的奠基，在散文詩、民歌、童詩上的開拓，除了外國文學的影響，正注意到方言的民歌。在新詩的發展上，蘊蓄了足夠動力。沈玄盧（一八七八～一九二九）的〈十五娘〉是第一首敘事詩，帶著詞曲及民歌的氣味。

《新月》社徐志摩與聞一多（1928）

徐志摩（一八九七～一九三一）原赴美國學經濟，二十四歲到英國劍橋大學突然詩情爆發。「志摩的文筆，得力於宋詞和元曲」[13]，這種蘊含也必須等到愛情和英詩擊撞的火花。徐志摩說：「最浪漫（那就是最向個性裏來）的心靈的冒險往往只是發現真理的一個新式的方式，雖則它那本質與最舊的方式所包容的不能有可稱量的分別。一個時代的特徵，雖則有，畢竟是暫時的，浮面的……」[14]最浪漫的既然是朝向個性的真實，這種「朝向」的過程就是「心靈的冒險」，由最浪漫的情感來發現真理，成為徐志摩的公式。徐志摩曾有短論介紹波多萊爾的散文詩，結論引述愛默生（Ralph Waldo Emerson, 1803~1882）的話：「愛默生說：『一個時代的經驗需要一種新的懺悔，這世界彷彿在等候著它的詩人。』波多萊爾是十九世紀的懺悔者……是真的『靈魂的探險者』，起點是他們自身的意

---

[13] 同註5，P.8。

[14] 徐志摩〈守舊與『玩舊』〉，收入胡適編《中國新文藝大系‧文學論戰二集》，（台北：大漢，1977），P.684。

識，終點是一個時代全人類的性靈的總和。」[15] 如果徐志摩注意
及波多萊爾（Charles Baudelaire, 1821~1867）的詩，可能對詩的象徵
技法有所錘鍊，文中說：「本來人生深一義的意趣與價值……全在
我們精微的完全的知覺到每一分時帶給我們的特異的震動，在我
們生命的纖維上留下的不可錯誤的微妙的印痕。」（同上，一九三頁）
徐志摩是個浪漫主義的詩人，充滿靈感的「性靈派」。不過，當時
象徵主義的技法恐正為他注意。甚至二十年代末〈西窗〉一詩也
注明「仿T.S.艾略特」，也關注到現代主義。

有些人評論徐志摩的詩不及他的散文，但他的才氣躍然紙
上。徐志摩的譯詩：「大多是十九世紀的英詩，包括拜倫、阿諾德
（Matthew Arnold）、羅色諦（Rossetti）兄妹等人的作品，譯得最多的
是哈代。」[16] 他在講譯濟慈（Tohn Keats, 1795~1821）的〈夜鶯歌〉
時，引述濟慈有一次喃喃低語："I feel the flowers growing on me."
解釋說：「他一想到了鮮花，他的本體就變成了鮮花，在叢裡掩映
著，在陽光裏閃亮著，在和風裡一瓣瓣的無形的伸展著，……」[17]
這種「詩人之變」的見解真是不凡。另說：「我們可以拿濟慈的〈秋
歌〉對照雪萊的〈西風歌〉，濟慈的〈夜鶯〉對比雪萊的〈雲雀〉，
濟慈的〈憂鬱〉對比雪萊的〈雲〉，一是動、舞、生命的、精華的、
光亮的、搏動的生命，一是靜、幽、甜熟的、漸緩的、『奢侈』的
死，比生命更博大的死，那就是永生。」（同上，二九一頁）徐志摩
從浪漫詩人的對比，引出生死如一的感受，哲理境界。

---

[15] 徐志摩〈波多萊爾的散文詩〉，收入徐志摩主編《新月選集·文學評論》，
（台北：德華，1979），P.195。

[16] 黃維樑《中國文學縱橫論》，（台北：東大，1988），P.82。

[17] 徐志摩《徐志摩全集》，（台北：銘祥，1978），PP.284-285。

　　徐志摩於一九二五年見到老哈代（Thomas Hardy, 1840~1928），推崇備至。哈代的詩：「他的詩材均自生活經驗中提煉而來，多半是描寫威悉克斯人民的生活形態、意境各殊，情調不一，技巧尤變化萬狀，或尖新如時人之作或凝鍊如芭蕾舞女。其形式乍看似魯拙粗獷，實則為其內在生命力的妥切表現。」[18] 或許「意境各殊，情調不一，技巧尤變化萬狀」，怎麼去從「生活經驗」中提煉出「內在生命力」，正是徐志摩所需要的。哈代的一首詩，取中間兩段。

冬晚的畫眉　　哈代（余光中譯）（同上，九十二頁）

大地那清啜的面容像是

世紀的屍體橫陳；

沉沉的雲幕是他的墳穴，

晚風是輓他的歌聲。

充滿生機的古老的脈搏

如今已僵硬而枯乾，

地面殘餘的每一個生命

都像我一樣地漠然。

忽然我頭頂蕭蕭的枝間

迸出了歌聲一串，

一首盡情而酣暢的晚曲

充滿了無限的狂歡；

一隻衰老而纖瘦的畫眉

披著吹皺的羽裳，

---

[18] 余光中《英詩譯註》，（台北：大林，1979），P.59。

此時卻不惜將他的靈魂

投向漸濃的蒼茫。

　　聞一多（一八九九～一九四四）在清華大學讀書時，已常常引述
濟慈等詩人的見解[19]，後赴美留學三年。聞一多在新詩理論上頗
為用力。「我以前說詩有四大原素：幻象、感情、音節、繪藻。……
幻象分所動的和能動的兩種。能動的幻象是明確的經過了再現、
分析、綜合三種階級而成的有意識的作用。所動的幻象是經過上
述幾種階級不明了的意識作用，中國的藝術多屬此類。畫家底『當
其下手風雨快，筆所未到氣已吞』，即所謂興到神來隨意揮灑者，
這中間自有一種妙趣，不可名狀。其特徵即在荒唐無稽，遠於真
實之中，自有不可捉摸之神韻，浪漫派的藝術便屬此類。」[20] 繪
藻或是具體實在的形象，幻象之分為能動的，明確地經過再現、
分析、綜合等有意識的作用，這有點像經過回憶的影象，至於所
動的想像就像是無意識中浪漫的想像，如果要到「荒唐無稽，遠
於真實」，又近於神話的想像。另外他「認為詩要講究想像，對當
時新詩『很少濃麗繁密而且具體的意象』不以為然。他強調鎔鑄
的工夫，反對呆板的句法。」[21] 這「濃麗繁密而且具體的意象」，
似與胡適所關注的「濃厚實在的意象」無別，胡適的趨向是意象
主義，由「濃厚」到「濃麗繁密」，後者就不僅只是浪漫主義了。
如果把意象作為詩的元素，這就是強調詩句的密度。

　　沈從文在盛讚《死水》時說：「作者是提倡格律的一個人。一

---

[19] 同註16，P.92。

[20] 引自許琇禎編著《聞一多》，（台北：東大，2006），P.4。

[21] 同註16，P.94。

篇詩，成就於精鍊的修辭上，是作者的主張。如在〈死水〉上，作者想像與組織的能力，非常容易見得到。」[22] 則修辭工夫可以配合詩句的密度。沈從文並推崇聞一多〈也許〉一詩。

　　聞一多在美國時寫詩不輟，他說：「我想我們主張以美為藝術之核心者，定不能不崇拜東方之義山、西方之濟慈了。」[23] 如果把浪漫主義視為徐志摩、聞一多的新詩認識基礎，不如看看李商隱可否有突破浪漫主義的視野。聞一多早把目標瞄準李商隱，中西融合有較具體的方向。他雖提到過惠特曼，但他是濟慈與李商隱合體。

〈錦瑟詩〉　李商隱

　　錦瑟無端五十弦
　　一弦一柱思華年
　　莊生曉夢迷蝴蝶
　　望帝春心託杜鵑
　　滄海月明珠有淚
　　藍田日暖玉生煙
　　此情可待成追憶
　　只是當時已惘然

　　這首詩中華年似錦，故藉錦瑟意象起興，是其一弦一柱在思，無非是一弦一柱彈奏起的哀音，指向惘然的心境。「曉」是一日的開始，莊周夢蝶典故的轉化，為蝴蝶著迷；「春」是一年的開始，

22　同註15，P.97。
23　同註16，P.94。

神話中望帝化為杜鵑鳥，杜鵑啼血最是淒然神傷。這兩句多少指向青春的愛情。後兩句在在性與夢間空幻華美，也近乎「遠於真實」了。追憶時的美麗，如身歷其境，而在當時其實已惘然淒迷了。最後兩句的時間語態最值玩味。

聞一多的詩論有一種「定型」的味道，即使大家以為〈死水〉那樣的排列形式太呆板，他說：「一首詩應是一個有生機的整體，部分與部分的相連，部分對全體有比例的一種東西。……行數的長短，字數的整不整齊的決定，全得憑你體會得到音節的波動性。」[24]音節的波動性是內在的，這多了一點古典的抑制。他曾與葉公超合譯《英美詩選》，在詩經、楚辭、樂府、唐詩乃至《易經》及神話上均有研究，視野寬廣。

其　他

梁宗岱（一九○三～一九八三）留歐七年，曾與梵樂希（Paul Valéry, 1871~1945）與羅曼羅蘭（Romain RoLLand, 1866~1944）交往。在二十年代末就寫長論介紹梵樂希：「他像達文西之於繪畫一般，在思想或概念未練成穠麗的色彩或影象之前，是用了極端的忍耐去守候，極敏捷的手腕去捕住那微妙而悠乎之頃的——在這靈幻的剎那頃，渾濁的池水給月光的銀指點成溶溶的流晶，無情的哲學化作繾綣的詩魂。」[25] 思想或概念從那裏來呢？無非是人生體驗的沈思和結晶，詩是使你對人生的感受更深刻，感受深刻來就是人生體驗；直到沈思和結晶時，就產生思想或概念。

---

[24] 引自龍雲爍《三十年代文壇人物史話》，（台北：金蘭，1977），P.192。

[25] 梁宗岱〈保羅·梵樂希〉，收入《詩與真》，（台北：商務，2002），PP.14-15。

　　梵樂希是哲學的詩人，他說：「我們想像那塊雲石怎樣地和雕刻者抵抗，怎樣地不情願脫離那固結的黑暗。這口，這手臂，都糜費了無數的時日。經過藝術家幾許的匠心，幾千度的揮斧，向那未來的形體慢慢地叩問。」(同上，二十頁) 雕刻者與雲、石、詩人與語言，其實有更多可以談論的空間，不過梵樂希的重心在於生命的沈思，雕刻家式的。

　　〈論詩〉一文是給徐志摩的長信，對詩的音樂性大致認為如要創造詩律，古人的平仄也是一個不可忽略的因素；另外如雙聲疊韻，還有半諧音，或每行或兩行間互相呼應。(同上，四十頁) 這些重點，較聞一多又推進一層。

　　在文中，梁宗岱已提及克勞岱爾 (Paul Claudel, 1868~1955)，與梵樂希同時代，法國現代詩的鼻祖之一，我們引他一首詩的前半段[26]。

〈秋之歌〉　克勞岱爾 (胡品清譯)

在煥然的秋光裏，
我們走了，於清晨。
秋之絢爛

在遠天喧嘩。
那曾延續終朝的清晨，
純銀的終朝。

空氣是金色的
直到戴安娜在青空露出頭角。
那純銀的終朝，

---

[26] 胡品清譯介《法蘭西詩選》，(台北：桂冠，2000)，PP.125-126。

那如一個巨大的赤金天使的樹林，

如繞以紅赤的天使，

樹林是明亮的燭

燃著火焰，燃著赤金。

梁宗岱的詩只是「模糊地」觸及梵樂希的藝匠，畢竟梵樂希經過長期的錘鍊，至於克羅岱爾，暫且將他視為二十年代發展的可能性之一。

梁宗岱曾就友人朱光潛在〈剛性美與柔性美〉一文[27]，在「根據德哲康德的學說，把西文的 sublime 和 grace 附上去，譯前者為『雄偉』，後者為『秀美』，以為相當於我國的陰陽」[28] 這點上表示異議。他認為：「『崇高』只是美的絕境，相當於我國文藝批評所用的『神』或『絕』字，而這『絕』字，與其說指對象本身的限制，不如說指我們內心所起的感覺。『高山仰止，景行行止。雖不能至，心嚮往之。』太史公這幾句話便是崇高境界的恰當描寫。」（同上，一二七頁）既然是自然力量的巨大，在人心上先起壓抑再逐漸引升，自然不能以陰陽對譯，而且就梁宗岱之說，崇高美易向偉大人物的崇高雄偉轉移。在朱光潛《文藝心理學》於台灣出版後，邢光祖、趙滋蕃等均撰文討論。

李金髮深受波特萊爾、魏爾倫的影響，他的詩風可以說將二十年代對新詩技法各種可能的試探，聚焦到象徵主義。對象徵主義的認識，他不算是先驅。「周作人（一八八五～一九六八）的詩受

---

[27] 朱光潛〈剛性美與柔性美〉，收入《文藝心理學》，（台北：開明，1969），PP.236-254。

[28] 同註25，P.119。

到波特萊爾的啟發，也最早譯介法國後期象徵主義詩人古爾蒙
（Remy de Gourmont, 1858~1915）的詩。陸志韋（一八九四～一九七〇）
介紹過波特萊爾無韻體詩散文詩開創的。田漢在《少年中國》上
有長文介紹『惡魔詩人』波特萊爾，後又研究愛倫坡（Edgar Allan
Poe, 1809~1849），王爾德（Oscar Wilde, 1854~1900）與魏爾倫。甚至郭
沫若（一八九二～一九七八）還寫立體派詩收入《女神》中。王統照
大力介紹葉慈（Willian Butler Yeats, 1865~1939）。」[29] 都可以見出二
十年代籠罩著象徵主義的氛圍。宗白華（一八九七～）著譯《歌德
研究》，馮至（一九〇五～一九九三）已開始翻譯里爾克（Rainer Maria
Rilke, 1875~1926）的《給青年詩人的十封信》，歌德（T. W. Goethe,
1749~1832）和尼采（Friedrich Nietzsche, 1844~1900）早在他們的視野
中，魯迅即受尼采影響，宗白華的《流雲小詩》多為哲理詩，梁
宗岱亦頗多此種傾向。後期象徵主義或現代主義才開始醞釀，而
象徵主義正要邁向成熟。李金髮或許有特殊的意義。「李金髮的貢
獻如法國象徵派意象的移植。要把詩帶入一種『神秘狂的感覺世
界之中，要表現一個內在的無聲、無色、無形、朦朧』的心靈過
程。這正是現代詩的意象。」[30] 心靈或許確是「無聲、無色、無
形、朦朧」，但意象豈非正是要使不可見的可見，不可聽而可聽，
無形的成為有形。心意不能直陳，朦朧是不可避免的結果。但也
可以看出李金髮的確曾被視為現代詩的先驅。

　　二十年代所蓄積的可能性，動能持續到四十年代，自五十年
代可以說幾乎再重複一次摸索，動能持續到七十年代；甚至說大

---

[29] 孫玉石《中國現代主義詩潮史論》，（北京：北京大學，1993），P.14。
[30] 葉維廉《秩序的生長》，（台北：志文，1974），PP.14-15。

致籠罩著這一世紀，也未嘗不可。這種狂飆突進的精神，已展開了二十世紀一切的可能性。

二十年代前期以〈新青年〉的胡適、劉半農為代表。胡適的《白話文學史》是為白話的文學革命尋求理論依據，但《中國哲學史》上卷，則是要從白話來建構中國傳統思想了。劉半農搜集民歌，為白話尋求生動的表現，多種體裁的創作無非奠定新詩的宏遠規模。二十年代後期則以〈新月〉的徐志摩、聞一多為代表。徐志摩的浪漫才情，靈感奔放，也能達到忘我及生死如一的埋境；但聞一多之提及李商隱，研究楚辭及神話，已開始尋求中國式的象徵主義。這四位主將或著或譯，都有中西融合的世界視野，並更新整個文化傳統的，狂飆突進的精神。[31]

狂飆以突進，需要上下以求索，二十年代的詩人學者，多是一種創造者的姿態。單以詩創作而論，二十年代的代表性人物還是徐志摩，以後每個年代都會有徐志摩，三十年代的徐志摩是戴望舒和何其芳，四十年代是馮至和穆旦，五十年代是覃子豪、鄭愁予、余光中，六十年代是楊牧和白萩。但還要加上但書：聞一多的成分是或多或少而已。這是徐志摩與聞一多的合體，徐志摩自己就承認當時大家都受了《死水》的影響。對這些學者詩人來說，浪漫主義是根柢，走在意象主義和象徵主義的道路上。苦命才子朱湘譯《番石榴》集，[32]英國浪漫主義詩人的名作列在其中，包含幾首長詩，分量最多的還是濟慈，梁宗岱譯梵樂希的《水仙辭》在非技法的層面上，不能說超前於那個時代。例如胡適的意

---

[31] 邢光祖〈當代中國的狂飆運動〉，序新版〈中國新文藝大系〉。同註3。

[32] 朱湘選譯《番石榴集》，（台北：商務，1970）。

象主義和經驗主義；劉半農也留法，他譯的泰戈爾和奈都夫人；
徐志摩所領悟的浪漫主義的最終圓成；或聞一多在濟慈與中國式
象徵主義的合璧。但在技法上，必須走向象徵主義錘鍊的道路上。
在這樣的氣氛中，李金髮使人側目的「金髮」，看似通又看似不通
的詩風，也多少會有影響，聚焦到波多萊爾、魏爾倫等的象徵主義。

第二節　胡適與經驗主義

　　胡適（一八九一～一九六二）於一九一〇年赴美，正是美國意象
主義運動開始的時期，他也是哲學家杜威的學生。一九一六年，
是他提出「八不主義」。一九一七年回國任北大教授，提倡文學革
命。是〈新青年〉雜誌主將，一九二〇年胡適出版《嘗試集》，是
中國第一本新詩集，也是胡適自己所標榜的「白話詩」，著有《胡
適文存》、《中國哲學史》（上冊）、《中國白話文學史》（上冊）等，
曾任北京大學校長、駐美大使、中央研究院院長。一般認為他的
「八不主義」與意象主義的信條是有些相似的。「八不主義」是：
(1)須言之有物。(2)不摹仿古人。(3)須講求文法。(4)不作無病之
呻吟。(5)務去爛調套語。(6)不用典。(7)不講對仗。(8)不避俗語
俗字。而一九一三年，F.S.弗特林和E.L.龐德分別在《詩刊》發表
了〈意象主義〉和〈意象主義者的八『不』〉，弗特林的〈意象主
義〉提出三原則，前二條是：(1)直接處理「事物」，無論是主觀
的還是客觀的。(2)絕對不使用任何無益於呈現的詞。[33] 龐德則認
為：不要用多餘的詞，不要用不能揭示什麼東西的形容詞。不要
用裝飾或好的裝飾。他致哈莉特・芒羅的信中還有「不能有套語，

---

[33] 同註4。

用爛了的話，千篇一律的老生長談。」另外還有「運用日常會話的語言，但要使用精確的詞，不是幾乎精確的詞，更不是僅僅是裝飾性的詞。」不過，「八不主義」與意象主義的相似雖顯然可見，但「言之有物」與「直接處理『事物』」中的「物」，有極大的差距。「言之有物」稍模稜些，說「言以貫道」或「言以載道」都彷彿說得通，至於意象主義的「事物」則直接是指物象了。就在這一點上，無法認為胡適是能了解意象主義的真精神，但他「惟陳言之務去」的強調，能把握住現代詩的口語特色。

當胡適的「八不主義」凝縮成四原則：(1)要有話說，方才說話。(2)有什麼話，說什麼話。(3)要說自己的話，不要說別人的話。(4)是什麼時代的人，說什麼時代的話。這幾項主張雖簡潔有力，但寫詩如只是說說，詩素淡薄無味，就很難成為好詩。胡適推動的是白話文學運動，離現代詩運動似還有一段距離；但「山風吹亂了我窗紙上的松痕，却吹不亂我心頭的人影」，也是經典名句。

〈湖上〉

水上一個螢火，

水裡一個螢火，

平排地，

輕輕地，

打我們的船邊飛過，

他們倆兒越飛越近，

漸漸地並作了一個。

這首詩就有些兒意象主義的味道，推想時間是在夜裏，螢火映在水裏，成為兩個。平排的，輕輕的，是輕柔的情調。重要的

是「我們」與「他們」的對照。只講「他們」漸漸地並作了一個，那「我們」不也如此，友誼也像那一閃一閃的光。這首小詩雋永，不落言詮。

與其說胡適受意象主義的影響，不如說胡適受杜威經驗主義影響得更多。雖然他對經驗主義理論的闡揚並不多見，但〈夢與詩〉這首小詩卻充分闡揚杜威經驗主義的特色。

都是平常經驗
都是平常影象
偶然湧到夢中來
變幻出多少新奇花樣

都是平常情感
都是平常言語
偶然碰著個詩人
變幻出多少新奇詩句

醉過才知酒濃
愛過方知情重
你不能做我的詩
正如我不能做你的夢

「平常」的經驗、影象、情感與言語，都是親身經驗。杜威認為「藝術即經驗」（他一本書的書名），是「經驗到的過程」。經驗和生命、歷史一樣，「包含了人所做的和人所受苦的，他們為什麼而奮鬥，愛、信仰和忍受，還有人如何行動，在什麼基礎上行動，他們所做的和受苦，渴望和享受，看，信仰，想像的方式。」胡

適描述了「經驗到的過程」，是屬於個別的生活經驗，是「醉過」、「愛過」，但並不能深入「愛，信仰和忍受」的環境，這並非個別的經驗，而是獨特的經驗。換言之，這些獨特的經驗並不是「平常的」生活經驗，而是藝術經驗。胡適祇是空泛說平凡經驗「偶然」轉換成藝術經驗，並沒有深入藝術「提鍊」的過程。

雖然理境不深，但單就詩本身來看，語言簡潔，在口語化的文字裡，筆有藏鋒。既有大眾與詩人的對比，大眾的日常經驗和影像，轉化為變幻的夢想：詩人的情感和言語，轉化為變幻的詩作。從日常經驗和影像，可以產生聯想的想像，多少是屬於夢中的「自動聯想」，而詩人的情感和言語總屬於「提鍊」的結晶化過程，既有詩人對生命的關注，又有對語言的關注。不過這裡對語言的關注，是關注語言如何傳達經驗。胡適自跋曰：「這是我的『詩的經驗主義』。簡單一句話：做夢尚要經驗做底子，何況做詩？現在人的大毛病就在愛做沒有經驗做底子的詩。」換言之，單只有想像，而沒有實際生活經驗，是無法知道「酒濃」和「情重」的。沒有真情實感，就寫不出真正的詩。這首詩的好處正在言淺意深，單只「醉過」、「愛過」二語，表現出動態的人生觀點，又勝過千言萬語。

第三節　劉半農的民歌與童詩

劉半農（一八九一～一九三四），名復，二十六歲受聘北京大學，後赴法國曾獲法國國家語言學博士，回國後任北京大學教授，後任教輔仁大學、中法大學等校，並兼任中研院歷史語言研究所研究員。與胡適同為〈新青年〉健將，創作上已有驚人的成績。劉半農主張「用我的血，用我的淚」的寫詩，著有詩集《揚鞭集》，

及依山陰民歌聲調作成的《瓦釜集》、《半農雜文》及《中國文法通論》等。下面這首原是歌詞，可以當詩的傑作看：

〈 教我如何不想她 〉

天上飄著些微雲
地上吹著些微風，
微風吹動了我頭髮
啊！
教我如何不想她？

月光戀愛著海洋
海洋戀愛著月光，
這般蜜也似的銀夜
啊！
教我如何不想她？

水面落花慢慢流
水底魚兒慢慢遊
燕子你說些什麼話
啊！
教我如何不想她？

枯樹在冷風裡搖
野火在暮色中燒
西天還有些殘霞
啊！
教我如何不想她？

　　這首詩每段均重複「教我如何不想她」這句是疊句，也可以
說是一種情調的鳴響，所以每一段詩到最後兩句就換ㄚ韻，好像
是詩人的情感中心，不論前面押什麼韻，到了結尾就換ㄚ韻。再
加上「啊」字，是呼語法，強烈地呼叫不在場的人物，氣氛回旋
動蕩。

　　每段前面兩句，或是對照，或是對比，或是頂真並列，均以
大量的重複，並且押韻造成歌謠似的現象，可說是新詩初期最成
功的作品。

　　第一段是微微的感覺，引動了思念，第二段的「戀愛」就有
強烈的感覺，是迴旋往復的感覺。而「蜜也似的銀夜」，既有氣氛，
也有色澤意象，是強烈的懷念。第三段用並列方式，節奏又稍緩，
而燕語又加快了節奏，彷彿擾亂低迴的氣氛。第四段，又是「枯
樹」，又是「野火」，對比強烈，像絕望又充滿熾熱的希望，可說
藉「殘霞」表達了永恆的思念。重要的是四段恰是春、夏、秋、
冬的景象，在不同的情境都引起相思，足見思念之苦。

〈雨〉

　　媽！我要睡了！那不怕野狗野貓的雨，還在黑黑的草地
上，叮叮咚咚的響。它為甚麼不回去呢？它為甚麼不靠著
它的媽，早些睡呢？

　　媽！你為什麼笑？你說它沒有家麼？——昨天不下雨的
時候，草地上全是月光，它到那裏去了呢？你說它沒有媽
麼？——不是你前天說，天上的黑雲，便是它的媽麼？

　　媽！我要睡了！你就關上了窗，不要讓雨來打濕了我們的
床。你就把我的小雨衣借給雨，不要讓雨打濕了雨的衣裳。

雨不怕野狗野貓，擬人化地說，也說了自己的怕。通篇將雨擬人化，洋溢一片純真的天機，直至最後兩句妙語，靈氣逼人。

〈三唉歌〉

得不到她的消息是怔忡，

得到了她的消息是煩苦，唉！

沈沈的一片黑，是漆麼？

模糊的一片白，是霧麼？唉！

這大的一個無底的火燄窟，

澆下一些兒眼淚有得什麼用處啊，唉！

去國思鄉，仿漢代梁鴻〈五噫歌〉，天然口語故生動。頭一段是對比，有她的消息和沒有她的消息，情境卻類似而深化。第二段色澤的對比，形容詞卻相似，仍是如漆如霧的未來。心急如焚，眼淚的小與無底的窟永遠漏空裝不滿。

〈相隔一層紙〉

屋子裏攏著爐火，

老爺吩咐開窗買水果，

說「天氣不冷火太熱，

別任它烤壞了我。」

屋子外躺著一個叫化子，

咬緊了牙齒對著北風喊「要死」！

可憐屋外與屋裏，

相隔只有一層薄紙！

這首還是一九二七年的作品。

情境的對比，老爺用手貼近著爐火，用「攏」字有特別的口語風味，身體熱呼呼的。吩咐佣人開窗買些水果，還怕被火烤壞。老爺和叫化子是身分的對比，北風是冬天的風，喊「要死」是北風凜冽，風寒刺骨。窗戶糊紙，卻有偌大的差別。

〈在一家印度飯店裏‧一〉

這是我們今天吃的食，這是佛祖當年乞的食。

……牛油炒成的棕色飯。

……芥厘拌的薯和菜。

……「陀勒」，是大豆做成的，是印度的國食。

……蜜甜的「伽勒毗」，是蓮花般白的乳油，是真實的印度味。

這雪白的是鹽，這袈裟般黃的是胡椒，這羅毗般的紅的是辣椒末。

這瓦罐裏的是水，牟尼般亮，「空」般的清，「無」般的潔。

這是泰晤士中的水，但仍是恆伽河中的水？！

第一段中，第二句至第五句頭隱去「這是什麼？是」，語氣更凝緊。如果再將長句分行，就不必是散文詩了。用餐帶上了佛祖乞食的傳奇色彩。由棕色色澤開始，飯的顏色就與白米飯不同。然後利用英文讀音造成陌生性，逐漸標識出印度風味。白、黃、紅是鮮豔的色彩，再使食物發生與佛祖有關的聯想。

第四節　冰心的夢與真

冰心（一九○○～一九九九），原名謝婉瑩，福建省長樂縣人。燕京大學文科畢業，文學研究會重要成員。赴美留學後，任燕京、

清華大學等校教授。著有詩集《繁星》、《春水》、《冰心詩選》，曾翻譯紀伯倫《先知》，散文《寄小讀者》、《中山雜記》及小說等。

　　冰心的文字清新洗鍊、淡雅而美，自承受印度詩哲泰戈爾的影響，對自然景物的觀察，總帶著晶瑩的愛心，交織在一片星輝與湧動的水聲中。

〈相思〉

躲開相思，

披上裘兒

走出燈明人靜的屋子。

小徑裏明月相窺，

枯枝——

在雪地上

又縱橫的寫遍了相思。

　　「躲」字，是避免在屋裏相思之苦，「燈明人靜」就會相思。但走出屋子，類似燈明的明月又來，「窺」字已暗示相思藏不住，「枯枝」的擬人化，是景色蕭條，枝條投射到雪地上，是「寫遍了相思」。月夜雪地，相思，一片朦朧之美。

《繁星》第一節

繁星閃爍著——

　　深藍的太空，

　　何曾聽見他們對話？

沈默中，

　　微光裏，

他們深深的互相頌讚了。

「繁星」在人的視野中，只是「閃爍著」，「深藍的太空」在色調上既暗且遙遠，把「繁星」擬人化，但我們是聽不到「他們對話」。繁星星光交織，在幽微的光線裏，沒有人的語言故「沈默」，但星光閃爍正是他們「互相頌讚」的語言。再看第二節。

> 童年呵！
> 是夢中的真，
> 是真中的夢，
> 是回憶時含淚的微笑。

童年已消逝，對我們只是一夢，那種純真才是真實的，是夢中的真實，「夢中的真」，但我們想恢復純真，回到童年，那又是真實的夢，是「真中的夢」。人生歷經滄桑，「回憶」童年，不禁「含淚」，但當恢復童年的純真時，又不禁「微笑」了。矛盾語「含淚的微笑」是我們對童年的複雜感情。

《春水》第六十四節

> 嬰兒，
> 在他顫動的啼聲中
> 　　有無限神祕的言語，
> 從最初的靈魂裏帶來
> 　　要告訴世界。

嬰兒是「最初的靈魂」，他「顫動的啼聲」是「無限神祕的言語」，也就是可以「告訴世界」的一種啟示。只是「無限神祕」埋藏著什麼？也許是「顫動的啼聲」，那麼也至少要以現在非嬰兒的

狀態來對比，否則意義總模糊些；或者首句即說「天真的嬰兒」，
那麼「天真」就含有「無限神祕」的意味了。另外第六十五節：

> 只是一顆孤星罷了，
>
> 在無邊的黑暗裡
>
> 已寫盡了宇宙的寂寞。

「一顆孤星」，面對「無邊的黑暗」，光芒微弱無力；是力量
大、小的對比；「一顆」與「無邊」的對比。「孤星」的寂寞再也
不是「一顆」寂寞，而是吸收了無盡黑暗的寂寞，是「宇宙的寂寞」。

冰心受泰戈爾影響，理境不如泰戈爾之深邃、有力，但她的
表現是清新可喜的。

第五節　魯迅與劉大白的象徵寫意

魯迅（一八八一～一九三六），浙江紹興人。曾赴日本留學，先
學醫，後從事文學活動，「留日時期，就喜愛屈原的充滿象徵手法
的《離騷》，鍾情於象徵風味很濃的尼采，也動手譯過俄國象徵的
寫實派作家安特來夫的小說也接觸過波特萊爾的象徵主義。」[34]回
國後曾在北大、中山大學授課。他的小說《阿Q日記》已成為文
學傑作，他的小說和雜文都成就輝煌，著有小說《吶喊》、《徬徨》、
《故事新編》，另有理論《中國小說史略》。其弟周作人亦為學者，
散文名家。一九三〇年成立中國左翼作家聯盟，魯迅是籌備人及
領導人之一。他在文學上傾向運用象徵主義。有一首散文詩《火
的冰》就能運用象徵來表達人的精神世界。

---

[34] 同註29，P.14。

火的冰

流動的火，是熔化的珊瑚麼？

中間有些綠白，像珊瑚的心，渾身通紅，像珊瑚的肉，外層帶些黑，是珊瑚焦了。

好似好呵，可惜拿了要燙手。

遇著說不出的冷，火便結了冰了。

中間有些綠白，像珊瑚的心，渾身通紅，像珊瑚的肉，外層帶些黑，也還是珊瑚焦了。

好是好呵，可惜拿了便要火燙一般的冰手。

火、火的冰，人們沒奈何他，他自己也苦嗎？

唉，火的冰

唉，唉，火的冰的人。

〈火的冰〉這首詩好像魯迅性格的寫照，運用水和火兩種不同的原型來描寫外冷內熱不同的矛盾性格，但又將水巧妙地轉換為冰的意象。這時無論內在的像火一樣的燙或是外在像冰一樣，燙手或冰手就產生相同的感覺了。

這首詩剛開始描寫熔化的珊瑚，在顏色意象的層次上，由內到外是綠白→通紅→帶些黑。再經過「遇著說不出的冷」，熔化的珊瑚就轉成冰凍的珊瑚。這「遇著說不出的冷」也富含象徵的寓意，好像是社會無限冷酷的現實。內心的熱，遇著外在冷酷的現實就轉變成外在的冰冷。而魯迅運用「中間有些綠白，像珊瑚的心，渾身通紅像珊瑚的肉，外層帶些黑，也像是珊瑚焦了。」同樣重複在前後兩階段上，我們稱為疊句。字句相同，卻構成不同的意思，顏色的層次都一樣，但前者在熔化的層次，後者在冰冷的層次上，就構成了意義的轉化，也就是在相同的疊句上造成對

比的意義轉化。在疊句上有顏色的層次，在對比上構成觸覺燙手
與冰手的對比。充分表現出既矛盾又相融的性格，而在象徵層次
上也含有對社會現實的批判精神。無論看其修辭技巧或運用象
徵，這首詩均有很高的現代性。

　　二十年代名家名作看似很多，這是屬於開創期特有的現象，
這些名家名作之所以能突顯出來，常是因為在歷史的紀念上有點
紀念碑的意味。但是我們認為藝術仍是需以成熟為準繩，在修辭
技巧上能足夠地熟練，語言上能有力地富有創造性，才有流傳的
價值。例如說胡適的〈老鴉〉與沈尹默的〈三絃〉俱是名篇，現
在看來就覺不夠創新，語言「詩化」的程度不夠。

　　劉大白（一八八○～一九三二），浙江省紹興縣人。在新文學初
期提倡白話新詩，成為新詩倡導者之一，一九一四年在東京加入
同盟會，曾任復旦大學、上海大學、浙江大學教授。著有詩集《舊
夢》、《叮嚀》、《再造》，及《白屋詩話》等。劉大白也有一篇抒情
小品的精品。

　　　　　〈秋晚的江上〉
　　　歸巢的鳥兒，
　　　儘管是倦了，
　　　還馱著斜陽回去。
　　　雙翅一翻，
　　　把斜陽掉在江上；
　　　頭白的蘆葦，
　　　也妝成一瞬的紅顏了。

　　這首詩起先還只是描述疲倦歸巢的鳥兒，但是「馱」這個字

卻使全詩有動感，好像斜陽變成沈重的負擔。然後無力地雙翅一「翻」，斜陽從鳥兒的背上掉下來，掉到江上。這時蘆葦原是白頭的，經過夕陽一映照，也「妝」成一瞬的紅顏，也充分描繪出景色的變換，白紅的對比色澤。由於幾個動詞的運用，造成動感與色澤的變幻，籠罩在黃昏暮色的氛圍中，情趣與意象默然相契，也算是一首難得的好詩。

第六節　徐志摩與浪漫主義

徐志摩（一八九七～一九三一），於一九一八年赴美留學，原學政治經濟。一九二二年回國，先後在北京大學，清華大學任教。是新月社發起人之一，與陸小曼的戀愛故事膾炙人口，於一九三一年墜機身亡。他才華橫溢，被譽為「浪漫主義的調情聖手」。著有《志摩的詩》、《翡冷翠的一夜》、《猛虎集》、《雲遊》等詩集。

弗・施萊格爾（Friedrich Schlegel, 1772~1829）的《斷片》是德國浪漫主義的理論綱領，提出「詩人們始終是自我欣賞者」，其實質是表現自我，表現心靈。法國的雨果（Victor Marie Hugo, 1802~1885）認為浪漫主義即「文學上的自由主義」，傾向於靈感的自由，這種文學是靈感的而不是回憶的。一般咸認徐志摩才氣橫溢，詩中形象瑰麗、節奏流暢，層次分明，在浪漫的氣息裡生命態度的提出，可以看出已接近內在生命的象徵，他的〈再別康橋〉和〈偶然〉都屬於一流傑作，甚至均已譜曲，傳唱不絕。

徐志摩早在二十年代就傾心與折服於波特萊爾的詩，他覺得其中有一種神秘的美感，有聽不見的音樂；可見徐志摩在浪漫主義的熱情裡，也受象徵主義的影響，詩風裡也有形象運用的明顯特徵，只不過溶入浪漫的氣氛中了。徐志摩的〈偶然〉，當然是名

家名作，並曾經作曲家譜曲。

〈偶然〉

我是天空的一片雲，
偶爾投影在你的波心，
你無須訝異更無須歡喜，
在轉瞬間消滅了蹤影。

你我相逢在黑夜的海上，
你有你的，我有我的方向，
你記得也好，最好你忘掉，
在這交會時互放的光亮。

這首詩較少用到具體、特殊的意象：如「雲」、「波心」、「黑夜」、「海上」均非具體、特殊的意象，而是普通名詞，隨主體的心靈轉動，流暢自如。詩採取對話的方式，有口語的親切感，也宛如與讀者對話一般，增加了詩的溝通性質。詩中強調機遇的偶然性，在人海茫茫中不過如「雲」的「偶然」「投影波心」，更強調交會的時間如此短暫，祇是「轉瞬間」就在人海茫茫中消失了蹤影。運用擬人法，生動貼切。

雖然運用抽象的意象，但人生的處境是具體的。在處境中，相逢總有許多心情，詩人以勸導的方式說，「你無須訝異更無須歡喜」，因為這都是瞬間就將消失。在人海茫茫中相遇，像在「黑夜的海上」，但你我各自有其方向，「交會」時人與人彼此相契相知，有「互放的光亮」，正如德國哲學家海德格所認為的的「人性經驗」，但這種人性經驗必須在處境中，發現自己的可能性——「方向」，意義的脈絡也由在我們的處境中所感受的方式投射，就有讓各人

安其所安的自適。在遺忘與記取間，詩人採取的態度仍是勸導性的——「最好你忘記」，遺忘是最好的人生態度。為了「讓」你成為你自己，你必須學習遺忘我和你在處境上曾有的交會，你才能專注地投射你的可能性。

　　這首詩浪漫主義的味道濃，但真正的好詩能寫出人類生命深刻的情境，表示詩的好壞並不在於任何主義。

〈再別康橋〉

輕輕的我走了，
正如我輕輕的來；
我輕輕的招手，
作別西天的雲彩。

那河畔的金柳，
是夕陽中的新娘；
波光中的豔影，
在我的心頭中盪漾。
……

但我不能放歌，
悄悄是別離的笙簫；
夏蟲也為我沉默，
沉默是今晚的康橋。

悄悄的我走了，
正如我悄悄的來；
我揮一揮衣袖，

不帶走一片雲彩。

〈再別康橋〉這首詩大體一、三行，二、四行押韻，音調和諧流暢，並多運用雙聲疊韻的複詞，更增加口語的自然感覺，各種生動的形象運用，顯得瑰麗非凡，各種形象在和諧的氣氛中暈化，形成一催眠似的光景。徐志摩深諳西方格律詩，在形式上注重整齊、匀稱、對比、和諧之美。這首詩富於浪漫主義的色彩，表現自我，表現心靈，但形象的運用，又使其不止於浪漫主義式放縱心靈的抒發，仍富於古典的抑制。這首詩脫離浪漫主義的感傷餘風，沒有直抒胸臆的情感泛濫，因為「悄悄是別離的笙簫」，詩人相當抑制，也「不能放歌」，故全篇是典雅流麗的氣氛。

〈她是睡著了〉

她是睡著了——

星光下一朵斜欹的白蓮；

……

香爐裡裊起一縷碧螺煙。

……

澗泉幽抑了喧響的琴弦；

……

靜默；休教驚斷了夢神的殷懃；

抽一絲金絡，

抽一絲銀絡，抽一絲晚霞的紫暈；

玉腕與金梭；

織纏似的精審，更番的穿度——

化生了彩霞，

神闕，安琪兒的歌，安琪兒的舞。

可愛的梨渦，

解釋了處女的夢境的歡喜，

像一顆露珠，

顫動的，在荷盤中閃耀著晨曦！

通篇幻美晶瑩，意象上作比喻的使用。

白蓮、碧螺煙、琴弦幽抑，是三種不同睡著的狀態。白蓮是身體的形象，肌膚細膩、弱質而美，碧螺煙的香味是她緩緩上升的氣息，醒著的時候是喧響的，琴弦畢竟是音樂，聲音的美好。「她入夢境了」等三句稍落詮。

靜默是怕夢神懇懇地讓她在夢中，而在光陰中不斷抽金絲抽銀絲，甚至連晚霞的紫光也抽成絲，夢神的玉腕與金梭像織絲那樣仔細端詳，不住動工。

〈我等候你〉

你怎麼不來？希望

在每一秒鐘上允許開花。

　我守候著你的步履，

你的笑語，你的臉，

你柔軟的髮絲，

守候著你的一切；

希望在每一秒鐘上

枯死──你在那裡？

我要你，要得我心裏生痛，

等候，好像開花與枯死，每一秒都是希望與絕望。「要」是強

烈的慾望。

　　笑像火焰有熱度，腰身靈活旋轉有姿態，眼光的狡黠如飛星閃到髮上，整個是迷醉，好像自己只是一座島，情人的臉容的變化卻是一波波臉容。

〈 常州天寧寺聞禮懺聲 〉

　　有如在火一般可愛的陽光裏，傴臥在長漫的，雜亂的叢草裏，聽初夏第一聲的鷓鴣，從天邊直響入雲中，從雲中又迴響到天邊；

　　有如在月夜的沙漠裏，月光溫柔的手指，輕輕的撫摩著一顆顆熱傷了的沙礫，在鵝絨般軟滑的熱帶的空氣裏，聽一個駱駝的鈴聲，輕靈的，輕靈的在遠處響著，近了，近了，又遠了……

　　有如在一個荒涼的山谷裏，大膽的黃昏星，獨自臨照著陽光死去了的宇宙，野草與野樹默默的秘禱著，聽一個瞎子，手扶著一個幼童，鐺的一響算命鑼，在這黑沉沉的世界回響著；

　　有如在大海裏的一塊礁石上，浪濤像猛虎般的狂撲著，天空緊緊的繚著黑雲的厚幕，聽大海向那威嚇的 風暴低聲的柔聲的，懺悔他一切的罪惡？

　　有如在喜馬拉雅的頂珠聽天外的風，追趕著天外的雲的急步聲，在無數雪亮的山谷間迴響著聲；

　　在寺廟中聽到禮懺聲，用幾個意象疊來描寫。充分享受著陽光如火而自己傴臥在草中，「初夏第一聲鷓鴣」。次則是月夜中月光擬人化地撫摩「熱傷的砂礫」，空氣是鵝絨的質感，聽到「輕靈

的駱駝鈴聲」。聲音開始指向命運，需要對「命運懺悔一切的罪惡」。各種命運在生命的舞臺上演著，最後就在鼓、鐘磬、木魚聲中得到最後的和諧。

第七節　聞一多的幻象詩學

聞一多（一八九九～一九四六），湖北省蘄水縣人。在一九二一年畢業於清華大學外文系，次年赴美留學研究美術與詩，一九二五年回國與徐志摩等人主辦《晨報》的詩刊，到一九二九年任教青島大學是他的詩人時期，此後任中、外文系主任，文學院院長。《神話與詩》享譽不衰。著有詩集《紅燭》、《死水》，對《易經》、《楚辭》、《莊子》、《樂府》、《唐詩》等專著研究均獲重視。一九四六年演講時，痛陳政治腐敗，後被刺。

聞一多在新詩上主張詩應具有音樂美、繪畫美與建築美，這就是著名的「三美論」。他善於捕捉音節，以洗鍊的白話，配合口語，革新新詩的形式。簡言之，他注重口語和格律；他也能將古詩，西洋浪漫詩及當時新詩的技巧融合。

〈也許〉　──葬歌

也許你真是哭得太累，
也許，也許你要睡睡，
那麼叫夜鷹不要咳嗽，
蛙不要號，蝙蝠不要飛，
不許陽光撥你的眼簾，
不許清風刷你的眉，
無論誰都不能驚醒你，
撐一傘松蔭庇護你睡，

　　　　也許你聽這蚯蚓翻泥，

　　　　聽這小草的根鬚汲水，

　　　　也許你聽這般的音樂，

　　　　比那咒罵的人聲更美；

　　　　那麼你先把眼皮閉緊，

　　　　我就讓你睡，我讓你睡，

　　　　我把黃土輕輕蓋著你，

　　　　我叫紙錢兒緩緩的飛。

　　這首詩像纖美的按摩女的手指。[35]

　　聞一多令人驚豔，一般認為〈死水〉是新文學的里程碑。但這首用可愛的催眠曲所寫的葬歌，是對痛苦的壓抑，悲哀掩映於柔美中。

　　通篇是自然平和，好像哄小孩睡覺，你哭累了，睡睡吧，叫那些夜鷹、蛙、蝙蝠不要吵你。

　　「不許」是爸爸媽仍在保護你，不許它們驚醒你，只有父母還撐起松蔭如傘來遮蓋你。

　　以下自然意象如蚯蚓翻泥的聲音，小草根鬚汲水的聲音，那麼細膩。卻是嬰兒已被下葬土中。

　　把嬰兒下葬卻說是閉緊眼睛，令人心痛。

---

[35] 司馬長風《中國新文學史》，（台北：自印本，1978），P.201。

〈死水〉

這是一溝絕望的死水，
清風吹不起半點漪淪。
不如多扔些破銅爛鐵，
爽性潑你的剩菜殘羹。

也許銅的要綠成翡翠，
鐵罐上鏽出發瓣桃花，
再將油膩織一層羅綺，
霉菌給他蒸出些雲霞。

讓死水酵成一溝綠酒，
飄滿了珍珠似的白沫；
小珠們笑聲變成大珠，
又被偷酒的花蚊咬破。

那麼一溝絕望的死水，
也就誇得上幾分鮮明。
如果青蛙耐不住寂寞，
又算死水叫出了歌聲。

這是一溝絕望的死水，
這裏斷不是美的所在，
不如讓給醜惡來開墾，
看他造出個什麼世界。

〈死水〉痛斥北洋軍閥統治時期社會的黑暗。

以醜為美的想像，充滿了強烈的對比契機。先從「絕望」中

描述「死水」的狀態，是「清風」也「吹不起半點」漣漪的。詩
人對此提出了生命的態度，就讓它絕望到底吧！「扔」和「潑」
俱是生命的行動，「破」、「爛」、「剩」、「殘」都與美的「漪淪」有
對比性，但詩人先是以否定性的語氣，即使有「清風」也「吹不
起半點漪淪」，然後用「破」、「爛」、「剩」、「殘」進一步加強醜的
可能性。

　　在把醜的可能性推到極致後，詩人以負負得正的方式，運用
想像力加以量化，把鐵鏽銅綠的「鏽」、「綠」變成動詞，從醜的
事物過渡到美的事物，銅綠可以「綠成」翡翠，鐵鏽可以「鏽成」
桃花，那麼「死水」上原來的「霉菌」，也就「蒸出」些「雲霞」。
詩人進一步把美的可能性推到極致。從視覺上的變化進一步擴寬
到觸覺上，綠色「發酵」成「綠酒」，霉菌也成為「珍珠似的白沫」，
充滿了酒宴式的「笑聲」，引來「偷酒的花蚊」。更進一步，又把
想像力擴展到聽覺上，青蛙也可以「叫出歌聲」。

　　詩人運用否定修辭，死水是沒有希望轉化為美的，在一切希
望均已絕滅後，醜就讓它醜到底——「讓給醜惡來開墾」，這是一
種人生態度的提出，表達了對社會人生極度的幻滅感，詩人的「以
醜為美」，也充滿了神話般的想像力，打破了社會常規性的期待，
在根柢上仍是對美的期待，有「反常合道」之趣。

〈聞一多先生的書桌〉

　　忽然一切的靜物都講話了，

　　　　忽然間書桌上怨聲騰沸：

　　墨盒呻吟這：「我渴得要死！」

　　　　字典喊雨水漬濕了他的背；

　　　　信箋忙叫道彎痛了他的腰；

　　鋼筆說煙灰閉塞了他的嘴，

毛筆講火柴燒禿了他的鬚，

　　鉛筆抱怨牙刷壓了他的腿；

……

「什麼主人？誰是我們的主人？」

一切的靜物同聲罵道，

生活如果是這般的狼狽，

倒還不如沒有生活的好！

主人咬著煙斗眯眯的笑，

「一切的眾生應該各安其位，

我何曾有意的糟蹋你們，

秩序不在我的能力之內。」

　　聞一多將自己比擬為造物主，「一切的靜物」，都擬人化，成為生動有趣的畫面，不但見出詩人的生活習性，也見出詩人的個性。這「一切的靜物」原只是詩人生活中的各項用具，「書桌上的」正指示詩人伏案研究寫作的各項用具。聞一多並不像莊子「庖丁解牛」中「善刀而藏之」地珍視自己所使用的工具，而是這些工具都是他達成目的——寫稿、研究等的手段。一當目的達成，這些工具就失去用途，也就是相對於目的而言，這些工具是沒有獨立地位的。無論「墨盒」、「字典」、「信箋」、「鋼筆」、「毛筆」、「鉛筆」、「筆洗」等等的散亂成一團，無非是詩人兼學者的聞一多案牘勞形的寫照。

　　靜物的擬人化，充滿盎然的生趣，這不是靜態的描寫，而是像原始精靈信仰的萬物有靈論，每樣靜物都是動態的呈現，不但

「說話」，並具有「人的形態」。字典是「雨水漬濕了他的背」，鋼筆是「煙灰閉塞了他的嘴」，毛筆是「火柴燒禿了他的鬚」、鉛筆是「牙刷壓了他的腿」，都使得這些靜物活靈活現，具有人物的意態和情趣。

書桌上的事物，原本是詩人伏案寫作的各項用具，又與詩人生活中的習性混染一起，暴露出詩人的個性。有「煙灰」、「火柴」、「牙刷」，書桌上的生活，成為詩人的日常生活，也可以看出詩人冥神窮搜的寫照。

每樣事物呈現出動感，又失去固定的位置，與其他的事物混淆，詩人對生活的懶散與對研究的專注，也就躍然紙上，「桌子怨一年洗不上兩回澡，墨水壺說『我兩天給你洗一回』」。當靜物同聲抱怨時，詩人「咬著煙斗瞇瞇的笑」，正可以看出豁達的胸襟，反諷兼自嘲的精神，安然自適於他的生活。

聞一多研究古詩與神話，正可以在想像中呈現萬物動態的變化，所以他的詩中富於動感。

在現代詩的開創期中，胡適所受到的意象主義的影響是理論上的，〈夢與詩〉反倒看出他受經驗主義者杜威的影響。徐志摩雖傾心於波多萊爾的詩，大部分還在浪漫主義的籠罩。至於聞一多，主要還來自於他詩與神話的研究而自鑄新詞。相對於〈新青年〉的胡適的賞試，劉半農各種風格的試驗，已有成熟的風味。至新月時期徐志摩的浪漫才情，至聞一多修辭的抑制，可說新詩已波瀾壯濶。

〈劍匣〉

　我將描出白面美髯的太乙
　臥在粉紅色的荷花瓣裏，

在象牙雕成的白雲裏飄著。

我將用墨玉同金絲

製出一隻雷紋商嵌的香爐；

那爐上駐著嫋嫋的篆煙，

許只可用半透明的貓兒眼刻著。

……

我又將用瑪瑙雕成一尊梵像，

三首六臂的梵像，

騎在魚子石的象背上。

珊瑚作他口裡含著的火，

銀線辮成他腰間纏著的蟒蛇，

他頭上的圓光是塊琥珀的圓璧。

我又將鑲出一個瞎人，

在竹筏上彈著單弦的古瑟。

（這可要鑲得和王叔遠底

桃核雕成的《赤壁賦》一般精細）。

然後讓翡翠，藍瑙玉，紫石瑛，

錯雜地砌成一片驚濤駭浪；

再用碎礫的螺鈿點綴著，

那便是濤頭閃目的沫花了。

上面再籠著一張烏金的穹窿，

只有一顆寶鑽的星兒照著。

　　〈劍匣〉是兩百行的長詩，敘述雕刻製作「劍匣」的過程，
我們僅節錄部分。特殊名詞，意象所展現的細膩質感。這其實就

是意象主義意象並列或列舉的手法。聞一多學過美術，又曾以刻印貼補家計，此為他當家本色。在視覺意象中，顏色意象都有其層次，「白面美髯」當然是白與黑的對比，再來是粉紅色，既睡在荷花瓣應在水邊，卻在白雲裡，這個白就用象牙的白了。墨玉有黑的透明感，與美髯不類。金絲則閃耀的光澤，用金絲來製雷紋。篆煙卻使用半透明的貓眼石。然後用玫瑰玉來雕刻赤裸的維納斯。

　　他專心雕刻，雖是曙光，精細的工作仍用燭光，而他以為仍是「晚霞」。

　　再用瑪瑙雕刻三頭六臂的佛像，騎在魚子石製成的像，珊瑚、銀線、琥珀都來製成他的形象。聞一多對質感及色澤的玩味是驚人的，他對字質的玩味也是驚人的。

　　現在要比配名家王叔遠的核桃雕刻那麼精細。用各種玉石質感來砌成「驚濤駭浪」，這些堅硬的來表現柔軟的浪。

　　通篇是精雕細琢，美侖美奐，看出聞一多的藝匠，已在堆砌特殊名辭的修辭上達到像桃核雕那麼精細的層次了。

〈秋色〉

黃金笑在槐樹上，

赤金笑在橡樹上，

白金笑在白松皮上。

哦，這些樹不是樹了！

是些絢縵的祥雲——

琥珀的雲，瑪瑙的雲

靈風扇著，旭日射著的雲。

　　聞一多有意識地運用色彩的細微差異和玉石的高貴質感，造

成視覺上繽紛多彩而晶瑩剔透的美感意象，色彩和形象的詩學。

〈憶菊〉

插在長頸的蝦青瓷的瓶裏，
六方的水晶瓶裏的菊花，
攢在紫藤仙姑籃裏的菊花；
守著酒壺的菊花，
陪著螯盞的菊花；
未放，將放，半放，盛放的菊花。

鑲著金邊的絳色的雞爪菊；
粉紅色的碎瓣的綉球菊！
懶慵慵的江月臘喲；
倒掛著一餅蜂窠似的黃心，
仿佛是朵紫的向日葵呢。
長瓣抱心，密瓣平頂的菊花；
柔艷的尖瓣攢蕊的白菊，
如同美人底拳著的手爪，
拳心裏攫著一撮兒金粟。

　　運用特殊名詞來構成形象複麗的畫面，鮮豔的色彩層次，構成畫面質感上的差異，已成為聞一多擅長的手法。〈憶菊〉就要首先成為賞菊的行家，插菊的各種器具「蝦青瓷」、「水晶瓶」、「紫籐仙姑籃」、「守著酒壺」、「陪著螯盞」，已布置了夢幻的氛圍。

第八節　林徽因美之頌歌

　　林徽因（一九○四～一九五五），原名林徽音，福建省閩侯縣人。其父為梁啟超至友，隨父遊歐時得識徐志摩。留學美國得賓州大學建築學士，轉耶魯大學戲劇科，與梁啟超之子梁思成結婚。為新月派詩人，回國後任教東北大學、燕京大學。她憧憬英國唯美派文學。著有小說、建築方面論著及翻譯多種。

〈笑〉

　　笑的是她的眼睛、口唇，

　　和唇邊渾圓的漩渦。

　　豔麗如同露珠，

　　朵朵的笑向

　　貝齒的閃光裏躲。

　　那是笑——神的笑，美的笑：

　　水的映影，風的輕歌。

　　笑的是她惺忪的鬆髮，

　　散亂的挨著她耳朵。

　　輕軟如同花影，

　　癢癢的甜蜜

　　湧進了你的心窩。

　　那是笑——詩的笑，畫的笑：

　　雲的留痕，浪的柔波。

　　描寫「笑」，用舉隅法，由眼睛、口唇到酒窩都在笑。這笑是如此「豔麗」，是笑的人的豔麗嗎？但笑如同露珠晶瑩剔透，笑又

像一朵朵的花，用花的單位名詞。「貝齒的閃光」也是笑，甚至如此皓瑩閃耀，比眼睛、口唇和酒窩的笑更豔麗，以致將它們擬人化，「躲」藏在貝齒的閃光中。美女的笑被神格化了，甚至就是美本身。像水般幻美的映影，再訴諸聽覺──「風的輕歌」。

回到局部的描寫，連鬢髮也在笑，擬人化的是在還沒睡醒的樣子，笑到「散亂地挨著耳朵」。而鬢髮輕軟的質地，蓬鬆如同花影。頭髮挨著耳朵也是癢癢的，欣賞笑容的美，產生「癢癢的甜蜜」，都是心去深深去感受，領會的，對笑的頌贊也是一道詩了，更是一幅畫。雲留下的清幻華美的痕影，浪花輕柔的波紋。

這首詩把笑擴散，提昇到至美的境地。

〈深夜裏聽到樂聲〉

這一定又是你的手指
輕彈著，
在這深夜，稠密的悲思；

我不禁頰邊泛上了紅，
靜聽著，
這深夜裏絃子的生動。

──聲聽從我心底穿過，
忒悽涼
我懂得，但我怎能應和？

生命早描定她的式樣，
太薄弱
是人們美麗的想像

　　除非在夢裡有這麼一天

　　你和我

　　同來攀動那根希望的絃

　　你的手指輕彈，音樂中泛起悲思。悲思是對我傾訴愛意，故
「頰上了紅」。淒涼的聲音，不能去應和，命運早已安排。也不能
說薄弱不薄弱。除非將有機會重逢。

第九節　梁宗岱的懺悔與感恩

　　梁宗岱（一九〇三～一九八三），廣東省新會縣人。嶺南大學肄
業後赴歐留學共七年，與法國羅曼羅蘭及晚期象徵主義大詩人梵
樂希交往。回國後任教北京大學、復旦大學等。他是新月派詩人，
詩集《晚禱》與冰心的《春水》、宗白華的《流雲小詩》齊名。著
有詩論《詩與真》，譯梵樂希長詩《水仙辭》及《西洋詩選》，與
朱湘的《番石榴集》、戴望舒的《惡之華掇英》同被共認為譯詩中
瑰寶。[36] 他寫〈保羅・梵樂希〉及給徐志摩〈論詩〉一長文，對
二十年代詩論奠基影響很大。

《晚禱》〈第二首〉　　——呈敏慧

　　我獨自站在籬邊。

　　主啊，在這暮靄底茫昧中，

　　溫軟的影兒恬靜地來去，

　　牧羊兒正開始她野薔薇底幽夢。

---

[36] 秦賢次〈新月詩派及作者列傳〉，收入徐志摩主編《新月選集・詩》，（台
　　北：德華，1979），P.182。

我獨自站在這裡，

悔恨而沈思著我狂熱的從前，

痴妄地采擷世界底花朵。

我只含淚地期待著——

祇望有幽微的片紅

給春意闌珊的東風

不經意地吹到我面前

虔誠地輕謐地，

在黃昏星懺悔底微光中

完成我感恩底晚禱。

　　《晚禱》在二十年代初期已出版，意境和格調上均勝過三十年代的李金髮和早期戴望舒。高估李金髮，也就低估了梁宗岱。「我」面對「主」，是在「暮靄底范昧」的氣氛中，在光線黝暗時的茫然心境。「溫軟的影兒」無非是「籬邊」的花草在微光中浮動，是恬靜自如的，牧羊兒也做著帶點奔放的，美好的夢，「我」因「狂熱的從前」而「悔恨」，因為情感甚或情慾上是「痴妄的」，「采擷世界的花朵」，花在傳統象徵上指女人，即「痴妄地」亂與女人交往了，句法上稍陳舊。「悔恨」中流淚了，只能期待在微光中有「片紅」，一兩片鮮紅的花影彷彿是黑暗中的希望，東風鬆軟無力，如能偶然地吹來花影，這是「我」祈禱中的希望。面對「黃昏星」，黑暗即將降臨，在微光中如此盼望。由「懺悔」到「感恩」，完成祈禱儀式。稍蕪雜的原因是：「悔恨」和「懺悔」，「狂熱」與「痴妄」語意重複，均需刪其中之一。由「懺悔」到「感恩」即完成了個人的救贖，也是由懺悔到啟示，懺悔錄亦即啟示錄。《晚禱》副標題〈呈敏慧〉，也是表明心跡。

〈白蓮〉

一個中夏的月夜

我默默無言的

倚欄獨對著

那灔瀲柔捧的池上

放著悠澹之香的白蓮

見伊慘澹灰白地

在月光的香水一般的情淚中

不言不語的悄悄地碎了

「我」對著悠悠清澹之香的「白蓮」，「我」即寄託給清白柔美的蓮花。蓮花有色澤、有淡香，「蓮」者憐也，多少有點憐惜之意。

把「月光」擬人化，流出「香水一般的情淚」，「香水」意象有驚人的現代感。月光也有香味了，也有「情淚」，情的空幻與境的華美交織，一片旖旎動盪。「白蓮」居然會「碎」，而且是因「月光」的「情淚」，真有魔幻之感，「我」與「白蓮」的「碎了」，揉合成一體。這首詩情緒語言稍蕪雜。

〈太空〉

像老尼一般，黃昏

又從蒼古的修道院

暗淡地遲遲地行近了。

〈暮〉中第二行，「蒼古」可改成「蒼涼古老」，這首短詩有其情調氣氛，把黃昏擬人化，有暮色的淒遲之美，像「老尼」一樣蒼老的黃昏。某些形式上看來，其中有詩人面對黃昏的心境。

第十節　李金髮的陰鬱古怪

　　李金髮（一九〇〇～一九七六），廣東省梅縣人。他被稱為「詩怪」，是將象徵主義詩風移植到中國的先驅，本為雕刻家，曾經留學法國。回國後任南京美術學校校長、中央大學副教授、杭州西湖藝術院教授，著有詩集《微雨》、《食客與凶年》、《為幸福而歌》等。

　　李金髮的雕刻風格陰鬱醜怪，其詩如其雕刻展現生命的方式。他所喜好的雕刻主題是「屍體」、「老妓女」。他的詩乃年輕留法時所作，受到波多萊爾及魏爾倫的影響極大，常常表達其無可奈何的厭倦與浪子情懷；所以，在其詩中，在在顯露出生命的悲哀，覺得生命的悲哀就像「死神唇邊的笑」，其中「泥濘」、「污血」的意象出現了一百三十次，而「寒夜」的意象出現了三十八次之多，這些意象多屬於頹廢哀傷的情調，充滿了憂慮。

　　他的詩作很難說哪一首是傑作，但有特別的風味。

〈棄婦〉

長髮披遍我兩眼之前，

遂隔斷了一切羞惡之疾視，

與鮮血之急流，枯骨之沉睡。

黑夜與蚊蟲聯步徐來，

越此短牆之角，

狂呼在我清白之耳後，

如荒野狂風怒號：

戰慄了無數游牧。

靠一根草兒，與上帝之靈往返在空谷裏。

我的哀戚惟遊蜂之腦能深印著；
或與山泉長瀉在懸崖，
然後隨紅葉而俱去。

棄婦的隱憂堆積在動作上，
夕陽之火不能把時間之煩悶
化成灰燼，從煙突裏飛去，
長染在游鴉之羽，
將同栖於海嘯之石上，
靜聽舟子之歌。

衰老的裙裾發出哀吟，
倘佯在丘墓之側，
永無熱淚，
點滴在草地
為世界之裝飾。

　　用「長髮披遍」則棄婦的形象已躍入眼簾，「隔斷」別人對她
的羞辱討厭的眼神。有些跳躍的突破邏輯的感覺則以視覺意象的
跳躍的呈現。我是「清白」的，但我的悲哀，惟「游蜂之腦」是
無人能瞭解的。隱憂又如「游鴉之羽」一陣狂亂的影象。

〈里昂車中〉

細弱的燈光淒清地照遍一切，
使其粉紅的小臂，變成灰白，
軟帽的影兒，遮住她們的臉孔，
如同月在雲裡消失！

朦朧的世界之影，
在不可勾留的片刻中，
遠離了我們
毫不思索。

山谷的疲乏惟有月的餘光，
和長條之搖曳，
使其深睡。
草地的淺綠，照耀在杜鵑的羽上；
車輪的鬧聲，撕碎一切沉寂；
遠市的燈光閃耀在小窗之口，
惟無力顯露倦睡人的小煩，
和深沉在心底之煩悶。

呵，無情之夜氣，
蹄伏了我的羽翼。
細流之鳴聲，
與行人之飄泊，
長使我的金髮褪色麼？

在不認識的遠處，
月兒似勾心鬥角的照遍，
萬人歡笑，
萬人悲哭，
同躲在一具兒，——一模糊的黑影，
辨不出是鮮血，
是流螢！

　　車中印象，在日光燈映現的景象，使色澤轉變，粉紅的小臂
變成灰白。再從車中往外看一切又快速流逝。

　　經過山谷，它也疲乏了，只能看到月還有長的樹條，其餘都
分辨不清。煩悶的心，面對一切飄流的印象，心情沒有飛翔的感
覺，羽翼卷伏。

第三章　三十年代：象徵與意象

　　二十年代的狂飆突進，上下以求索，到三十年代才蘊蓄成熟，意象主義和象徵主義的影響，是二十年代創作的氛圍，徐志摩和聞一多都高倡浪漫主義，當聞一多提出濟慈與李商隱的合璧，事實上已走入了象徵主義。某些程度上，在夢與神話的交織中，他已預取了超現實主義。

　　三十年代，主要是象徵主義的詩潮。何謂象徵？朱光潛（一八九七～）說：「『擬人』或『託物』都屬於象徵。所謂『象徵』就是以甲為乙的符號。甲可以做乙的符號，大半起於類似聯想。象徵最大的用處，就是把具體的事物來替代抽象的概念。」[1] 他的好友梁宗岱認為這是把象徵視為「比」──比喻了。梁宗岱認為：「我以為它和《詩經》裡的『興』頗近似。『文心雕龍』說：『興者，起也』；起情者依微以擬議。』所謂『微』，便是兩物之間微妙的關係。表面看來，兩者似乎不相聯屬，實則是一而二，二而一。」[2] 他以「心凝形釋，物我兩忘」一語，推出象徵的兩個特性：一是融洽或無間，二是含蓄或無限。（同上，六十九頁）梁宗岱可以說為「象徵」定了調。

---

[1] 朱光潛《談美》，（台北：開明，1975），P.96。
[2] 梁宗岱〈象徵主義〉，收入《詩與真》，（台北：商務，2002），PP.65-66。

第一節　古典與現代十字打開

　　新月派詩人陳夢家（一九一一～一九六六）的夫人趙羅蕤已譯艾略特長詩《荒原》，戴望舒的《惡之華撥英》更選譯法國象徵主義多篇詩作，邢鵬舉譯《波多萊爾散文詩集》。曹葆華選譯墨雷（John Middletom Murry）、瑞恰慈（I.A.Richards）、艾略特（T.S. Eliot）及梵樂希（Paul Valery）等的詩論，輯為《現代詩論》[3]。卞之琳也譯了《西窗集》，有里爾克的作品。三十年代的視野在這些（多為）外文系學者詩人或著或譯的筆下，何等寬廣。朱自清編選《中國新文藝大系・詩卷》及徐志摩編《新月選集》，可以說新詩已到豐收的時刻。新月派詩人錢鍾書的文藝批評集《談藝錄》的出版，古今中外詩人皆成筆底風雲。鄭振鐸、傅東華編《文學百題》，傅東華也譯密爾頓《失樂園》；趙景深《文學概論》、《小說原理》，郭紹虞《中國文學批評史》，趙景深及郭紹虞詩皆入選《中國新文藝大系・詩卷》。在《文學百題》中〈什麼是象徵主義〉一文，介紹象徵主義詩人及詩論，說明象徵是對於另一個「永遠的」世界的暗示。「象徵主義詩學的第一個特徵，就是『交響』的追求。象徵主義的詩人們以為在自然的諸樣相，和人的心靈的各種形式之間是存在著極複雜的交響的。……象徵主義的第二個特徵，就是輕蔑律動和追求旋律。象徵詩人的動搖的心情氣氛，是只有非常浮動的朦朧的旋律可以表露出來的。只有朦朧的音樂是可以暗示出詩人的心中的萬有交響的。」[4]

---

[3] 艾略特、葉慈等《現代詩論》，曹葆華選譯，（台北：商務，1971）。

[4] 台版改為傅東華編《文學手冊》，（台北：大漢，1977），PP.107-109。

在《文學百題》中，雖提到超現實主義（Surrealism），但批評說：「超現實主義者們並不曾有過使人心折的作品。在他們之中，較有成績的作者如卜萊登・靄律亞（Paul Eluard）、哥爾（Ivan Goll）諸人都可歸入達達主義裡面。其餘的人的作品則不是流入晦澀難懂，便是弄到淫猥下流，因為沒有倫理的顧慮，於是手淫男色露陰狂等等也成了研究的對象。……真是完全鑽入牛角尖裡去了的把戲。」（同上，一一八頁）當時對超現實的理解是這樣，在東西詩潮的交會融合上，就沒有朝向這個方向。

或者以象徵主義思潮來分，原本就有兩條途徑。「後期象徵主義詩歌（又稱新象徵主義詩歌）基本上沿著波多萊爾所開創的詩歌路子朝兩個方向發展：一是波多萊爾－馬拉美－瓦雷理。這一條路子主要是恪守詩的通感、詩的音樂姓、哲理性和詩的韻律學等；另一條線是波多萊爾－蘭波－克勞岱爾。」[5] 三十年代主要以前一趨向來發展，對韓波（蘭波）的了解，也是在前一個方向，但主要在抒情上。

〈現代〉派戴望舒、施蟄存

戴望舒（一九〇五～一九五〇）於一九二七年傑作〈雨巷〉已經發表，一九三二年留法，施蟄存當時主編《現代》時，與杜衡等一起三人被稱為現代派。戴望舒也曾有過浪漫派時期，但為期很短，而且還是初學者腐朽俗濫的情調。到他的名詩〈雨巷〉則進入了象徵時期，他也同時譯法國詩，可以說他譯詩的過程正是他創作詩的過程。音樂覆蓋了〈雨巷〉全詩，可以說正受了魏爾倫

5　葛雷、梁棟《現代法國詩歌美學描述》，（北京：北京大學，1997），P.143。

「音樂先於一切」的說法，如果說〈雨巷〉受法國象徵派詩人魏
爾倫〈夕陽〉一詩的影響，而另一首〈我的記憶〉又受法後期象
徵派詩人耶麥的手法。不過〈雨巷〉一詩從「丁香空結雨中愁」
一句結合了晚唐與法國象徵派的嘗試，可以說為現代詩開了新紀
元。一九三三年就出版代表他成熟期風格的《望舒草》，他的〈詩
論零札〉為現代派的理論綱領。重要的有三條：「一、詩最重要的
是詩情上的 nuance，而不是字句上的 nuance。二、新的詩應該有
新的情緒和表現這情緒的形式。三、詩是真實經過想像而出來的，
不單是真實，亦不單是想像。」[6] 詩的情感上會有細微變化，至
於「形式」是要表現這情緒的，或者說找到表達情感的象徵。真
實要經過想像量化，所以不單是真實，想像也經過真實的折射，
所以不單是想像。這大體上便是象徵主義的如真似幻。理論上並
沒有很深層的推進。但相當程度拓清了太過朦朧的不良影響。

　　戴望舒跳過了魏爾倫的太過強調音樂，甚至韓波式的幻覺，
而走向後期象徵主義。他稱贊果爾蒙這位「法國後期象徵主義詩
壇的領袖」人物，「他的詩有著絕端的微妙－心靈的微妙與感覺的
微妙。他的情詩是完全呈給讀者的神經，給纖細到纖毫的感覺的。」
他稱贊保爾・福爾是「法國後象徵派中最淳樸、最光耀、最富於
詩情的詩人，他用最抒情的字句表現出他的迷人的詩境，遠勝過
其他用著張大的形而上的詞藻的諸詩人。他稱耶麥的詩，拋棄了
一切虛誇的華麗、精致、嬌美。而以他自己的淳樸的心來寫他的
詩的。從他的沒有辭藻的詩裡，人們可以聽見日常生活中最普通

---

[6] 戴望舒《望舒草》，（上海：現代，1933），百花文藝影印版，PP.112-115。

的聲音，而感到一種異常的美感[7]。這就表示戴望舒走向深沈的感性，但在深沈的感性中，他對生活經驗的沈澱還不是那麼明顯，還沒有真正走到梵樂希（瓦雷里）。

我們說的只是調子，否則波多萊爾也不是容易走到的，甚至馬拉美的詩也並不只是抒情，在現在也均已重估。戴望舒也曾試驗過超現實主義的詩風。

何其芳正是在戴望舒這樣的基礎上，以精緻的抒情把三十年代的象徵詩潮推到極致。在何其芳的手下，一種流轉的韻律，達到了神奇的地步，把古典意象轉變為生動的現代詞彙，形象的流轉也富於動感，是形象，花、露，星；是聲響，小溪、簷雨；是色彩，綠藤、金花，寄託情感的人是美麗寂寞的少女。何其芳是把中國古典詩詞與法國象徵詩派結合得最流暢的一位陰柔美的詩人。在抒情傳統上，何其芳與五十年代的鄭愁予同為抒情聖手，可以說是「抒情詩雙璧」，雖說鄭愁予的某些詩多了一些哲理的開闊景象，也無減予何其芳的價值。當然也不要忘記施蟄存的意象詩，只一首〈銀魚〉，就表達了意象派的精髓；而卞之琳的〈魚化石〉、〈風景〉也有現代主義的戲劇性。

意象主義也和象徵主義是一脈的，透過五官感覺與內心某種情調契合，但意象主義更重瞬間的感覺印象，在意象的疊加中，以跳躍式的聯想並列另一個意象。在現代主義詩歌中，意象構成受到重視。意象派開山祖師龐德（Era Paund, 1885~1972）採用柏格森（Henry Bergson, 1859~1941）的直覺哲學及漢紐陽象形文字的靈

---

[7] 戴望舒《戴望舒譯詩集》中，果爾蒙、耶麥及福爾〈譯詩後記〉，（湖南：湖南人民，1983）。

感，來推動美語詩歌語言形式的改革。他把意象定義為「一個意
象是在一刹那時間裡呈現理智情感的複合物」。他的一首小詩〈在
地下鐵〉已成膾炙人口的名作。他在巴黎的地鐵車站看到一張又
一張美麗女人面孔時的感受。

〈在地下鐵〉

人羣中幽靈的面孔

濕黑樹枝上的花瓣

在地鐵車站因光線昏暗不明，故女人的臉如同幽靈般飄浮，
就好像是樹枝上的花瓣。兩個並立、並列的意象似斷非斷，似連
非連，實際上本無聯結關係，但是在句中可找到相似點來縮合，
如花瓣和面孔。

這種手法在電影上就稱蒙太奇技巧，二個不相關的鏡頭，在
一個新奇的意象中找到相關的新趣味。

法國象徵主義

其實法國的詩歌傳統其來有自，十五世紀抒情大詩人維龍
（Villon, 1431~？），被視為法蘭西文學的開山祖師。他曾獲巴黎大
學文學碩士，但本性放蕩不羈，喜與流氓為伍，作過殺人犯、盜
賊、囚徒，一生富於傳奇色彩。不但浪漫派視為鼻祖，而且象徵
派的波多萊爾也受其影響。[8]例如他〈古代美人〉一首詩，回憶雅
典美女黛伊斯以及法國美女依羅依絲，路易皇后乃法皇路易第七

---

[8] 覃子豪譯《法蘭西詩選》，收入《覃子豪全集Ⅲ》，（台北：覃子豪全集出
版委員會，1974），PP.14-15。

之后，到法國女英雄貞德的事蹟，每一回憶的結束都以設問句問道：「但哪裡是昔年的雪？」昔年的雪或是消融，或是被新雪掩蓋，好像美女早已在歷史中香消玉殞，迴響著歎息之聲，這句設問貫穿全篇，筆力千鈞的一句詩使全篇皆靈動起來，真是不容易。

到一八三〇年雨果（Victor Hugo, 1802~1885）的戲劇《歐那尼》上演，浪漫派正式成立，從之前的拉馬丁（Alphones de Lamartine, 1790~1869）到雨果、葛蒂葉（Theophile Gautier, 1811~1872）、維尼（Alfred de Vigny, 1797~1863）、繆塞（Alfred de Musset, 1810~1857）均為浪漫派詩人。葛蒂葉在〈藝術〉這首詩中說：

> 是的，越是通過叛逆而創造的形式中
> 產生出的作品就越加
> 美麗

三十年代的詩風是中國象徵主義思潮孕蓄成熟的階段。主要是自法國象徵主義借鏡。波多萊爾（Charles Pierre Baudelair, 1821~1867）不僅是象徵主義的先驅，也是現代詩的先驅。由魏爾倫（Paul Verlaine, 1844~1896）、韓波（Arthur Rimbaud, 1854~1891）、馬拉梅（Stephane Mallarme, 1842~1898）光大。法國的浪漫主義是一種熱情的解放，自我表現的直接書寫心靈，具有理想性，懷抱人道主義，對人類有廣博的同情和友愛。巴拿斯派強調科學性的客觀、冷靜，受到自然主義影響，在科學和哲學中去找真理。但波多萊爾既是巴拿斯派詩人，又是象徵派詩人，代表作《惡之華》一出，浪漫派最偉大的詩人雨果即譽之「創造了新的戰慄」。波多萊爾的都市詩，有頹廢及神祕的傾向。

象徵本來是詩的表現方法。特別強調象徵有什麼意義呢？可

以說它不再直接抒發熱情，也不客觀準確地再現物象，而是理想掩映在現實世界之中，是「另一個世界的暗示」。象徵特別要藉具體意象來表現情感。當我們用具體形象，來表達抽象思維，借物質世界可感覺的事物，表達精神世界超感覺的事實，就是運用了象徵。分析言之，以可見者表達不可見者；以部分表達全體；以有限表達無限；以具體事物表達抽象概念；以瞬間表達永恆，都叫做象徵。[9] 象徵必帶暗示性，也就更益增加我們的情趣與想像。當詩人以外在現象的方式讓讀者神祕偷窺到詩中的隱喻和象徵，潛意識活動也可以突破樊籠進人意識界。波多萊爾是象徵主義的代表人物，而〈交感〉一詩幾乎奠定象徵主義的範型。而波多萊爾本屬於巴拿斯派，後來才由客觀轉為主觀。後來更影響了魏爾倫、韓波、馬拉美等名家。

　　波多萊爾所玩味的是生活的恐怖與狂歡，他的喜悅乃感官式的，趨於逸樂。他認為：想像力教給人類，顏色、形狀、聲音與香氣的道德價值，……想像力創造了一個新世界，甚至一個感官經驗的新領域。所以他追求一種詩性的神祕主義，它必須表現在一種熱情，一種靈魂的狂喜中。象徵主義打破了形式的束縛，創造了不定形的自由詩。重視節奏和旋律的音響，音樂是情調的象徵。感覺交錯，即色彩的聽覺，詩要達到「音畫」的技巧。想像的暗示，充滿神祕、幽玄、朦朧，馬拉美說詩即謎語。威爾遜解釋象徵主義的本質時說：「每個詩人都有自己獨特的個性，他意識中的每一頃刻都有特殊的音調，以及這個因素相互聯繫的獨特的方式。詩人的任務就是發現創造那唯一能表現他的個性和情緒的

9　趙滋蕃《文學原理》，（台北：東大，1988），P.194。

特殊語言。這一種語言必須使用象徵。」為了把握每個人的特殊
音調，必須使用象徵。

交感　　波多萊爾（覃子豪譯）[10]

自然是一個有著活柱的宮殿
時時發出朦朧的語音；
人們經過象徵之森林
用熟習的眼光察看。

像從遠方混合著的悠長的回聲
出自深沉的單純與黑暗，
廣闊如光明和夜晚，
是香氣，色彩，音調的反應。

新鮮的氣息如兒童的身體，
柔和如笛音，綠色如牧場，
還有敗壞，財富與勝利，

無限的萬物滋長，
如琥珀、麝香、安息香與阿拉伯香薰，
歌唱官能與精神的熱情。

交感或譯「契合」（correspondence），意味感應，是人與自然的
感應，主客之間的感應。第一段自然中有活柱，乃因自然有「靈
性」，故有時會發出話語來。第二段第一句「悠長的回聲」是當人
面對自然事物時，與人不可見的感情、精神或理想相應。嗅覺、

---

[10] 同註8，P.144。

視覺、聽覺的感官感覺，使自然事物充滿「香氣」,「色彩」、「音調」，這是大自然的「新鮮」、「柔和」以及「敗壞」，這是耽溺於感官的頹廢感，卻從各種香氣中隱現幽微的「精神」。

如果比較浪漫主義者和象徵主義者，則可以清楚的發現浪漫主義者大多人格正直，多半追求正面、積極和昂揚的精神感；象徵主義者則藉著自然物象來表現，其香味、色彩和音調等感官乃對等的。但兩者在基調上有些相似。錯用或互用感官乃象徵主義的高峰期之技巧，其打破傳統觀念的美醜觀，甚至形成了一種醜的美學（雨果雖已有以醜為美，但較不在感官的逸樂上）。象徵主義也善用「朦朧的語言」，是曖昧的、流動的感覺。所謂相應，也在五官互用的層次上。象徵主義技巧的高峰期，五官感覺在某個程度上是相等的，所以在某個基調上可以找到對等的層次；如:「是香氣、色彩、音調的反應。新鮮的氣息如兒童的身體，柔和如笛音，綠色如牧場。」融合了視覺、嗅覺和聽覺，並且經由現實物像的折射表現其不可見的精神。

　　　貓　　波多萊爾（胡品清譯）[11]

來吧，我美麗的貓，來到我愛戀的心上。

隱藏你的指爪吧，

讓我浸沉於你美麗的雙目，

他們是金屬和瑪瑙的混合物。

當我的手指隨意地愛撫著

你的頭，你有彈性的背，

---

[11] 胡品清《法蘭西詩選》,（台北：桂冠，2000），PP.64-65。

當我的手陶醉於
撫摸你荷電的身體的悅樂，

我便想起我的女人。她的目光，
一如你的，可愛的動物，
深沉而冷峻，割截如投槍。

從頭顱直到腳趾，
一縷危險的幽香，
游走於她棕色的身軀。

　　波多萊爾作品重感覺的發揮。譬如以「貓」作情人的比喻，以貓的特性來寫女性特性，以貓的肢體語言表現出戀人的姿態。也以礦石的質地描寫貓的眼睛，乃視覺上的效果。波多萊爾終日與頹廢詩人相處，終其一生皆在肉慾、貧窮和疾病中度過，所以對於死亡和人生的衰敗有其特殊的領會。波多萊爾後期的作品重哲理性。波多萊爾作品的特色反對直接描寫，強調暗示才是創造，把握意象，運用象徵手法，描寫另一個世界。

　　逃避現實的需要使波多萊爾求助於鴉片與大麻，但他說最強烈的毒物乃是女人。在寫作上，他認為美和奇異、神祕和意外有密切關係。他一方面認為詩主要是哲學的，雖然不自願地。他同時也要人不要輕視任何人的感性，每人的感性也是每人的天才。

　　魏爾倫年輕時即任性嗜酒，他的詩音韻和諧，富有一種流動感與音樂感。

　　　　　三年之後　　**魏爾倫**（胡品清譯）（同上，七十九頁）
推開了那扇搖晃的窄門，

我曾漫步於小園；
朝陽溫柔地照著小園，
用潮濕的光芒將每朵花飾以亮片。
什麼也沒變，我全看見了，卑微、
蓬亂的葡萄架和藤椅⋯⋯
噴泉依舊發出銀色呢喃，
老山楊永遠抱怨。

玫瑰震顫如昔；如昔，
每隻高大驕傲的百合在風中款擺，
每隻往來的雲雀都是舊時相識。

我甚至又看見女先知薇蕾妲立著的雕像，
苗條的，在木犀草淡淡的清芬中，
石膏在園徑的另一端剝落。

　　藍波曾有一句名言：「我是另一個人」，也就是說我要像另一
個人看我時那樣的目光來注視自我。他的詩歌都是自我的專注、
解剖和自白，他認為首要任務不是在詩藝上下工夫，而是改變自己
的生活。他也認為詩人應成為幻覺者，從元音字母中如A、E、I、
O、C他能發現它們的顏色，形狀如動作，同時他認為詩人應像鍊
丹術士那樣提鍊自己的語言，對超現實主義的詩歌影響很大。

母音　　韓波（覃子豪譯）[12]

A黑，E白，I紅，U綠，O藍，母音，

我將訴說你們隱蔽的誕生。

Ａ，黑蒼蠅的翅膀，長毛透明的胸衣

在可怕的嗅氣的周圍，嗡嗡低鳴。

Ｅ，幽暗的深淵，汽船和蓬帳光輝的白色，

白色的王，繖形花的寒戰，傲慢的冰涼的長矛；

Ｉ，紅色，溢出的血，美麗嘴唇的微笑

在忿怒裡，或是在懺悔的迷醉裡。

Ｕ，周象期，海洋的神聖的震顫，

牛羊錯綜的牧場的平靜，

在好學者寬大的額上

被鍊金術刻下皺紋的寧靜，

Ｏ，大喇叭充滿奇怪的尖銳的聲音，

沉默穿過人類和神靈；

Ｏ阿麥加，它眼睛裡堇色的光彩。

　　馬拉梅企圖在自己的詩裡透過平凡事物的平凡外表，抓住事物背後難以理喻，難以理解，難以把握的「絕對」。他認為語言、形象、意會和思想都不是在詩人隨心所欲地操縱下，而是自由地湧流和噴發出來。偶然是詩的起點，也是終點。他同時強調現代音樂多音、多部性，是弦管繁喧的複雜的交響樂。他認為必須打破舊有的語言結構，尋找新的組合，新的碰撞，新的映照，他幾乎改變了整個法蘭西傳統的語言觀。這是名詩〈另一把扇子〉[13]：

---

[13] 莫渝譯《馬拉美詩選》，（台北：桂冠，1995），P.41。

你知道，我那深紅熟透的情慾，

一如每顆讓蜜蜂嗡叫的爆裂石榴；

而我們的血液鍾情於攫住者

流往欲望的整個永恆蜂羣。

　　古爾蒙有一首詩，可算是情詩絕唱。

雪　　（覃子豪譯）[14]

西蒙，雪是白的，像你的脖子

西蒙，雪是白的，像你的膝頭

西蒙，你的手像雪一樣的冷

西蒙，你的心像雪一樣的冷

雪溶於火的接吻

你的心溶於道別的接吻

雪是疲倦的在松枝上

你的額是疲倦的在你的黑髮下

西蒙，雪是你的姊姊睡在庭院

西蒙，你是我的雪和我的戀人

　　以雪來比喻自己的情人，皮膚是白晰晶瑩，但這一段運用雪的白，第二段運用雪的冷，由生理推至心理。第三段物質的矛盾性，用擬人化的「接吻」來形容，情人卻要道別也是矛盾，心溶於景，接吻的愉快轉為情傷，黯然銷魂。再用疲倦的擬人化描寫

---

[14]　同註10，P.176。

雪，雪就富於情態了。最後雪居然會睡著，真是神來之筆。呼語法「西蒙」也越來越強烈，終至情不可抑。

第二節　戴望舒的象徵主義

戴望舒（一九○五～一九五○），浙江省杭州市人。一九二三年人上海大學中文系，一九三二年留法，曾在巴黎大學、里昂中法大學就讀，被譽為「象徵主義的雨巷詩人」。著有詩集《我的記憶》、《望舒草》、《望舒詩稿》、《災難的歲月》等。另曾在一九三六年與徐遲、紀弦（路易士）創辦《新詩》雜誌，北方的馮至、孫大雨、卞之琳等亦為編委。

他結合象徵主義和晚唐的頹廢詩風，溶入了中國氣氛，宣示了中國新詩「現代主義時代」之誕生。例如：其〈雨巷〉以南唐李璟「丁香空結雨中愁」中的意象貫串全篇，其中白色丁香花被雨輕打時更顯得嬌柔而脆弱，好似姑娘的愁怨一般，其前後連鎖的意象暈促成了整體感，其重複性所造成的音樂感可說是受到象徵主義的影響。

其詩歌風格分為三期：早期詩風——感傷的味道濃厚，富於古典意象，是晚唐詩風加上象徵主義。代表作有〈雨巷〉、〈印象〉。中期詩風——意象細膩，代表作是《望舒草》整本詩集。其詩風意象細膩，可說李金髮集中注意象徵主義，而戴望舒臻至成熟。晚期詩風——在意象的跌蕩生姿上稍缺乏力道。所以中期的味道不見了；而語言便成了傳達情感的「工具」。由尼采開始、解構主義後期到後現代主義都相當重視語言本身，當然這也影響西方當代詩學著重語言。詩乃日常語言的變形，語言不僅是表達的「媒介」，更重視語言本身的自足性；而日常語言訴諸溝通，視語言為

表達的「工具」。

先看早期的作品〈十四行〉：

> 就像一隻黑色的衰老的瘦貓，
> 在幽光中我憔悴又伸著懶腰，
> 流出我一切虛偽和真誠的驕傲，
>
> 然後，又跟著它踉蹌在輕霧朦朧，
> 像淡紅的酒味飄在琥珀鍾，
> 我將有情的眼藏在幽暗的記憶中。

　　大量的雙音節詞使詩流暢，也有不少雙聲疊韻詞造成強烈的音樂感。我們認為戴望舒的詩作已在呼吸一個中國式象徵主義詩作的成熟時代。

　　戴望舒第一本詩集《我的記憶》（一九二九）以〈雨巷〉終篇，輯第二本詩集《望舒草》（一九三三）時，意會到魏爾倫的〈秋歌〉式風格，為了構成舒緩的音樂效果，不斷重複、拖沓累贅，機械化地湊韻腳；甚至描寫心境的形容詞太多，無法集中於主要心境。《望舒草》收舊作〈我的記憶〉，此詩有點模仿艾呂亞（Paul Eluard, 1895~1952）〈自由〉一詩的味道，落語平淡，又顯得氣象清新；卻沒有收〈雨巷〉一詩。戴望舒低估了〈雨巷〉的代表性，也高估了〈我的記憶〉白話洗練的重要性。《望舒草》是藝術風格的成熟期，是該二作風格的混合。其實〈雨巷〉能融合晚唐與法國的象徵主義詩風，尤其戲劇性邂逅頗能激發浪漫想像的空間，令讀者戀慕驚喜，直追唐朝崔護「人面至今何處去，桃花依舊笑春風」。

撐著油紙傘，獨自

彷徨在悠長，悠長

又寂寥的雨巷，

我希望逢著

一個丁香一樣地

結愁怨的姑娘。

……

像夢中飄過

一枝丁香地

我身旁飄過這女郎

她靜默地遠了

到了頹圮的籬牆

走盡這雨巷

在雨的哀曲裡

消了她的顏色

散了她的芬芳

消散了，甚至她的

太息般的眼光

她丁香一般的惆悵

〈雨巷〉詩中大量地引用雙聲疊韻，如彷徨、憂愁、彳亍、悽清等等。此詩抒情成分太濃，有頹唐的音調，但是其語言的凝結力不足；如：「她是有／丁香一樣的顏色，／丁香一樣的芬芳，／丁香一樣的憂愁，／在雨中哀怨，／哀怨又彷徨。」丁香的意象不斷地回旋往復，雖然形成了流動、暗示與聯想的美感與音樂

性，其朦朧的意象美雖然和諧地表達情境和氛圍，但是重複過多，造成意象的凝結力不足。另外一段中：「她徬徨在這寂寥的雨巷，／撐著油紙傘／像我一樣，／像我一樣地／默默行著，／冷漠，淒清，又惆悵。／」與前一段所引用的徬徨、憂愁、彳亍、悽清、哀怨、惆悵、悠長和愁怨等情緒詞也都是如此。象徵主義的朦朧意境可以在暗示（欲言又止）中達成，並非得用大量的重複才可以達成。如引述中前兩段的文字可用「她像丁香一樣，哀怨又徬徨／在這寂寥的雨巷，撐著油紙傘／像我一樣彳亍，悽清又惆悵」，就可以交代其涵義，象徵主義大約可分為二期：前期象徵主義重視其技巧，如音樂美與象徵美；後期象徵主義則偏向表達其哲理意涵。戴望舒較偏重於前期象徵主義的風格。

「丁」是小巧可以憐愛的，「香」則充滿香味，這是從字質上分析。「丁香空結雨中愁」，是說小巧可憐愛的女子徒然地凝結雨中的愁怨。好像雨珠在花瓣上凝結，如同淚珠。戴望舒詩中的「丁香」作為姑娘的象徵，也就帶著粉紅的色澤與香味，也在雨中凝結著愁怨了。這首詩音色流動，有朦朧的意象美。偶然的邂逅，愛情的幻滅，場景如雨巷的配置，以表現淒美的，如夢般的相遇，表現了與晚唐李商隱一般為情癡絕的心境。

可以這樣說，戴望舒的詩藝必須自他的情詩來重新估量，也大部分收錄於《望舒草》，但不能不收〈雨巷〉。戴望舒自己曾低估〈雨巷〉，正如當代詩人也曾低估戴望舒。只有紀弦說對：「《望舒草》充滿了一種動人的美好的憂愁，一種低迴的調子有如蕭邦的小夜曲，而一種象徵的表現手法是非常之纖細的。」[15]

---

[15]　瘂弦編《戴望舒卷》，（台北：洪範，1977），P.172。

〈秋天的夢〉

迢遙的牧女的羊鈴
搖落了輕的樹葉。

秋天的夢是輕的，
那是窈窕的牧女之戀。

於是我的夢是靜靜地來了，
但卻載著沈重的昔日。

「搖落」是〈秋天的夢〉詩中的詩眼，而此「動詞」的好壞會影響整首詩的生命。「詩眼」是詩人必須具備才學和注意力才能成就的。哲學家海德格認為「詩的語言是『靜默中的金鈴聲』」，從概念返回語言的空寂，藉以重新反省西方傳統的形上學。而早在尼采就開始，批判西方傳統形上學就是語言形上學，認為其是由主詞和賓詞（謂述的語言，主要為描述主詞的狀態）所構成，因為賓詞描述主詞的狀態，所以主詞成為一個主體，在思想上潛入了主體的思想。但是主詞和賓詞都必須停留在動詞之上，而我們在動詞上去掌握現象，如此在尚未決定的狀態會影響能指和所指的關係，使能指（語言）成為不確定的所指（概念）。使詩的語言從確定的概念解放出來。動詞正可以表現詩的動感，且有隱喻的性質。

首句音調上有舒緩的感覺，「搖落」將「羊鈴」與「樹葉」兩意象縮合；並造成動態感。「窈窕」是疊韻又呼應了首句的「迢遙」，音調上就回旋往復。「夢」的輕與「昔日」的「沈重」則是對比。

他另外有佳句如：「細風是在細腰蜂的翅上吧」。意象鮮明、具體別緻，如「翅」般地細、薄和透明，視覺上有工筆畫的效果。

這句詩非原創,來自一位法國詩人。

〈三頂禮〉

引起寂寂的旅愁的,

翻著輕浪的暗暗的海,

我的戀人的髮

受我懷念的頂禮。

戀之色的夜合花,

挑達的夜合花,

我的戀人的眼

受我沈醉的頂禮。

給我苦痛的螯的,

苦痛的但是歡樂的螯的,

你小小的紅翅的蜜蜂,

我的戀人的唇,

受我怨恨的頂禮。

　　詩中:「翻著輕浪的暗暗的海/我的戀人的髮」、「戀之色的夜合花/我的戀人的臉」、「你小小的紅翅的蜜蜂/我的戀人的唇」等等用五官的感覺與意象的疊合,其中「輕浪」訴諸視覺與觸覺。「小小的」是在視覺上引起楚楚可憐的樣子,「紅」點出唇色與動態,具體的昆蟲意象動態的呈現可憐愛的情態。受苦却又歡樂,這是一種矛盾的感情。以象徵為技巧的工筆畫,頗具功力。
　　戴望舒對詩歌現代意識的強化乃至技巧的自覺都有長足的超越,對戴望舒來說,象徵主義的意味恐怕在於尋找到一個唯美的

象徵，而且只在感覺的纖細敏銳中才能尋找到這麼一個象徵。我們看他的詩風，的確也是如此，傾向於感傷及纖細，而他與小說家穆時英的妹妹婚姻的挫折，也促成了這樣的感傷。他的名詩〈雨巷〉雖以古典意象「丁香空結雨中愁」來轉化，但也有了象徵意味及形象的塑造。戴望舒在吸收中也有自己的轉化過程。

不過可以看出戴望舒對種種修辭技巧的自覺，他的名詩〈雨巷〉早已使用種種回環、重複來加強全詩的音樂感。他能充分發現利用現代口語中雙音節詞的流暢自然美，汲取現代口語入詩。也能利用現代漢語中雙聲疊韻詞，創造詩的音節之美。另運用重疊反複手法，讓一些主要意象詞重複出現，加強音樂感，並造成象徵，已有部分詩句相當成熟。邂逅及戲劇性已足以使此詩不朽。

〈有贈〉

誰曾為我束起許多花枝，
燦爛過又顦頓了的花枝，
誰曾為我穿起許多淚珠，
又傾落到夢裡去的淚珠？

我認識你充滿了怨恨的眼睛，
我知道你願意緘在幽暗中的對話，
你引我到一個夢中，
我卻又在另一個夢中遺忘了你。

我的夢和我的遺忘中的人，
哦，受過我暗自祝福的人，
終日有意地灌溉著薔薇，
我卻無心地讓寂寞的蘭花愁謝。

　　「誰」可能指的是命運，「花枝」或象徵那些愛過的女人。花枝燦爛過又憔悴，在人的記憶中；白日為失戀而流淚，夜晚時淚又傾落到夢中。怎一個苦字了得。第二段中的苦戀，你的眼睛充滿了怨恨，在幽暗中有些話封口不說。我愛著的，是一個恨著我的女人。愛你，把我引入一個美好的夢中；分手時，我進入另一個夢而把你忘記了。愛過又分手，夢過又遺忘，現在我只能暗自為你祝福。最後兩句以薔薇和蘭花呼應第一段的許多花枝。當我進入另一個夢中，有如殷勤灌溉薔薇，但被我無心遺忘的蘭花，也就憂愁的凋謝。最後一段牽涉到愛與遺忘，最能表現人生在愛情與命運上的無奈。戴望舒愛的是一個怨恨他的女人，或許戴望舒所愛的，總超過他能愛的，成為他悲劇的宿命。

　　這首詩在舊愛新歡間，有如前世今生，是戴望舒詩中傑作，最能狀其形神。此詩曾改編歌詞〈初戀女〉為電影主題曲。

　　在《災難的歲月》中，可看一首〈白蝴蝶〉。

　　　　給甚麼智慧給我，
　　　　小小的白蝴蝶，
　　　　翻開了空白之頁，
　　　　合上了空白之頁？

　　　　翻開的書頁：
　　　　寂寞；
　　　　合上的書頁：
　　　　寂寞。

　　這首詩小巧精美，「空白之頁」雖如「白蝴蝶」但華美轉成空幻，留下的只有寂寞。至於智慧，還是等四十年代。

第三節　何其芳的甜美與迷離

　　真正將古典詩風與法國象徵主義詩風揉和，達到甜美流暢的境界，應屬何其芳（一九一二～一九九七）。何其芳，四川省萬縣人。北京大學哲學系畢業。一九三八年夏到延安，任魯迅藝術學院文學系主任。一九五三年起任中國社科院文學研究所副所長、所長。雖然他與李金髮、戴望舒一樣，有感傷自憐的色彩，抒情音韻圓熟，著有詩集《預言》、《夜歌》、《何其芳詩稿》等，詩集《預言》當是可以流傳之作，這種陰柔秀美的詩風支配了三十年代，何其芳人如其名，是集大成者。

　　他曾敘述自己是由五代詞以及同樣的迷醉於法國巴拿斯派以後的幾位象徵派詩人而開始寫作的。

〈花環〉
——放在一個小墳上

開落在幽谷裡的花最香，
無人記憶的朝露最有光。
我說你是幸福的，小玲玲，
沒有照過影子的小溪最清亮。

你夢過綠藤緣進你窗裡，
金色的小花墜落到髮上。
你為簷雨說出的故事感動，
你愛寂寞寂寞的星光。

你有珍珠似的少女的淚，
常流著沒有名字的悲傷。

你有美麗得使你憂愁的日子，

你有更美麗的夭亡。

　　〈花環〉這首詩以頌歌的輕快調子寫悼亡詩，是出乎意料之外的奇筆，在何其芳的詩中屬清麗之作。何其芳的詩多屬音韻幽婉，纏綿悱惻，一種古典式的夢畫連綿展開。調子雖流暢，但如不能抑制，有散文化的毛病，甚至名作《預言》即是如此。此詩較無因情造文之感，沒有感傷的浮露，是悼亡之作的上品。以一個「無人記憶」的名字，是一個可憐的無名少女的墳。「開落」兩字就形成弔詭，死亡成為「花開花落」的自然姿態，而且「最香」。詩人以祝福的心情，把死亡說成自然的姿態，並以三個並列句重複歌頌這位無名少女，說她在最美麗的時候死去。第二段鋪敘美麗的情境帶著柔情鋪敘充滿感動的年輕歲月，詩人並未用具體特殊的意象，如「花」、「光」、「溪」、「淚」等均為普通名詞，故可集中呈現「心境」。整篇均構成弔詭語言，將美麗與哀傷結合，並以被遺忘是幸福的，來祝禱。

〈歡樂〉

告訴我，歡樂是什麼顏色？

像白鴿的羽翅？鸚鵡的紅嘴？

歡樂是什麼聲音？像一聲蘆笛？

還是從稷稷的松聲到潺潺的流水？

……

歡樂是怎樣來的？從什麼地方？

螢火蟲一樣飛在朦朧的樹陰？

香氣一樣散自薔薇的花瓣上。

它來時腳上響不響鈴聲？

對於歡樂，我的心是盲人的目，
但它是不是可愛的，如我的憂鬱。

　　何其芳感染了馥郁的晚唐五代詞的氣息，講究隱喻、修辭和
音韻，在寂寞上透露對愛情的迷癡與渴望，悵觸與惘然。在他的
詩中顯現出一種迷離的氣質，在意象的精雕細琢中，有一種精美
的感傷，色彩的配合有如鏡花在水月的空幻。白羽翅、紅嘴是鮮
豔的色彩，蘆笛、松聲與流水是自然流暢的音調，薔薇的香氣是
馥郁的嗅覺，又像螢火蟲一閃一滅，若有似無，無怪乎「歡樂」
與「憂鬱」毗鄰，構成對比心境，不禁哀歎「我的心是盲人的目」！

　　何其芳揉和晚唐詩風和象徵主義的詩風，在三十年代是集大
成者。他善於想像的設境，將人生的觀察和體驗傳成精巧細緻的
意象，自然現象（景）就成了詩意的舞台。柔情細膩，風光無限。
佳句遍拾即是，〈圓月夜〉中：「你的聲音柔美如天使雪白之手臂，
觸著每秒光陰都成了黃金。」[16] 他的《預言》是三十年代最精美
的一本詩集。但他的詩只有在散文的調子裡才能恣縱著想像，時
而不免散文化之病。如同波多萊爾，如同戴望舒，憂鬱成為他的
主調。

　　何其芳的《預言》實有不少傑作，〈羅衫〉是懷念一位女子的。

我是曾裝飾過你一夏季的羅衫，
如今柔柔地摺疊著，和著幽怨。
襟上留著你嬉遊時雙槳打起的荷香，

---

[16] 何其芳《預言》，（上海：文化生活，1945），P.38。

袖間是你歡樂時的眼淚，慵睏時的口脂，

還有一枝月下錦葵花的影子，

是在你合眼時偷偷映到胸前的。

眉眉，當秋天暖暖的陽光照進你房裡，

你不打開衣箱，檢點你昔日的衣裳嗎？

我想再聽你的聲音。再向我說

「日子又快要漸漸地暖和。」

我將忘記快來的是冰和雪的冬天，

永遠不信你甜蜜的聲音是欺騙。

　　疊字，雙聲疊韻及押韻的方式在詩中都造成呼應，使節奏流暢，將自己投射（所謂移情作用）化為女子貼身的羅衫，但只裝飾了一個夏季，到了秋天就被摺疊起來了，所以「和著幽怨」。羅衫的襟上，還留有女子眉眉在「嬉遊時雙槳打起的荷香」，袖上有女子的眼淚和口脂，在設想上真有如晚唐詩風的多情、溫柔、纖細。而甚至錦葵花的影子也被月光映射到羅衫的胸前。構思的造境真正是出乎意料之外。眼見快到冬天，卻還想聽到眉眉對他說：「日子快要漸漸暖和」會再穿上羅衫，即使是欺騙，他也願意；真是癡情男子。這首詩中有時序的推移，充滿了憶念之情，而由夏至冬，深情在筆下轉成淡淡的哀怨，可說是怨，而不傷。這種含蓄溫婉的筆調，既纏綿又悱惻。

　　無論何其芳的夢還是他的詩，真是像開「順風船」的樣子，顯得如此自己。我們在三十年代就有藝術風格如此成熟的抒情詩人，可以稱為「抒情聖手」，雖然他的意象詞有點晚唐的風味，並使用大量的自然意象，好像少一點時代的新，但不礙何其芳之為何其芳，我認為在抒情上，他與五十年代的鄭愁予在抒情才氣上

是互相呼應的，兩人可視為現代抒情詩的雙璧，一對和氏璧。

〈預言〉一詩是何其芳代表作，也許在此詩初面世時有驚人的氣勢，如今讀來，太過流暢，反散文化了。僅錄四段，略第二段和第五段。

> 這一個心跳的日子終於來臨。
> 你夜的歎息似的漸近的足音，
> 我聽得清不是林葉和夜風的低語，
> 麋鹿馳過苔徑的細碎的蹄聲。
> 告訴我，用你銀鈴的歌聲告訴我
> 你是不是預言中的年輕的神？
> ……
>
> 請停下來，停下你長途的奔波，
> 進來，這裡有虎皮的褥你坐！
> 讓我燒起每一個秋天拾來的落葉，
> 聽我低低唱起我自己的歌。
> 那歌聲將火光一樣沈鬱又高揚，
> 火光一樣將我的一生訴說。
>
> 不要前行！前面是無邊的森林：
> 古老的樹現著野獸身上的斑紋，
> 半生半死的藤蟒一樣交纏著，
> 密葉裡漏不下一顆星星。
> 你將怯怯地不敢放下第二步，
> 當你聽見了第一步空寥的回聲。
> ……

　　　　我激動的歌聲你竟不聽，

　　　　你的腳竟不為我的顫抖暫停！

　　　　像靜穆的微風飄過這黃昏裡，

　　　　消失了，消失了你驕傲的足音！

　　　　啊，你終於如預言中所說的無語而來

　　　　無語而去了嗎，年輕的神？

　　中間刪略的散文化的鋪陳，都不足以支撐頭、尾兩段的力量。

　　起句有力，「心跳的日子」要來了，但這日子迴蕩「夜的歎息」，「漸近的足音」也使心跳加快。隨後用自然意象鋪設情境，「林葉和夜風的低語」、「麋鹿細碎的蹄聲」，這些都不是「銀鈴的歌聲」，「預言中的年輕的神」到底何指？使全詩充滿懸疑而等候解答的氣氛。

　　「請停下來」呼應下一段的「不要前行」，都是想留住「年輕的神」。「年輕的神」尊貴非凡，邀請他坐「虎皮的褥」。「每一個秋天拾來的落葉」是自己年輕時的憂愁。雖然「沈鬱」，但歌聲是輕快的，故「高揚」。

　　「不要前行」因為前面有「野獸」和「藤蔓」，後句約是古老的大樹藤如蟒，否則不會「蛇樣交纏」。「密葉」裏透不了光，也不會有希望，「漏不下一顆星」。

　　「年輕的神」終要離去，「我」是「顫抖」的，那真是「驕傲的足音」！

　　至於「年輕的神」何所指？或即是青春的歡樂，回響起〈歡樂〉一詩的追問，尤其是指梵樂希名作《年輕的命運女神》。

第四節 施蟄存的新感覺

施蟄存（一九〇五～二〇〇三）曾與戴望舒一起提倡「文學現代化」，他受意象主義的影響較深，是「都市詩」的先驅。他的〈銀魚〉便可以說是三十年代意象主義的名作。施蟄存亦寫小說，是中國新感覺派的開創人物，用「內心獨白」、「心理分析」逼視無意識世界，運用佛洛伊德精神分析理論來進行創作，特別體現在潛意識，雙重人格的描寫、性心理分析、自由聯想和夢幻描寫。

〈銀魚〉

橫陳在菜市裡的銀魚

土耳其風的女浴場

銀魚堆成柔白床巾

迷人的小眼睛從四面八方投近來

銀魚，初戀的少女

連心都坦露出來了

第一句「橫陳」，古詩中「小憐玉體橫陳夜」，雖說是銀魚橫陳實際則有影射「玉體橫陳」的聯想，可謂是「祕響旁通」[17]。堆在菜市場的銀魚可聯想到土耳其的女浴場，且銀則想到白色，銀魚鋪在市場中就像「床巾」一般。第四句描述「迷人的小眼睛從四面八方投過來」比喻浴場中的女人故迷人，第五句「銀魚，

---

[17] 葉維廉所創，由劉勰通過易經而演化出來，認為早於西方「文本互涉」理論近千年。葉維廉《眾樹歌唱——歐美現代詩100首》，（北京：人民文學，2009），P.12。

初戀的少女」，因作者想像初戀的少女對他情有獨鍾，末句連心都坦露出來了，因浴場玉體橫陳都與坦露有關。這首詩是意象的名作，此詩意象新穎跳躍度之大，從土耳其風的女浴場到迷人的小眼睛再到初戀的少女，三個跳躍的意象似連非連、似斷非斷，並且在三個意象中找到連接點將其連結，造成全新的感受。所以必須找到具體、精確，甚至堅實的物象，進而傳達詩人的出奇構思。

〈沙利文〉

我說，沙利文是很熱的

連它的刨冰的雪花上的

那個少女的大黑眼

在我不知道的時候以前

都使我的 Fancy Sundes 融化了

我說，沙利文是很熱的。

這首小詩寫夏日咖啡館，很有現代感。在日常生活中尋找突出的意象最為傳神令人著迷的大黑眼，使想像力都融化了。

第五節　卞之琳空靈的視象

卞之琳（一九一○～二○○○），江蘇省海門縣人。北京大學英文系畢業，曾任教於四川大學、西南聯大。一九六四年後任外國文學研究所終身研究員。和何其芳、李廣田合稱「漢園三詩人」。著有詩集《三秋草》、《魚目集》、《十年詩草》及翻譯《西窗集》多種。曾有「晦澀詩人」的封號。

〈魚化石〉

我要有你的懷抱中的形狀，

我往往溶化於水的線條。

你真像鏡子一樣的愛我呢，

你我都遠了乃有了魚化石。

　　魚化石如用方言讀「雨花石」就造成同音異義。「我」想要進入你的懷抱，卻說想要有其形狀，詩意含蓄；一進入懷抱之後，女人是水作的，「我」就「溶化」了，成為「水的線條」。兩人相對面時彷彿「照鏡」，有「水」有「鏡」，鏡中的映影與水光交織，空靈至極。「遠了」是距離，昔日愛戀的記憶甚至魚水之歡正在時間中沈澱，有如化石。〈魚化石〉是絕妙的意象。

　　另一代表作〈白螺殼〉僅欣賞部分佳句：

空靈的白螺殼，

你孔眼裏不留纖塵，

⋯⋯

請看這一湖煙雨

水一樣把我浸透，

像浸透一片鳥羽。

我彷彿一所小樓

風穿過，柳絮穿過，

燕子穿過像穿梭，

樓中也許有珍本，

書葉給銀魚穿織，

　　白螺殼中空，「空靈」瑩潔。在欣賞白螺殼時，想像其中空中
彷彿有一湖煙雨，「我」在被浸透時也化為「一片鳥羽」；換言之，
空靈的想像帶著我「飛翔」了。換喻成一座小樓，也是空的，風
也能穿過，風吹柳絮是江南的景象，柳絮也能穿過；燕子也能穿
過，樓的構造如白螺殼般旋繞的螺紋，也有如織梭了，我是學者、
詩人，化為小樓，故「也許有珍本」；但珍本也被銀白的蠹魚「穿
織」。

　　對白螺殼的空與螺紋形的想像，把自我也融入，而容納了江
南景色，「我」就被這些江南景色穿透了。想像之設境空幻華美，
似螺紋般推進。

〈斷章〉

　　你站在橋上看風景，
　　看風景人在樓上看你。
　　明月裝飾了你的窗子，
　　你裝飾了別人的夢。

　　這首小詩因語言簡潔俐落，境界也渾然天成。你看風景是在
「橋上」，你以為「橋上」是高嗎，「看風景人」是在「樓上」看
你，你成為別人眼中的風景。由「看」到被看，「你」也無須崖岸
自高，還有「別人」在。這是白天的場景。

　　縱使「明月裝飾了你的窗子」，你也只是「裝飾了別人的夢」，
「裝飾」就不是主角了。由做夢者成了被做夢者。這是黑夜的場景。

　　你把風景收攝進視野，別人把你收攝進視野；月光照在你的
夜窗上有如裝飾，你也只是別人夢裏的裝飾。有層層轉進之妙。
「你」不是「主角」。風景中有風景，夢中有夢，好像盒中盒。似

已在召喚四十年代哲理詩的到來。

第六節　艾青的形象控訴

　　艾青（一九一〇～一九九六），原名蔣正涵，浙江省金華縣人。入西湖藝術專科後，曾赴法習畫，現為中國作家協會副主席。著有詩集《大堰河》、《曠野》多種。

　　艾青在國際上有很高的聲譽，他的《詩論・形象》中收有一首討論意象的小詩，相當生動。

〈意象〉

翻飛在花叢，在草間，

在泥沙的淺黃的路上，

在靜寂而又炎熱的陽光中……

它是蝴蝶——

它終于被捉住，

而拍動翅膀之後，

真實的形體與璀璨的顏色，

伏貼在雪白的紙上。

　　用意象演出的方式來詮釋「意象」、「翻飛」二字正是動態的表現了。無論「花叢」、「草間」、「路上」，都是「翻飛」的動態意象，而動詞本帶有隱喻色彩，直到第四行才說明「它是蝴蝶」，那麼這些地方都有蝴蝶翻飛的影子，熱鬧繽紛的蝶影。「捉住」蝴蝶這個動作，說明詩人捕捉意象的形象構想。因為蝴蝶是具體形象，被「捉住」還「拍動翅膀」，形象是鮮活的，故有「真實的形體與璀璨的顏色」。艾青自己說：「詩人一面形象地理解世界，一面又

借助於形象向人解說世界；詩人理解世界的深度，就表現在他所創造的形象的明確度上。」他把形象視為意象的基礎，仍是形式主義的，可以作為新詩創作的基本技法。其實「形象的」是無法理解世界，詩人在創作意象的同時，去感受，理解世界的變化。

〈青色的池沼〉

青色的池沼，
長滿了馬鬃草；
透明的水底，
映著流動的白雲……

平靜而清澈……
像因時序而默想的
藍衣少女
坐在早晨的原野上

當心啊──
腳蹄撩動著薄霧
一匹栗紅色的馬
在向你跳躍來了……

　　在色彩的運用上，第一段是「青色」，第二段是「藍衣」，第三段是「栗紅色」。「馬鬃草」是特殊名詞，輝映著第三段的栗紅色。第一段色彩已有層次，平望是青色，俯看是透明，鏡映著白雲，是流動的。

　　用「平靜而清澈」跨句到第二段，白雲的平靜，像少女的默想。「時序」是春天，默想是平靜的。「早晨的原野」點明空間。

　　但「當心啊」，突然出現馬蹄，由馬鬃草到馬蹄到栗紅色的馬，純粹從字質上異質的跳躍，相當驚人，好像栗紅色闖入了「藍衣」的藍與默想如白雲的白。

　　艾青有能力作意象的演出，只要他能以這首詩的方案設計，來作形象構想。〈雪落在中國的土地上〉一詩，我們選一段來解說。

> 雪落在中國的土地上，
> 寒冷在封鎖著中國啊……
> 風，
> 像一個太悲哀了的老婦，
> 緊緊地跟隨著
> 伸出寒冷的指爪
> 拉扯著行人的衣襟，
> 用著像土地一樣古老的話
> 一刻也不停地絮聒著……

　　開頭幾行已看出艾青感受著中國所遭受的苦難。第一句是直述，第二句「寒冷在封鎖……」就不僅訴諸生理感，還會引出以後的抗訴意味。

　　第二段把風擬人化為「太過悲哀了的老婦」，那麼是悲風在淒訴怨嗟。無形的風，被「老婦」形象化了。艾青進一步作動態的演出，按照他的標準，就是「創造形象的明確度」。「伸出」、「拉扯」都富於形象的細膩表現，因為「太過悲哀」，所以抓住行人「一刻也不停地絮聒著」。主要是「像土地一樣古老的話」，不是就在替社會的底層抗議、控訴一切不公義嗎？詩人藉「雪落」而抗議「寒冷在封鎖」，因自己也被囚禁。

第七節　林庚的夢中之歌

　　林庚（一九一〇～二〇〇六），福建省閩侯縣人，清華大學中文系畢業後留校任朱自清先生助教，後任北京大學教授。自一九三一年起他開始大量發表品，著有詩集《夜》、《春野與窗》、《她的生命》、《冬眠‧其他》，理論集《詩人屈原及其作品研究》、《詩人李白》等多種。他受波多萊爾的影響很大，但曾被戴望舒批評為拿白話來寫古詩的傾向。

〈破曉〉

> 破曉中天傍的水聲
> 深山中老虎的眼睛
> 在魚白的窗外鳥唱
> 如一曲初春的解凍歌
> （冥冥的廣漠裡的心）
> 溫柔的冰裂的聲音
> 自北極像一首歌
> 在夢中隱隱的傳來了
> 如人間第一次的誕生

　　描寫破曉時感受，「水聲」在「天傍」，聲音好像清澈玲瓏，這已是奇筆；一跳到「深山中老虎的眼睛」，從垂直線拉到橫向的視野。是破曉的力量使老虎也睜開了眼睛？「水聲」醒了，「虎眼」也流動了起來。色澤是「魚白」的，鳥聲如歌，時序是「初春」，故如一首「解凍歌」。至此全為自然意象，終與心相應合，心原來是很寂寞的，像在黑夜的荒野中。詩人感受到破曉的力量，

鳥歌是「溫柔的冰裂的聲音」，而且「自北極開始」。現在「像一首歌」，這鳥唱已與人的歌謠混淆難分了。詩人還在夢中，故「水聲」、「虎眼」、「鳥唱」都是夢中的意象，真是靈動；說「隱隱的傳來了」，好像詩人也要醒來。「破曉」之歌，只有在詩人筆下，才在「人間第一次的誕生」，我們也第一次感受到「破曉」。

另有〈春野〉一詩，林庚認為是「第一首自然詩」。

> 春天的藍水奔流下山
> 河的兩岸生出了青草
> 再沒有人記起也沒有人知道
> 冬天的風那裏去了
>
> 彷彿傍午的一絲鐘聲
> 柔和得像三月的風
> 隨著無名的蝴蝶
> 飛入春天的田野

春水的「奔流」，是藍色鮮明的色調，「奔流」的動態也造成了「生」的動態，是瞬間產生的效果。眼前視野一調換，「冬天的風」早已無影踪。

「傍午」有溫暖之感，「鐘聲」用「一絲」形容，是若有似無的。鐘的聽覺意象，以觸覺意象描寫──「柔和得像三月的風」，這都是春來了的感受，詩人的心情，有隨著蝴蝶「飛」起的欣悅。

林庚詩語簡潔有勁道，這首詩可以清新的小品視之。

第八節　孫毓棠的汗血寶馬

孫毓棠（一九一一～一九八五），江蘇省無錫縣人，清華大學歷

史系畢業。留學日本，入東京大學研究院攻兩漢史。曾任教雲南
大學。著有詩集《海盜船》、《懷鄉曲》等。

　　史詩《寶馬》七百多行，獲大公報詩歌文藝獎，氣勢恢宏。
是寫漢武帝欲得西域血汗寶馬，命李廣利將軍率師兩次遠征大宛
的事蹟。[18]

〈寶馬〉

　　宛王毋寡散着紅鬚，
　　在貴山城建築起輝煌的宮殿，
　　玟瑁鑲的王冠綠得像他的眼睛，
　　御苑的紅芍藥像他心頭的想望。
　　他愛條支的眩眼戲，身毒的大珍珠，
　　他愛大秦安息的美人和孔雀，他愛
　　于闐紫玉的透明，愛烏孫雕弓
　　能射呼揭的鐵箭。他愛他堂前
　　羣羣赤着身的女人披起紗縠與冰紈，
　　躺在罽賓的花氈上魚樣的笑。
　　他愛用金樽來飲美酒，張血口
　　向黃月唱英雄的歌，美酒香透了
　　琵琶舞袖，灑紅了裸乳和王袍。
　　但是他更愛寶馬，（天注的劫數！）
　　愛牠們八尺的腰身，紅鬃與黑鬣；
　　愛他們昂首的雄姿，和千里奔馳的
　　骨力。他叫各地官司分苑來牧養，

---

[18] 司馬長風《中國新文學史》，（台北：自印本，1978），PP.188-189。

佩上金鐙和花鞍，……

敘事詩是抒情詩加上史詩，被歸入抒情－史詩類。史詩氣勢磅礡，常集中於歷史上的大事件。荷馬史詩《伊利亞德》希臘聯軍攻打特洛伊城，人類學家已開挖出多處遺址。孫毓棠常用跨句，表現連貫的氣勢，此詩精雕細琢，頗多特殊名詞，在歷史聯想中召喚活生生的當時場景、情境。雖是古代，卻更是異國情境，使全詩洋溢著異域的特殊魅力。筆法簡勁俐落，有陽剛之美。

某些程度上，他繼承了聞一多的幻象詩學。

第四章　四十年代：哲理與現代

　　從三十年代發展到四十年代，象徵風格發展為哲理風格，這個傾向是從對法國前期象徵主義的消化吸收，轉為對後期象徵主義的消化吸收。有人就認為三十年代到四十年代是由流動的音樂轉為凝重的雕刻，這是頗能把握住實際的轉變的。雖然三十年代同樣也翻譯晚期象徵主義的作品，譬如說戴望舒就翻譯並且喜好法國後期象徵主義如古爾蒙、耶麥等人。但他所寫作風格卻仍是以婉約、唯美為主。真正在三十年代集大成的何其芳，抒情音韻之圓熟，固不在話下，但仍是婉約的、流動的，顯然不與四十年代的哲理化詩風同調。本章則試圖為四十年代的哲理詩風尋求來源。

第一節　由絢爛到平淡

〈中國新詩〉

　　對日抗戰期間，由北京大學、清華大學、南開大學師生所組成的西南聯合大學，成為新詩的一座花園。聞一多是西南聯大的精神象徵，朱光潛、沈從文、朱自清、馮至、卞之琳、陳夢家、李廣田也在那兒任教。英國詩人及學者威廉・燕卜孫（William Empson, 1906~1984），一九三〇年即出版成名作《朦朧的七種類型》[1]，是新批評健將。還有也在那裏任教的英國詩人羅伯特・白英與

---

[1] 威廉・燕卜蓀《朦朧的七種類型》。（杭州：中國美術學院，1998），"ambiguity"朦朧。

聞一多合作編輯《中國新詩選譯》，都在當時產生很大的影響。甚至奧登（Auden, 1907~1973）曾從英國來到戰時中國。

　　馮至於一九三〇年至一九三五年在德國洪堡大學求學，便已鑽研了里爾克詩及詩學，翻譯《尼采詩抄》與研究存在主義哲學。里爾克本是梵樂希的德國譯者，又曾是雕刻家羅丹的助手。馮至從里爾克《杜伊諾哀歌》體味出他由青春步入中年的過程中，有一種新的意志產生：從音樂的轉向雕塑的。[2] 或許也不妨形容三十年代到四十年代的轉變，由流動的音樂成為凝重的雕刻。雕刻並不指向形象，而是一種生命沈思者的型態；面對整個時代的動盪，詩人由情感的象徵向開闊的生活世界，由生活經驗沈澱出詩思。

　　馮至的《十四行集》於一九四一年出版，可以說是新時代的開端。「西南聯大詩人羣：馮至、穆旦、杜運燮、鄭敏、王佐良及後來的袁可嘉、馬逢華等是一羣自覺的現代主義者，是新詩的探險家，馮至、鄭敏對里爾克詩學及穆旦、杜運燮對艾略特、奧登詩學的引進與實踐，代表了中國現代主義的最高成就。不少作品已突破新詩的水準而成為世界性的傑作。」[3] 所謂「突破新詩的水準」，仍是以里爾克、艾略特和奧登為標準的。葉維廉曾區分了四十年代的特性：「譬如新月和現代的語言是很顯著的藝術語言，是知識份子的（極端是私心世界的）語言，四十年代的詩人，由於要接近更廣大的羣眾以求傳達他們共有的歷史經驗，不得不以大量的口語（大眾語）調整他們的藝術語言，包括獨白體（由卞之琳「聲

---

[2] 引自孫玉石《中國現代主義思潮史論》（北京：北京大學，1999），PP.283。

[3] 張同道《探險的風旗——論20世紀中國現代主義思潮》（安徽：安徽教育，1998），P.288。

音的掌握」中提煉出來）。在這個層面上，奧登在艾略特和里爾克的基礎上提供了更多策略，機智的口語，內斂而凝重的氣質，和暗示力濃烈的『肉感』（唐湜借用卞之琳譯 Sensuality 一字）的意象。」[4]這是重要的評論，甚至四十年代在生活經驗的領悟已夠堅實，也許成就更在理學味甚濃的宋詩之上，至少是必須消融了唐詩的宋詩；就像象徵派發展到梵樂希一樣，繁華落盡見真淳。葉維廉相當程度舉出四十年代的特性：機智的口語、內斂而凝重的氣質和暗示力濃烈的感性，這是就語言表現的方式說，其實由生活經驗的沈澱，終究指向生命的智慧。

　　九葉派詩人在詩壇上的正式命名是在《九葉集》問世之後，二十世紀八十年代。這九位詩人是：辛笛、陳敬容、杜運燮、杭約赫、鄭敏、唐祈、唐湜、袁可嘉和穆旦，「他們的詩歌中既有對現實的個性化表現，又有對人生經驗的深刻總結，還有對宇宙哲學的沈思默想。」[5]這是更切中肯綮的評語，對現實的表現有個人獨特的詩風，有生活經驗提煉的智慧，有從人生觀而放大的宇宙觀。正如王國維評：「詞至李後主而眼界始大、感慨遂深，遂變伶工之詞而為士大夫之詞。」[6]四十年代詩人，正是「眼界始大、感慨遂深。」王國維後文又說：「尼采謂一切文學，余愛以血書者，後主之詞，真所謂以血書者。」（同上，九頁）四十年代詩人的詩，尤其馮至與穆旦，真所謂「以血書者」，擴大而論，戴望舒《災難的歲月》也應包含在內，不過他在牢房受日本憲兵的酷刑凌虐，

---

[4]　葉維廉〈四十年代詩理論的一些據點〉，收入王聖思選編《「九葉詩人」評論資料選》（上海：華東師範，1996），PP.11-12。

[5]　王聖思〈「九葉詩派」對西方詩歌的審美選擇〉，同註4，P.143。

[6]　王國維評李後主詞，見王國維《人間詞話》（台北：開明，1974），P.8。

已是他婚姻失敗的二度凌遲，有些力道不足之感。

　　馮至引紀德的話說：「象徵派。我最不佩服他們的地方就是他們對人生太少好奇心。全是悲觀主義者，拋棄人世者，安命者。………詩在他們變成了避難所：逃出醜惡的現實的唯一出路；大家帶了一種絕望的熱忱而直奔那裏。………他們只帶來一種美學，而不帶來一種新的倫理學。」[7] 直面人生，面對經驗又能超越經驗，是四十年代的主調。順承著二、三十年代的發展；二十年代是創造力多方的突撞，三十年代集中在象徵主義思潮，一首詩給予的感受是空前的，四十年代則是完成中西融合的現代主義，一首詩給予的啟示是空前的。

　　朱光潛（一八九七～一九八六）說：「詩雖不是討論哲學和宣傳宗教的工具，但是在它的後面如果沒有哲學與宗教，就不易達到深廣的境界……我愛中國詩，我覺得在神韻微妙格調高雅方面往往非西詩所能及，但是說到深廣偉大，我終無法為它護短。」[8] 詩需要哲學和宗教，三十年代達到「神韻微妙、格調高雅」，四十年代卻達到深廣偉大。無論如何，新詩自二十年代至四十年代，在這些主要是外文系詩人學者的手中，已完成「中國新詩」的建築結構。四十年代的高峯，正成為二十世紀難以突破的山頭，也就是說從二十年代胡適、劉半農的試探融合中西，劉半農向民歌伸出觸鬚，大量採集，再來是徐志摩的洋味浪漫幾乎在聞一多融合浪漫主義詩人濟慈和李商隱一錘定音，中國式神話的象徵主義。三十年代戴望舒帶來的是法國象徵主義詩風與晚唐詩、五代詞的

---

[7] 同註2，P.385。

[8] 朱光潛《詩論新編》（台北：洪範，1982），PP.136-137。

融合，何其芳繼續了同樣的路線。不過，二十年代的中西融合，上下以求索，三十年代則十字打開，中西文學的眼界幾全入眼底。四十年代始波瀾壯闊，登上現代主義的高峯，從流暢甜美的音調轉成人生經驗的沈思。

　　巴什拉（Gaston Bachelard, 1884~1963）在研究物質的想像時，說：「人們並沒有意識到夢幻尤其是一種物質的模擬的生活，一種深深扎根在物質本原的生活……緊緊著無意識的那東西，在形象的領域裡迫使無意識接受一種有活力的法則的那東西，正是在物質本原深處的那種生命力。」[9] 夢幻如何是「物質的模擬的生活」呢？象徵主義總是要找到一種可見的物質作為不可見的精神的象徵，在面對個人情感時，總能找到適合以其特性來表達個人情感的特質，這是波多萊爾的交感理論。當面對人生更為廣闊的經驗，或試圖為人生的深刻情境詮釋共相時，凝縮至基本物質的想像，「在物質本原的生命力，」或更可以產生一種相應之感，表現人生的流動與變化。一種流動的形象或許是「緊緊著無意識的那東西」。里爾克《預感》一詩中就把自己比喻為在風中的旗：「我像一面旗被包圍在遼濶的空間。我覺得風從四方吹來，我必須忍耐。」[10]「風暴中，行走者披著有摺皺的寬大衣服，他如同薩莫特拉西勝利女神（羅浮宮藏品，一位長翅膀的勝利女神站在戰船的頭上）一般！他即是一面三角旗，一面旗幟，一面軍旗。」[11] 可以看出馮至為何善於以風的象徵，作為「基本物質的想像」。甚至馮至面對人生

---

[9] 巴什拉《水與夢──論物質的想像》，顧嘉琛譯（長沙：岳麓，2005），P.86。

[10] 引自王澤龍《中國現代主義思潮論》（湖北：華中師範，1995），P.330。

[11] 同註9，P.178。

所揮揚的軍旗，就是一面風旗。面對人生是面對風暴。

　　馮至善於對人生作大幅度的綜合與掃描，而穆旦卻善於對青春之謎作深度的觀照；前者彌補了戴望舒的不足，後者解去了何其芳謎般的困惑。馮至的「物質想像」是「風」，穆旦的物質想像是「火」。巴什拉說：「重申火是一種元素，在我們看來就等於喚起性的共鳴；等於在物質的生產中，繁殖中來思考物質，……」[12]在穆旦的火的象徵中能否找到「性的共鳴呢？」他的「火」是植物、動物的生產與繁殖，是青春與肉體的生命，穆旦透視著青春的困惑，青春之謎成為智慧和生命轉換的能量。

　　穆旦（一九一八～一九七七），浙江省海寧縣人。於西南聯大外文系畢業後，一九四八年留學美國，譯著不少。穆旦也是著名的翻譯家，翻譯詩人拜倫、雪萊、普希金等浪漫主義詩人及一些蘇俄文藝理論，而他也是最早有意識地採取葉慈（W.B. Yeats, 1865~1938），艾略特，奧登（W.H. Auden, 1907~1973）等現代詩人手法寫詩的詩人，穆旦與馮至可以說是四十年代現代主義的雙峰，九葉詩人唐湜稱他的詩「有著最鮮明的現代詩風」與「最深沈的哲理內涵」。可以說穆旦與鄭敏代表四十年代中後期現代主義詩歌的最高成就。

　　巴什拉甚至說：「勇氣和行動來自火與空氣，這兩者都是活躍的因素；因此，他們被稱雄性；而其他元素，水和土都是被動的和雌性的因素。」（同上，一三〇頁）辛笛看來善於運用水的意象，特別富於感覺。如〈秋日的下午〉中的「寒白遠江」一句，這種

---

[12] 巴什拉《火的精神分析》，杜小真、顧嘉琛譯，收入尚衡譯《理性與激情》
　　（北京：北京大學，1997），PP.133。

形容詞修飾一連三字，並不是很妥當，卻看出他對水的感覺。到〈航〉這首，水忽而是黑蝶，忽而是被明月映照成「青色的蛇」，多彩多姿。

鄭敏熱愛華滋華斯於里爾克，善於運用水與土這兩種物質元素，被動的和雌性的元素。從「濯足」到「荷花」、「水仙」，無論嚮往和抗議都是沈靜的，但在沈靜之中，母性的力量像「金黃的稻束」，「金是火的元素」，在沈靜中蘊育了燃燒的能量。以至於在《渴望：一隻雄獅》中，「金毛像日光」，已奔馳為燃燒的火，但奔去「赴一個約會」，卻是「在橋頭」，那是水與火的邂逅，昔日的水，今日的火的異質元素的相遇。

人生體驗的沈思

現代人對人生、現實、世界的意義開始內省、反思，重新思考人的存在價值。現代的呼喚也許來自尼采（Friedrich Nietzsche, 1844~1900）的第一個斷言：「上帝死了！」來表達歐洲信仰淪落的虛無情境。這種虛無主義的情境，是一種傳統價值的失落，籠罩在西方現代的世界情緒，是世界的荒誕、人生的無意義、主體的失落，人的絕望和精神危機感。「人們都必須奮鬥去追求真理」[13]，四十年代詩人多傾向冷靜的哲思與深刻的智慧相融合，重新反省現實人生。

象徵主義本來是現實主義的反動，到唯美主義的世界中追求心靈的陶醉。象徵派的詩人們如波多萊爾、馬拉美、韓波等都過著貴族的流浪人的生活，對於醜惡的現實生活感到憎惡，感到一

---

[13] 尼采《反基督》，劉崎譯（台北：志文，1974），P.122。

切是幻滅是絕望，成為頹廢和發狂的，而到神祕渺茫的世界中求
歸宿，給自己創造了一個神祕的世界。宇宙中充滿著象徵，詩人
是要沈觀凝視大的宇宙，捉住宇宙中的象徵以暗示出人生基本的
意義來。前期的象徵主義詩人，多達到了暗夜般的空虛幻滅，而
離開了現實，後期象徵主義則有所不同，常常在經過了破壞、混
沌和神祕，走向了新的人生秩序。

　　歌德（Goethe, 1749~1832）在《艾克曼對話錄》中認為一首詩真
正的力量全在情境與母題，什麼是母題呢？母題本是音樂術語，
用到文學中，指的就是主題。而情境尤其重要，他認為「世界總
是永遠一樣的，一些情境經常重現，這個民族和那個民族一樣過
生活，談戀愛，動情感，那麼某個詩人作詩為什麼不能和另一個
人一樣呢？……正是這種生活和情感的類似才能使我們能懂得其
他民族的詩歌。」[14] 所以歌德所強調的情境，其實正是在人類生
活「處境中所有的生活和情感」。這種生活和情感是對於生命現象
的描繪，他說：「愛與恨，希望與絕望，或是你把心靈的情況和情
緒叫做什麼其他名稱，這整個領域對於詩人是天生的。」（同上，
三十四頁）所以我們就了解愛與恨，希望與絕望，這就是詩人從情
境裡浮現的主題，如果詩歌不表現「愛與恨，希望與絕望，它還
能表現什麼呢？若是我們不了解靈魂的吃苦受難，我們又怎能了
解文學呢？所以作家是從自己的情境出發，所謂藝術的真正生命
正在於對個別特殊事物的掌握與描述。」其實這指的正是自己個
別特殊的經驗，這是別人無法摹倣的，因為別人沒有親身體驗過，
或有類似的體驗卻無法表達，所以這正是深入情境，使詩人的筆

---

[14] 見歌德《歌德對話集》，朱光潛譯（台北：蒲公英，1983），P.55。

顯得格外深刻、有力、動人。歌德再三強調：「還有什麼比題材更
重要呢？離開題材還有什麼藝術學呢？如果題材不適合，一切才
能都會浪費掉，正是因為近代藝術家們缺乏有價值的題材，近代
藝術全都走上了邪路。」(同上，十一頁)歌德所重視的情境和主題，
是我們寫詩時應該念茲在茲的。

　　詩裡祇有一種情調，產生自抒情的情境。所以抒情詩本義的
七絃琴，或者說琴歌，在這裡情調與節奏是合一的。情調祇是一
個瞬間，一個美麗的瞬間，從絢爛歸於平靜的高峰經驗，這是深
刻的情境，生命最後都歸諸平淡。在這裡很多事情並沒有得到充
分的表達，只是展示一個沈默的瞬間。詩人為什麼展示生命歸於
平淡的道理，他在沈默當中超過了科學的因果律，他所表達的有
超出語言之外的東西，所以這些瞬間祇是一個斷片，只是情境的
鳴響，是詩人體驗過的東西的轉換，哲理詩就必須從生活的體驗
出發。

　　由於詩與哲學的匯流，現代詩人們多以生命沈思者的姿態出
現，重新尋索生命的意義。歌德的「浮士德精神」反倒成為現代
精神的起點，重新反省一切，尋索生命深刻的體驗，以重新創造
自己的生命。梵樂希〈歌德論〉中說：「歌德，詩人兼普露諦(protee)
(海神能變化形體)，用一個生命去過無數生命的生活。他吸收一
切，把它們化作他的本質。他甚至改變他所植根和繁榮的環境。」
普露諦是能預言吉凶的海神，常隨意變化形體，常用來指一切善
變的人。「再沒有比那些生物適應環境和隨著境遇而變化形態的能
力，更能引他注意的了。」[15] 認識一切，感受一切，創造一切的

---

[15]　莫渝編《梵樂希詩文集》(高雄：大舞台書苑，1977)，P.256。

歌德，成為後期象徵主義的靈感泉源。「他在『形體』下找著了
『力』，他把形態上的轉換指示出來。」（同上，二六一頁）力的流
動，指示出了形態的轉換，哲學詩人恐怕是象徵主義詩人的最佳
形態了。所以狄爾泰（Wilhelm Dilthey, 1833~1911）說歌德與席勒不
僅是詩人，且是探索者，要超越了個性，在宇宙全體上去理解人
生，故向著自然之沒卻，及個性向著全體之開展。[16]

　　〈浮士德〉全書最後的智慧即是〈神秘的大合唱〉：

> 變化無常的一切；
>
> 只是比喻（象徵）而已；
>
> 不能達成的願望，
>
> 在這裏已經實現；
>
> 不可名狀的奇事，
>
> 在這裏已經完成；
>
> 永恆的女姓，
>
> 引領我們高升。[17]

　　生命對歌德而言，是不斷更新的創造，生死不過像潮浪的起
伏，但精神創造的事業卻是永恆而連續的「大洋」，他感到自己就
是與大自然創造為一體的。

　　宗白華認為對於歌德：「一部生命的歷史就是生活形式的創造
與破壞。」[18] 故他生活形式的創造與破壞，實只是生命理想形式

---

[16] 宗白華《歌德研究》（台北：天文，1968），P.26。

[17] 歌德《浮士德》，周學普譯（台北：志文，1982），PP.654-655。

[18] 同註16，P.8。

的變遷。

當然現代人對人生、現實，世界的定義開始內省、反思，重新思考人的存在價值，現代的呼喚也許來自德國哲學家尼采的第一個斷言：「上帝死了！」來表達歐洲信仰淪落的虛無情境，這種價值的失落感，成為現代的世界情緒，表現世界的荒誕、人生的無意義、主體的失落，人的絕望和精神的危機感，所以現代詩人多傾向冷靜的哲思與深刻的智慧，來重新反省現實人生。

四十年代詩風有哲理傾向，可以說整個四十年代就幾乎籠罩在這種氛圍中。歌德與尼采的哲學，里爾克（Rainer Maria Rilk, 1875~1926）及梵樂希（大陸譯瓦雷里，Paul Valery, 1871~1945）的詩，就代表了詩歌的最高標準，不過此中尼采的哲學就對里爾克有很大的影響，而梵樂希又曾影響了里爾克，而尼采哲學在四十年代詩風的意義上，是人生體驗的沈思。

尼采哲學一直到現代還有很大的影響，在法國甚至有「新尼采學」的誕生，成為後現代主義的先驅人物，但尼采在四十年代的影響是集中在生命的體驗上，而不是他對哲學的批判上。尼采的天才也就是他的力量及命運。二十四歲就擔任巴塞爾大學古典語言學教授，他早年喪父、戀愛失敗，病魔纏身，到四十五歲精神失常，使他飽嘗了孤獨的痛苦，這種孤獨中對人生的沈思，成為許多文學家的靈感來源。

　　〈松樹和閃電〉　尼采（胡品清譯）[19]

　　我昇起，於人之上，於獸之上；

　　若我言語，無人予我以回聲。

---

[19] 胡品清《現代文學散論》（台北：傳記文學，1971），P.89。

我長得太高，太孤獨，

我守候，可是啊，守候什麼？

雲之寓居距我的頭額太近，

我守候第一個閃電。

　　這暗示尼采的超人思想，超出人與獸，以致於無人能與之對話，「太高，太孤獨」。他守候著與自己甚近的閃電，他的思想有如電光。在《蘇魯支語錄》中甚至說：「我是濃雲中的閃電。」

　　法國詩人梵樂希是法國後期象徵派重要詩人、理論家，他從發表了初期的作品，經過了約二十年間的沈默與忍耐的長久時期，等再出現於大眾之前的時候，他所提出的作品居然已經到達成功的境地。他不是天才詩人，而是有才華的詩人，他寫詩的技巧是經過長期的訓練而形成的。

〈石榴〉　梵樂希

你舉起高傲的頭顱，

智慧的額角像石頭般堅固，

你沉思在灼人的炎暑中，

像個智者一樣成熟。

你的花朵曾似烈火盛開，

尋求的卻是誠實的胸懷，

孕育無數顆珍珠寶石，

封閉著晶瑩的內心世界。

你在綠蔭裡隱藏，

為秋天儲滿的汁漿，

只愛守護著靜靜的月光。

當暴風雨來臨，
你堅硬的樹葉揮舞起臂膀，
向一切圍攻者勇猛抵抗。

以石榴的形象，來表現堅定的智慧，以石榴的汁漿果粒象喻珍珠寶石，是「一片晶瑩的內心世界」。面對暴風雨，仍能擬人化「揮舞起臂膀」抵抗。用智慧來面對人生的磨難。

德國詩人里爾克的《杜伊諾哀歌》、《獻給奧爾菲斯的十四行詩》的語言創意和深邃的思想，在現代詩歌史上都達到了後世詩人難以企及的境地。他詩作的中心主題是對個人生存在現代世界中的意義問題。在一九二〇年，他初讀梵樂希的〈海濱墓園〉，他幾乎就像受著閃電的襲擊，後來並把它譯成德文。在兩年後，里爾克就完成了《杜伊諾哀歌》與《獻給奧爾菲斯的十四行詩》中五十七首。

里爾克在《給青年詩人的信》中說：「……接近自然吧！試以第一次來到人世的眼光，道出你所看到與所經驗的，以及愛與失落。……要追覓那些日常生活中給予你的事物；描寫你的悲哀與慾望，傳遞對某種美感的思索與信仰——描寫這些，以愛、平靜、謙恭的誠意，並且使用你周圍的事物，你夢寐的意象，以及你意念中的物象來表達。」[20] 詩人以嬰兒之眼，驚喜地玩味周遭的物象，描寫出人性經驗的「愛與失落」，這就是「傳遞對某種美感的思索與信仰」。但所謂人性經驗，是「愛、平靜、謙恭與誠意」，

---

[20] 里爾克《里爾克詩及書簡》，李魁賢譯，（台北：商務，1970），P.86。

這是成熟的智慧。里爾克就像梵樂希一樣，在孤獨中尋索人陸的超越之路。

　　現代詩走向深刻自省的孤獨者一路，反省生存的焦慮和處境。在孤獨者的冥思中該有「一座橋」，這「一座橋」總是通往「世界」；而孤獨者在「塔的邊緣」，感受到生存的深淵，隨時可能自「塔的邊緣」墜落。孤獨者忍受著無言的痛苦，懷抱著「世界」。詩人渴望著精神的自我超越，這正是「內心深處的重載」，掙扎著不落入迷亂的虛無，忍受著「默然寂滅」，目的是「臻於日益幸福的存在」。換言之，在孤獨的情境裡從事深刻的反省與提問，面對廣闊的生命，提升自我的存在。

〈豹〉　里爾克（李魁賢譯）（同上，三十九頁）

巴黎植物園

他的目光穿透過鐵欄
變得如此倦態，甚麼也看不見。
好像面前是一千根的鐵欄，
鐵欄背後的世界是空無一片。

他的潤步做出柔順的動作，
繞著再也不能小的圈子打轉，
有如圍著中心的力之舞蹈，
而一顆強力的意志昏迷地立在中央

只有偶而眼瞳的簾幕
無聲地開啟——那時一幅形象映入，
透過四肢緊張不動的筋肉——
在內心的深處寂滅。

現代人的荒謬處境，產生與世界的疏離感，他深刻的自省傾向，彷彿也無力跨越到世界中去，如同一隻被囚禁的豹。詩人化身為豹，被囚禁在自己的內心世界，「鐵欄背後的世界是空無一片」，這「再也不能小的圈子」無非指詩人感受的內心，也是一個「中心」——他的反省如此深刻有力。雖然「意志」「強韌」，是「力之舞蹈」，但他深困於他的內心，「昏迷地立在中央」。周圍世界的形象有時「浸入」鐵欄，但那些形象「在內心的深處寂滅」，內心世界替代了外在真實。詩人除了返照自身，陷入於內心，彷彿無力於跨越到世界中去。這首詩深刻地表現了現代詩人孤絕的處境，但無論如何，詩人強調「強力的意志」。

第二節　馮至的風和流動

袁可嘉認為四十年代詩人接受了後期象徵主義詩歌的影響，明確提出「詩不再是激情，而是表現人生經驗。」三十年代大體重視「情感的詩化」，「情感的意象化」，而到四十年代詩人則重視「智性的詩化」，思想與形象的凝合。[21] 馮至和穆旦是四十年代「現代主義的雙峰」，其名作都達到經驗的深度與高度，均可列人世界傑作之林。

馮至（一九○五～一九九三），河北省涿縣人。馮至是新月派詩人，在二十年代即已發表詩作，傾向浪漫主義，著有詩集《昨日之歌》、《北游及其他》。但到一九四二年出版《十四行集》，卻是現代主義的形而上意味，充滿生命的沈思。北京大學德文系畢業後留學德國，攻文學與哲學，返國後任北京大學西方語言大學系

---

[21] 王澤龍《中國現代主義思潮論》（武漢：華中師範，1995），P.193。

主任，後任中國社科院外國研究所所長。

魯迅在《中國新文學大系‧小說二集》的〈導言〉裡，稱馮至是中國最為傑出的抒情詩人，馮至在淺草社、沈鐘社時期就翻譯歌德詩與海涅（H. Henie, 1767~1856）的詩，也翻譯了里爾克《給青年詩人的十封信》，說自己完全被里爾克所折服，可以說完全沈醉於里爾克的世界中。馮至說：「沒有朋友，沒有愛人的尼采在他獨臥病榻的時候，才能產生了查拉圖斯特拉的獅子吼，屈原在他放逐後，徘徊江邊，百無聊賴時，才能放聲唱出他的千古絕調的離騷，尼采、屈原是我們人類中最孤寂的人中的兩個……」馮至甚至說：「你的寂寞，在這生疏的關係裡便是你的家鄉，從這裡出來，你將尋得你一切的道路。」而里爾克說：「沒有一個詩人的生活不是孤獨的。」在這裡我們大可以說馮至的主要思想來源就是歌德、尼采、里爾克。

〈蛇〉

我的寂寞是一條長蛇，
靜靜地沒有言語。
你萬一夢到牠時，
千萬啊，不要悚懼！

牠是我忠誠的侶伴，
心裏害著熱烈的鄉思；
牠想那茂密的草原——
你頭上的濃鬱的烏絲。

牠月光一般輕輕地，
從你那兒輕輕走過

　　牠把你的夢境銜了來
　　像一隻緋紅的花朵

　　馮至撰寫《蛇》時才二十一歲，這首是前期名作。在一虛一實間，把「寂寞」具象化為「長蛇」（長長的寂寞），「我的寂寞」就由不可見轉為可見。運用「長蛇」這個意象，是因為與「我的寂寞」有一個共同的類似點：「靜靜地沒有言語」。但「長蛇」成為「我」和「你」之間的媒介，就可以含蓄委婉地表現「我」與「你」之間的交流。詩人陳義芝認為：「蛇」是陰性的，[22]「夢」也是陰性的。「我」和「你」之間既無言語的溝通，這正是「我的寂寞」的根由，這「我的寂寞」卻「是一條長蛇」，可以進入你的「夢」中。在這」段中，語氣還是猶疑的，「萬一夢到牠」，帶著憐惜的意味，「千萬啊，不要悚懼」。

　　詩人以「長蛇」寄託渴望，委婉地藉蛇表達「熱烈的鄉思」，而「鄉思」與「相思」諧音，在這裡就形成了同音異義，蛇的鄉思——「茂密的草原」，我的相思——「你頭上的、濃鬱的烏絲」。我的寂寞常伴著我，是因為無法向你直接表達相思之情，故「牠是我忠誠的侶伴」。但牠的「想」，正表達了我的「想」，原來「我的寂寞」想的是「你頭上的、濃鬱的烏絲」。

　　「月光」也是陰性的，蛇作為我和你之間的媒介，是可以運動的，像「月光一般輕輕地」運動，「從你那兒輕輕走過」。兩個「輕輕地」重複的疊字，正是陰性的運動，沒有語言的，也像月光的旋律。蛇居然「把你的夢境銜了來」，詩人的大膽想像，真有魔幻寫實的意味了。蛇到你那兒，又把你的夢境銜過來，正是媒

---

[22] 陳義芝《不盡長江滾滾來——中國新詩選注》（台北：幼獅，1993）。

介的運動。而「你的夢境」居然「像一隻緋紅的花朵」，是不是你夢到我呢，所以夢裡也會帶著緋紅的顏色？

　　其實想一想，我是醒著，你是睡著，我始終無由表達我的愛意。藉由蛇陰性的運動，似有若無地表達，傳達了我的相思；猶不肯正面直說，而說是長蛇的「鄉思」。到最後反說是你在夢中想我，真是含蓄至極。而長蛇也就象徵著那一份纏綿悱惻的愛情了。而「長蛇」、「月光」、「草原」、「夢境」幾個意象把全詩烘托在和諧靜穆的氣氛中，而「烏絲」、「緋紅的花朵」在顏色上的對比，又帶點神奇詭麗的色彩。這首詩以象徵主義看也是力作。

〈一〉

　　我們準備著深深地領受
　　那些意想不到的奇蹟，
　　在漫長的歲月裡忽然有
　　彗星的出現，狂風乍起：

　　我們的生命在這一瞬間，
　　髮鬚在第一次的擁抱裡
　　過去的悲歡忽然在眼前
　　凝結成屹然不動的形體。

　　我們讚頌那些小昆蟲
　　牠們經歷了一次交媾
　　或是抵禦了一次危險，

　　便結束牠們美妙的一生。
　　我們整個的生命在承受

　　狂風乍起，彗星的出現。

　　《十四行集》首篇〈一〉是馮至現代主義的傑作，可以代表四十年代詩性智慧的高峰，是哲學的詩化，馮至受到德國文學家歌德的影響很深。歌德的蛻變論認為：一切有生命的物質都是由一個「原型」演化而來，每一次演化都是一次生命的進化和提高。所以馮至在詩中表現「生死轉化」的道理，既歌頌生命，又讚頌死亡。哲理的深度與意象的詩化水乳交融，短短十四行，勾勒了我們短暫而有限的人生，從經驗的深度來透視人生的悲歡與幻滅，筆力雄渾，氣勢萬鈞。

　　這首詩可以說是對「偶然」的禮讚。人的一生是「準備深深領受」，好像一生都是為「那些意想不到的奇蹟」預備著的。這些「奇蹟」出乎預料之外，只是生命的偶然。「在漫長歲月裡忽然有」這麼一種狀態，詩人將「偶然」意象化為「彗星的出現，狂風乍起」。彗星是短暫的，帶有靈光一閃的意味，它出現在人生中好像瞬間的頓悟，「狂風乍起」又像是忽然湧起的風暴。這兩個意象都是以動態的方式呈現，是對我們人生有深刻撞擊的。

　　那只是短暫的「瞬間」，但又好像與生命「第一次的擁抱」，第一次的領悟了生命。詩人在此的生命態度並不是「悲喜千般同幻渺」，那種對情欲皆空的澈悟。而是「過去的悲歡」「凝結成不動的形體」，以全新的眼光照看「過去悲歡」的惘然與淒迷。

　　詩人以大悲的心情，讚頌小生命，對於小生命來說，「一次交媾」、「一次危險」，「便結束牠們美妙的一生」。小生命也有短暫而美妙的一生。而「便結束牠們美妙的一生」這句以跨段的方式表現，使從小生命類比地過渡到我們的人生。愛欲或危險正是「那些意想不到的奇蹟」，正是生命的偶然，為我們帶來重新領悟「過

去的悲歡」的契機。句尾「狂風乍起，彗星的出現」又將第一段
句尾的「彗星的出現，狂風乍起」顛倒，既呼應又迴環。詩人馮
至能將生命的經驗從事偉大的綜合，筆觸流暢簡潔，富有不盡的
餘味，他最崇拜的詩人里爾克反倒有時深邃有餘，簡潔不足。

　　里爾克在受梵樂希影響之前，曾受雕刻家羅丹影響，論者曾
分為里爾克的羅丹時期與梵樂希時期。其實前後期象徵主義也可
以這樣粗分：前期象徵主義重音樂，後期象徵主義重雕刻。馮至
就提倡像里爾克那樣「使音樂的變為雕刻的，流動的變為結晶的，
從浩無涯涘的海洋轉向凝重的山岳。」音樂的流動，是情感的流
動；而雕刻的沉穩，是哲思的晶瑩。馮至這首詩前兩段，一、三，
二、四行押韻，後兩段二、三及一、二行句尾有雙聲押韻，也有
音樂和諧之美，相對於三十年代詩人的詩風傾向前期象徵主義，
四十年代詩人的詩風傾向後期象徵主義卻提升到了哲思的高度。

　　以「彗星的出現，狂風乍起」來說，好像突然將生命掀向高
潮，在風暴的摧毀性中，我們突然有彗星般的頓悟。生命的悲歡
情境一一出現眼前，我們才能領會人生的美妙，但是卻如此脆弱，
不堪一擊。所以彗星與風暴也是兩個相反相成的意象，有矛盾性
的對比。

〈 二十一 〉

　　我們聽著狂風裏的暴雨，
　　我們在燈光下這樣孤單，
　　我們在這小小的茅屋裏
　　就是和我們用具的中間

　　也生了千里萬里的距離：

　　銅鑪在向往深山的瘞苗
　　瓷壺在向往江邊的陶泥，
　　牠們都像風雨中的飛鳥

　　各自東西。我們緊緊抱住，
　　好像自身也都不能自主。
　　狂風把一切都吹入高空，

　　暴雨把一切又淋入泥土，
　　只剩下這點微弱的燈紅
　　在證實我們生命的暫住。

　　「狂風暴雨」與「小小的茅屋」是對比。用具是日常及手的（ready-to-hand，海德格哲學術語），現在產生「千里萬里的距離」可見狂風暴雨之大。銅鑪及瓷壺都搖搖欲墜，連「燈紅」都是微弱的。我們的孤單是由「小小的茅屋」來比喻，一切都易於傾倒粉碎，這是面對時代的暴風雨。「狂風暴雨」猶如時代的象徵。

　　不過馮至的詩善於運用風為意象的旋轉軸，例如壓卷〈第二十七首〉：

　　從一片氾濫無形的水裡
　　取水人取來橢圓的一瓶，
　　這點水就得到一個定形；
　　看，在秋風裡飄揚的風旗

　　牠把住些把不住的事體，
　　讓遠方的光，遠方的黑夜
　　和些遠方的草木的榮謝，

還有個奔向無窮的心意，

都保留一些在這面旗上。
我們空空聽過一夜風聲，
空看了一天的草黃葉紅

向何處安排我們的思想？
但願這些詩像一片風旗
把住一些把不住的事體。

這首詩可以定名為〈風旗〉，李商隱的詩「一春夢雨常飄瓦，盡日靈風不滿旗。」就是表現這靈動的風，沒有把旗整個展開，不是飄風獵獵、旗幟飛揚的景象。馮至這首詩也算是絕唱，他說風旗能夠表現「遠方的光，遠方的黑夜，和些遠方草木的榮謝」，甚至自己「奔向無窮的心意」。他希望自己的詩就像風旗，能夠表現一些流動而不定形的事物，馮至就從風的意象裡玩味一些流動而無定的感覺。馮至的《十四行集》的成就是空前的，如果說三十年代的何其芳是以象運意，從流轉無定的物象來運轉意念；四十年代的馮至是以意運象，從流轉無定的意念來運轉物象，而他流轉無定的意念是從人生的體驗來的。

第三節　穆旦的火和欲望

穆旦（一九一八～一九七七），本名查良錚，浙江省海寧縣人，西南聯大外文系畢業，後獲芝加哥大學英美文學碩士，任南開大學副教授，著有詩集《探險隊》、《旗》、《穆旦詩全集》等，譯有《濟慈詩選》、《雪萊抒情詩選》、《普希金抒情詩選》等。

在抗日戰爭期間，清大、北大、南開在昆明合併為西南聯合

大學，後來形成九葉詩人，包含辛笛、杭約赫、陳敬容、唐祈、
唐湜，還有穆旦、鄭敏、杜運燮、袁可嘉。穆旦的詩不如馮至從
事生命整體經驗的大綜合，但他部分集中於剖析青春經驗的詩
作，更深刻，也更富有魅力。詩人如此潛心於反省他自己的經驗。
在〈春〉這首詩中：

> 綠色的火焰在草上搖曳，
> 他渴求著擁抱你，花朵。
> 反抗著土地，花朵伸出來，
> 當暖風吹來煩惱或者歡樂。
> 如果你是醒了，推開窗子，
> 看這滿園的欲望多麼美麗。
>
> 藍天下，為永遠的謎迷惑著的
> 是我們二十歲的緊閉的肉體，
> 一如那泥土做成的鳥的歌，
> 你們被點燃，卻無處歸依。
> 呵，光，影，聲，色，都已經赤裸，
> 痛苦的，等待伸入新的組合。

　　詩人是從生命經驗出發，充滿內心體驗的色彩。一種春天的
氣息如「綠色的火燄」；火燄顯然指燃燒、生長的性質。「他渴望
擁抱你」，是一位正值青春時代，像綠色火燄的青年，渴望著愛情。
詩人如此自然地就自然現象注入了青春的經驗，而「火燄」更使
富於青春的流動感。花朵也要向上伸展，「反抗著土地」，當生命
的春風吹來，也有少女「煩惱」或「歡樂」的心情。然後詩人用
呼語法呼喚，要你看這自然界也有生之欲望，而自然的情態與人

生的情態如此水乳交融。詩人讚美這青春的欲望。

　　青春是永遠的迷惑,「我們二十歲緊閉的肉體」已成熟,卻面對著永遠的謎。詩人用個比喻,「一如那泥土做成的鳥的歌」,泥土做成的鳥就不是真的鳥,歌聲是瘖啞的,即使有也無法成為真正的鳥鳴;而青春對年輕人的呼喚,是「你們被點燃」,或是「欲望」,或是「肉體」,卻在青春的悸動中惶惑。「無處歸依」,沒有任何依靠。詩人說:「光、影、聲、色,都已經赤裸」,正是強調青春的欲望、肉體,對青春是全新的生命體驗,全新的身體、欲望的感受,卻是「痛苦的」。青春的摸索總是如此沈痛,等待生命的蛻變──「伸入新的組合」。

　　穆旦的代表作是〈詩八首〉,哲理化的情詩,雖是對愛情的體驗,也藉以思索人生的真諦。筆觸深沈,筆調卻輕快。

〈一〉

　　你底眼睛看見這一場火災,
　　你看不見我,雖然我為你點燃;
　　唉,那燃燒著的不過是成熟的年代,
　　你底,我底。我們相隔如重山!

　　從這自然底蛻變底程序裏,
　　我卻愛了一個暫時的你。
　　即使我哭泣,變灰,變灰又新生,
　　姑娘,那只是上帝玩弄他自己。

　　「這一場火災」,是青春愛情的火燄。詩人採取對語的方式,表達自己傾心的戀愛,猶如發生一場火災,「你」卻仍不知曉,但「我為你點燃」。詩人喜用燃燒,來表達青春的熱情。青春是「成

熟的年代」，詩人話鋒一轉為歎息，又半像為這一場無結果的戀情開脫，這是每個青春的生命都要燃燒的年代，「我們相隔如重山」，表達的正是無由傾訴的惘然。

生命的時間轉變，由少年到青春期，彷彿是「自然蛻變的秩序」。在這生命轉變的過程中，任何轉變總是「暫時的」。一切流遷而不常住，一切變化而不常停，詩人在深沈的哲思觀照裡說：「我卻愛了一個暫時的你」，生命是在轉變的過程，誰也無法保證情意的久住不變。面臨愛情失落的痛苦，「我哭泣，變灰」，真是李商隱式的「蠟炬成灰淚始乾」的惘然與悽迷了；但是「變灰又新生」，好像從死去復活的生命。「那只是上帝玩弄他自己」，只是生命本身的轉換，那也是不由自主的。

他的詩深沈凝重，熱烈而冷漠。如果說馮至善於運用風的意象，穆旦則善於運用火的意象，來表達青春的熱情與困惑無定的命運，他甚至把熾熱的愛情形容為一場火災。〈詩八首〉之〈二〉，不是運用火的意象，但是也表達青春的蛻變，仍然是生命沈思者的姿態。

〈二〉

水流山石間沈澱下你我，
而我們成長，在死底子宮裡。
在無數的可能裡一個變形的生命
永遠不能完成他自己。

我和你談話，相信你，愛你，
這時候就聽見我底主暗笑，
不斷地他添來另外的你我

使我們豐富而且危險。

　　他表達在愛情裡困惑的經驗相當深刻，他就由這種熱情甚至身體的體驗，融合了對偶然的思考，對生死的思考，所以有人認為他是用身體去思考的。你我的誕生原是水流山石偶然的沈澱，生命的成長就是在死亡的陰影中，而生命面對著無數的可能。成長，就是一種蛻變；而蛻變只完成了無數可能的一種可能，我們實際上無法完成全部的自己。

　　愛情經驗也是一種蛻變，所以和你談話，相信你，愛你，這時候命運的捉弄像「我底主暗笑」一樣，上帝扮演命運的角色，他「不斷添來另外的你我」，因為你我都在無數可能中蛻變，故而使我們的經驗豐富而充滿危險，很難得看到如此表達深刻的情感經驗，這種詩當然可入世界傑作。馮至與穆旦曾被稱為「現代主義雙峰」。

〈三〉

　　　你底年齡裡的小小的野獸，
　　　它和春草一樣地呼吸，
　　　它帶來你底顏色，芳香，豐滿，
　　　它要你瘋狂在溫暖的黑暗裡。

　　　我越過你大理石的理智殿堂，
　　　而為它埋藏的生命珍惜；
　　　你我底手底接觸是一片草場，
　　　那裏有它的固執，我底驚喜。

　　青春中那野性生命是「小小的野獸」，可以用此表示自然的人

性生命，或我們已然成熟的欲望和身體，詩人認為這像「春草一樣地呼吸」，純屬自然。詩人從內在的體驗，詩化底反省這「身體經驗」，肉體的詩化，使此詩有不尋常的深度。詩人正視欲望及肉體，因為帶來「顏色、芳香及豐滿」，能夠成為視覺、嗅覺及觸覺的經驗。肉體和欲望使人「瘋狂」，但面對青春難解的迷惑，既使你「溫暖」，但又在摸索不出出路的「黑暗中」。植物和動物都是生命元素，而石頭却代表無生機的元素。

但你用理智壓抑肉體和欲望，成為「大理石的理智殿堂」，理智和教條使得身體和欲望僵硬如「大理石」，它所「埋藏的生命」正是那「小小的野獸」。詩人面對羞怯的情人，「手底接觸」是試探性的，詩人認為那是自然的人性經驗，你却「固執」不肯，而詩人却充滿第一次接觸的驚喜。這首詩把青春的情愫描寫得相當微妙，對情人間的互動也描寫得很細膩。西方也有一首馬佛爾（Andrew Marvell）〈寄語怯情人〉的著名情詩，是情人間的引誘和試探，充滿性意象的暗示，最後勸情人——「現在，且讓咱們及時自娛，／現在，且像一對好色的猛禽……」[23]。比較起來，這首詩不但含蓄委婉，歌頌詩化的肉體，貼切地把握住青春經驗的感受，更能表達那微妙的互動，又不知高過〈寄語怯情人〉許許多多。

〈四〉

靜靜地，我們擁抱在
用言語所能照明的世界裏，

---

[23] Wiffred L. Guerin等編《文學欣賞與批評》，徐進夫譯（台北：幼獅，1975），P.63。

而那未成形的黑暗是可怕的，

那可能和不可能的使我們沈迷。

那窒息我們的

是甜蜜的未生即死的言語，

它底幽靈籠罩，使我們游離，

遊進混亂的愛底自由和美麗。

　　詩人把愛情經驗描寫得如此深刻又迷離，在「言語所能照明的世界」，是情人間藉語言所能溝通的，可以相知相惜。但言語所不能照明的，則是「未成形的黑暗」，這裡充滿了不確定性，既是誘惑，又充滿了不可知，情人就「沈迷」在這種「可能和不可能的」經驗中，一個難以預測的對未來的憧憬。

　　有些言語還來不及說出，只是在情人間「甜蜜」的氣氛中，來不及允諾，來不及澄清，只是語言尚「未成形的」一種情意，但卻使情人發生多少的誤會和猜測——「窒息」。尼采比喻戀愛中的男女是「兩匹彼此猜測的野獸」，穆旦在此深刻地從內在體驗出發，剖析了其中的語言因素。這些「未生即死的言語」，像「幽靈籠罩」在戀愛的男女間，使戀愛發生了錯遇。「游離」，是不被理性控制的，成為「混亂的愛」。「自由」是超出了機械的邏輯語言，但更富於詩意的語言或沈默，是「美麗」。

　　詩人反省戀愛中的語言要素，事實上是「未成形的語言」，也是一種非理性的語言觀，使愛情產生了「游離」，但卻「自由和美麗」。或許這種非理性的語言觀，才更適於描述戀愛本身。這不僅是表達戀愛經驗，也是人性經驗，甚至是對語言本身的反省，人類的語言也被「未成形的語言」這樣的「幽靈籠罩」。穆旦這種對

語言的深刻經驗，事實上已與西方自尼采、海德格以來對語言的反省相合拍，詩人的深刻情境常與哲人的高明理境相呼應。

〈詩八首〉可以視為現代主義的高峰之作。詩的語言必須凝鍊，詩人的思考要以詩化的語言思考，成為結晶的語言。

四十年代的馮至和穆旦擅長元素的思考。馮至以「風」的意象綜合生命的情境，穆旦用「火」的意象來描寫青春情境。這種元素化思考，以元素作為詩中其他意象的旋轉軸。在法國新認識論有特別位置的巴什拉（Gaston Bachelard, 1884~1962）就寫過《火的精神分析》和《水和幻夢》，分析心理學派卡爾·容格（Carl Gustav Jung, 1875~1961）中對水也有特別的思考：「水是對無意識的最普通的象徵。山谷中的湖就是無意識，它潛伏在意識之下，因而常常被稱作『下意識』……水是變成了無意識的精神。」[24]

第四節　辛笛的意象畫

辛笛（一九一二～二〇〇四），江蘇省淮安縣人。於北京清華大學外文系畢業後留學英國，一九三九年回國後在上海光華、暨南大學任教。著有詩集《珠貝集》、《手掌集》等，一九四八年出版詩集《手掌集》奠定詩壇地位。辛笛在大學時就廣泛閱讀法國象徵派馬拉美、韓波的作品，也閱讀現代派中葉慈、艾略特、里爾克等的作品。他的詩在早期仍有古典詩詞的氛圍及意象，而描寫青春期的惆悵，到晚期，抒情詩中也有議論，他對中國古典詩學造詣頗深，融合西方現代詩風，詩的風格精緻凝鍊，灑脫自然。在〈秋天的下午〉一詩中：

---

[24] 榮格《心理學與文學》，（北京：三聯，1987），P.68。

陽光如一幅幅裂帛

玻璃上映著寒白遠江

那纖纖的

昆蟲的手昆蟲的腳

又該黏起了多少寒冷

——年光之漸去

　　像是一幅寫意畫似的，寫秋光，也能形象化為「裂帛」，如撕裂絲綢的閃光。又加上玻璃映照的空幻，「寒」、「白」、「遠」三字分別成觸覺、視覺及遠距離的空間感，一片空茫的感覺。由遠景拉至近景大特寫，昆蟲的手腳纖纖可見，「黏」起的又是寒冷的感覺，呼應前面的寒字，使寒意加重。秋光帶來的是寒意，遂覺一年又將轉瞬成冬，引起時光將逝的感受。這首亦是有餘味的小品。

〈 航 〉

帆起了

帆向落日的去處

明淨與古老

風帆吻著暗色的水

有如黑蝶與白蝶

明月照在當頭

青色的蛇

弄著銀色的明珠

桅上的人語

風吹過來

水手問起雨和星辰

從日到夜

從夜到日

我們航不出這圓圈

後一個圓

前一個圓

一個永恆

而無涯涘的圓圈

將生命的茫茫

脫卸與茫茫的煙水

　　辛笛語言簡淨，音調俐落有勁，意韻悠遠。他善於運用動詞，將景物動態的呈現。第一句的「帆起了」的「起」是動詞，第二句的「帆向落日的去處」「向」也可作動詞用。他又善於運用對比，白帆是「明淨」，落日餘暉是「古老」，「明淨」與「古老」含有對比的意味，又統合在一個氛圍中。「吻」又是動詞，帶著輕柔的氣氛。「風帆」輕快，迎向「暗色的水」，用「吻」字，更顯行船的起伏。辛笛又擅長色澤的運用，以黑與白的反差，對比帆的「明淨」與「暗色的水」。而「黑蝶」與「白蝶」更顯得飄舞的動態。

　　在色澤的運用上，黑與白的反差，以夕陽餘暉來烘托。當明月升起，暗色的水被月光一映照，成為「青色的蛇」，動詞「弄」字更妙，使月映江水更顯動態，船動，水動，月亦動；而月成了「銀色的明珠」，增添奇幻晶瑩的色彩。風帆吻水如黑蝶與白蝶，青蛇弄明珠這五句，真是神來之筆，是意象主義的上品，意象運用如此靈巧。

　　後兩段又富哲思。日夜循環，是個圓圈，彷彿水手生涯，沒有目的地，是「落日的去處」，是時間循環的「永恆」。水手航不

出時間的軌道，永遠在航行中。「生命的茫茫」，是永遠的困惑，
就交給「茫茫煙水」。對時間經驗的感悟，把空間納入時間的範疇，
生命成為永遠循環的進程。詩人啟示循環即是永恆的道理，但這
永恆的宇宙時間，卻反證人有限生命的渺小，因為「我們航不出
這圓圈」。因此這「永恆」，實即是一航行過程的不斷重複，無法
超脫。語言運用較冗贅，有賣弄哲理之感，這兩段在意象的運用
上較弱。最後兩句簡潔地表達了生命的處境，有限而充滿了茫惑，
餘味不足。

〈夜別〉

再不須什麼支離的耳語罷，

門外已是遙遙的夜了。

憔悴的杯卮裡，

葡萄學著橄欖的味了呢。

鞭起了的馬蹄不可少留。

想收拾下鈴轡的叮噹麼？

惟燈正搖落著無聲的露而去呢，

心沉向蒼茫的海了。

　　詩中有淡淡的古典意象，「遙遙」已預示離別的味道。「馬蹄」
和「鈴轡」都是古代的感覺，不過《手掌集》中的第一輯〈珠貝
篇〉多寫於三十年代，也多清麗之作。在淡雅中，也有「惟燈正
搖落著無聲的露而去呢」這樣淒遲的情調。

第五節　鄭敏的水仙之變

　　鄭敏（一九二〇～），福建省閩侯縣人，西南聯大哲學系畢業，

馮至是她的德語老師。與穆旦、杜運燮稱「西南聯大三星」，獲得
伊利諾大學英國文學碩士學位。著有《詩集》、《尋覓集》、《心象
集》、《早晨，我在雨裡採花》，理論《詩歌與哲學是近鄰：結構-
解構詩論》及翻譯《美國當代詩選》多種。

　　鄭敏是九葉派代表詩人之一，她喜愛玄學詩人約翰‧但恩、
華滋華斯和里爾克，歌頌自然的華滋華斯和深沈自省的里爾克融
合滙流於她的詩中。

〈 金黃的稻束 〉

金黃的稻束站在

割過的秋天的田裡，

我想起無數個疲倦的母親，

黃昏路上我看見那皺了的美麗的臉，

收穫日的滿月在

高聳的樹巔上，

暮色裡，遠山

圍著我們的心邊

沒有一個雕像能比這更靜默。

肩荷著那偉大的疲倦，你們

在這伸向遠遠的一片

秋天的田裡低首沉思，

靜默。靜默。歷史也不過是

腳下一條流去的小河，

而你們，站在那兒，

將成為人類的一個思想。

　　這首四十年代的詩已成鄭敏的代表作，收割過「金黃的稻束」使她想起「疲倦的母親」，在靜默中，纍纍豐產的稻穀彷彿一生最寶貴的青春的貢獻與犧牲。這些稻束像一個個母親的靜默的雕像，母親的特質也是靜默無語的。美麗而「偉大的疲倦」，這種「奉獻與犧牲」「將成為人類的一個思想」。

〈濯 足〉

向那裏望去，綠色自嫩葉裡流出
又溶入淡綠的日光，浸入雙足
你化入樹林的冷與寧靜，矇矓裏
呵　少女你在快樂地等待那另一半的自己

　　色澤的流動，綠色居然可以「流出」；日光也是「淡綠」色的，綠色又「流入」日光中，那是一片綠光。「浸入雙足」，自是詩人的雙腳浸入綠光中，不是水中，浸入綠光中後，詩人與樹林融為一體，甚至變化為樹林，有了「幽冷與寧靜」的特質。一片矇矓的綠色幽光，寧靜中也有「快樂」；「等待」情人如「另一半的自己」，這是等待的快樂。

〈曉 荷〉

秋天
已經到了樹梢，但
荷花
仍在慢慢地伸展，
悠悠地打開，
彷彿說
讓每個生命完成自己的歷程，

這就是美。

「已經到了」是時間的快速，詩人化身為荷花却擁有自己的緩慢，「秋天」的快，就對比「荷花」的慢。「秋天」是人生的時間，「荷花」却是詩人的蛻變，年輕時化為「樹林」，是泛稱的植物，老年時化為「荷花」，一種靜謐秋天感，這種緩慢；也是詩藝「完成自己的歷程」。

> 是誰，是誰
> 是誰的有力的手指
> 折斷這冬日的水仙
> 讓白色的汁液溢出
> 翠綠的，葱白的莖條？

〈詩人與死〉中是對死的抗議，「冬日的水仙」是詩藝圓成之時，也是詩人生命臨老的「水仙之變」，仍有早先樹林的綠，由嫩綠到現在的「翠綠」，藝術正到豐收，兼有「葱白的莖條」，仍是純潔的嚮往，詩人的血是「白色的汁液」，完全是一片皎白瑩潔的心境。「荷花」是對「樹林」的進一步收縮凝斂，「水仙」則是「荷花」的向上伸展。詩人在「水仙」之中完成了她自己，她的生命，也從春天、秋天，到了冬日的階段。

鄭敏像 T.S.艾略特那樣靜靜地說：

> 在看得見的現在裡包含著
> 每一個看不見了的過去。
> 從所有的「過去」裡才
> 蛻化出最高的超越

　　我們高立在山岩上看海潮的卷來

　　在那移動的一線白色之後

　　卻是整個海的力量。

　　鄭敏自己在哲學系中，鄭昕教授康德，馮友蘭教授中國哲學史，湯用彤教授魏晉玄學，馮文潛（馮至叔叔）教授西洋哲學史。可說面對「所有的『過去』，吸收中西傳統以期『超越』」，現在只是一線卷來的潮線，但整個傳統是「整個海的力量」，將推湧起巨大的錢塘潮。

〈渴望：一隻雄獅〉

　　在我的身體裡有一張張得大大的嘴

　　它像一隻在吼叫的雄獅

　　它衝到大江的橋頭

　　看著橋下的湍流

　　那靜靜滑過橋洞的輪船

　　它聽見時代在吼叫

　　好像森林裡象在吼叫

　　它回頭看著我

　　又走回我身體的籠子裡

　　那獅子的金毛像日光

　　那象的吼聲像鼓鳴

　　開花樣的活力回到我的體內

　　獅子帶我去橋頭

　　那裡，我去赴一個約會

　　這是鄭敏在改革開放以後的代表作。在吸收德希達（Jacques

Derrida, 1930~2004）的解構思潮與當代美國的詩歌後，長期壓抑的具體感受與心靈深處的創傷，穿透了理性與意識決堤湧出。在都市的「橋頭」卻聽見森林裡象在吼叫，這是在文明中聽到了自然的召喚。金獅子是鄭敏「本能」的象徵。雄獅在體內吼叫，引領著鄭敏，到橋頭，像「去赴一個約會」。這是時代的召喚，所以有「那靜靜滑過橋洞的輪船」；但時代的召喚更像「森林裡象在吼叫」，是自然的無意識呼喚，獅子走回「我身體的籠子」，「獅子的金毛像日光」，自己也終必衝決籠子而出，力量像花一樣開放。她認為這首詩有後現代的突破，因為有無意識的表現。其實依卡爾‧容格的說法，她喜歡運用水的元素，水就是「無意識的精神」，那麼她的詩常有無意識的表現。

第五章　五十年代：西方與中國

　　古典有時不代表使用古典語言，而是一種抑制的精神。另外古典也多少肯定了中國詩歌的抒情傳統。這一點也不意味古典就不現代。戴望舒、何其芳很古典，辛笛也很古典，但他們都是現代主義思潮的詩歌，馮至、穆旦也沒使用多麼「現代化」的字詞。如果使古典代表中國語言的活系統，既是寫詩的基礎也是限制，那也就是在如何既保持中國語法的特色，同時也可以對西方的新語法開放。如果純用古典的語言，有些已用之熟爛，帶有僵化的氣息，自然行不通。但古典亦有多面相，多種可能性的，在此也需要重新有一種融通淘汰。古典語言在面對現代語言，本來就有新發展的可能性，換言之，古典語言不能僅視為工具，它也需要重新再體驗，再構造。一方面，古典語言也含有前人生命體驗的結晶，二方面古典語法中也含有一些富現代意味的修辭特性，前者針對語義而言，後者針對語法而言，二者也成為一種混合的表現。既然使用語言，古典語言不見得是可以全然拋棄的。例如象徵的表現在中國古代就是豐富的，孔門易傳有〈大象〉〈小象〉，這就未嘗不可以是與象徵主義相合，甚至是與晚期象徵主義的體驗相合，道家老、莊思想一直是文人的靈感泉源，而佛國語言全然是外來語言，也是很豐富的，這些都可以成為詩思或詩語的來源。古典語言與現在語言融合，造成新轉化，也不必然排斥西化語言，有時只是保持中國語法的特色，不過分試驗而已。

　　抒情就是表達一種情感體驗，這情感體驗可以是一種審美經

驗，也可以是生活經驗的綜合，甚至是創造性體驗。這種創造性體驗可以把我們的生活經驗化為反省的對象，這樣就包含理解的因素，三四十年代的詩人都是如此。三十年代的戴望舒、何其芳激活了審美的感覺，此中含有理解的潛能，四十年代的馮至、穆旦、辛笛激活了創造性體驗，這也是以審美感覺作底子的。將這些感受體驗或內在化或象徵化，這當然是現代詩可大可久之路，這運用符號或象徵來保存美感經驗或體驗。由於對符號本身的重視，符號本身就是一種表現，甚至是一種思想的批判。另外語言本身如不指向外物，而破除「表象」的觀念，這種「不及物」性，也使語言的遊戲，展現自足的風貌。

五十年代在戰亂過後，由於國、共對峙的情勢，三、四十年代在意識上形成禁區，形成一大斷層。原本自二十年代到四十年代所形成的進程，也就是浪漫主義——象徵主義——現代主義，吸收、沈澱所發展的方向，重新面對西方的現代主義，四十年代的聲音沈寂下去。

五十年代前期，自三十年代開始創作的「詩壇三老」覃子豪、紀弦與鍾鼎文領袖詩壇的局面，帶動新的蓬勃發展一時欣欣向榮。旋即因覃子豪、鍾鼎文、余光中、夏菁、鄧禹平等組成藍星詩社，紀弦與林亨泰、鄭愁予、羊令野、黃荷生等發起現代詩社，成為藍星與現代對壘的局面。

第一節　傳統與現代

《現代詩》

一九五三年，紀弦創辦現代詩社，包含鄭愁予、商禽、林亨

泰、羊令野、黃荷生等詩人。

　　紀弦（一九一三～）挾三十年代曾參與戴望舒現代派的餘威，首先成立的現代詩社，當然是想復甦現代派的精神。

　　在現代詩社成立之初，紀弦就宣布了六大信條，1.我們是有所揚棄並發揚光大地包含了自波多萊爾以降一切新興詩派之精神與要素的現代派之一羣。2.我們認為新詩乃橫的移植而非縱的繼承。這是一個總的看法，一個基本的出發點，無論是理論的建立或創作的實踐。3.詩的新大陸的探險，詩的處女地之開拓，新的內容之表現，新的形式之創造，新的工具之發現，新的手法之發明。4.知性之強調。5.追求詩的純粹性。6.愛國反共，追求自由與民主。

　　紀弦的新詩現代化，是有來由的。在三十年代他就與戴望舒一起提倡象徵主義，但「橫的移植」（相當大膽）卻斬斷了傳統詩詞的淵源，這也許部份適合於五十年代新詩重新發展的時空，不過太過激進。至於「知性的強調」卻也是西方現代主義里爾克、艾略特影響所及的風氣，只是紀弦個人也沒有在詩裡表現出來。至於追求詩的純粹性，也早是三十年代受象徵主義影響時即提倡過的「純詩」理論。愛國反共，即是當時的氛圍。

　　在其中，「我們認為新詩乃橫的移植而非縱的繼承」，引起了爭議。也許戴望舒的〈雨巷〉在融合晚唐五代詞與法國象徵主義詩風時自己都搖蕩困惑，以致於走向以口語表現。不過總結三十年代的詩風，中西融合已不成問題。紀弦只強調「橫的移植」，無怪乎奚密從紀弦偶爾可見的文白夾雜的語言，推想紀弦與詩怪李金髮的因緣：「我以為李金髮對紀弦最深刻的啟示是他作品中的自

我調侃和自嘲。」[1]

列名於現代派的方思（一九二五～）譯出了里爾克的《時間之書》，他的詩作《時間》也有一定的影響力。鄭愁予（一九三三～）則詩風在詩壇三老及部分《藍星》詩人外成熟較早，可說是五十年代的活元素，有說他浪子意識得之於辛笛，辛笛「橫的移植」是中國化的。鄭愁予不僅是傳統的，他詩風的豪邁多少得力於遠行登山。不能說影響，某些程度多少激勵了五十年代後期詩人。

《藍星》詩社

一九五四年，覃子豪、鍾鼎文、余光中、夏菁、鄧禹平發起藍星詩社，周夢蝶、羅門、蓉子、黃用、向明、張健、吳望堯、敻虹、商略、阮囊等加盟。

對於紀弦「橫的移植」，覃子豪（一九一一～一九六二）提出〈六條正確原則〉對抗，他認為「詩並非純技巧的表現，藝術的表現實在離不開人生。」並指出「風格是自我創造的完成：自我創造是民族的氣質、性質、精神等等在作品中無形的表露，新詩要先有屬於自己的精神，不能盲目地移植西方的東西。」這意謂移植也不能生吞活剝，民族精神是先有的，不過這話也不周延，詩人的自我創造也不等於民族精神的創造，詩人可以「創造的反叛」。我們祇能說新技法、語法的實驗，得有中國的語言作為限制原則，這也不是不准許破壞或創造新的語法，而是表現在一種張力之中，你不能完全棄之不顧。

覃子豪在〈抒情詩及其創作方法〉一文中，說明「要閱覽中

---

[1] 奚密《現當代詩文錄》，（台北：聯合文學，1998），P.148。

國過去的新詩」，並說明：「中國詩壇可分為三大派：一為創造社
的浪漫派，一為新月派，一為現代派，值得一讀的是徐志摩的《猛
虎集》、《志摩的詩》，現代派戴望舒的《望舒草》，創造社王獨清
的《聖母像前》、《威尼市》等，其他如冰心女士的《春水》、《繁
星》。李金髮的《微雨》及《為幸福而歌》，宗白華的《流雲》，劉
半農的《揚鞭集》，馮至的《北遊及其他》、《昨日之歌》等。但是，
這許多詩集現都不易購得。至抗戰前後的許多詩人，就不值得在
此一提了。」[2] 列舉後雖有「等」字，也代表他的評價。他另外
曾提到卞之琳的《三秋草》與孫毓棠的《寶馬》。不應該遺漏的是
二十年代的聞一多，三十年代的何其芳，馮至的兩本詩集是到三
十年代為止，未列四十年代他最具代表性的《十四行集》。四十年
代的詩──「至抗戰前後的許多詩人，就不值在此一提了。」顯
見他未注意及四十年代新詩在西南聯大的發展。

　　不過，覃子豪在〈生活的體驗〉一章中，強調生活經驗與智
慧的關係，他說：「詩人的生活愈充實，詩也愈豐富，其詩也愈富
生命力。所以，詩人生活的範圍要廣，生活的體驗要深。生活空
虛的人，其詩祇有詩的形式，而無生命的跳動。達文西（Leonardo
da Vinci）說：『智慧是經驗之女。』經驗是從生活中得來，而不是
從書本得來。詩是智慧的產物，所以生活是詩底泉源。」（同上，
八一九頁）有生活經驗，才有智慧，才有了詩。雖不必然是如此，
深刻的情感也能成詩，也可以看出他心目中的詩並不是三十年代
的象徵主義，反而是他錯過的馮至《十四行集》，四十年代的哲理

---

[2]　覃子豪〈抒情詩及其創作方法〉，收入《覃子豪全集Ⅱ》，（台北：覃子豪
　　全集出版委員會，1968），P.12。。

詩風或紀弦所謂:「知性的強調」。

　　覃子豪詮釋意象是:「意象是經過了詩人對事物印象陶冶之後的再現,這再現的印象,是經過詩人的思想和感情的淨濾後的創造,已不復是詩人初步攝入的印象,而成為可感的想像了。」[3] 從印象到再現,已經過想像的作用,這並不限於思想,而是「思想和感情的淨濾後的創造」。不過意象的英譯,他直接綴之"impression",很難令人完全信服。(同上,五三八頁)

　　他屢屢推崇二十世紀的先驅詩人美國詩人惠特曼(Walt Whitman, 1819~1892)及比利時詩人凡爾哈崙(Emile Verhaeren, 1855~1926)。

　　惠特曼之所以被譽為二十世紀的先驅詩人,就是他的詩表現了現代的新事物。

〈自我之歌‧二十八節〉　　　（桑簡流譯）[4]

　　這就是切磋琢磨,面對著這新鮮的景象我不禁顫抖,
　　熱力和電力在我血管裏奔流,
　　奔騰的力量在衝擊我,
　　我電力的血肉輻射火花,轟擊血肉的軀體,
　　使我肌肉漲滿,四肢緊張,
　　使我心房懸起,不再落下,
　　使不羈的柔紉雕像,纖微畢現,
　　孜孜切磋琢磨,渴求我之所長,
　　褪去我的衣裳,與我容與徜徉。

---

[3] 覃子豪〈意象〉,同註2,P.228。
[4] 覃子豪〈詩創作之途徑〉,同註2,P.530。

　　惠特曼使用一些新的科學語彙如「電力」、「血管」、「幅射」等，表現一種動力的傳遞，句與句之間是力的感受。

<h3 style="text-align:center">〈磨〉凡爾哈崙　　（覃子豪譯）[5]：</h3>

在黃昏的深處，磨輪轉著，慢慢地，
在空中，它是憂鬱而困倦，
轉著，轉著，它灰暗的布帆，
是無限的疲倦，衰弱，沉重而困憊。

它的手臂帶著無限的嘆息，
自黎明的時候起，張開又落下，
在憂愁的空氣中落下，
永恆的自然是完全的沉默。

冬天痛苦的日子，在靜睡的村莊，
疲乏的雲在作悲哀的旅行，
在長途上聚集著它們的陰影，
車轍指向天際死寂的遠方。

　　這首詩以擬人的技巧表現在工業化以後，鄉村（也就是自然）的沈悶死寂，將磨緩慢、疲倦的轉動作為象徵。

　　覃子豪中國式的象徵主義詩風，走得並不算穩健。法式風味較強的，氣勢雄渾，施展起來較揮灑得開，但稍不夠凝鍊，在當時均為驚人之作，如〈金色面具〉、〈瓶之存在〉等。中式風味較強的，就稍簡澀，如〈追求〉。他的路向，近於四十年代的詩風。

---

[5]　覃子豪《覃子豪全集Ⅲ》，（台北：覃子豪全集出版委員會，1968），P.224。

　　覃子豪對法國浪漫主義以來，尤其是象徵主義的理論建設與譯介不遺餘力，主持編務，又擔任中華文藝函授學校老師，影響深遠。在詩人圈中影響頗大。

　　覃子豪能平衡地看待超現實主義的優、缺點，並認為「中國現代詩，直接或間接地受了超現實主義的影響……技巧上的（影響），是利用超現實主義派的手法來表現心靈的現實。這種心靈現實，並非如超現實派所要表達的夢幻和下意識的狀態。而是將現實生活置於意識與非意識，理性與非理性之間，而形成一種夢幻的特質，似類似或不類似的無聯絡的意象，構成一種不可思議的妙語，來達成夢幻的效果。這種似非而是或似是而非，可解與不可解的，令人不可捉摸其確然性的技巧，頗富奇異的魅力。」[6] 故而不是純然夢幻的（這是其流弊），而是「意識與非意識，理性與非理性之間而形成一種夢幻的特質。」

　　他也注意到「超現實主義的表現技巧」，在於：「用一種意想不到的結合方法，這種方法有兩面：一是字與字的結合，這些字它們完全失掉了邏輯的含義，而專著重於那驅符念咒似的音樂的功效。另一方面，便是物件與物件的結合，這些物件僅以彼此相似，互相擴大或縮小，且經常係以其為獨立的形象呈出，完全割斷了它實際的命義。」[7] 字的非邏輯結合，物件與物件相似的結合便是他勾勒的超現實主義表現技法，大致說來不差。如果更精確地說：「在夢中，矛盾律的框架打碎了；一切都可以被一切替代，而不停止存在，也不絲毫失去其具體的能量。事物之間外表上的

---

[6] 覃子豪〈超現實主義的影響〉，同註2，P.603。

[7] 覃子豪〈超現實主義給予現代詩的影響〉，同註2，P.600。

不同只不過是理性和習慣的產物。『在物質的多樣性裡重新找回了精神的單一性……形象只是同一性原理的神奇的形態。』每一篇超現實主義文本都以回歸混沌為前提，在此混沌內部浮現一種超自然的浪濤，最混雜的詞語之間『令人驚愕』的化學組合，一些新的合成的可能忽然閃電般呈現。」[8] 重要的是「一切都可以被一切替代」，在破除理性或習慣的產物之後，回歸混沌，無論是事物之間外表上的不同，或物質的多樣性，形象都要造成「神奇的形態」、「令人驚愕的化學組合」、「一種新的合成的可能」、「閃電般呈現的是精神的單一性」。

　　如果把覃子豪說成是中國新詩的歐陸派（法國象徵主義和里爾克式的玄思），那麼英美派也同時興起。余光中（一九二八～）自始以修辭和抒情的力量擁有一些讀者，一方面從《英詩譯注》起同時大量翻譯。在學院殿堂之上，他有自信昂揚的力量，他在〈艾略特的時代〉（一九五九）一文中：「較之艾略特的『哲學』，更重要的是他的富於暗示的技巧。他從法國詩人拉福爾格（Jules Laforgue）、藍波·魏爾崙與柯比艾爾（Tristan Corbiére）悟示暗示勝於坦陳的原理，乃發揚光大，使之接近超現實主義，而展現出一個現實與幻想交融的世界。他將直述與婉說，情欲與機智，事實與徵象溶為一爐……在現實的灰色霧後，隱約可見歷史的堂皇遠景。」[9] 法國象徵主義沈澱在艾略特的暗示技巧中，技巧比「哲學」重要。「暗示」只能接近，而不即是超現實主義。他在現實與

---

[8] 馬塞爾·雷蒙《從波德萊爾到超現實主義》，（鄭州：河南大學，2008），P.237。

[9] 余光中《左手的謬思》，（台北：大林，1973），P.14。

幻想交融的世界中，最後從現實中看到的是「歷史的堂皇遠景」。
他自艾略特的詩風中，迎接回對文化傳統的正視。

　　在「主知」與「抒情」中，余光中偏好「抒情」。「抑知重情，
固然導致感傷。過份壓抑情感，也會導致枯澀與呆板，終至了無
生趣。我們只要看看，在詩的類別之中，著重觀察的『摹狀詩』
（descriptive）多屬下品，著重思考的『哲理詩』（philosophical poetry）
屬於少數，且每每無趣，『抒情詩』不但是最大的部門，而且傑作
最多。」[10] 可以說余光中主要是往修辭與抒情的路上走，往文化
傳統的路上走，這種風格是一貫的。余光中的修辭之偉力，厚積
薄發；在其博識通觀的學養上，發為議論，久而寖漸為雄辯的力
量，挾其龐大的文史知識，旁及繪畫如〈論畢卡索〉，音樂乃至科
學，夾敘夾議，縱橫捭闔，為了表現傳統的各種可能性，就寫成
〈象牙塔到白玉樓〉一文，大論韓愈一派乃至「筆補造化天無功」
的李賀：「李賀生活在時間之中，對於他（正如對於我們一樣），永
恆，亦即神話的空間，神仙的 N 度時間，是必朽而且輪替的，可
是時間之流不歇。也就是說，累積起來的時間（以鼓聲和漏聲為單
位），簡直長於永恆。這種時間的觀念，是異常矛盾而又異常美麗
曲折的，可是其中也不無若干真理。天文學家賀亦而（Fred Hoyle）
便將膨脹中的宇宙（the expanding universe）之半徑解釋為時間……
具有敏銳的想像力始有強烈的直覺上的同情（sympathy），復由同
情而交感（transfusion），由交感而合一（identification）」[11] 甚至於說：
「李賀和柯立基都該是佛洛伊德析夢的理想對象。他們都具有莎

---

[10] 余光中《望鄉的牧神》，（台北：藍星，1968），P.170。
[11] 余光中《逍遙遊》，（台北：大林，1969），PP.84-85。

士比亞『仲夏夜之夢』中描摹詩人時所謂的『精妙的激動』（fine frenzy）。他們都有呼風喚雨的魔術，能把各殊的（heterogeneous）意象，組成大同的（homogeneous）意境，也就是說，他們都是超現實主義的先驅。」（同上，八十八頁）這種雄辯幾乎可說平息了抒情路線與超現實主義的爭辯。

　　相對於法國派的詩壇頑童高克多，余光中也舉出美國詩壇頑童康明思（E.E. Commings）相抗衡，康明思的名句：「春天是一隻也許的手」已是驚人的意象。余光中說：「對於康明思，生命是一連串漸漸展露的發現。」

〈我從未旅行過的地方〉　康明思（余光中譯）[12]

　　你至輕的一瞥，很容易將我開放
　　雖然我關閉自己，如緊握手指
　　你恆一瓣瓣解開我，如春天解開
　　（以巧妙神祕的觸覺）她第一朵薔薇

　　若是你要關閉我，則我和
　　我的生命將闔攏，很美的，很驟然地
　　正如這朵花的心臟在幻想
　　雪片啊小心翼翼四面下降

　　至於余光中自己的詩風，也從修辭，議論，雄辯而至自由抒發的境界。他在解釋自己散文藝術的試驗時，曾提出卡旦薩（cadenza）一詞：「所謂卡旦薩，原來是西洋音樂的名詞，有人譯成『裝飾奏』……所謂『卡旦薩』，是指通常在獨奏樂或獨唱樂尾

---

[12]　同註9，P.40。

部，一種自由抒發的過渡樂曲或樂段，其目的在表現演奏者或歌唱者的熟練技巧……一篇作品達到高潮時興會淋漓的作者忽然掙脫文法和常識的束縛，吐露出來的高速而多變的句子。其效果，接近協奏曲或詠嘆調的『卡旦薩』，也類似立體繪畫中的疊影。」[13] 雖是說自己的散文藝術，他的「新散文」即詩化的散文正成散文界的標竿。但在詩方面呢？自散文集《望鄉的牧神》（一九六八）之後即是《敲打樂》（一九六九）和《在冷戰的年代》（一九六九）兩冊詩集，已逼近成熟的風格，可見雄辯的要素對其詩風的重要，例如〈雙人床〉就是他成熟的調子。雄辯則氣盛辭昂，他的詩只有收煞得住收煞不住的問題，也即在形式上適度的收束。余光中也有他自己的超現實。自此，離代表作《白玉苦瓜》，還有一個決定性的因素：民歌，民歌的形式多少有約束性。他認為搖滾樂的詩，「呼吸的卻是我們這時代」，對當代抒情詩有巨大的影響。

〈在風中飛揚〉（第二段）巴布·狄倫（余光中譯）[14]

　　一座山究竟要活上幾年

　　才能夠沖到海洋

　　那些人究竟要活上幾年

　　才能夠得到釋放

　　一個人究竟要幾次別頭

　　假裝他沒見到那景象？

　　答案啊，朋友，在風中飛揚

　　答案啊在風中飛揚

---

[13]　同註10，P.131。

[14]　余光中《焚鶴人》，（台北：純文學，1972），P.182。

修辭與抒情的路，直到《白玉苦瓜》的圓成，自有堂皇與優雅，余光中不再附庸什麼主義。晚近學界對修辭學的重新重視，也可以看出余光中的詩長期在學院中有其影響力的原因；尤其是「走回中國傳統」的呼籲，也可以是學院派（包括中文系、歷史系等）可以共同接受的立場。

　　《創世紀》詩社

　　一九五四年，創世紀詩社宣告成立，洛夫、瘂弦、張默是主要成員，商禽後也加入，另有辛鬱、管管、碧果等。

　　軍中詩人蔚起，或許是五十年代的又一特色，提倡超現實主義可以在政治高壓下保有自由的創造活力，在恐共情結及文字檢查的雙重壓力下，就像佛洛伊德「夢是潛意識的出路」，提倡戴望舒試驗過而一直未在中國詩壇生根的超現實主義也適逢其時，何況前有覃子豪的背書。夢產生變形的作用，所以超現實主義汲汲於創造驚怖駭人的意象。

　　洛夫（一九二八～）自述：「〈天河的斜度〉發表於一九五九年〈創世紀〉第十三期，同一年刊出的還有瘂弦的〈深淵〉和我的〈石室之死亡〉……可說是台灣現代詩創作實驗階段最早的三座里程碑。而且不論在語言風格或表現手法上，都很明顯的有超現實主義的精神內核和意象割裂的傾向。」[15] 這已是五十年代末期，不僅是意象的割裂，還有傳統的割裂，如果真要論個人詩風，這三種詩作雖皆有其重要性，其實瘂弦與商禽的風格已成熟，只

---

[15] 洛夫〈寫給商禽的詩〉，見《創世紀・一六五期》，（台北：創世紀詩雜誌，2010），P.44。

　　有〈石室之死亡〉是在試驗階段。

　　超現實主義的詩作如果表現得好，是夢想和變形；表現得不好，就成夢魘和變態。洛夫在詩論集《詩人之鏡》中就宣揚過超現實主義，並翻譯過〈超現實主義的淵源〉；據葉維廉稱此英文書係他所贈，故《創世紀》在五十年代末期就有了學者的奧援。〈石室之死亡〉因為詩質的稠密，意象的驚駭，內容晦澀，引起詩壇的論議。在《無岸之河》的〈自序〉中：「直到著手寫〈石室之死亡〉時，我的整個思想（包括人生觀及藝術觀）起了急遽的轉變。簡言之，在『戰爭』這個潑婦的挾持下，我竟變得如此的厭惡『人』這個東西，也如此地熱愛『人』這個東西。這種轉變既非受『存在主義』的影響，也不是受『超現實主義』的刺激，而是企圖為自己開闢一條新的路，創造一些自我表達的方式。……中國現代詩人中還沒有一個道地的超現實主義者。我有一個信心，就是只要中國詩人能抓住古詩中的那種素質（也許就是詩中不可盡解的那點東西吧！）再以新的技巧表現出現代人的精神風貌，如發展得宜，假以時日，我們一定能創造出較當年法國超現實主義者更好的作品來。」[16] 這段話寫於一九六九年，何以對超現實主義前踞後恭？一方面這是六、七十年代之交對西化晦澀反感的氛圍，致使詩人如此自辯，故要調和中國古詩的素質，以及──還是超現實主義。其實超現實主義難道不就是「新的技巧表現出現代人的精神風貌」嗎？立場的擺盪，除了社會對部分超現實主義詩人過分西化或晦澀詩風的反彈外，許多超現實主義詩人仍為軍職或公家身份，也多少了解法國超現實主義詩人與共產黨剪不斷的若干牽連，也只

---

[16] 洛夫《無岸之河》，（台北：大林，1970），PP.4-5。

好摸摸鼻子，自清界限。這番自辯只是說明洛夫想擺脫存在「主義」的影響，及對超現實主義技法的缺乏把握。

　　〈石室之死亡〉意象雖然晦澀，語言尚稱凝鍊，如果就背景稍稍說明，也並非不可解。「洛夫開始寫這部作品時，身在金門，前數首『乃於金門炮彈嗖嗖聲中完成』，『石室』很可能指前線的碉堡，而戰爭對生命的威脅便使作者對生與死冥想，『石室』也就轉化為其它意義了。」[17]「石室」的意象既明，乃可推敲其詩思，張漢良說：「詩人在〈石室之死亡〉一詩中對生死的看法，與超現實主義的觀點神合溝通，認為在超現實的某一點，生與死，真實與想像，可溝通者與不可溝通者，皆為同一。……如果吾人能運用神話原型批評來探討這首蘊含著許多原始類型，這首對人的存在形而上探討的詩，也就可以把握到『石室之死亡』的真貌了。」（同上，一三五頁）張漢良費了許多工夫剖析生死、光明與黑暗的意象，倒使此詩眉目清朗。〈石室之死亡〉在佈置驚怖駭人的意象之餘，也有一些動人的警句。這些警句促成了《外外集》（一九六五～一九六七）的創作高峯，這是洛夫風格的圓成，如果他就此風格繼續發展，既有存在主義，又有超現實主義的影響，成就將更大。不過「詩魔」之所以為「詩魔」者，就是好試鍊各種句型（如一行詩）及型態（如隱題詩），甚至長詩《漂木》，風格多所變化。

　　如果把超現實主義當作手法，也許就有超現實主義詩學的祕密。「似乎客觀事實與主觀目的完美的結合在一起。在瞬間凝固的背景下，我們把真實的或想像的、明顯的或黯淡的、微不足道的

17　張漢良〈論洛夫近期風格的演變〉，收入張漢良、蕭蕭編選《現代詩導讀·批評篇》，（台北，故鄉，1979），P.136。

或震撼人心的、難以啟齒的或沒完沒了的事件，都叫做無意識瞬間。」[18] 這些「無意識瞬間」也就易於轉變成「戲劇性瞬間」，無論是現實事物的變形，或者是日常生活表裡不一致的戲劇性觀察，亦可以成為譏諷性的。「無意識寫作」並不是放任，而是要釋放「無意識瞬間」。「無意識瞬間」是偶然的、意外的，突如其來的戲劇性邂逅。但不要忘了超現實主義的特殊技法：「超現實主義遠離了美術系統及美術為美、主流藝術或高雅品位定義的範疇，拋棄了一切日常品的平庸，千方百計企圖重建一個物質的世界。它把野蠻人或瘋子製造的東西、現成物體、自然物體擡舉到藝術品的高度：「我們能夠觸及的一切廢物都應當被視作我們欲望的沈澱。」（同上，五十八頁）打破高尚與卑下的美感意象的區分，日常生活的一切物象都可入詩，這些物象都是「欲望的沈澱」。

　　瘂弦（一九三二～）和商禽是堅持超現實主義的，但也折衷了說是「修正過的超現實主義」。他用什麼東西來修正超現實主義呢？答案是里爾克及何其芳：「早年我崇拜德國詩人里爾克，讀者不難從我的少數作品裡找到他的影子，譬如〈春日〉等詩，在形式、意象與音節上，即師承自里爾克；中國新詩方面，早期影響我最大的是三十年代詩人何其芳，〈山神〉等詩便是在他的強烈籠罩下寫成。何其芳曾是我年輕時的詩神，他《預言》詩集的重要作品至今仍能背誦。」[19] 里爾克曾擔任過雕刻家羅丹的助手，里爾克的詩頗重視刻畫物體的形象，瘂弦的詩也重形象。里爾克受哲學家尼采影響，存在主義的成分也無法在瘂弦的詩作中抹殺。

---

[18] 喬治・塞巴格《超現實主義》，（天津：天津人民，2008），P.48。

[19] 瘂弦《深淵・序》，（台北：洪範，1981），P.5。

「詩，有時比生活美好，有時則比生活更為不幸，在我，大半的
情形屬於後者。而詩人的全部工作似乎就在於『搜集不幸』的努
力上。當自己真實地感覺自己的不幸，緊緊的握住自己的不幸，
於是便得到了存在。」[20] 存在主義的影響夠明顯的了。至於何其
芳，他本人即受五代詞的影響，使瘂弦某些程度矯正西化之弊。
瘂弦另一方面也提到中國新詩的源流：「在中國，徐志摩、朱湘、
康白情、李金髮、戴望舒、馮文炳（廢名）等人滙成的純正的詩
流……」（同上，五十一頁）與覃子豪一樣沒有提到四十年代，他在
七十年代為中國新詩尋根時多加了辛笛（三十年代時的）一人。這
些統統集中在何其芳柔美流暢的調子，這是瘂弦詩中的音樂性。

　　在〈現代詩手札〉中有兩段話是關於超現實主義技法的。「『動
力』和『速度』雖已被暴跳的未來派詩人們激情的近乎做作的歌
唱過，但直到現在，大部分的作家們仍深深地感覺『水土不服』。」
（同上，五十四頁）這句話關乎意象轉變的動力和速度，瘂弦的詩
某些程度在堆積日常物體的形象，他在詩中嵌入的名詞。至於如
何釋於「潛意識瞬間」呢？「我們不應忘了詩人也是人，是血管
中喧囂著慾望的人；他追求，他迷失，他疲憊，他憤怒。前一小
時人們看見他低頭靜觀一株櫻草的苗長，後一小時他卻在下等酒
吧的高腳杯裡泡他的鬍子。他充分感覺他盡可能感到的生活，他
抓緊著這些，在酒醒後的第三日把它們紀錄成分行的東西。」（同
上，五十二頁）酒醉前、酒醉後，生活的複雜與多變，酒醒時抓住
那「無意識瞬間」，那也是「戲劇性瞬間」。

　　瘂弦的創作高峯集中於一九五七至一九五九年，某些方面他

---

[20] 瘂弦《中國新詩研究》，（台北：洪範，1981），P.49。

繼承了波多萊爾以來的頹廢傳統，如《深淵》集中〈苦苓林的一夜〉、〈無譜之歌〉、〈水手‧羅曼斯〉等，甚至〈巴黎〉、〈倫敦〉、〈芝加哥〉都在想像中印上了頹廢的印證，也是大膽的告白，橫肆的美感。生活無不可入詩。

邢光祖（一九一四～一九九三）是徐志摩的學生，曾參與徐志摩出版《新詩月刊》編輯，曾根據英國詩人薛德惠（Edith Sitwel）的闡釋來說明超現實主義：「我們根據超現實主義的理論，和薛德惠女士的闡釋，知道他所說的肌理，是以潛意識的活動作靈感，以感官的感應作動力，以字眼的渲染作手段，以暗示的性質作枝葉，以讀者的象徵同情作果實的一種技巧。詩祇是想像的泛濫，意象的重疊，在製作中，字句可以割裂，邏輯可以廢止，以一大堆的色彩和音調，像嗎啡般地，逗起讀者感官上無盡止的刺激。」[21] 也就是說，「意象的重疊或多樣」作為肌理，在強調想像力的宏偉上，句法可以改變，可以廢止現實的理性邏輯，這不外乎聞一多「以醜為美」的想像，其實浪漫主義的雨果已開始此一詩學技巧。超現實主義的詩作有時意象的構想，充滿意外的驚奇；但有時一大堆物象流過，就好像電影使用太多蒙太奇畫面，有「感官上無盡止的刺激」意象的轉換。或者說「換喻」是獨特而傑出的，但在感受的層面上，那種「搜集不幸」的努力，就好像有點沖淡了。於此苛責，其實無多大意義。

商禽（一九三〇～二〇一〇）不可能不「超現實」：「十五歲那年，在成都街頭被當地的軍閥拉伕，關在一個舊倉庫裡，一個星期的囚禁，竟然將我馴服，原來那裡堆滿了我前此未曾一睹的各種書

---

[21] 邢光祖《邢光祖文藝論集》，（台北：大漢，1977），P.284。

籍，使我第一次真正接觸到新文學。《野草》和《繁星》便是在那裡所讀。一個月後隨部隊開拔，在將抵重慶之前，我開始了第一次的逃亡生涯，至今猶記得嘉陵江上的漁火與嘩嘩的流水之聲。三年後在南國廣州，進行了這一生最大規模的逃亡。原本打算回四川老家的，未料一路上遭到各種部隊的不斷拉伕、拘囚，而我當然也不斷在進行著一次又一次的逃亡。」[22] 顯然對日常生活的意識與現實來說，這種「逃亡的天空」真是非意識與非現實的。

李英豪解釋商禽的技法時說：「阿米巴的存在是最卑微的原生單細胞生物，幾近於中性和植物性；詩人的心象是最原始的；只有藉此『實在』（Sein）『現象』界之低等生物，來使現象世界構成既簡且繁的『概念』（Begriff），自然而然予以『實體化』。此種寓言的詩底方法，令人憶起卡夫卡的小說『變形記』……」。[23] 李英豪一口道出了商禽的技法，而那技法也是他心靈感受的原型，可以是阿米巴、獸、長頸鹿，他的夢是變形的關鍵。

商禽的詩有流淚的無奈，也有廣博的愛與同情。

現代主義

但艾略特仍值得重估。艾略特（T. S. Eliot, 1888~1965）無疑是里爾克以外的另一高峰，艾略特把「無我」的觀念竭力帶入現代文學的意識中。他說：「詩人不表達自己的『人格』，詩人只是個媒介；他只是媒介而不是人格；各種印象與經驗，藉他為媒介，互相作奇特而不可意料的結合。」這無我藝術的觀念，他藉一個術

---

[22] 商禽《夢或者黎明及其他‧序》，（台北，書林，1988），PP.1-2。

[23] 李英豪〈變調的鳥──論商禽的詩〉，同註22，P.169。

語來表達：「藝術作品表達情感的唯一方式，是尋求一個『客體相關』（objective correlative）；換言之，一組事物，一個情況，一連串的事件，為某一特定情感的公式；於是，當必須終止於感官經驗的外在事物出現時，那個情感便立即被引發出來。」[24] 這客體相關的原理，是艾略特從法國象徵主義詩人的理論與實踐中，引申所得的一切觀點的總結，即通過「一組事物，一個情況，一連串的事件」作為媒介，將詩人心中所想的或主觀的情緒，加以客觀化，才能有效地傳達給讀者。這是反浪漫主義的，強調技巧的重要，他認為：「詩，不是放縱情感……詩，不是人格的表達，而是逃避人格。」簡言之，以運用意象為技巧，逃避人格為目的。

　　在強調個性的泯沒上，他認為「詩最理想的媒介……和最直接的功用是戲劇。」（同上，七十四頁）他相信這個人經驗可以化為一個偉大的象徵。「一個作家的意象，只有一部分來自閱讀的，其他均來自他童年至今的整個感受生命，在我們一生的見聞中，為什麼有些意象滿載情緒，不斷地反復出現於我們的腦際，而其他則消失不見呢？所有的記憶可能都具有某種象徵意義……。」（同上，八十二頁）經驗的發展大都是無意識的，詩人的目的「使原來混沌不整，片斷的各種分歧的經驗凝混為一些新的組合。」許多現代生活表面上歧異的現象，其實都是人類某種基本情境的原型的體現，艾略特就把許多歧異的現代經驗和情境，接源到古代神話。所以他一方面訴諸神話和神祕主義的繁複性來創造一個有秩序的基型，一方面利用戲劇性獨白或插話及暗示，來構成一種超脫個人的媒介。他的〈荒原〉一詩，最能代表現代人的荒原意識。

---

[24] 引自葉維廉《秩序的生長》，（台北：志文，1974），P.8。

現代詩也高度地自覺於它自身的語言學性質，在〈燒燬的諾頓〉[25] 中：

> 詞的動，樂曲的動
> 只是在時間中；然而那僅有生命的
> 卻唯有一死。詞在言說之後
> 走入沈默。唯有在形式中，
> 詞和樂曲才能走入
> 那樣的靜寂，像中國的瓶
> 在靜寂中仍永遠的動

這種對語言本身的批判精神，也是艾略特主知主義的詩風所關注的，構成了詩的有機組成部分，成為語言運動的辯證結構。任何詩語的生命，就如人類生命生存死滅的有限存在一樣，「時間」中的「動」是有限存在的運動，任何語言也會死滅。詞語包含言說與沈默的部分，言說不是為達到確定的意義和意旨，而是要回到所未說出的，才有不盡的餘味。詞語不是表達確定的概念，而必須藉「形式」存在。「形式」就是意象，也就是所謂「客體相關」，藉著這樣的形式，才能歸回沈默、靜寂。這樣在言說藉由形式回到沈默之間，就在靜寂中包含「永遠的動」。詩不是邏輯語言，不作概念化的表達，而是意象語言，言外之意俟歸沈默。艾略特這種主知主義的詩風和對語言的深刻反省，已與哲學的深刻一致。

在面對古典理性的清晰概念，把握不住真實（the Real）千變萬化的本性上，艾略特（甚或葉慈）仍想藉由原始神話恢復其統合力。

---

[25] 張隆溪譯，見張隆溪《道與邏各斯》，（四川：四川人民，1998），P.125

西化並不一定非超現實不可，象徵主義也是西化，但也可以與中國古典相融通，所以西化不一定是激烈的極端，也可以古典互相撞擊，由傳統語言的延續，對西化（包含語法）的選擇與修正。

超現實主義

尼采告訴我們，「沒有一個藝術家是容忍現實的」；藝術的任務是它在確立的秩序之外，在以反常的透視法描繪的世界裡的自我實現。朝著深奧微妙和獨特風格發展的傾向，朝著內向性、技巧表現、內心自我懷疑發展的傾向，往往被看作是給現代主義下定義的共同基礎。存在主義哲學家奧德嘉‧賈塞特（Jose Ortega Y. Gasset, 1883~1955）說，美學的優雅涉及藝術的非人性化，即逐漸消除浪漫主義和自然主義創作中突出的人性因素。它是由於取消社會現實和因果關係中的傳統觀念而產生的藝術，是由於破壞完整個性的傳統觀念，由於語言的普遍觀念受到懷疑，一切現實變成虛偽時引起語言混亂而產生的藝術。超現實主義詩人卻藉由非理性的想像，從無意識內部行動的激勵，來歡迎一切自發出現的東西。這種溯源於波多萊爾的「想像的自發性」，成為超現實主義的無意識的「自動寫作」，也成為詩人們精神的冒險。

詩人或藝術家的做法應當是把他的整個感受力，以無限開闊的被動，置於和世界直接接觸的狀態。[26] 想像的工作要求的是生命的全部變形，詩人必須遠遠追溯到他的過去，他童年時代的經歷，以回復被壓制的，或有意的遺忘所掩蔽的痛苦，一種內在深

---

[26] 馬‧布雷德伯里及詹‧麥克法蘭編《現代主義》，胡家巒等譯，（上海：上海外語教育，1997），P.266。

沈的，永恆的痛苦。把人的潛意識提到一種強有力的超現實的地位。甚至把他的整個感受力，以無限開闊的被動，置於與世界不經概念而直接接觸的狀態。換言之，超現實主義詩人試圖把無意識的超現實化為現實，來補充世界的不完美，視為更高級的現實。

阿波里奈爾（Guillaume Apollinaire, 1880~1918）是法國二十世紀初的文化奇觀。布勒東（Andre Breton, 1896~1966）是超現實主義運動的領袖、詩人和理論家，並發起（超現實主義宣言）。艾呂雅（Paul Eluad, 1895~1982）和阿拉貢（Louis Aragon, 1897~1982）均為超現實主義傑出詩人。

布勒東原專攻精神病理學，他採取與日常聯想隔斷的手法，絕不以我們日常意識可聯想到的事物來比喻，而從潛意識的領域中，以意想不到的機遇，尋求比喻的類似。想像相當獨特新穎，喚醒全新的感受。這樣，潛意識喧嘩出來，得到獨特的地位。

超現實主義是西方的前衛運動，超現實是有批判性的，這是源於西方戰後對戰爭所造成的滿目瘡痍，重新反省西方的文明，而作批判性的反省，企圖達成「人的解放與精神的自由……」另一方面同時接受象徵主義對內心世界探索，佛洛伊德的夢的分析理論，以夢的潛意識的語言來呈現內在現實，以反理性及邏輯來重現更真實的現實，即所謂的超現實。其使用的技巧包括自動寫作、催眠、拼貼奇譎的暗喻、弔詭的意象、黑色幽默等等。[27] 當然自動寫作就是在催眠狀態下任潛意識湧流而造成邏輯上的斷裂感，拼貼也是湊集斷片而成，這樣可以避免意識的統一性。另外隱喻和弔詭則是象徵主義已熟悉的技巧了。另外如立體主義的高

---

[27] 奚密《現當代詩文錄》，（台北：聯合文學，1998），PP.161-162。

克多（Jeam Cocteau, 1889~1963），因立體主義也是超現實以後的新興詩派，與之亦有淵源，而高克多是法國詩壇頑童，富於奇特的比喻與新鮮的聯想，意象生動中見詼諧。

這是台灣現代詩運動剛開始時的三大詩社，其中在五十年代初期的覃子豪、紀弦、鍾鼎文的影響最大，由於他們都在三十年代已開始創作，被尊稱為「詩壇三老」。

五、六十年代台灣現代詩運動，一般說，是延續大陸三十年代的現代詩運動，並沒有承繼四十年代的哲理詩風發展，而是靠著原始生命力或向英美或向歐陸借鏡，左突右進。但「詩壇三老」覃子豪、紀弦與鍾鼎文以開創者的姿態，讓現代詩在台灣生根，有如定音鼓。從之者既眾，各領一方風騷。

第二節　覃子豪開潤豪放

覃子豪（一九一二～一九六三），四川省廣漢縣人。早年於中法大學就讀，一九三五年留學日本，入東京中央大學，兩年後回國，三十年代末期即出版詩集，堅持抒情主流。一九五一年與紀弦、鍾鼎文等編輯〈新詩周刊〉，與鍾鼎文、余光中、夏菁等創辦藍星詩社，為詩刊奔走，為詩教奮鬥。著有詩集《畫廊》、《向日葵》、《海洋詩抄》等。翻譯《法蘭西詩鈔二集》，詩論《詩的解剖》、《論現代詩》。尤其對象徵主義詩作介紹不遺餘力，影響深遠，詩壇弟子眾多，頗多著名詩人。

覃子豪倡議發起《藍星詩刊》，他的詩論，他翻譯的《法蘭西詩鈔》實是包含了法國詩從浪漫派，到巴拿斯派，前後期象徵派的許多名作，實成了當時軍中詩人的重要靈感來源。另外他在中華函授學校開講現代詩，也有當代許多名詩人如向明等是他的學

生，他在函授講義上介紹許多法國象徵詩派的理論。所以他的影響是巨大的，他個人的詩作也有一種開創者雄渾淋漓的風格，有鏗鏘的音調。

〈吻〉

一隻白翅紅胸的水梟

擦過蘆叢，掠過盈盈深潭

飛越頂峰，飛向微醉的海

怡然在一個珊瑚的礁石上降落

它默默地在測驗海水的溫度

這季節是初春，還是火熱的長夏？

它將作無盡期的棲留

在這旅途的終點？

把唇吻形容成「白翅紅胸的水梟」，更精確地說白翅是牙齒，紅胸是紅唇，頗得意象的妙趣。這隻水梟全在自然的山海、蘆叢、深潭間棲遊，也都令人聯想到五官的比喻，動詞「掠」與「飛」比喻唇吻的動作，亦輕巧。「珊瑚的礁石」是另一張唇，唇與唇的試探，好像熱情的溫度，故不知是「初春」還是「長夏」。詩人也不禁希望能「無盡期的棲留」，希望這是「旅程的終點」。文內只是水梟的飛掠與降落，無一吻字，但充滿吻的視覺與觸覺意象。

〈追求〉

大海中的落日

悲壯得像英雄的感嘆

一顆星追過去

　　向遙遠的天邊

　　黑夜的海風
　　刮起了黃沙
　　在蒼茫的夜裏
　　一個健偉的靈魂
　　跨上了時間的快馬

　　這首詩筆力簡勁雄渾，最得陽剛文體的特色。雖沒有意象構成的精巧；但一語天然，豪華落盡，無忸怩做作之態。「大海」與「落日」景象壯闊深沈，氣象萬千，詩人獨取「悲壯」的特色。落日西沈，暮色蒼涼，以擬人化的比喻，如同「英雄」深心的「感嘆」。並造境簡潔，以「一顆星追過去，向遙遠的天邊」來象徵英雄的雄圖事業，「追」字頗顯力道，「遙遠」才顯精神的事業深遠。

　　「黑夜的海風，刮起了黃沙」又是取境簡直，萬取一收，落筆雅健雄深。面對「蒼茫」，縱使「感歎」，「健偉的靈魂」仍與時間競賽。詩人將雄渾壯闊的宇宙空間，化為英雄事業的時間之流，氣氛渾融一致，最能見出詩人的海天深心。

〈詩的播種者〉

　　意志囚自己在一間小屋裡
　　屋裡有一個蒼茫的天地
　　耳邊飄響一支世紀的歌
　　胸中燃著一把熊熊的烈火

　　把理想投影於白色的紙上
　　在方塊的格子裡播著火的種子

火的種子是滿天的星斗

全部殞落在黑暗的大地

當火的種子燃亮人類的心頭

他將微笑而去，與世長辭

　　這首詩就是象徵主義的表現，語言古樸，且頗能狀詩人的形神，而且也的確有雄渾蒼茫的味道。意志囚禁自己，這是因為小屋裡有更為蒼茫的天地。前者如反語法，而「小屋」與「天地」則是對比，「世紀的歌」毋寧是心願，創作的動力如「熊熊的烈火」，而詩人的理想只是想散播「火的種子」，這個就是隱喻，當它逐步加強，變成詩人精神的象徵。覃子豪先以頂真法「播著火的種子，火的種子是……」來加強，又成為「滿天的星斗」，從火種到燃亮了整個黑夜然後「隕落」，是層遞法的逐漸加強，A是B，B是C，C是D，一層層加強，直到最後，詩人認為當火的種子「燃亮人類的心頭」時，也是他微笑歸去的時候，詩人的心志可見見一斑。

〈金色面具〉

在燭光熄滅的一瞬，你投下森然的一瞥

目光像兩條蝮蛇

帶著黑色的閃光

黑色的戰慄

自深穴中潛出，直趨幽冥

你的目光依然深沈

神采依然煥發

　　這首詩有些里爾克的味道，在金色的色彩之下，眼睛的黑洞「像兩條蝮蛇」，且是「黑色的閃光」，充滿神秘的想像，啟示著

玄思。

名作〈瓶之存在〉部分佳句可以欣賞。

> 蛹的蛻變，花的繁開與謝落
>
> 蝶展翅，向日葵揮灑種子
>
> 演進、嬗遞，循環無盡
>
> 或如笑聲之迸發與逝去，是一個剎那？
>
> 剎那接連剎那
>
> 日出日落，時間在變，而時間依然
>
> 你握時間的整體
>
> 容一宇宙的虛無

詩人以渾圓的瓶，在虛空中容納一切事物的變化，將宇宙化的空間納入時間的巨變之流。萬物在時間中的生滅之流，蛹的「蛻變」，花的開落，萬物的動態生長，生死循環，包含人有限的存在──「笑聲之進發與逝去」，均在宇宙之流的無限時間中視為「一個剎那」。而時間對萬物是變，而時間本身無所謂消逝，「時間依然」，仍可以視為一整體。覃子豪對時間的思考最富啟發，呼應德國哲學家海德格對時間的沈思，這段詩視野廣闊，意象靈動。

覃子豪善於運用聲音與形象，是受到象徵主義的影響，另一首〈吹簫者〉亦有佳句。

> 他有弄蛇者的姿態
>
> 尺八是一蛇窟
>
> 七頭小小的蛇潛出
>
> 自玲瓏的孔中
>
> 纏繞在他的指間

昂著頭，飢餓的呻吟

「吹簫著」如「弄蛇者」，把音樂的吹奏，如七孔中有「七頭小小的蛇潛出」，「潛」字就能把握音符幽揚的動態。「玲瓏的孔」才能狀簫音的巧妙；而運指巧妙，音樂也宛若靈蛇「纏繞在他的指間」。蛇的波動，「昂著頭」，也彷彿簫音曲線的進行，相當宛妙。

覃子豪創作的高峯是《畫廊》詩集，是他逝世前一年出版的最後一部詩集，其中〈秋之管弦樂〉意象也相當繁複。逝前最後一首詩〈過黑髮橋〉及幾首超現實主義詩作未收入集中，形象構想也豐富。覃子豪雖受法國象徵主義影響，而他以五十年代「前輩飛騰入」（杜甫詩句）的姿態，詩風雄渾淋漓，為五十年代早期中國型詩風奠定基礎。

第三節　紀弦激越與詼諧

紀弦（一九一三～二〇一三），祖籍陝西，蘇州美術專科畢業。早年以路易士為筆名。他在三十年代即寫詩，曾與戴望舒創辦《新詩》月刊。一九五三年在台北創辦《現代詩》。著有詩集《摘星的少年》、《在飛揚的時代》、《檳榔樹甲、乙、丙、丁、戊集》等。他對西方現代主義有所取捨，強調「知性」，追求「純粹性」，在知性上是里爾克、艾略特的強調，純粹性是受梵樂希的影響，並以波多萊爾為源頭。他一方面割棄傳統詩的影響，一方面保留未來發展、變化的可能性。事實上，現代詩的傑作很難不受到中國傳統詩的影響，傳統詩以芥子納須彌，以簡單的意象包容絃外之音，與象徵主義、意象主義原可互通有無，故三十年代詩人多以晚唐詩（尤其李商隱、溫庭筠）的詩風融合象徵主義詩風。另一方面，他雖強調知性，但衡諸當代詩人，也很難達到里爾克、艾略特的

深刻理境，這方面是五十年代詩人未能善繼四十年代詩人馮至、
穆旦的遺產。

　　紀弦的傑作，常是在口語天然之外，有出人意表的想像，既
富於諧趣，又富於個性的表達。詩想常出乎意料之外，意象又在
情理之中；對於自信且率直的紀弦，別才別趣是他的勝場。在〈戀
人之目〉中：

> 戀人之目
> 黑而且美
>
> 十一月
> 獅子座的流星雨

　　以近乎文言的凝重語氣開始，彷彿鏡頭大特寫，聚焦於戀人
的眼睛，也為「目」和「美」是雙聲。次句只抓住主要的特色，
斬釘截鐵的描述，肯定是「黑而且美」。第二段以意象疊加的方式，
不加任何說明，好像蒙太奇的幻象，沒有語意上的連貫。「獅子座
的流星雨」到底是約會的場景呢，還是在黑眼睛中閃耀的流光，
可能兩者俱是，給讀者許多想像的空間。此詩最得意象主義的神
髓，意象並列的手法，是把任何時間化之流如記憶、印象，做空
間化的處理，而造成時間延續的感覺。

> 剛剛用啟子啟開了瓶
> 蓋一點點便溢出了香氣
> 滿屋滿院子而又連忙把
> 它敲敲緊並蠟封了的
> 一瓶美酒啊……唉唉，

噢噢，

這不就是一個永不宣布

的戀的一切了麼？

〈美酒〉是精巧的小詩。詩人對美酒的珍惜，無標點急促的語氣，在動態意象「啟開」，香氣便「溢滿」了「滿屋滿院子」；為了珍惜香氣的溢散，馬上「敲敲緊」，又「蠟封」，急促的語氣，一連串的動作意象，便為了小心奕奕地呵護香氣免於飄散。尤其「蠟封」是把香氣永遠封存。另一段是並列，也是詮釋。「永不宣布的戀」也是像從「開啟」到「蠟封」這樣的過程，才啟口一點點就充滿了香氣，馬上「敲敲緊」再封口，這香氣就永遠封存在回憶中了。

明朗、激越、詼諧是紀弦的主要風格，有時他的構想也可以說是頑皮，藉著自嘲來打趣，使他的詩有時構想很奇特。

我向酒保要了最好的酒

自斟自飲

從容地

統治一個完整而純粹的帝國

我的離去和我的王朝的傾覆

是當有第二個顧客踏進來

並侵犯了我的偉大的孤獨時

〈飲者〉這首詩真有杜甫〈飲中八仙歌〉中寫李白「天子呼來不上船，自稱臣是酒中仙」的意味，一個「酒國」的構想，真是意趣橫生。口語頗富現代感，一開始就是「酒保」。當要了「最

好的酒」，自己感覺是國王，也有對照修辭的意味。不過他描寫的狀態是「自斟自飲」，所以這「統治完整而純粹的帝國」原是孤獨的酒國，他充分享受孤獨，這是「完整的」，而「純粹」也跟酒精濃度有關，最好的酒或者純度愈高。這孤獨的王國當然無法容人破壞，所以他的「離去」和「王朝的傾覆」是相關的，這是因為有顧客走進來，又侵犯了「偉大的孤獨」。所以紀弦喜用崇高的修辭，例如說自己統治帝國啦，偉大啦，王朝啦，這都構成一串隱喻鏈，可是這串隱喻鏈多少因反諷的加入而破壞。原來他只是喝酒，原來他只是自斟自飲，原來他偉大的帝國只是完整的孤獨和酒精的濃度，造就流露出詼諧。酒一列列就築就了「城堡」，他從醉中看世界，自己是王者的風度，在幽默中，這首詩至少也寫得從容而優雅。

　　說紀弦的詩有些激越，就是因為紀弦用一戲劇性的方式提出了自己生命的態度，但是紀弦並未深入生命的情境，所以並未真正達到知性的深度。紀弦所提倡的知性，只能說對自己的生活，採取一戲劇性的姿態，而能以旁觀自己的方式，幽默地解嘲，從而也瓦解了神聖，光榮與不朽。柏格森（Henri Bergson, 1859~1941）說：「如果我們只是注意到儀式本身，並像哲學家們所說的那樣，不管其內容，只想著儀式的形式，那麼，這個儀式足以變成滑稽可笑的東西。大家都知道，滑稽的幽靈很容易在僵硬的、固定的社會行為中施展其獨到的才能。」[28] 只要儀式化，不管內容，甚至內容更非莊嚴的事物，會引發笑聲。紀弦深得個中三昧，這也是紀弦影響瘂弦的地方。

---

[28] 亨利‧柏格森《笑與滑稽》，樂愛國譯，（廣東：廣東人民，2000），P.32。

拿著手杖７

咬著煙斗６

數字７是具備了手杖的形態的

數字６是具備了煙斗的形態的

於是我來了

手杖７＋煙斗６＝１３之我

一個詩人，一個天才

一個天才中之天才

一個最最不幸的數字

唔，一個悲劇

　　這首詩也是戲劇性的姿態，紀弦喜歡咬煙斗，拿手杖，造成了他的「商標」，他就以此商標戲劇化，手杖的樣子像阿拉伯數字７，煙斗的樣子又像數字６，所以看到阿拉伯數字７和６，就是紀弦來了。手杖７＋煙斗６＝１３之我，這一行他卻不直排，而是橫排，這有點出乎意料之外。而７＋６＝１３多少也是巧合，就從這意料之外的構思，他就更加以戲劇化，而且到誇張修辭的程度。一個詩人，還不夠，說自己還是天才，不但是天才，而且是天才中的天才，然後與天才常有宿命的悲劇相連結，正好是民俗認為十三是一不吉祥的數字。所以自己也是天才＋悲劇。

　　同樣的，他先用誇張法誇大之後，例如天才中的天才，最最不幸的數字，然後就把這莊嚴的姿態予以瓦解，用反諷的修辭，「悲劇悲劇我來了，於是你們鼓掌，你們喝采」。如果紀弦用客觀的第三人稱敘述：他像悲劇一樣的出現，而大眾卻嘲笑他是個瘋子，這樣好像就沒有破壞崇高修辭的姿態。但紀弦以第一人稱來寫就

有戲劇性的腔調，作要的意味，「悲劇悲劇我來了」，而你們也好像看紀弦作秀一樣，於是，你們鼓掌，你們歡呼。所以我們也知道紀弦的自誇原也有點作秀的味道，博君一粲而已。這首詩你不得不承認是有巧思的，而紀弦的巧思也是常常出乎意料之外，能夠脫出日常的軌道，不那麼正經八百，而這也就是詼諧。詼諧是紀弦詩的機鋒所在，即使他的〈狼之獨步〉，也不脫同樣的運思。

> 我乃曠野裡獨來獨往的一匹狼
>
> 不是先知
> 沒有半個字的歎息
>
> 恒以數聲悽厲已極之長嗥
> 搖撼彼空無一物之天地
> 使天地顫慄如同發了瘧疾

　　詩人的形神，以「狼之獨步」（亦為詩題）作喻，已顯傲岸獨行，不同流俗的生命氣象。但這種闊步獨行，不是宗教的先知預言，以災難的預言或靈見來贏得信徒的擁戴，詩人也不意圖告示啟發性的真理。在這裡就可以看出紀弦流暢的詩風，距離他所揭示的主知主義有多麼遙遠。詩人也不流於感傷自嘲，只是堅持不與人同。但在這種崖岸自清中，詩人是以他獨特的個性、言語，突出眾人之表，使「空無一物的天地」發生振動，產生「戰慄」。所以紀弦的詩風半是個性的宣示──「數聲悽厲已極之長嗥」。自我戲劇化，常是現代詩人剖析自我、反省自我的主題；紀弦的好詩常溢出詼諧的詩趣。重要的是如何以意象構成加以戲劇化的處理。這首詩就相當成功，並未熱情過度；直接坦示，就缺乏詩趣了。

這首詩的戲劇性沒有極度誇張，也就是在誇張中仍有抑制，狼無論如何不是「王者的風度」，而他第二句也說，「不是先知」，也就是說紀弦沒有誇張到戲劇性的姿態，就相對較為含蓄，「不是先知」，所以不過分自誇，「沒有半個字的歎息」，也不自憐感傷，只是學狼嚎一樣，仍帶有戲劇性的姿態，要用長嘯來搖撼這「空無一物」之天地。這多少還是有睥睨一切的姿態，使天地像發瘧疾一樣戰慄，這也見得狼嚎的效果。瘧疾是生活化的比喻故生動，不過這「過癮」也多少鬆動了崇高修辭，原來他不是有什麼崇高的理想，而只是自己過癮。所以看來紀弦式的反諷原來就有點後現代的味道。

第四節　鍾鼎文的古風之外

鍾鼎文（一九一四～），安徽省舒城縣人。曾入北京大學攻讀，後留學日本帝國京都大學，修哲學及社會學。他寫詩於三十年代，筆名番草，在參與「藍星詩社」的創辦，後退出。他的詩風古遠深闊，真摯圓潤，有古風的意味，沈樸而有遠致，故得之於古典詩詞的浸潤多，著有詩集《山河詩抄》。在〈臂〉一首中：

> 夫人，在妳玲瓏的身上
> 寄生著光滑的狡猾的蛇。

> 你的晚禮服不僅讓你身上的蛇游出來，
> 而且暗示著樂園的禁果已經熟透……

這首詩是鍾鼎文代表作〈人體素描五首〉中的一首，有西方意象主義的情致，倒是鍾鼎文古風以外的另一種姿態。他古風式的現代詩作，雖然沈雄高古，但只是一種氛圍，離現代意味還有

若干距離。雖然有價值，但這「另一種姿態」才是鍾鼎文該努力的方向。

　　〈臂〉詩先以「蛇」的形象比喻，不僅是「光滑的」形象，還有「狡猾的」意態，蛇就成為超出形象以外的隱喻了。「寄生」用的絕妙，好像這「臂」能獨立於「玲瓏的身上」，有可欣賞的個別意態，有自己獨特的生命力。

　　以蛇來表現手臂的柔若無骨，「游」這個動詞更妙，表現手臂的輕柔曼妙，有若曲動的舞姿，在「晚禮服」外遊動，又富現代感。一方面又將《聖經》伊甸園吃禁果的典故溶入，「禁果」既已「熟透」，就是夏娃的誘惑。這條柔若無骨的手臂就具有夏娃的魅力，充滿性的誘惑。而且第二段的主詞是「晚禮服」，又可以想見是如何能透顯「玲瓏」身段的服裝，這才見出「狡猾」，那麼「禁果」豈不是「玲瓏的身上」了。靠著「蛇游出來」的動作，將「玲瓏的身上」、「晚禮服」、「禁果」幾個意象環環相扣，媚態橫生，盡在言外。

第五節　余光中的文化鄉愁

　　余光中（一九二八～），福建省永春縣人。於台灣大學外文系畢業後，留學美國愛荷華大學，獲藝術碩士學位，曾任政治大學、台灣師範大學、香港中文大學教授、中山大學文學院院長、並擔任兩屆中華民國筆會會長。他參與創辦《藍星詩刊》，主編《現代文學》，出版詩集《敲打樂》、《在冷戰的年代》、《白玉苦瓜》、《與永恆拔河》、《五行無阻》等十八冊，詩、散文、評論、翻譯、論文俱質量可觀，詩風雅健雄深，尋求溶合傳統詩與西方現代主義的技巧。

〈等你，在雨中〉

等你，在雨中，在造虹的雨中
　蟬聲沉落，蛙聲升起
一池的紅蓮如紅焰，在雨中
你來不來都一樣，竟感覺
　每朵蓮都像你
尤其隔著黃昏，隔著這樣的細雨

永恆，剎那，剎那，永恆
　等你，在時間之外

　　余光中尋找與傳統共鳴的共震帶，在《蓮的聯想》中，歷史的倒影映現在一座翩翩的蓮池裡，蓮作為中國古典的象徵，也成為宗教式的意象。蓮者，亦是「憐」惜也，這正是歷史感。歷史感，予人愛、憐、淒、切之感。如〈滿月下〉：

那就折一張闊些的荷葉
包一片月光回去
回去夾在唐詩裡
扁扁地，像壓過的相思

　　實中有虛，有空幻朦朧之感。而「回去」的空間位移，成為「唐詩」的時間綿延，而「壓過」又使「相思」具象化，一片晶瑩幻美。在現代詩裡，開始振動著古典的脈搏，使平面的現在有了時間的深度。句法簡潔明朗，帶動輕快的節奏，以句呼句，連綿不斷，成了余光中特有的音色。

　　《敲打樂》中持續回歸中國的試探，如〈當我死時〉：

> 當我死時，葬我，在長江與黃河
>
> 之間，枕我的頭顱，白髮蓋著黑土
>
> 在中國，最美最母親的國度
>
> 我便坦然睡去，睡整張大陸

　　一行中三個短句，「我」字的重複，「葬」、「長」、「黃」和「我」、「河」的諧韻，然後「顱」、「土」、「度」、「去」、「陸」的諧韻，音感的重複，造成催眠的效果，「白與黑」的顏色意象是對比，又加上色澤鮮明的「黃」，就有層次感。代名詞「母親」變為形容詞。數量詞「個」成為「張」，使「大陸」在視覺上更具體如牀。詩集《在冷戰的年代》，似乎已到了脫胎換骨的尾聲。他熊熊的創造意志，使他更加自信。〈火浴〉中：

> 我的歌是一種不滅的嚮往
>
> 我的血沸騰，為火浴靈魂

　　學院派出身的余光中以西學起家，其實做文化的浪子是他的本色。但無論浪子或回歸，他都花費了巨大的努力。在回歸古典中國上，《蓮的聯想》已擁有了特殊的音色。十年來不停止的實驗語言，都成為他浪子回家的試探與摸索。「中國將你毀壞，亦將你完成／像一個蒼老，憤怒的石匠」(〈自塑〉)，在毀壞與完成間，余光中的音調逐漸成熟。

> 當一切都不再可靠
>
> 靠在你彈性的斜坡上
>
> 今夜即使會山崩或地震
>
> 最多跌進你低低的盆地

讓旗和銅號在高原上舉起

……

一種純粹而精細的瘋狂

讓夜和死亡在黑的邊境

發動永恆第一千次圍城

惟我們循螺紋急降，天國在下

捲入你四肢美麗的漩渦

〈雙人床〉中以「戰爭」和「愛情」作對比，讓戰爭歸於戰爭。但女人的身體如「長長的斜坡」、「彈性的斜坡」、「低低的盆地」全在語意上模擬沙場的實況，連做愛也寫得含蓄而美，模擬戰場實況，「讓旗和銅號在高原上舉起」，把「雙人床」寫得像戰爭一樣熱鬧無比。雙人床外的戰爭狂亂，圍繞著「夜和死亡」，而且正在「圍城」；但肉體交纏，猶如你是「天國」要「捲入你四肢美麗的漩渦」。

我們已可聽到成熟的余氏音調，不是古典式的節制，而是滔滔雄辯的。從生命意志的漩渦中心旋轉，在略急的腔調中，顯現出雄渾的力道。不再對意象精雕細琢，而是在自然渾成的語氣中形成意象，正是「一種純粹而精細的瘋狂」。在他圓熟期的作品，也常具此種特色。

他的創作雄心，也像一個蒼老、憤怒的石匠，艾略特式的回音。〈自塑〉中：

任何一個立足點

是終點，也是起點

有的靴印只到此，有的，從此地開始

　　余光中詩韻的真正圓熟，在詩集《白玉苦瓜》，這時詩人已過了四十五歲。誰有如此的耐力，在九卷詩集後，仍忙著試煉新聲？民歌的疊句，使他對詩與音樂的結合更具信心。原來在詩中略被壓抑的，散文之狂放的想像，藉重複的變奏，加入了雄辯的聲調，確立了余光中式中國現代詩的基型。從《蓮的聯想》的初探新聲，到《白玉苦瓜》的流利爽朗，他對節奏感更有自信：「詩人而缺乏一隻敏感的耳朵，是不可思議的。音調之高低，節奏之舒疾，句法之長短，語氣之正反順逆，這些，都是詩人必須常加試聆並且善為把握的。」心聲，口語的變化，擬聲詞，雙聲疊韻、字尾的押韻、換韻，甚至疊字，都處理得能夠得心應手。中國的歷史聯想、地理聯想，也愈發出入自如。他的詩充滿節奏感，另一方面民歌的複杳句的實驗，也使他的詩充滿雄渾之感。民歌形式的好處是口語化，節奏明快，形式對稱。大量但不機械式的重複創造了原始的韻味，重複中還有轉折的差異。意象單純而不繁複，容易記憶；繁複中的簡單化就有雄渾的美感。民歌總試圖綜合集體的經驗，所以能激起羣眾的回響。簡單節奏的拍擊最有力，也最能傳之久遠。例如〈民歌〉一首：

> 傳說北方有一首民歌
> 只有黃河的肺活量能歌唱
> 從青海到黃海
> 風　也聽見
> 沙　也聽見
>
> 如果黃河凍成了冰河
> 還有長江最最母性的鼻音

從高原到平原
魚也聽見
龍也聽見

　　余光中的詩，至此由民歌手楊弦譜曲傳唱，活在大眾的記憶中，他在《白玉苦瓜》中說：「到了中年，憂患傷心，感慨始深，那支筆才懂得伸回去，伸回那塊大陸去，去沾汨羅的悲濤，易水的寒波，去歌楚臣，哀漢將。」[29] 可見這文化歷史的鄉愁正是他的主題，他說：「不肯進入民族特有的時空，便泛泛然要超越時空，只是一種逃避。以往的現代詩，太像抽象畫了。」(同上，三頁) 他的這種說法是：古典與西化之間有一種張力，文化語言在這裡是限制原則，你不能過度西化。你只能在古典也就是中國特有的語法中釋放出語言的可能性而開放地接受西化，而不能完全放棄中國的語法慣性。

　　這首〈民歌〉就像一首民族的大合唱一樣，只有黃河的肺活量能歌唱，而黃河、長江都是民族的精神象徵，而黃河歌唱的聲音，風也聽見，沙也聽見，好像自然的運行中就有人文歷史的流動。「如果黃河凍成冰河」不再流動，長江所象徵的歷史文化，仍是「最最母性的鼻音」，而「魚也聽見，龍也聽見」，好像特殊的地理位置都有歷史、文化的痕跡。「如果長江像黃河也凍成冰河／還有紅海在呼嘯」，在余光中的夢與醒中都有紅海的潮聲。如果余光中的血也結冰了，你的血他的血仍流著歷史文化的聲音，在哭與笑中都有流響的聲音。

　　這首詩從黃河、長江、紅海、到血，是運用層遞法修辭，每

---

[29] 余光中《白玉苦瓜・自序》，(台北：大地，1974)，P.2。

段的句法構造大致相同，這是複沓句，容易有節奏感。而「紅海」
更成血的隱喻，比喻我們的血中都有歷史文化的因素，就成為民
族精神的象徵了。不過民歌的這種實驗，祇在《白玉苦瓜》這本
詩集，在以後的詩集中，余光中保持他修辭上的雄辯基調。《白玉
苦瓜》仍是余光中最好的一本詩集。

> 把影子投在水上的，都患了潔癖
> 一種高貴的絕症
> 把名字投在風中的
> 衣帶便飄在風中

〈水仙操〉一詩中，詩人屈原已成為詩人的精神象徵，此處
運用大家均已熟悉的歷史典故，成為「犧牲與復活」的原始類型。
詩中運用對仗句，如「把影子投在水上」，「把名字投在風中」等，
而造成催眠式的節奏。水象徵創造之神祕、生死與復活，風象徵
靈感、觀念，都使詩人的原型映現在「投水」的歷史倒影裡。傳
統也就在這樣的詩作中復活、再生。現實與傳統的疊映，成為在
〈白玉苦瓜〉中，一個永恆的時間，是瞬間融合了傳統的深度。

〈白玉苦瓜〉

> 只留下隔玻璃這奇蹟難信
> 猶帶著后土依依的祝福
> 在時光以外奇異的光中
> 熟著，一個自足的宇宙
> 飽滿而不虞腐爛一隻仙果
> 不產在仙山，產在人間
> 久朽了，你的前身，唉，久朽

　　為你換胎的那手，那巧腕

　　千眄萬睞將你引渡

　　笑對靈魂在白玉裡流轉

　　一首歌，詠生命曾經是瓜而苦

　　被永恆引渡，成果而甘

　　一個永恆的時間，是瞬間融合了傳統的縱深度。余光中的「白玉苦瓜」是他最後的精神變化，經由苦澀，終於瓜熟。是在現實之外「奇異的光中」。成熟的是「為你換胎」，是藝匠的「巧腕」，現在是「笑對靈魂在白玉裡流轉」，是余光中的「白玉之變」，精神最終的變化。

　　在《與永恆拔河》中，余光中顯示了邁入永恆的決心，精神上是《白玉苦瓜》的延續。他已跨過兩個高峰，《蓮的聯想》是試探性的，《白玉苦瓜》是成熟的。此二者都有賴於句法的實驗，聲情的演出，前者是聯鎖的三聯句，後者是民歌的疊句，節奏感俱令人驚喜。前者古典風味的情詩，經由《在冷戰的年代》中富時代感的〈雙人床〉，到《白玉苦瓜》中富於性愛象徵的〈鶴嘴鋤〉，成為此詩集中眾多情詩的豐收，是抒情式的沈醉。集中其他的詩，也多能讀出溫婉蘊藉的聲調。

　　而整座白象山脈的靜和平衡

　　竟雪崩於一纖怕癢的神經

　　此出自〈雪崩〉一詩。單位詞用「一纖」來表達纖細的感覺，把女體形容成「白象山脈」也相當生動。只因為「怕癢」，白象山脈就「雪崩」了，他就心醉神迷於這樣的風景。「雪崩」表現了力量的影響和傳移，非常生動。

　　余光中擅長複沓式句法，著重的是聲情的演出，造成催眠式的節奏。可說「善於音律的技巧，能選擇富於暗示性或象徵的調質。」他在意象上的演出，在相當程度上，是要靠聲情的演出來烘托，所以寫下許多名作，多是在一氣呵成的渾成節奏中，達到意象與情趣默然相契。他已留下不少名作。

　　在詩集《高樓對海》〈後記〉中，余光中自謂：「我讀中國的古典詩，常震撼於其『氣象』。例如孟浩然的『氣蒸雲夢澤，波撼岳陽城』，其中的地理喚起的空間感，自有一種渾茫的氣象。」[30]又說：「地理一旦入詩，就不再是地理的實境，而是藝術的意境了。」（同上，二一一頁）「氣象」與「意境」云者，當是余光中詩心所寄託，而成為「虛實相生若即若離的意境」。

　　最早的拉丁修辭學著作，曾提到「堂皇風格」（grand style），特徵是詞藻華麗。到相傳為朗吉那斯所著的《論崇高》，在五個基礎中，大體上區分為自然的秉賦與後天的學養，前者是高遠的思想與強烈的感情，後者是適當的修辭格、超拔的詞彙以及俊秀的句法。朗氏也特別強調大自然的壯觀，如何可以轉成心靈的崇高，這就使後來的浪漫主義詩學大受鼓舞。蘇轍就認為「文者氣之所行，然文不可學而能，氣可以養而致」，並認為太史公行天下，周覽四海名山大川，「故其文疏蕩，頗有奇氣」。看來余光中的氣象說是有原有本的了。而他的意境，也莫非在心物相感發的狀態，企圖以想像力超越有限感知的範圍，達成形上的揚升以獲致的主體性知覺。

　　朗氏所論「超拔的詞彙」和「俊秀的句法」，固是余光中詩的

---

[30] 余光中《高樓對海》，（台北：九歌，2000），P.210。

特色；在「適當的修辭格」上，也即是適當的比喻，余光中尤能
以字引字、以句呼句的虛實相生，成為獨特的風格：

> 只為了一首歌搥打著童年
>
> 搥在童年最深的痛處
>
> 召魂一般把我召回來
>
> 來夢遊歌裡的遼河、松花江
>
> 讓關外的長風吹海外的白髮
>
> 蕭蕭，如吹動路邊的白楊

　　其中的動詞尤扮演著比喻的旋轉軸，「一首歌『搥打』」，把一
首歌比喻成一拳，就是夸飾法，而「搥打」有力，繼續強調「搥
在童年最深的痛處」，就造成動感的延續。這樣的轉動，「童年的
痛處」又形成時間的記憶，就形成「召魂」的動詞，創造了新的
語意動能，再由「召魂」到「夢遊」，乃至到「吹動」，可以就是
「力的傳移」而產生「氣勢」與「動感」的文學現象。[31]

　　一首詩作，一般總以節奏和意象為中心。余光中更擅於運用
疊字、押韻及複沓句法，著重聲情的演出，造成催眠式的韻律。
某些音節所以能震響人心，是因為這些音節與它們構成的單詞有
維妙維肖的共鳴。

　　一個人的光榮總來自生命的堅持，也必含有長久的忍耐。「高
樓」原是平地起，從年輕時勤奮寫詩，到晚年詩境渾成，自可以
在高樓聽海潮了。

---

[31] 王建元《現象詮釋與中西雄渾觀》，（台北：東大，1988），P.123。

第六節　周夢蝶亦莊亦禪

　　周夢蝶（一九二〇～二〇一四），河南省淅川縣人，宛西鄉村師範畢業。曾任小學教員及圖書管理員，一九四九年隨軍來台，退役後一九五九年台北武昌街騎樓下擺書攤販售詩集、詩刊，清苦度日。此後二十年已成文化圈傳奇。獲國家文藝獎，著有詩集《孤獨國》、《還魂草》等。葉嘉瑩認為他的詩，一直閃爍著一種禪理和哲思。他喜閱讀佛家空宗及華嚴宗的典籍，當然還有《莊子》。

〈九行〉

　　　　你的影子是弓
　　　　你以自己拉響自己
　　　　拉得很滿，很滿
　　　　每天有太陽從東方搖落
　　　　一顆顆金紅的秋的完成
　　　　於你風乾了的手中
　　　　為什麼不生出千手千眼來
　　　　既然你有很多很多秋天
　　　　很多很多等待搖落的自己

　　「你」是「風乾了的手」，既代表歷經悲苦的情境，也代表形容枯槁，象徵著現實生活的緣起無常，而詩人了悟自性是空的道理·由體會真空，而真我（你的影子）現前，生命無常的自己拉響了真我的自己，真空原是妙有。故「每天有太陽從東方搖落」，真我璀燦的生命正在自我完成——「一顆顆金紅的秋之完成」，充分表達了空宗的性空哲學。末段所表現的時間觀是期待的時間觀，

所以期望「生出千手千眼」，理境上雖不是華嚴宗由佛眼看世界、天台宗即煩惱即菩提及禪宗即事而真的理境，但詩語充分量化。以自己與影子的對語，如寂寞孤苦中的創作，而在「拉響」的動作中完成，「很滿、很滿」來應證詩心。第二段換喻，表示詩心的成熟，每天自己都像一個完成，精神圓滿成熟，雖現實枯槁欠缺。千手千眼是觀音示相，並且形象生動，是詩人對自己的期許。秋亦代表孤寒的心境，詩心亦是求道之心，企圖以自己在孤獨中完成自己。

現代詩人中周夢蝶以佛禪入詩，試看〈六月〉的警句：

> 再回頭已化為飛灰了
> 便如來底神咒也喚不醒的
> ⋯⋯
> 除非你能自你眼中
> 自愈陷愈深的昨日的你中
> 脫蛹而出

此首是仍在自己的慾望與煩惱中，故「便如來底神咒也喚不醒」，用誇張語氣，來表明自己的煩惱業障之重，故遂不能吹滅煩惱，但對「脫蛹而出」仍在期待，要從「昨日」受煩惱所折磨的，「愈陷愈深的」煩惱中，等待蛻變。故「脫蛹」是有力的動詞。

〈菩提樹下〉

> 誰是心裡藏著鏡子的人呢？
> 誰肯赤著腳踏過他的一生呢？
> 所有的眼都給眼蒙蔽了
> 誰能於雪中取火，且鑄火為雪？

在菩提樹下。一個只有半個面孔的人
抬眼向天，以歎息回答
那欲自高處沉沉俯向他的蔚藍
……
是的，這兒已經有人坐過
草色凝碧。縱使在冬季
縱使結趺者底跫音已遠逝
你依然有枕著萬籟
與風月底背面相對密談的欣喜

坐斷幾個春天
又坐熟多少夏日
當你來時，雪是雪，你是你
一宿之後，雪既非雪，你亦非你
直到零下十年的今夜
當第一顆流星驀然重明

〈菩提樹下〉用禪宗北宗神秀「心如明鏡台」的典故，頗有
神采。赤腳又是形容一無所有的境地。所有的眼睛注視著眼睛，
希冀其他眼睛的認同，是人間社會的寫照，反而被其他的「眼蒙
住了」。「雪」和「火」對立的物質性，在宗教境界中是奇蹟式的
轉變，好像在孤寒中有一顆求道的熾熱的心，又將熾熱的道心轉
變為外表的嚴寒，此句最有力。「半個臉孔的人」是神來之筆，為
何如此？是冥然的孤寂嗎？終究只有「歎息」。

　　佛陀在菩提樹下悟道，得智慧果。是詩人的期待。所以「已
經有人坐過」，冬季「草色依然凝碧」，是結趺者生命的長青，即

使已遠逝，但是還可以萬物的聲響（萬籟）為枕，枕用動詞，增加動態。「風月」兩字有「祕響旁通」，涉及世俗的指涉義。一可指自然界，二可指男女情愛，但既是「背面」，就祇能是「密談」，好像也非關「人間的」風月了。

　　動詞「斷」與「熟」都相當精采，好像春天消逝，夏天熱故稱「熟」，就在此打坐，而歲月消逝。「雪是雪，你是你」，「雪既非雪，你亦非你」，「雪還是雪，你還是你」這是運用唐代禪師青原惟信的典故：「老僧三十年前未參禪時見山是山，見水是水。及至後來，親見知識，有個入處，見山不是山，見水不是水。而今得休歇處，依前見山只是山，見水只是水。」（《五燈會元》卷十七）但此詩仍以「心念佛」為旨意，因為「結趺者底跫音已逝」，「草色凝碧」是懷念結趺者，而非佛心現觀。但開頭四行警句，已明「緣起性空」的道理。「零下十『年』」，用得很巧，詩語凝鍊，表示度過了孤寒的十年，強過實際指示溫度的「零下十度」許多。「第一顆流星」象徵開悟的心境，故「重明」。終於重複了「結趺者」尋道的心境。

　　詩原有別才別趣，寄託理境。哲學家懷海德（North Whitehead, 1861~1947）好華滋華斯（William Wordsworth, 1770~1850）的詩，海德格喜霍德林的詩，都以詩境寄託理境。孔子刪詩三百，雖不必后妃之德，卻多寄託儒家真情至性的理想。即以唐代詩人來說，杜甫有儒家的真情至性，李白好道（雖則其是自成一格的天才表現），王維亦佛亦道，宋代詞人蘇東坡亦好佛好道，古代詩人與哲理相通的旨趣，周夢蝶的詩頗能應證詩心與佛性。他在流暢的語言中偶雜文言與佛家典故，就常有佳句。讀他的詩，常有澀味，既是現實的，也是創作的辛勞。

其實取名「夢蝶」，就脫胎自「莊周夢蝶」的典故，證明他亦好莊子，而莊、禪常在文人雅士中合流。莊周夢蝶是取自生活中寂寞悲苦的轉化，夢代表真實的希望，使沈重的肉身羽化為輕盈的蝴蝶，這是生命的蛻變。他的詩作起於蛻變中的掙扎。

第七節　鄭愁予的浪子風

鄭愁予（一九三三～），河北省人。於中興大學法商大學畢業後，一九六八年留學美國，獲愛荷華大學藝術碩士，大眾傳播博士班研究，現任教耶魯大學。著有詩集《夢土上》、《衣》、《窗外的女奴》、《燕人行》、《雪的可能》、《刺繡的歌謠》、《鄭愁予詩選》等。詩風流暢典雅，聲籟華美。當代詩人對類似「就像親手揭開覆身的冰雪，──我是北地忍不住的春天」，或是像「多想跨出去，一步即成鄉愁」這樣的名句，多能琅琅上口。 現代人的流浪意識的苦悶，在他反而結晶成超脫的漢子情懷，在古典抒情上與三十年代何其芳的《預言集》遙相呼應，風格之成熟蘊藉，可視為「現代詩雙璧」。

〈錯誤〉

　　東風不來，三月的柳絮不飛
　　你底心如小小的寂寞的城
　　恰若青石的街道向晚
　　跫音不響，三月的春帷不揭
　　你底心是小小的窗扉緊掩

〈錯誤〉這首詩已成現代情詩的經典，眾口流傳。戲劇化的事件，留下了想像的空間，一個浪子，一個癡情等候的女子，在

「蓮花的開落」間，可以想見癡情女子的喜與悲，歡愉與失落。浪子風格，是能跳脫出社會固定身分的固定視角，能以多樣性透視造成不負責的遊戲性格，瀟灑、超脫的態度。詩化的語言帶出戲劇性，富想像的美感。鄭愁予自謂這首詩是寫給他母親的，就更是美麗的錯誤。在閱讀效果上，很難還原作者的原意。難怪法國作家羅蘭·巴特（Roland Barthes, 1915~1980）盛論「作者之死」，這才有「讀者的誕生」。不過熱情是鄭愁予的特色。

　　在第一段中已有了戲劇化的情節，引起多少想像。等待中總有期待，期待東風來，柳絮飛，就有會面的可能。起先是廣角鏡頭，風吹柳絮，江南古城，再來是長鏡頭看伸延的青石街道，街道上的足音，再用特寫小小的窗扉，詩境有層次感。幾個「不」字回響全篇，造成富於共鳴的流暢聲調，又像是負心漢的決絕。癡情女子所期待的彷彿都不存在，都是一場空。

　　就算東風來、柳絮飛，就算跫音響，春帷揭，那仍是惘然。因為「我」只是過客，對你的期待而言，是「美麗的錯誤」。第二段的一轉，更富於戲劇化。

　　鄭愁予的詩在抒情音調的流暢，遙遙呼應三十年代的何其芳，《鄭愁予詩選》與何其芳《預言集》當為詩壇雙璧，如果何其芳偏向陰柔美，鄭愁予的詩在理境上更為開闊，浪子詩風多了一些陽剛美的色彩。

〈情婦〉

在一青石的小城，住著我的情婦
而我什麼也不留給她
祇有一畦金線菊，和一個高高的窗口
我想，寂寥與等待，對婦人是好的，

　　所以，我去，總穿一襲藍衫子

　　我要她感覺，那是季節，或

　　候鳥的來臨

　　一副瀟灑飄泊的情懷，肆意的情調總成風姿，豪邁的氣勢下
有細緻的筆調。「金線菊」好像有點閃亮的希望，但只有一線希望，
故善於等待。「藍衫子」也是鮮豔的顏色，或許屬於春天的顏色吧！
只有春天才會回去。

　　長春藤一樣熱帶的情絲

　　揮一揮手即斷了

　　揮沈了處子般款擺的綠島

　　揮沈了半個夜的星星

　　揮出一程風雨來

　　一把古老的水手刀

　　被離別磨亮

　　〈水手刀〉一開始就破題，即情絲如長春藤一樣，是那麼長
長的纏綿，「揮一揮手即斷了」，在告別的時候，就好像被水手刀
斬斷了。水手所用的水手刀，就在這首詩中成為水手精神的象徵，
水手刀一揮只是一種姿勢，但一揮時小島離遠了而不見，好像沈
落海面一樣。這小島是像處女一樣著搖擺著腰肢的島，真充滿了
動感。這擬人法把小島描寫得很鮮活，半夜起航，好像前半個夜
的星星也被「揮沈」了，前程是風雨。

　　這把水手刀總是不斷地向小島告別，所以被離別磨亮，就象
徵著水手的寂寞與歡樂，面對前程有如桅蓬與繩索的逆風前行，

水手的未來總是不可測知的。

> 敲叮叮的耳環，在濃密的髮叢中找航路
> 用最細最細的噓息，吹開睫毛引燈塔的光
> 赤道是一痕潤紅的線，你笑時不見
> 子午線是一串暗藍的珍珠
> 當你思念時即為時間的分隔而滴落

〈如霧起時〉中航海的二十二顆星，好像飄泊的二十二個年頭，你問起航海的事，鄭愁予就以航海與情愛互相比喻，就好像「敲叮叮的耳環，在女人的髮叢裡找航路」一樣。然後「用最細最細的噓息」吹開女人的睫毛，引出女人的眼波，就像「燈塔的光」一樣。赤道就如女人的唇線（櫻桃小口，細如一線），一笑時露出貝齒，就看不見了；子午線就如你思念的眼淚，滴落成一串暗藍的珍珠。這些都是海上的「珍奇」。鄭愁予運用意象是相當形象化的，而鮮明生動。

像〈生命〉和〈偈〉言兩首詩作也揉和了四十年代的哲理詩風，相當難得。

鄭愁予似乎在審美性感覺和創造性體驗之間，熱情豪放是他筆下的特徵，他的詩才與何其芳是相同的，能表達意象的流動感，也更為口語化。他的「本能節奏」與「熱帶意象」，是論者在「浪子風格」之外未論及的兩個重點。本能節奏順乎生理血氣，最關詩才，情趣在意義之外，悅耳而無關於修辭或表達的意義。而熱帶意象則是以意象的豐富，多樣性的特殊名詞、具體意象，造成豐富的感受。但需由本能節奏帶出熱帶意象，否則特殊名詞太多，會使節奏感稍蹇滯。

　　待投擲的生命如雨點，在湖上激起一夜的迷霧

　　夠了，生命如此的短，竟短得如此華美

　　……

　　畢竟是日子如針，曳著先濃後淡的彩線

　　起落的拾指間，反繡出我偏傲的明暗

　　算了，生命如此之速，竟速得如此寧靜

　　〈生命〉這首詩的結構，是分為兩段的層遞法。意象的聯絡中心，在前段的「華美」以及後段的「寧靜」上。對於詩中的意象來說，不以層遞論來探索，將尋不到意象結構中心，並且造成詩意的模糊與混亂。

　　第一段開始即使用了一個明喻，即「我是熄了燈的流星」。「滑落過長空的下坡」，無非是描摹流星隕落的姿勢，意象的晶瑩與美均奠基於此意象的流動上。而自這隱喻所衍生的意象——「流星」，當它開始動作時，即「正乘夜雨的微涼，趕一程赴賭的路」時，「我」已逐漸隱去，意象的描寫已晉入象徵階段。當意象的強度不斷加強，到第三行「待投擲的生命如雨點，在湖上激起一夜的迷霧」，象徵完成了動作的過程。所以流星不但是隱喻，更成為象徵；我們從這裡可以看出詩中的隱喻、象徵，常接近到可以相互轉用的。前面所說的層遞法，其實就是意象的類推，或是意象強度的逐漸加強。動態意象由「滑落」到「趕……路」，到「激起……」，靜態意象由「熄了燈的流星」到「赴賭的路」到「投擲的生命」，最後到「一夜的迷霧」截止，達到前段的高潮。第一段「我是熄了燈的流星……趕一程赴賭的路」，「待投擲的生命如雨點，在湖上激起美麗的迷霧」，動詞的轉換都是指向心靈自由，故將生命喻為「趕一程赴賭的路」。投擲不但表象了賭搏時擲骰子的

姿勢，同時也像流星滑落下降的曲線，由它象喻的「生命」，在進一步的類推中達到藝術點，所以「激起一夜美麗的迷霧」就是原先所期望的理想。這段詩的情感作用，基於意象的類推而激盪生焉，由原動馬達「我是熄了燈的流星」開始運轉。

第二段的意象層遞則由「日子如針」開始，在修辭格上稱為明喻，即是由Ａ到Ｂ的想像，然後意象辭即由「針」開始層層推衍，由「繡」這個附屬於「針」的意象辭達到動作的結束。豐美並富色彩感的意象辭，造成瑰麗的色澤，這是由「彩線」所引致的聯想，並且「濃」、「淡」櫛比有序，與「明」、「暗」皆是美學上對比的次序。而「彩線」和「明暗」亦成修辭格上的對照法，透顯出詩人對理想的堅持與價值的抉擇，「反」字更是語意上的強調，指向價值理想的持一。

這首詩在意象的變異流動呈現雙曲形，是兩段並置的層遞法，而所達到的結論則一，就是生命的短暫。但在生命的短暫當中，先是「在湖上激起一夜的迷霧」，次則「反繡出我偏傲的明暗」。人生經驗的集中，沈潛為對生命的反省及徹悟，意象的轉折為人生的體驗，均集中在「華美」與「寧靜」的對比意象中，亦即是「先濃後淡」，或者套句老話就是「由絢爛歸於平淡」。能夠當下直指生命的詩，總會是好詩；能對生命的感悟，再沈潛與反省，總蘊含著再昂揚出發的生命原子。由絢爛歸於平淡，不僅是追求心靈自由的生命境界，由意象辭的描寫中，更透脫出孤絕的藝術精神。而全首詩的意象聯絡中心，放在「華美」與「寧靜」這兩個擴散意象的對比上，使短詩蘊含了「精神之長」、「生命之長」，直追絕句的藝術特色。讀完而有不盡的餘味，使讀者感悟之餘對生命沈潛而引起撞擊，進而為了悟的神往的微笑，即是此詩引人

入勝之處。

　　這首詩每段的最後一行皆是口語，口語往往直抒情感，不落言詮，代表詩人所抒發的感嘆語句，同時也象徵了內面的價值肯定。詩人之喟嘆即是詩人潛意識所追求的，人生的理想化為藝術的美。由口語的直抒，不僅為前面的意象語作一總結，並且在詩中溶入了親切感，其呼嘆如直到眼前。

> 不再流浪了，我不願做空間的歌者
> 寧願是時間的石人
> 然而我又是宇宙的遊子

　　這首〈偈〉，詩人用以寄托哲理。「不再流浪」是生命態度的提出，因為「流浪」只是「空間的歌者」。歌的流動與「石」的沈重質地相對比，所謂「江流石不轉」，詩人意圖把空間經驗時間化，能在時間中沈澱下來。筆鋒再一轉，經這樣的時間化以下，地球的空間化為廣宇悠宙的雄闊，能夠游心復游跡，不需要再寄形於地球。人總在特定的地點（一方）降生，現在有廣宇悠宙可寄托，則將回到周流的宇宙了（八方）。這首詩是詩人把有限的生命先化入時間的長流，復拓展到全宇宙的視野，雄心壯士可見一斑。由歌者、石人、到遊子是空間、時間到宇宙的三階段轉化。

> 你住的小小的島我正思念
> 那兒屬於熱帶，屬於青青的國度
> 淺沙上，老是棲息著五色的魚羣
> 小鳥跳響在枝上，如琴鍵的起落
> 那兒的山崖都愛凝望，披垂著長藤如髮
> 那兒的草地都愛等待，鋪綴著野花如果盤

　　那兒浴你的陽光是藍的，海風是綠的
　　則你的健康是鬱鬱的，愛情是徐徐的

　　雲的幽默與隱隱的雷笑
　　林叢的舞樂與冷冷的流歌

　　〈小小的島〉這首詩一開始就運用倒裝來強調「小小的島」，而運用許多疊字，如第一段裡有「小小」、「青青」，第二段有「鬱鬱」、「徐徐」，第三段有「隱隱」、「冷冷」等，也是大量運用疊字，這造成了節奏的輕快。

　　這詩把這小島「熱帶化」，熱帶化有個好處，就是色彩豔麗，形象豐富。先是「青青的國度」，淺沙上又有「五色的魚羣」。然後聲響，小鳥的「跳響」，居然是像琴鍵的起落，這形象相當生動，而跳響也就如琴音般的美妙了。下一段把「山崖」擬人化，成為美麗的少女，長藤披垂著就如「髮」一般，就像少女披垂著長髮。草地也是擬人化，善「等待」，野花處處美不勝收，像果盤一樣。陽光是藍的，因為天空是湛藍的；「海風是綠的」，因為到處是綠色的植物，能把陽光和海風都色彩化。

　　「雲的幽默和隱隱的雷笑」，一方面是擬人化，二也描述人間情態充滿歡笑，連「林叢」也在跳舞並有音樂聲。所以詩人有情，而且相當熱情。在我與你的對話間，是深情款款的，這首詩雖然難確定是情詩，但總是情深意重。

第八節　洛夫的視象戲劇化

　　洛夫（一九二八～），湖南省衡陽縣人。曾入湖南大學外文系，後來台灣，畢業於淡江大學英文系。出版詩集《靈河》、《石室之

死亡〉、《外外集》、《無岸之河》、《魔歌》等十三冊，詩論《詩人之鏡》等五冊，並有翻譯。服役左營時與張默、瘂弦共組「創世紀」詩社，提倡西方超現實主義的詩風，並有「詩魔」之稱。

哦！石榴已成熟，這動人的炸裂
每一顆都閃爍著光，閃爍著你的名字

〈石榴樹〉中由於諾言的重量，使得樹上石榴也顯得沈重了。洛夫仰臥在樹下，看葉叢中好像星子也仰臥在其中，每一株樹屬於我，因為每一株樹都有石榴。石榴成熟，詩人所形容的石榴的特性，都成為諾言的象徵，所以諾言好似有了「動人的炸裂」，已到了成熟的時分。詩人所思所想，每一顆石榴都是諾言，都是你。

〈吻〉

以兩片黑水藻
輕輕地掩住
不讓晚潮打濕我的膝蓋
你當懂得海的韻緻
　　上等麥酒是怎樣醉人的
我的語言沒有地方擱置
　　語言焚燒著我的嘴唇
海呀！封閉在一隻白釉瓷的甕子裏
被醃鹹了的岩石，軟軟的

看字面義，好像是坐在海邊飲酒，用黑水藻去掩住海潮。但黑水藻是兩片，是嘴唇的形象。「輕輕掩住」是輕吻了。「海的韻緻」到「上等麥酒」是換喻，海的波浪到上等麥酒的香醇。

語言像是「吻的動作」，海卻封閉在白釉瓷般的牙中。

同當代幾位成名的詩人一般，洛夫在二十幾歲時，詩作的成績已斐然可觀。而創作持續近六十年，每段時間均有令人訝異的蛻變，出版詩集十三冊。在同輩詩人中已足堪自詡。但他的《石室之死亡》宣稱受超現實主義影響，展現旺盛的企圖。當洛夫的語言較符合一般的口語結構時，就較好。如《石室之死亡》第一首中的佳句：

> 我的面容如一株樹，樹在火中成長
>
> 一切停止，唯眸子在眼瞼後面移動
>
> 移向許多人都怕談及的方向
>
> 而我確是那株被鋸斷的苦梨
>
> 在年輪上，你仍可聽清楚風聲、蟬聲

洛夫的「自我」戲劇化，展現戲劇性的張力。樹與火對立的物質性構成弔詭，火是燃燒的生命，詩人的沈默轉向「許多人都怕談及的方向」。「苦梨」不但苦，而且被「鋸斷」，詩人對現實的抗議已不言而喻。但詩意在於在他的生命（「年輪」）中，仍有「風聲、蟬聲」，是現實無法鋸斷的。

洛夫老來的雄渾詩境，其來有自。兩種並立的美學風格，辯證成為「詩魔」意興風發的動力。一種是成熟的抒情風格，一種是深奧的哲理風格；而詩人對語言的著魔，成為這兩種風格的基礎。抒情風格一開始，就有了「動人的炸裂」，哲理風格則「在火中成長」。到三十幾歲時，哲理風格更加堅持，成為「唯灰燼才是開始」。而抒情風格則揉進哲理風格，結晶成令人稱頌的《外外集》，《外外集》才真正能代表洛夫。

〈灰爐之外〉

你是火的胎兒，在自燃中成長
無論誰以一拳石榴的傲慢招惹你
便憤然舉臂，暴力逆汗水而上
你是傳說中的那半截蠟燭
另一半在灰爐之外

　　他著迷於語言的試煉，而造成令人驚駭的視象與某種疏離感。這種美學策略，無疑是運用得最為純熟的鍊丹術，而對語言的試煉，也至此常令人發現一些驚喜的效果。這兩種風格的揉合，〈巨石之變〉或是一塊里程碑，成為「無人辨識的高音」，因為「我之外／無人能促成水與火的婚媾」。洛夫對於自己作為一個詩人的身分，自肯自定也在此時達到高峯。而且吟到「自我戲劇化」，句子就工巧，成為警句。

　　超現實主義影響創世紀詩社如洛夫（一九二八～）、瘂弦（一九三二～）、商禽（一九三〇～二〇〇九）等人，但其實都只是部分的影響。洛夫在〈石室之死亡〉之時期宣揚所謂的超現實主義，在意象的擁擠與濃稠間稍失去詩質的流暢靈動，到《外外集》在精神上仍是〈石室之死亡〉的餘緒，但在風格上已較前開朗而灑脫，似乎《外外集》也標幟洛夫的高峰。

在濤聲中呼喚你的名字而你的名字
已在千帆之外
……
你依然凝視

那人眼中展示的一片純白

他跪向你向昨日向那朵美了整個下午的雲

海喲，為何在眾燈之中

獨照亮那一盞茫然

還能抓住什麼呢？

你那曾被稱為雪的眸子

現在有人叫做煙

〈外外集〉的「外」字很有意味，譬如說〈煙之外〉這首詩都是他和你的對話，但在對話時，明明你已在「千帆之外」，你是不在場的，是缺席的。詩中所擬設的場景是在碼頭邊，詩人一直在此凝望，時間也從下午到黃昏。

在凝望中，詩人仍回想著，「那人眼中展示的一片純白」，這是表現那雙無比純情的眼睛。所以回想起昨日下午的雲，是「美了整個下午的」，場景是海，所以，他用呼語法「海喲」，在時間上正是黃昏故有「眾燈」，「點亮」那凝視的眼睛，為什麼你要，只讓他留下「茫然」的眼睛呢，為離別而茫然嗎？但那人眼中的純白到茫然，和你的雪眸和煙發生了意象的關連。

既已離別，什麼也抓不住了，由眼中的純白想到雪，所以你那曾被稱為雪的眸子，如今叫做「煙」，為什麼叫「煙」呢，因為煙是上昇飛逝無蹤的，好像你已在「千帆之外」的感覺，也是消逸無蹤了。由「雪」到「煙」，也是從回憶到感傷的結局。詩人能由情境掌握意象，且產生流動跳躍感。

這裡我們可以看出，很難尋找到所謂超現實主義的痕跡，超現實主義的是可以溶入到寫詩的技巧中，抒情的深化即是綜合生

活體驗的哲理，抒情只是在情境與理解的兩端間移動，語言成為詩的重心。法國作家羅蘭‧巴特（Roland Barthes）認為「自動寫作」：「它讓手盡可能快地寫作連腦袋都不知道的事情，它接受一種多人共同寫作的原則和經驗。在這種情況下，它已經使作者的形象失去了神聖性。」其實重要的是夢和潛意識，如何發展出能突破意識面的驚駭意象，或改造語言的力量。然而洛夫自己說：「中國現代詩人中還沒有一個道地的超現實主義者。只要中國詩人能抓住古詩中的那種素質，再以新的技巧表現出現代人的精神風貌……」云云，要抓住古詩中的素質就是古詩中表現的情感與形式甚至技巧，無怪乎洛夫走向了後期〈金龍禪寺〉的蛻變。

　　他此後的轉變，也有兩種基調。經過辯證的轉化後，抒情風格走向生活的情趣，玄理風格也回歸歷史文化的抒情傳統，而詩思與哲思的相互契溶，在詩篇中轉動連綿的意趣，如層層的漩渦。在平淡的生活中，處處發現新奇的詩素；而以前在《靈河》中被禁錮的現實感，在《石室之死亡》中被禁錮般的孤絕感，轉而為向日常生活或歷史文化傾訴溫柔的鄉愁。這種平實之間轉出的詩趣，可見老境渾成。

　　杜甫的「老來詩篇渾漫與」，當是佳作天成；洛夫的詩篇裡也常埋藏這種動人的力量。洛夫為謀篇，而不謀句，此中的動力，自是多年來與詩熱烈的激辯。姜夔詞中所謂「才因老盡，秀句君休覓」，此時得靠多年來「積學以儲寶，酌理以富才」的修養，辛勤寫作的錘鍊。只是我們對他現在的語言張力，有更多的期待。

　　　羊齒植物
　　　沿著白色的石階
　　　一路嚼了下去

如果此處降雪

而只見一隻驚起的灰蟬

把山中的燈火

一盞盞地

點燃

〈金龍禪寺〉這首詩平心而論，就能將中國傳統詩與現代意象主義的詩風相融合。一種幽靜的閑趣，與視覺意象的呈現。聯想呈現意象的隨機跳躍。「羊齒植物」居然也能「嚼」，就表現沿階生長的羊齒植物，隨著遊客下山的視覺而呈現的動態。而由「白色的石階」，忽然想到「如果此處降雪」，不需任何說明，而意趣橫溢，是下山累了嗎？盡在不言中。沒有雪，只有「灰蟬」舞著，因為時間晚了，又像「灰蟬」把燈火「點燃」。靠兩個意象的引逗，藉其中一個意象的動態呈現，生發出另一個意象，這正是詩人錘鍊意象的功力所在。

〈子夜讀信〉

你的信像一尾魚游來

讀水的溫暖

讀你額上動人的鱗片

讀江河如讀一面鏡

讀鏡中你的笑

如讀泡沫

此首出自《魔歌》，信若魚遊來，頗為生動的形象。然後就是水的換喻。又是鏡的換喻，好像你在鏡中笑，好像魚吹的泡沫，有其韻味。

　　總體而言，洛夫相信語言的魔力，想不斷創造出驚人的意象與誇張的視覺效果，是精采動人的。這樣一位與語言搏鬥的詩人，他所交出的一張成績單，自然如一首魔歌，企圖以詩筆來指揮萬物，號令萬物發音──戲劇性的。當這種戲劇性轉向自己，就成了洛夫有自覺性的自我超越。當他越直接地刻畫自己心靈的地層，越描述自己堅持的傲岸性格，在他許多蛻變的鮮明層次上，都構成洛夫詩裡最獨特的魅力，也留下不少的佳篇和警句，風的漩渦，層層疊疊的是向上回旋的力量，洛夫就代表一種雄辯。

　　洛夫跟語言的搏鬥，終其一生的堅持，成為現代詩壇的「詩魔」。就這點而言，他至少是成功的勇者。他的古典應更加現代，現代應更加古典，在凝練的詩句中使一切更加陌生而不復能辨識，而更加在生活的趣味中著墨，這是他晚近詩作所流露出來的矛盾和渴望。

第九節　瘂弦的浮世繪與異國情調

　　瘂弦（一九三二～），河南省南陽縣人。政工幹校影劇系畢業後，獲威斯康辛大學碩士。曾任聯合報副刊主編、幼獅文藝主編、創世紀詩刊發行人，靜宜大學中文系副教授。著有《深淵》，後增修為《瘂弦詩集》，並編書多種。早年在西洋詩上崇拜德國詩人里爾克，在中國新詩上，何其芳曾是他年輕時候的詩神。三十年代精美的象徵主義與沈思就融合入他的詩中。

　　瘂弦的詩有親切的口語作為基調，而呈現的是戲劇性多變幻的風貌。不過他所用心的還是精美的意象，揉和對話與戲劇性。在早期的詩作中，中國早期鄉間的民間小調和現代歐洲的異國情調很奇怪地共處在詩中。也就是說，他在設想精美的意象上，善

用具體的形象，而這形象卻企圖中西雜陳，忽而法蘭西絨，忽而流蘇，忽而耶穌，忽而中國龍，使里爾克生命沈思者的姿勢就不太能沈澱在瘂弦的詩中，這看來也是瘂弦企圖同時擁抱中國與西方的世界性，必然產生的結果。

瘂弦的詩是多種風格的實驗，故有戲劇性。在戲劇性中，展現了人物的眾生相、浮世繪，是從敘事中展開的戲劇性，他也把這些人物戲劇性地誇張，故人物也顯得詼諧。在這種敘事戲劇的展開中，就避免了寫實，而且構成一幅奇特有趣的畫面。

> 我太太想把
>
> 整個地球上的花
>
> 全都穿戴起來
>
> 連半朵也不剩給鄰居們的女人
>
> 她又把一隻喊叫的孔雀
>
> 在旗袍上，繡了又繡
>
> 繡了又繡。
>
> ……
>
> 我太太，在春天，想了又想
>
> 想了又想
>
> 還是到錦蛇那兒借件衣裳吧。

〈蛇衣〉一詩中，瘂弦所描述的太太，因有豐厚的嫁妝，愛使性子，發脾氣，她想戴起所有的花，正是她驕傲且善妒的性格，一朵也不留給鄰居們的女人，換言之，她容不得先生贊美其他的女人。她整天就繡孔雀圖案，好像忙不完的，都是忙些女紅瑣事，且這些瑣事比國民大會重要。在春天，太太整天照鏡子，像鷺鷥

那樣貪戀著湖泊，比喻也生動有趣。照完鏡子，再買衣服，比喻
為向錦蛇借件衣裳，把太太的驕傲善妒、壞脾氣，甚至自戀，愛
美愛慕虛榮都表達得很生動。

　　瘂弦詩作的形象構成相當豐富，中國與西方的意象並陳，構
成很獨特的戲劇性，但瘂弦企圖找到一種穩定的音調將其融合。
有時這些音調就像鑲嵌上去的，構成忽中忽西的色塊；卻能展現
深厚的情感，有奇特的魅力。

〈鹽〉

　　二孃孃壓根兒也沒有見過退斯妥也夫斯基。春天她只叫著
一句話；鹽呀，鹽呀，給我一把鹽呀！天使們就在榆樹上
歌唱。那年豌豆差不多完全沒有開花。

　　鹽務大臣的駱隊在七百里以外的海湄走著。二孃孃的盲瞳
裡一束藻草也沒有過。她只叫著一句話：鹽呀，鹽呀，給
我一把鹽呀！天使們嬉笑著把雪搖給她。

　　一九一一年黨人們到了武昌。而二孃孃卻從吊在榆樹上的
裹腳帶上，走進了野狗的呼吸中，禿鷲的翅膀裡；且很多
聲音傷逝在風中，鹽呀，鹽呀，給我一把鹽呀！那年豌豆
差不多完全開了白花。退斯妥也夫斯基壓根兒也沒見過二
孃孃。

　　〈鹽〉這首詩充分展現北方家鄉的生活口語，又展現了突變
的戲劇性。俄國文豪杜斯妥也夫斯基作為同情卑微小人物的角
色，做為不在場的人物，反而構成了二孃孃的孤單處境。二孃孃
要的只是一把鹽，而「天使們在榆樹上歌唱」，是戲劇性的懸疑，

使讀者有了預期，可能天使會帶來祝福。但這樣的祝福落空，豌豆沒有開花。

「鹽務大臣的駱隊」離二嬤嬤很遙遠，是在「七百里以外的海湄走著」。二嬤嬤是唯一出場的「人物」。詩中繼續加強二嬤嬤的悲慘處境，她瞎了，「盲瞳」就呼應前面的「壓根兒也沒見過」。她瞎了仍繼續叫著要一把鹽！這時有了戲劇性的對比。天使們好像是命運之神的捉弄，給她的是與鹽形象相近的「雪」，帶來完全相反的遭遇，使她的命運更加悲慘。

「黨人們到武昌」，新人新政新氣象，卑微人物應該有新的命運，但二嬤嬤卻上吊死了，「裹腳帶」好像象徵她多餘的命運，屍體被禿鷹、野狗吃了。她命運的呼喊也在風中迴蕩。弔詭的是，豌豆這時開了「白花」，生活得有收成。「白」字也與鹽和雪相呼應。

瘂弦似乎有兩種音調：回憶童年，充滿無限懷念；面對現實生活，有時就帶嘲諷，嘲諷穿梭於生活中的人物，儘管並不嚴厲，也自嘲。

> 那純粹是另一種玫瑰
> 自火燄中誕生
> 在蕎麥田裏他們遇見最大的會戰
> 而他的一條腿訣別於一九四三年
>
> 他曾聽到過歷史和笑
> 什麼是不朽呢

〈上校〉一詩中，「玫瑰」是讚美曾經輝煌過的生命，「玫瑰」與「火燄」是相類似的顏色。「上校」的生命是自「火燄」中誕生的。但在一次大會戰上中，他失去了腿，動詞「訣別」用得很生

動。軍人的生命見證過「歷史」,也曾有其輝煌的時刻,所以他有過「笑」。而在如今殘去的生命中,不再是歷史決定性的大戰役,「不朽」只剩下「咳嗽藥刮臉刀上月房租如此等等」的瑣碎雜事,只剩下「自嘲」。這首詩充滿歷史的反諷。

沒有大戰役,響起的「縫紉機」好像是「零星戰鬥」,這些對他彪炳的戰功來說,都像纏人而無望的苦役。他不願被這些壓得他喘不過氣的生活瑣雜「俘虜」,只想到陽光下透一口氣。從「會戰」到「零星戰鬥」構成了戲劇性的對比,上校的命運也從輝煌走向卑微。

瘂弦相信精美的意象,中西並陳對語言統一性需很大的企圖,強調戲劇性,他終必在他的詩中展現異國情調。

〈巴黎〉

你唇間輭輭的絲絨鞋
踐踏過我的眼睛。在黃昏,黃昏六點鐘
當一顆殞星把我擊昏,巴黎便進入
一個猥瑣的屬於牀第的年代

在晚報與星空之間
有人濺血在草上
在屋頂與露水之間
迷迭香於子宮中開放

你是一個谷
你是一朵看起來很好的山花
你是一枚餡餅,顫抖於病鼠色
膽小而窸窣的偷嚼間

名詩〈巴黎〉就像超現實主義者的巴黎，運用大量的換喻作為性的隱喻都展現很大的氣魄，在語言的風格上較統一、精鍊。「巴黎」、「倫敦」等首都其實都有色情密碼。瘂弦企圖恢復「名詞的權利」，在重新命名過程中展現物象的豐富性，故多特殊名詞，物質色彩較濃厚。顯然他是想自何其芳古典精美的意象去擴展一條新路，先是中西意象並設，最後以法國象徵主義乃至高克多、布勒東為依歸，展現出瑰麗的意象。另外，對都市詩的開拓，對現代生活處境的反省，乃至對風格的試驗，瘂弦都有一定的貢獻。只不過呈現的較偏重戲劇性的姿態，而不是如里爾克的生命沈思者的型態了。

瘂弦喜用特殊具體的物象，這些裝飾用的意象當然也生動，這使他的詩如繽紛的落英，這是超現實主義的特殊技法，有阿波利奈爾的影響，韓波也使用很多的換喻。這些裝飾意象太多，使詩作看似無中心，在敘事戲劇的展開上，抓不住情節線。表面上看來迷失在很多小碎片中，而不是斷片。斷片能片斷地反映出深刻的情境，裝飾用的意象不能太紛雜太瑣碎。但這些裝飾用的意象，也就是生活中瑣碎的事物，各種科學、戰爭、氣候、證券交易、遺產等特殊名詞，卻正是被瘂弦作為瓦解崇高修辭的企圖，這樣對傳統思想及語言，就可以達成批判及解放。另一方面，形象並列卻產生跳躍、疊映的視象效果，這有超現實的味道。對閱讀習慣來說，也構成挑戰。在他的詩中，不是正面對決的批判態度，也就有一種溫柔的笑聲。高克多的頑皮味道。

溫柔之必要
肯定之必要
一點點酒和木樨花之必要

　　正正經經看一名女子走過之必要

　　君非海明威此一起碼認識之必要

　　歐戰，雨，加農砲，天氣與紅十字會之必要

　　散步之必要

　　蹓狗之必要

　　薄荷茶之必要

　　……

　　觀音在遠遠的山上

　　罌粟在罌粟的田裏

　　〈如歌的行板〉中這一連串的「必要」，就是破除高貴與卑賤等等傳統價值觀的對立，把傳統價值觀所認為的瑣碎零餘，全都有必要的重要性。例如「看女子走過」這好像不正經，瘂弦偏偏以弔詭語表達是「正正經經」，反而是否定了日常的生活態度與價值的。氣候也很重要，影響了人的心情，所以世界上發生的事情都重要。這種對傳統精神價值的批判也很難認定是超現實主義的特產，從尼采以來的哲學家，甚至到解構主義，都可以算是這一個系統。所以瘂弦的詩也有關嘲笑莊嚴修辭，把生活偶然的、瑣碎的，全都轉為必然，這首詩總結了瘂弦的詩觀。

　　生活像一條河流下去，總也是這樣，觀音離這個世界遠遠的，罌粟在罌粟的田裡，高貴的和邪惡的各居兩端，生活世界祇是「中庸」之道。反過來說，也應該容許有一種「提升」物質的能量吧！但如果不從巴赫金（Mikhail Bakhtin, 1895~1975）狂歡詩學的角度，就很難了解瘂弦詩中的笑聲。除了戴著面具扮演各種角色以外，狂歡是對低級的東西的擁抱，它包含有生活中的遊戲成分。有一種玩世不恭的態度。在語言的遊戲中，呈現矛盾的邏輯，嘲笑一

切嚴肅與崇高。

第十節　商禽的夢與變形

商禽（一九三○～二○一○），四川省琊縣人，受過初中教育。曾為現代派同仁，赴美國愛奧華大學「作家工作坊」研習，曾任《時報周刊》副總編輯。出版詩集有《夢或者黎明》、《用腳思想》等，僅「夢」一字，就得超現實神髓，故瘂弦說其詩也「鬼」。

商禽初寫詩時受波多萊爾影響，後提倡超現實主義，構想奇詭，有戲劇性，也有魔幻的意味。

〈**無質的黑水晶**〉

「我們應該熄了燈再脫；要不，『光』會留存在我們的肌膚之上。」

「因了它的執著嗎？」

「由於它是一種絕緣體。」

「那麼月亮呢？」

「連星輝也一樣。」帷幔在熄燈之後下垂，窗外僅餘一個生硬的夜。屋裡的人於失去頭髮後，相繼不見了唇和舌，接著，手臂在彼此的背部與肩與胸與腰陸續亡失，腿和足踝沒去得比較晚一點，之後，便輪到所謂的「存在」。

為怕光和星輝留在肌膚之上，故關燈。這就是超現實主義的寫法，或魔幻寫實的寓言。簡單說以下發生的事，是見不得光的。愛撫的動作依頭髮發生，再來是接吻，再來擁抱，都是「失去」身體的部分。能指不能按字面所指看，能指的遊戲意有別指。溶為一體即喪失個人的「存在」了。

〈滅火機〉

憤怒昇起來的日午，我凝視著牆上的滅火機。一個小孩子
走來對我說：「看哪！你的眼睛有兩個滅火機。」為了這
無邪告白，捧著他的雙頰，我不禁哭了。

我看見有兩個我在他眼中流淚⋯⋯

憤怒是火，「我凝視著牆上的滅火機」，不知是有意還是無意？
但孩子走過來，仔細地凝視他的眼睛，有驚奇的發現：「你的眼睛
有兩個滅火機。」經由這「無邪告白」，而有一戲劇性的轉折，由
憤怒轉而為哭──流淚。於是他轉而凝視小孩子，被戲劇性地同
化，「有兩個我分別在他眼中流淚」，流下的淚是小孩子一樣天真
的淚，故在淚珠的鑑照中均是天真無邪。此詩以憤怒──滅火機，
我（成人）──小孩，憤怒──天真，憤怒──流淚，一連串的對
比，造成情緒的轉換，頗富戲劇性張力。而且能想到滅火機這麼
現代化的機器，來滅憤怒之火，也是驚人的巧思。

〈長頸鹿〉

那個年輕的獄卒發覺囚犯們每次體格檢查時身長的逐月
增加都是在脖子之後，他報告典獄長說：「長官，窗子太
高了！」而他得到的回答卻是：「不，他們瞻望歲月。」

囚犯身高會增加，已經很魔幻了，而且「增加是在脖子之後」，
這就是魔幻寫實了。囚犯仰望窗外，所以年輕的獄卒認為「窗子
太高了！」但典獄長認為囚犯是瞻望受到監禁而流失的歲月。獄
卒年輕，不了解人事滄桑，為了解「歲月滄桑」，就跑到動物園中
去守候長頸鹿，這是與囚犯有著共同形象的，造成戲劇性的趣味，

消解了人世的辛酸。重要的是他有一顆「仁慈」的心。而長脖子與長頸鹿的類比，不僅是魔幻，而是人的變形，這種變形正是超現實之夢。

商禽的好詩多半是有對人間廣博的同情。

〈逢單日的夜歌〉

夜去了總有一個晝要來

我把一切的淚都晉升為星，黎明前

所有的雨降級為露

升草地為眠床

降槍刺為果樹

這種祈使句，使悲哀成為過去，「雨降級為露」，但痛苦則要提升為希望，「淚晉升為星」。這些都像痛苦後對幸福的希望。

〈天河的斜度〉

天河垂向水面

星子低低呼喚

無數單純的肢體

被自己的影子所感動

六絃琴在音波上航行

　　　　　　草原

在帆纜下浮動

流淚

並作了池塘的姊妹

在高壓線與葡萄架之間

天河俯身向他自己

天河清朗像「垂向水面」，真是「星垂平野濶」的意味，星子擬人化的呼喚，欣賞這片風景的單純肢體，也被映出影子，故被影子感動。像絃音如船航行，「流淚」是感動，天河，池塘的水面晶瑩剔透，淚也是水，故是「池塘的姊妹」。天河俯向水面，即俯向自己，星光四溢。

第十一節　楊喚的詩心與童心

楊喚（一九三〇～一九五四），遼寧省興城縣人。學歷僅完成初級農職，曾任青島日報編輯，文書上士，著有《風景》、《楊喚詩集》等，不幸死於台北市中華路平交道火車輪下。他的名句：「對著一顆垂滅的星，我忘記了爬在臉上的淚。」

〈我是忙碌的〉

我忙於搖醒火把，

我忙於彫塑自己；

我忙於擂動行進的鼓鈸，

我忙於吹響迎春的蘆笛；

我忙於拍發幸福的預報，

我忙於採訪真理的消息；

我忙於把生命的樹移植於戰鬥的叢林，

我忙於把發酵的血釀成愛的汁液。

直到有一天我死去

像尾魚睡眠於微笑的池沼

我才會熄燈休息

我，才會有個美好的完成

用首語重複營造強調之勢。第二段開始均以「我忙於」開頭，句法看似易機械化，但卻語氣簡勁有力，充滿動感。每個動詞與名詞的聯接，均造成隱喻或象徵。譬如「搖醒火把」就把火把擬人化，否則火把怎搖得醒呢？普通應說是「燃燒」。而火把亦成詩人生命的象徵，好像詩人讓生命加緊燃燒。「彫塑自己」應該是彫塑彫像，卻是彫塑自己的「精神理想」。以下動詞聯接名詞子句，句法較前繁複。鼓鈸彷彿行進曲，蘆笛是迎春曲，由前兩行的視覺轉到這兩行的聽覺。而詩人追求的幸福與真理，就以拍發電報而採訪消息來隱喻，充滿動感。以下句法更繁複，造成急促的節奏。生命像是戰鬥，而詩人的血都是愛，動詞也運用得佳妙。而死，可以微笑，歷程就是實在。因為詩人已完成了自己的詩集，封皮也可以作為大地覆蓋著，真是一個為詩著迷的詩人形神的寫照。既啟示其他詩人，亦像對自己的預言。

〈鄉愁〉

在從前，我是王，是快樂而富有的，
鄰家的公主是我美麗的妻。
我們收穫高粱的珍珠，玉蜀黍的寶石，
還有那掛滿在老榆樹上的金幣。

前後兩段形成對比。前段富於童話的想像，因為快樂，所以像國王那麼富有，而妻是鄰家女孩也像公主。一當用「是」國王時就變成「快樂」的隱喻了。而那些高粱、玉蜀黍甚至老榆樹葉，全都變成珍珠、寶石、金幣了。

楊喚的詩能運用清新的思惟和語言，表現真摯的童心，論者多以他的童話詩為代表。但能代表楊喚的還是〈詩的噴泉〉。

〈黃昏〉

壁上的米勒的晚鐘被我的沉默敲響了，
騎驢到耶路撒冷去的聖者還沒有回來，

不要理會那盞燈的狡猾的眼色，
請告訴我：是誰燃起第一根火柴？

運用米勒的畫〈晚鐘〉等造成互文性效果，畫境疊現在「黃昏」之上，「晚」指示了時間，而「沈默」能「敲響」晚鐘，這正是語言的弔詭性，動詞「敲響」運用得妙，一方面訴諸聽覺，一方面又展現了畫境般的訴諸視覺。彷彿詩人的沈默，聽到鐘聲，正在等待的聖者應該回來而沒有回來。詩人的沈默似乎也有期待。亮起了燈，將燈擬人化，是「狡猾的眼色」，詩人要追問的是「誰燃起第一根火柴？」是黃昏點燃了暮色？還是聖者的追尋真理？拼貼的詩意有多面放射性。

〈日記〉

昨天，曇。關起靈魂的窄門，
夜宴席勒的強盜，尼采的超人。

今天，晴。擦亮照相機的眼睛，
拍攝梵‧谷訶的向日葵，羅丹的春。

這首詩仍把文豪及畫家的作品鑲嵌入詩句，產生拼貼的效果。「曇」是陰天，雲遮蔽日頭，此字純重形象。關起靈魂的「窄門」（紀德作品），只是關起門來，但「窄」字可有深意，表示靈魂是不容易進去的。用「夜宴」就從寂寞中產生歡樂宴會的場景，

好像「強盜」和「超人」是實有其人，其實只是「靈魂」的盛宴，孤獨寂寞的夜晚。今天，是晴天，把照相機擬人化，去郊外照相，眼前的情景如梵谷的〈向日葵〉的畫意，羅丹的雕塑〈春〉那樣的意境，又使眼前的風景產生藝術的境界，有活潑的趣味性。

第十二節　蓉子的靜淑與豐美

蓉子（一九二八～），江蘇省漣水縣人。是國民黨政府遷台後台灣新詩壇第一位女詩人，《青鳥集》亦是台灣第一本女詩人專輯，出版詩集《青鳥集》、《維納麗沙組曲》、《橫笛與豎琴的晌午》、《天堂鳥》等近十冊。詩風和諧淳美，展露女性特有的心象狀態，在溫柔敦厚中開展獨特的想像視域與音樂美，塑造中國現代婦女的新形象。〈維納麗沙〉一詩特別能表現蓉子的詩人形神：

> 你不是一株喧嘩的樹
> 不需用彩帶裝飾自己
> ……
> 因你不需在炫耀和烘托裡完成
> ——你完成自己於無邊的寂靜中

樹豈會喧嘩？既將自己隱喻成樹，而且在聽覺上不會喧嘩，就是一株如同寧靜的植物那樣了，而且在視覺上不以「彩帶裝飾」，以否定修辭來代表詩人的自肯自定。而詩人的寂寞寫詩，寧肯被人遺忘，這是因為那些「浮動的眼神」，「浮動」對比於「靜靜」地寫詩，行走也是寫詩的隱喻。「浮動」正表示不會欣賞寧靜的美感。故詩人也不「炫耀」自己或要別人或旁的事物「烘托」自己。寧可像沈默的樹，在「無邊的寂靜」中完成自己。

〈 我的粧鏡是一隻弓背的貓 〉

我的粧鏡是一隻弓背的貓
不住地變換它底眼瞳
致令我的形像變異如水流
……

我的妝鏡是一隻命運的貓
如限制的臉容　鎖我的豐美於
它底單調　我的靜淑
於它底粗糙　步態遂倦慵了
慵困如長夏

捨棄它有韻律的步履在此困居
我的妝鏡是一隻蹲踞的貓
我的貓是一迷離的夢　無光無影
也從未正確的反映我的形象

　　「弓背」特別富於動作的形象化,「粧鏡」好像貓的「不住
變換」的「眼瞳」,所以我的形象也「變異如水流」。貓眼的神祕
好像解釋了我的命運。暗示命運的悲劇,任時間封鎖在憂愁中。「我
的豐美」、「我的靜淑」在粧鏡中只是「單調」與「靜淑」,造就是
我的命運,是「命運的貓」。「貓的步態遂倦慵」了,像貓在長夏
的「慵困」。貓原應走「有韻律的步履」,結果因「困居」而蹲踞。
「我」在鏡中投射的影像是貓的眼瞳,卻反映了我的「困境」,是
「迷離的夢　無光　無影」,「我正確的形象」在鏡外,被在粧鏡
所限制。這首詩隨著貓的動作變換,而把「我」的心境點點鋪敘。

這首詩特別突顯女性身分，而女性的身世，就「鎖」在粧鏡中，形像且從未被「正確反映」過，又好像是一番控訴了。

第十三節　吳望堯風雪的陰影

吳望堯（一九三二～二〇〇八），浙江省東陽縣人，藍星詩社社員。曾旅居越南西貢經商致富，後逝世於巴西。著有詩集《靈魂之歌》、《玫瑰城》、《巴雷詩集》等。詩風豪邁奔放。多用科學名詞入詩，有「鬼才」之譽。

〈乃有我銅山之崩裂〉

乃有我銅山之崩裂
你心上的洛鐘也響著嗎？
復活的是朵黑色之花又埋葬於⋯⋯
啊！泥濘的路上是蹄痕猶新的
而請你勿再點燃這旅店中青青的燭火

我心在高原；臉上有風雪的陰影
看時間的白馬嘶鳴著，我去了
你又何不收拾起將流的淚顆
即使有委曲，也莫在冷冷的夜裡哭泣

迴最後一眸於你鬢邊的小銀鈴上
因為它召喚我，以如此輕柔的聲音
但我再不敢如此偷窺你的眼，今夜
還是拾一串記憶，聽風的耳語
如一個流浪人彳亍於陽光外的古城

　　由「銅山西崩，洛鐘為之東應」的典故，用在你我之間，愛情亦纏綿悱惻。起句「乃有我銅山之崩裂」氣勢不凡，「乃有」是有事件發生，一開始就從「事後」開始，佈置懸疑，我像銅山一樣崩裂了，驚天動地的瓦解崩裂，是發生了什麼事？第二句是問句，增加了淡然視之的豪邁感，當然「洛鐘也響著」。花朵雖復活，卻是「黑色」的，而又「埋葬」了；好像你我重逢雖然帶一絲陰鬱的希望，又幻滅了，欲言又止，其實就是「再一次的離別」。無怪乎這充滿泥濘的路上「蹄痕猶新」。再見又要分手，所以你不要「再點燃這旅店中青青的燭火」，增加離別的淒苦與無奈。

　　我還嚮往著高處，嚴寒的風雪還在我臉上留下「陰影」，但時間匆匆，我要告別了；你也不要再哭泣。「時間的白馬」是白駒過隙，也是「啟程」的交通工具，當然是比喻的。

　　最後一眼回看「妳鬢邊的小銀鈴」，用舉隅法，「小銀鈴」的聲音是輕柔的；看妳的眼則太深情，我「再也不敢如此偷窺妳的眼」。離別的「今夜」，懷念妳是「一串記憶」，把風擬人化，好像風在說話，且是枕邊的「耳語」。我只是一個「流浪人」，漫步在沒有溫暖的「陽光外」，這些情愛的往事已如古代的城市了。我要面對的，只是「風雪」。

　　這首詩推進的速度輕快，帶出變換的意象；從「乃有」一氣而下，再次分手，到你已成為我在風雪中遙遠的回憶了，戛然而止。全詩雖用古典意象，「銅山」、「洛鐘」的轉用卻很有創意；「黑色之花」、「小銀鈴」乃至「風的耳語」點綴其間，風味別緻。

第十四節　林亨泰擴散的斷想

　　林亨泰（一九一三～），台灣省彰化縣人。台灣師範大學教育系

畢業，曾任教彰化工業職業學校，並在大學教授日文。曾為現代派同仁，曾為笠詩社主編，獲自立晚報台灣新文學貢獻獎等。出版有日文詩集《靈魂の產生》，中文詩集《長的咽喉》、《林亨泰詩集》、《爪痕集》、《跨不過的歷史》等，詩論《現代詩的基本精神》，譯有《保羅‧梵樂希的方法論序說》等。

《秋》

雞，

縮著一腳在思索著。

而又紅透了雞冠。

所以，

秋已深了……

「雞」會「思索」，而又「紅透了雞冠」，都是奇筆，算是猝然相遇的意象。「思索著」的時候還「縮起一腳」，活靈活現的形態。

「雞冠的紅」與「秋已深了」並沒有直接的關係，似折射著秋與楓紅的關係，又不必然。主要是「紅透」的字詞，而現在的時序是秋天，所以秋已「深」透了。

另一首《風景》也藉語氣的連與斷，造成特別的趣味。

防風林　的

外邊　還有

防風林　的

外邊　還有

防風林　的

外邊　還有

　　然而海　以及波的羅列
　　然而海　以及波的羅列

　　「防風林」是海邊常見的景象，防風林的外邊還有防風林，當然造成又一重的視覺效果，「外邊　還有」又推進一重，「防風林　的」的「的」字，一方面是肯定語氣，一方面又可當所有格，氣就連綿不斷地往下接了。重複三次以後，到「外邊　還有」，在視覺上成為綿延無盡的防風林之海，防風林成為一層層的波浪。這一句之後，一方面好像「還有」，卻戛然止住。

　　「然而」在語氣上陡然扭轉，在防風林的三重波浪後，在視覺上分不清有沒有第四重了，就看到海，濺起白邊的波浪。「海　以及波的羅列」只有二重，純粹是視覺上的效果。「羅列」看似生硬，可以從美術圖形一彎又一彎，一彎又一彎的波浪效果看。

　　「防風林」防的是空曠無盡的海風，由「林」到「海」，雖然在視覺上是有盡頭的，但又被這一重又一重的防風林，一重又一重的海，推展到無盡綿延的感受上了。

　　林亨泰提出「跨越語言的一代」，由日文改為由中文寫詩是艱難的，看他的詩「語氣扭轉」的效果特別顯著，這是斟酌學習語言的痕跡。日常生活所見，由字質的感受，造成視象上的跳躍，如從「雞冠」的「紅透」，跳到秋深，其中的生澀，造成了斷想的效果。

第六章　六十年代：學院與鄉土

五十年代後期，現代詩百家齊放，至六十年代以後，五十年代名家成為學習的典範。傳統意識的拓深，本土意識的抬頭，他們雖也接受西方詩潮，但對語言在過度西化所造成的詩思蕪漫不清，多少保有警覺，而在古典語言與生活口語之間，也力求走出民族的現代詩風格。

一九六三年，五十年代小說家趙滋蕃由香港返國，入中央日報擔任主筆。在五十年代，他曾以七千兩百行詩劇《旋風交響曲》獲八千元港幣稿費。另外，一九六八年邢光祖由菲律賓返國，他是徐志摩的學生，並曾與徐志摩合編《新詩》月刊。他創設文化大學中文系文藝組及政治作戰大學英文研究所，並邀請趙滋蕃在文藝組教書，擔任華岡教授。兩人均對詩學討論有所貢獻。

大學紛紛成立詩社，並出版詩刊。高雄醫大「阿米巴」與台北醫大「北極星」，台師大「噴泉詩社」，文大「華岡詩社」，均陸續成立。

第一節　自我摸索與自覺意識

六十年代的詩學大體上延續五十年代的詩學討論，走回中國傳統的企圖在學院中已產生了影響。在西方詩學上，也在學院中譯出艾略特重要的文學評論，試圖沈澱和學習[1]；環繞著超現實主

---

[1] 艾略特《艾略特文學評論選集》，杜國清譯，（台北：田園，1969）。杜國

義的討論仍在持續。但在六十年代，學院中英美派的力量興起，拉長了戰線，也較無劍拔弩張的氣氛。面對西方詩風消融不足的部分流弊，大致上是走回中國及回歸鄉土二條路線。

　　楊牧（一九四〇～）原以葉珊為筆名，崛起於五十年代末期。第一冊詩集《水之湄》，由藍星詩社出版。「西洋音樂和英國詩的技巧對我的啟示很大……我發覺到重新定義中國詩的可能性——我很自然地從唐詩、宋詞轉開，費了一年的光陰專心圈點默讀漢朝、三國和南北朝的作品。曹植、左思、陶潛、庚信、阮籍一班人對我的影響事實上遠勝於少陵、太白。」[2] 他的詩風是以英美詩和由唐詩、宋詞上溯到「漢朝、三國和南北朝的作品」所產生的融合。

　　由唐詩、宋詞上溯，至此並未滿足。楊牧甚至上溯到《詩經》，他在〈詩經國風的草木〉（一九六七）一文中：「『興』很可以稱為中國抒情詩的特殊精神，也因為有了這個背景，中國讀者不易欣賞西方的敘事詩，因為敘事詩的著眼絕不在『興』之好劣或所謂『意境』之高低。」[3] 既然是「中國詩的特殊精神」，他對「興」的討論顯然關乎他的詩藝至鉅。他在細別國風中的草木之後，大體上是以「興」為「起興」的意思；「許多草木在詩裡的生長仍然是偶然的，而且詩人提到那些草木真正的目的可能只在乎詩的美化。我們都知道植物在詩裡的美化功用，這種純粹美學的感應中外古今的詩人都了然於懷。」[4] 所以草木在詩中的作用，是意象

清另譯艾略特《詩的效用與批評的效用》，（台北：純文學，1972）。

[2] 葉珊《燈船・自序》，（台北：愛眉，1970），P.1。

[3] 楊牧《傳統的與現代的》，（台北：洪範，1974），P.138。

[4] 同註3，P.154。

「在詩裡的美化作用」，換言之，不是「象徵」；「興」也許別的學者另當「象徵」，但至少以楊牧的細別，在《詩經·國風》中好像也極難一時駁倒。故楊牧的詩風由此定位，另一方面在美國柏克萊攻讀比較文學博士，寫成〈瘂弦的深淵〉（一九六七）和〈鄭愁予傳奇〉（一九七三）兩文推崇，也浸浸然與余光中在學院上的影響有分庭抗禮之勢，二者在詩、散文上左右開弓，在評論及翻譯上俱為能手，此二家的影響力可說奠定了五、六十年代中國型詩風的基礎。

這種追索傳統的努力，或者說「古典的驚悸」（葉維廉語），大體上在詩集《傳說》[5] 中〈續韓愈七言古詩「山石」〉一首說明了溯源古詩的努力，尤以〈延陵季子掛劍〉一首對七十年代學院學生的影響力較大，主要是這首脫胎於古史傳說的轉化，模倣者眾。但《傳說》代表一種精神的轉化，「這種古詩境界的追捕，可稱之為田園模式的復古抒情主義。」[6]

楊牧的詩風，在形式上曾試驗過十行詩及十四行詩，形式化的試驗是可取的，否則易有散文化的現象。他在散文上的成功是學院中學習的榜樣。在《瓶中稿》一書中的〈十四行詩〉一輯十四首中他的藝術風格達到成熟。我在年輕時曾圈點，而〈後記〉中：「余光中另有說法：『我尤其喜歡第二首；第三首後半；第四首後半；第六首後半；第七首後半；至於第五、第十兩首，通篇均極精采。第十四首之末段大佳也。』」[7] 居然完全一致，我還多

---

[5] 葉珊《傳說》，（台北：志文，1971）。

[6] 張漢良《現代詩論衡》，（台北：幼獅，1977），P.173。

[7] 楊牧《瓶中稿》，（台北：志文，1975），P.166。

加了第一首、第四首和第十二首的前半,可見好詩有其定評。這正如余光中大致上有民歌「形式」或形式上有所抑制的詩較佳,集中在《白玉苦瓜》中一樣,這是余光中及楊牧有趣的平行現象。

　　另一方面,延續前面「興」的討論,即「中國讀者不易欣賞西方敘事詩」,楊牧在〈論一種英雄主義〉(一九七五)一文中提出:「文化的英雄主義」,是一種完全不同於西方的史詩感覺:「胡適就曾草率地把一些二、三世紀的敘事詩稱作『史詩』」,其中包括《孔雀東南飛》。他顯然忽視了一項事實,那就是:一首詩若要稱得上史詩,崇高的風格比敘事結構更為要緊。因為正如一位研究英國中古的學者所主張,史詩應具『猛志、自重……高貴、完美』的風格,這種特性為民歌所無。」[8] 也就是史詩除了敘事風格,更重崇高風格,這顯然是採取了文化立場,而以中國抒情詩以本位的。這種嘗試已見於詩集《瓶中稿》中的〈林沖夜奔〉,在〈後記〉中:「想盡辦法把傳統的『林沖夜奔』情節忘掉,因為怕落入老套。全詩以『林教頭風雪山神廟』為骨幹,故聲音也以林教頭、風、雪、山神廟四種為主……」[9] 這種試驗即不談敘事,只講究崇高精神。在詩集《北斗行》中〈吳鳳·頌詩代序〉一詩也是如此,在〈後記〉中:「吳鳳的精神不但和耶穌相似,其受難前夕之決斷,或竟勝過福音書中的耶穌……使用詩的創作去追求美麗莊嚴的人格,或和諧平安的世界,在我覺得,是可行的。」[10] 這種詩品即人品的宣示,或才是令人敬佩的,這與余光中〈白玉苦瓜〉詩中

---

[8]　李達三　羅鋼主編《中外比較文學的里程碑》,(北京:人民文學,1997),
　　　P.241。

[9]　同註7,P.167。

[10]　楊牧《北斗行》,(台北:洪範,1977),PP.215-216。

的那種君子溫潤如玉的圓成（但白玉苦瓜已可作為精神的象徵了），也是驚人的平行現象。這種浸潤古典所產生的文化影響，不能不令人神思嚮往。〈吳鳳〉既是「代序」，得即有《吳鳳》（詩劇）的大規模演出。楊牧的詩風，必須從英雄（林沖）與聖人（吳鳳）的交叉透視。而要成為牧羊人，這恐也是易筆名葉珊為楊牧的真正原因。

楊牧亦編譯《葉慈詩選》一冊，收〈導言及譯詩〉七十五首[11]，也算是對葉慈（Yeat, 1865~1939）較完整的譯介。

葉維廉在翻譯的體認，對中國文字的特性有清楚說明。在台大外文系的學士論文（1959），就是把馮至、曹葆華、梁文星（吳興華）和穆旦四個詩人的詩翻成英文，三、四十年代的詩人赫然在列，「我感念從這些詩人對字的凝煉上學到很多東西」[12]，只是市面上根本不容易見到中文詩作的部分。

葉維廉在〈詩的再認〉（一九六一）一文中，試圖為「超現實主義」的詩風奠立理論基礎：「表面上不近情理而心理感受上卻甚神似的情境，就是使讀者驚服的起點（超現實主義表面無理但內含物之真象，實在可以說同源於『矛盾語法的情境。』）又譬如李白的『長松入霄漢，遠望不盈尺，山花異人間，五月雪中白。』所予人之驚異是五月居然有雪，但深山中之景色也確是如此。……有時甚至是哲學熱忱之始，譬如禪宗的狂喜就在『雨中看果日，火裏酌清泉。』神祕主義的詩亦繫於此岐異的溶合之中，艾略特的『四重奏』即是一例。」[13] 把新批評的技法接枝到超現實主義的夢幻現

---

[11] 楊牧編譯《葉慈詩選》，（台北：洪範，1997）

[12] 葉維廉《眾樹歌唱──歐美現代詩一○○首·增訂版代序》，（北京：人民文學，2009），P.5。

[13] 葉維廉《秩序的生長》，（台北：志文，1971），P.127。

象，超現實主義頓時從李白到禪宗、艾略特都包括進去。但要注意他用的是「矛盾語法的情境」，那就是矛盾情境產生矛盾語法。在此書中，他除了大談〈艾略特方法論・序說〉、〈艾略特的批評〉及〈靜止的中國花瓶・艾略特與中國詩的意象〉外，提出「不需要象徵不需比喻」:「依著外象的弧度而突入內心的世界，往往不需要象徵手法去支持，有時甚至可以廢棄比喻（雖然不可以完全廢棄），一如王藉的名句：風定花猶落，鳥鳴山更幽。我們不問喻依（風定、花落、鳥鳴、山幽）的喻旨為何，更不問它們象徵什麼。它們什麼都沒有說（明），但什麼都說了。回到事物本身的行動（或動態）裡回到造成某一瞬間的心理事實的事物之間既非猶是的關係（鳥鳴：聲響、山幽：靜寂），這一個形象就具有這一形象就具有這一瞬所包含的一切可能的拋物線。」（同上，二二一頁）

　　由矛盾情境（如果可說是超現實夢幻情境的潛意識湧出），跨越到「事物本身的行動」，這個「跨越」如此之大。換言之，當他把自然詩全視為超現實主義或甚至意象主義的詩，自然力量的升起，全成為夢的噴湧，這一個等式：矛盾語法──矛盾情境等於自然詩，等於超現實主義詩，等於意象主義詩，這恐怕是葉維廉自己詩論的「統合建構」，現象學精神分析學，將客觀的進路與主觀的進路渾淪打成一片，這恐怕是詩的最高境界了。純粹情境或「純粹經驗」，等於佛洛伊德式甚或容格式的夢或潛意識。還要更大系統的由梅洛龐蒂（Maurice MerLeau-ponty, 1908~1961）的身體意識或拉康（Jacques Lacan, 1901~1981）的口誤現象來大系統的建構了。葉維廉的終極興趣還是海德格式的，不是佛洛伊德式的。奚密說：「從正面來說，葉維廉在道家哲學與意象並置之間所建立的內在衝

擊，對我們理解漢詩具有積極的意義。」[14]

無論如何，經過「純粹經驗」的配備，超現實主義可以與禪合一，經由洛夫的再詮釋：「中國現代詩人對純粹經驗的追求是受到中國古詩的啟發，希望能突破語言本身的有限意義以表現想像經驗的無限意義。」[15] 由夢象的湧流轉換到「想像經驗」，超現實主義也藉機提倡詩禪合一的中國型詩風。

《笠》詩社

笠詩社成立於一九六四年，白萩前曾參加藍星、現代詩、創世紀三大詩社，也參與發起由本省籍詩人組成的笠詩社，主要成員有林亨泰、白萩、杜國清、李魁賢、黃荷生、葉笛、桓夫、詹冰、岩上、陳秀喜等。林亨泰是理論健將，杜國清譯《艾略特文學評論選集》（一九六九），及艾略特《詩的效用與批評的效用》（一九七二）。李魁賢譯《里爾克詩及書簡》，後又譯《杜英諾悲歌》（一九七七），《給奧菲斯的十四行詩》（一九七七）及《形象詩集》（一九七七）。均是專門譯介，令人佩服其毅力。

鄉土是現實生活空間，有時更是母性空間，神聖空間，滙聚生活與感受，對故鄉的泥土及風土人情興起眷念。自然、鄉村、河流、稻田，這都可能是創作的神聖空間，蟋蟀、青蛙、烏龜、蜻蜓與蝴蝶；蓮花、蘭花，甚至酢醬草、含羞草，都是實在的景物，當然問題也不是那麼簡單。日夜變換，人事滄桑，鄉村盛衰，

---

[14] 奚密《現代漢詩：一九一七年以來的理論與實踐》，（上海：三聯，2008），P.108。

[15] 洛夫〈序〉，收入余光中、洛夫等編選《中國現代文學大系第一輯‧詩》，（台北：巨人，1972），P.14。

甚至戰爭及其後,都可能引發多種意象的投射。部分詩人有新即物主義的傾向。這種新的對物的現實性的關係,有點像是讓物產生魅力:「事物,不是像在特殊條件下所顯現的,而是像它自身……脫開了一切熟悉的現象形式和情感聯繫,顯示為不再鑲入我們實踐生活的環境裡,而是在沈默的莊嚴裡完全安息於內在的物自身……後來人們稱為物的魔法。」[16] 這種「物的魔法」再推下去很容易接近超現實主義,只是笠詩社的詩人大致不往這方向,而以物在生活上的重量替代物的變形,以區別於超現實主義。這樣就保持了鄉土凝結的情感。白萩的名言:「已存在的美,對於尚未出現的美是一種絕大的壓力和考驗,如果,不能超越與打破這種束縛,則新的美將無以出現。」[17]

　　一九六三年成立的星座詩社,以馬來西亞及港、澳留台僑生為主,成員有張錯(翱翱)、陳慧樺、林綠、王潤華、鄭樹森(鄭臻)、鍾玲、黃德偉、淡瑩等,這些詩人後多半陸續取得英美文學博士或比較文學博士學位,多擔任大學教授。

　　張錯(一九四三~)自己的詩風,是「詩人本身的情感,配合著他最犀利而適當的語言,才是風格的最佳表現;自出發點而言,文筆的形成,是『為情而造文』,而不是『為文而造情』[18]。」張錯留美期間,於《大學雜誌》(一九七〇年)開始介紹當代美國新詩人,有奧遜(Charles Olson)的投射詩(projective verse),堅斯堡(Allen Ginsberg)的〈怒吼〉(全詩亦中譯),及敲打詩人史奈德(Gary Snyder)

---

[16] 宗白華譯《西方美術名著選譯》,(合肥:安徽教育,2000),P.136。

[17] 白萩《蛾之死‧後記》,引自張默、蕭蕭編《新詩三百首》,(台北,九歌,1995),P.512。

[18] 翱翱《當代美國詩風貌》,(台北:環宇,1972),P.47。

等，後來結集成書，序亦介紹美國詩人，長達四十四頁，為全書五分之一。奧遜的投射詩可以看理論：（一）物質本身的動力。一首詩是詩人自某處得來力量的轉移，而此力量來自詩本身投向讀者。（二）形式再也不是內容的伸延。（三）一種感覺經常要立即移動，進入另一種感覺！快速就是教條。這選擇將是自然流露，耳朵聽從音節。（同上，二十九頁至三十一頁）大致上不脫龐德的意象主義，但由聲音的發射（音節）在呼吸上推進速度。這種運用形象的方式，奧遜認為「『客觀主義』，這名字可以用來代替人與經驗的關係。客觀主義驅除去個人的抒情侵擾，及『物體』與他的靈魂，還有那種西方人加諸他身上奇特的假定。」（同上，四十頁）去除「我」的主觀抒情，也就是人文主義。

　　至於堅斯堡，是「敲打的一代」（The Beat Generation）的代表人物，只錄六行來看他的風格。（同上，五十七頁）

　　　他們在想像裡吃著羊羹或者在包華麗街的泥沼河流下消化著螃蟹，
　　　他們推著滿是洋蔥及低級音樂的手推車為街邊的羅曼史而哭泣，
　　　他們在黑暗的橋下坐在木箱上呼息著，站起身來就在閣樓上造他們的大鍵琴，
　　　他們在哈林貧民區的六樓咳嗽在肺癆病的天空下發高燒和被神學板條箱困死，
　　　他們通宵潦草地寫著高超的咒文在黃色的早晨成了胡亂的段章，
　　　他們煮著腐臭動物的肺心腳尾羅宋湯和墨西哥大餅幻想著純正的植物王國。

　　「敲打的一代」吸食毒品，以期用幻覺突破理性，不能不說
是頹廢的。

　　堅斯堡的技巧為何？林耀福說：「金斯堡師承自惠特曼最重要
的創作方式並不是詩律而是列舉的技巧。」[19] 這就是（物質）意
象並列的方式。

　　同樣是「敲打的一代」，史奈德尊敬中國法丐寒山子，他說：
「那非人類，非語言的世界，亦即真如狀態中的自然」，跟「那在
沒有語言之前，沒有習俗之前，沒有文化之前的人性世界——內心
世界——之真如狀態」乃是互為表裡的。心與自然是互相應和的：
「山即是心」。（同上，二四四頁）所謂「法丐」，是真理的流浪漢。

〈雨中〉　　林耀福譯

　　那隻母馬立在原野中——
　　一棵大松樹和一間木柵，
　　但是她呆在外面
　　屁股朝風，濺得濕透。
　　四月裡我曾想捉住她
　　來不佩馬鞍騎她一騎，
　　她踢跳奔逃
　　後來在下頭
　　山上的一棵尤加利樹蔭下
　　吃著新抽的嫩芽。

　　這首詩以自然物象為主，均是具體自然的形象。馬既不依傍

---

[19] 林耀福《文學與文化——美國文學論集》，（台北：源成，1977），P.194。

「大松樹」，也不進入「木柵」，也不讓人騎，一片自然天機。

　　因為史奈德提到寒山子，一九六六年胡菊人在香港明報月刊發表一篇〈詩僧寒山的復活〉，介紹寒山在美國的風行。一九六九年留美學人女詩人鍾玲，在中央日報上發表〈寒山在東方與西方學術界的地位〉，說寒山「樺皮為冠，布裘破敝，木屐履地」，是與敲打的一代「蓄髯長髮，粗衣破服，足履爛鞋」沒有什麼不同。「詩人寒山對『寒山』這兩個字的運用剛好符合現代象徵主義把心境投射在實物上的高妙手法……寒山成為一個物我合一、主客合一的象徵。」[20]

　　趙滋蕃在〈寒山子其人其詩〉中說：「輕度的迷狂症，以遺忘為主要的徵候之一。病人所遺忘者多為受傷的記憶或心理的損傷；把一部分帶有快感的經驗留在主意識境內，把另一部分帶有痛感的經驗壓抑到潛意識內，於是產生意識的分裂。……這種凝固的情意綜，一旦倒退到抵抗力最弱的幼年期的經驗上去藉以適應新環境的壓力，則名為回歸作用。迷狂患者的凝固作用與回歸作用交替出現，猶之乎催眠狀態與清醒狀態的交互更迭。這就是寒山那種歌哭無端，噪罵無緒，哀樂無常，癡狂無定的個性與詩人氣質之內在原因。」[21] 寒山子患了輕度迷狂症？雖然趙滋蕃引倫茲醫生的研究報告，說歌德、叔本華、尼采等均有此症（同前，一七六頁），但有點傷了中國人的情感。

　　陳鼎環隨即以〈寒山子的禪境與詩情〉一文，力證「寒山子

---

[20] 唐三聖二和《寒山詩集──附豐干、拾得等原詩》，（台北：漢聲，1974），
　　P.18。

[21] 趙滋蕃《文學與美學》，（台北：道聲，1978），P.175。

徹底融鑄儒道釋三家得到玄與樸本一，情與理不二的玄妙淵深的
修養。」[22] 趙滋蕃再以〈寒山子評估〉一文，引康明思（E.E. Commings）
的話：「詩人自己在重新發現我們所失去的真實時，就會寫出詩
來。真實被曚蔽的原因，照詩人雪萊的說法，是由於蓋上了一層
『熟悉的面紗』的緣故。詩的本身是重新發現的一部分。」[23] 孫
旗認為：「寒山不過是一位斗方名士，近乎隱士，而他自己說是『閒
士』。」[24] 邢光祖認寒山是禪家：「在唐代之初，禪家如寒山拾得
以口頭語言入詩，一反自梁陳以來中國詩壇豔薄綺靡的頹尚……
同時以煙霞道骨，丘壑心胸，融禪入詩，而詞淺意長，使說理詩
派，不讓英國的高萊（Abraham Cowley）。事實上，禪家的『偈』、
『頌』、『讚』和『註』，大抵上是未經確認的現代詩。」[25] 禪詩
既是說理詩，又是現代詩，說法積極。一九七〇年三月，文化大
學召開「寒山子研究會」，引起陳慧劍完成《寒山子研究》一書重
估：「寒山即文殊菩薩的化身，乃至拾得、豐干，是普賢、彌陀如
來的應世。菩薩的詩，一切都是以『渡世』為依歸，無『血肉』
的世俗生活存在。」[26] 比較文學的討論重在過程，而不在結論；
談到菩薩，也未脫趙滋蕃「創造性的直覺」，但就此默爾而息吧。

　　六十年代存在主義思潮影響很大。新儒家唐君毅、牟宗三、徐
復觀由香港來到台灣講學，方東美已在台灣大學教書。徐復觀在東
海大學教書，楊牧是他的學生，對中國文化有一定的雄心與抱負。

---

[22] 同註20，P.38。

[23] 同註21，P.215。

[24] 孫旗《寒山與西皮・序》，（台北：普天，1974）。

[25] 邢光祖〈禪與詩畫〉，收入《邢光祖文藝論集》，（台北：大漢，1977），P.130。

[26] 陳慧劍《寒山子研究》，（台北：桂冠，1974），P.173。

第二節　楊牧的崇高詩風

　　楊牧（一九四〇～），台灣省花蓮縣人。自東海大學外文系畢業後，赴美取得柏克萊加州大學比較文學博士，曾任教美國普林斯頓大學、麻薩諸塞大學、華盛頓大學及台灣大學，國立東華大學文學院院長，中央研究院文哲所所長。曾以葉珊為筆名，著有詩集《水之湄》、《花季》、《燈船》、《非渡集》、《傳說》、《瓶中稿》、《北斗行》、《吳鳳》等，其中〈吳鳳〉一詩獲中國時報敘事詩推薦獎。編譯《葉慈詩選》及散文集《山風海雨》四種，評論集《傳統的與現代的》等兩種，俱馳譽文壇，是具代表性的詩人。詩集《水之湄》的〈禁酒令〉中：

> 誰能一仰而盡妳兩唇間的
> 禁酒令？
> 美麗的女郎，別再縫妳的圍裙了
> 到山上去，偷偷栽一畝葡萄吧！

　　唇吻如酒，偏偏立下了「禁酒令」，對「一仰而盡」的欲望形成禁忌。越是禁忌，欲望受到壓抑，越是成為欲望的中心。欲望不得滿足，就失去了一切的趣味，「打盹」，「玩弄葫蘆」都是因為「沾不到酒」產生的無聊。這就是「愉快生鏽了」，由「生鏽」又聯想到「一把緬甸刀」是聯想的跳躍。而這種被冷落的情緒，一直持續到午夜。尾段再一次重複第一段，這是疊句，情緒轉而增強，這時轉過來勸頒下禁酒令的女郎，「別再……偷偷……」，有充分地暗示性，「栽一畝葡萄」正是釀酒的準備。意象跳躍，卻能首尾相扣，分外生動。

另外在〈懷人〉一首詩中：

> 你的尋訪棄在晨靄裡，啊！
> 那乳色的跫音在低迷的雁陣裡散了。
> 多少雲悠然踱來，在我窗下飲午茶，
> 在我的花瓶上捏出裂紋。

　　友人清晨尋訪，應是未遇，「棄」字音感稍硬，但卻是被遺棄的感覺。「乳色的跫音」使聲音顏色化，與真醇相應，是神來之筆。尋訪未遇，情緒「低迷」，就說「在低迷的雁陣裡散了」。被訪者也是悵然，尋訪者未至，但「多少雲悠然踱來」，且擬人化，呼應朋友的尋訪，也其實百無聊賴。好像被訪者「飲午茶」，而意象跳至花瓶上如雲般的「裂紋」，「捏出」多少有情緒的激動，但表現卻含蓄。詩人開始描述尋訪者的性格，「愛誇口，愛回憶」，使懷念的感覺更具體化了。最後一句「愛刻幾個篆字在我的小門上」呼應前段的尋訪未遇，也使靄時的情境得以綿延。

〈崖上〉

> 誰將穿過那偉大的宮廊？
> 穿過千萬支古羅馬的石柱和刀槍
> 　看野狼變化，然後成人
> 　　渡海去黃金色的海岸
> ──讓自己有點鄉愁，當潮來的時候
> 你笑了，你說，但我們只懶懶躺著
> 在葵花滿開的崖上
> 我們只想到，如何靜靜地蒼老
> 水泉滴落，穿過環環的岩石

　　且聽著那遙遙伐木的聲音

　　我們在高處，擁抱著

　　生火，狩獵，沐浴，而且蒼老……

　　在想像未來，要經過層層關卡和磨難。偉大的條件是「看野狼變化，然後成人」。未來是夢想的「黃金色的海岸」。「──」，破折號是指示現在，對未來要「有點鄉愁」。但現在在愛情中。用「葵花滿開」來裝飾，自然與愛情融合，「生火，狩獵，沐浴」，有情趣的生活，這樣「蒼老」也未嘗不可，暫時「只想到這些」……

　　　　　　〈夏天的草莓場〉

　　挖地的工人棲息樹下

　　樹影漸漸偏東

　　尋找蝴蝶蘭的人正在攀爬

　　一片雪白的斷崖。遠方的森林

　　像生長在前一個世紀

　　小鳥吵著，像瀑布一樣

　　沒有季節觀念的瀑布……

　　從眼前的現象，日頭漸漸偏西，才會有「樹影漸漸偏東」，「尋找蝴蝶蘭」這種美麗的花，好像要攀爬「斷崖」，經歷艱險，「雪白的」又像實景，又像比喻心境皎潔，不落言詮。「遠方的森林」連人也沒有，只有小鳥四季喧囂盈耳，「沒有季節觀念的瀑布」是神來之筆，像原始的蠻荒。

　　在《瓶中稿》中，詩思的連綿進發，卻以多首十四行形式的壓縮，顯出特殊的風致，而警句連篇，而出現創作的高峰：

> 但我想用永遠的片刻
> 擁抱你，如細雪飄在
> 燃燒的高壓電線上
> 但你是我不可追憶的前夕

　　這種特別的比喻最能見楊牧哀婉連綿的一面，永遠的片刻像一片片的細雪，而這種擁抱卻「如細雪飄在燃燒的高壓電線上」，猶如水和火的對立物理屬性，現在卻是「細」雪對立於燃燒的「高」壓電，甚至可以想見在轟擊下消融的哀惻之聲，這種悲劇性可想而知。而又一片片地飄過去，真是令人驚心的癡。這種自然的戲劇性導致愛情的「不可追憶的前夕」，就又有更多的戲劇性。

> 我們多肢的嬰孩
> 在喘息和呻吟中發生
> 成長，冒險，死亡──這一時
> 艇舸劃過止水的聲音
> 猶如我仰望的面容
> 如一列火山島依次爆發
> 陷落在荷蘭的夜曉

　　詩人表現情愛的纏綿，展現最為動人的景象，四肢的互相纏繞如「多肢的嬰孩」，這樣「喘息和呻吟」就無露骨的情色了。而情愛的探索宛若一生成長、冒險、死亡的戲劇。在最高潮處──這一時，詩人運用疊映的畫面，「艇舸劃過止水的聲音」來作為休止符，成為電影的蒙太奇畫面，用另一不相干的畫面來表現高潮中後的休止，也是匠心。這時「一列火山依次爆發」，更是蒙太奇的畫面，詩人不直接寫情色，卻是含蓄婉約。「荷蘭」也富於異國

情調，這首寫於荷蘭首都阿姆斯特丹。

　　奚密教授認為這組十四行詩從春天開始，歷經夏秋而以冬雪之將至結束。就以各季節不同的意象隱喻季節的推動而暗示個人內心的變化，確然。而楊牧在十四行組詩所顯示的形式上的抑制，與別首的互相呼應，最能顯現楊牧婉約動人的一面。楊牧另有劇詩〈林沖夜奔〉及〈吳鳳〉等的嘗試且能顯現他在詩上的企圖。楊牧是外文系出身，詩、散文、翻譯及理論等均有成績，在學院中影響很大。

〈續韓愈七言古詩「山石」〉

　　　我對著月色，思維於
　　　押險巇的漢魏詩；我的憤懣
　　　是比主人的面容更虛無的
　　　雖說我還須登衡山，謁楚神
　　　面對豪雨刷亮的蕉林。所謂志向
　　　滿佈泥濘如貶謫的南方
　　　飲酒為蛇影所驚
　　　歌唱赦書疾行

　　這首詩表現楊牧的志向，漢魏詩只是過程，但押韻險巇，令人「憤懣」，過程又如此艱難。他仍須「謁楚神」，真正的目標或是屈原，但更「滿佈泥濘」，連「飲酒」壯膽，都為蛇影所驚。

〈延陵季子掛劍〉

　　　呵呵儒者，儒者斷腕於你漸深的
　　　墓林，此後非俠非儒
　　　這寶劍的青光或將輝煌你我於

寂寞的秋夜

你死於懷人，我病為漁樵

那疲倦的划槳人就是

曾經傲慢過，敦厚過的我

　　贈劍時你已死，且「墓林漸深」，不禁扼腕歎息。把劍掛在墓上，劍酬知己。「死於懷人」最是情傷，我因病不為儒者而成為漁樵。江湖寥落，只餘劍光輝煌，印證情誼。

〈吳鳳——頌詩代序〉

我們在佳冬樹下深埋一塊磐石

磐石是永恆的誓言，我們在

沖毀的粟米田裡靜默

長坐風雨後的折藤與敗葉

新秋的野菊要忍耐並且生長

澗水要流瀉，峯巒要投影

阿里山的日頭要投影在

一條生命的虛線北回歸

保證你交給我們的溫帶

是你交給我們的溫帶

　　歌頌吳鳳的「我們」當然不是吳鳳，而是受他精神感召。故「深埋一塊磐石」代表精神的印證永不轉移。聖人已矣，風景一片破敗。但需要長久「忍耐」，並且「生長」。祈使句就是「我們」要使吳鳳的精神復甦。

　　尼采曾力辯：一切修飾都必須具陽剛之力、堂皇、優雅，避

免纖柔的花腔，仿造的飾品。[27] 五、六十年代中，他及鄭愁予、余光中最得個中三昧。

第三節　白萩的意志與生活

白萩（一九三七～），台灣省台中縣人。在台中高商就讀時，年僅十八歲就以〈羅盤〉一詩獲頒中國文藝協會新詩獎。著有詩集《蛾之死》、《風的薔薇》、《天空象徵》、《香頌》、《詩廣場》、《白萩詩選》近十冊，及詩論《現代詩散論》等。於一九六〇年與林亨泰、桓夫、趙天儀、杜國清、李魁賢等人籌組笠詩社。

〈羅盤〉

握一個宇宙，握一顆星，在這寂寞的海上
我們的船破浪前進，前進！像俯衝的蒼鷹
穿過海鷗悲啼的死神梟嚎
穿過晨霧籠罩的茫茫的遠方
我們是哥倫布第二，握一個宇宙，握一顆星
前進啊，兄弟們，我們是海上新處女地的開拓者。

一顆「星」的方向，就像「一個宇宙」，或者在星夜的海上，「破浪前進」的速度，像「俯衝的雙鷹」，很形象化。穿過死亡和茫然，自信能像「哥倫布第二」能握住「一個宇宙」的樂觀，肯定的音調難能可貴。

白萩的詩，語言洗練真醇，有生活的感性。

---

[27] 弗里德里希・尼采《修辭學描述》，屠友祥譯（上海：人民，2001），P.36。

〈雁〉

我們仍然活著。仍然要飛行

在無邊際的天空

地平線長久在遠處退縮地引逗著我們

活著。不斷地追逐

感覺它已接近而抬眼還是那麼遠離

天空還是我們祖先飛過的天空

廣大虛無如一句不變的叮嚀

我們還是如祖先的翅膀。鼓在風上

繼續著一個意志陷入一個不完的魘夢

　　「活著」就是要「飛行」，就是要追逐「地平線」，但「地平線」又「退縮」成為永遠的引逗。

　　天空疊印著過去的時空，產生歷史感。但這歷史感，卻「廣大虛無」，對歷史有反諷的意味，只是「一句不變的叮嚀」，沒有智慧的傳燈，文化的洗禮。連翅膀都是一樣。是「祖先的翅膀」，那麼只剩下一種飛行的意志，而且是「不完的魘夢」了。詩人把這樣無際涯的飛行，沒有任何壯志凌霄，而雁亦只「孤獨如風中的一葉」，表現出那種茫然的孤獨感，非常深刻。

　　歷史的承繼並無希望，那只是飛行的虛無主義。只有下定決心來貼切生活。在〈仙人掌〉一詩中：

那喘著氣的

被熱情燒燥了的

　　荒漠的

胸

脯

上

　　我逃避

我的丈夫

又舉起多毛的手

　　向我的腰摟來

　　這首詩的排列，多少依著身體的「地形」，高聳的「胸脯」和「腰」各在女體不同的位置。「喘著氣」、「熱情燒燥了」都能既表現沙漠的感覺，又表現女性的慾望。既表現慾望，卻又「逃避」，是在情慾中掙扎的矛盾心態，語義也出現矛盾語。「我的丈夫」應有兩句，意思才完全。但相同的重複，可以「省略」，省略的語法，可以造成語義的曲折，波蕩生姿。而以「仙人掌」狀丈夫「多毛的手」，丈夫的粗魯與妻子的既拒還迎，都活靈活現。圖畫詩的圖書可以增添詩趣，偶一用之無妨。

〈廣場〉

所有的羣眾一哄而散了

回到床上

去擁護有體香的女人

而銅像猶在堅持他的主義

對著無人的廣場

振臂高呼

　　這首詩既是描述好像在刻劃現實，但「銅像」的「振臂高呼」

就像是魔法現實一樣。第二段與第一段對比，就顯得「偶象」的
空洞。

第四節　張錯俠骨柔情

　　張錯（一九四三～），本名張振翱，廣東省惠陽縣人。政治大學
西語系畢業，美國華盛頓大學比較文學博士，現為洛杉磯南加大
比較文學系教授，曾任系主任職務。星座詩社同仁，七十年代後
又加入大地詩社。著有《錯誤十四行》、《雙玉環怨》、《飄泊者》
及《檳榔花》等詩集，及評論集《美國當代詩風貌》等。

　　筆名張錯，〈錯誤十四行〉就藏有他一生「永恆的祈禱」。

> 我們底相戀
> 就是一首十四行
> 而且十分莎士比亞
> 開始了頭四行的押韻——離合離合
> 我也知道
> 中間四行底韻也是固定的——
> 聚散聚散

　　十四行詩韻的外在限制，是固定的，但在固定的詩韻之下，
卻總是聚散離合的「無常」。聚散離合的悲喜千般，只是戀情的繾
綣無奈，又怎一個情字了得？錯！錯！錯！

　　張錯自小習武，喜練劍並收藏各種兵器，是詩人中數一數二
的武功高手，人亦高大英挺。武魂與詩情終鎔鑄為劍膽琴心。如
〈斷夢刀〉中：

　　倘刀能斷夢

　　仍在殘夢了無可覓，

　　惟揮刀無法截斷的，

　　卻是思念的源頭。

　　刀是不是能斷夢呢？夢似乎已殘落到無覓處了，似能斷亦無可斷。但揮慧劍亦無法斬斷情絲，這是「思念的源頭」。斷夢的刀，就在夢的虛實間徘徊。殘夢是虛，無可斷；「思念的源頭」是實，斷不了。漫天刀影到最後祗是追索著夢影。

　　飄泊也是張錯的感懷，《檳榔花》序中：「恆以台灣的本土，作為我家鄉的歸屬。」在〈屈問〉中：

　　回到有甜美水源的故鄉，

　　回到有浣衣婦，

　　有歌聲的井湄

　　回到縷縷不絕的掌故，

　　一些木屐，一些黑衣的髮髻，

　　一些菜籃，一些翠綠的果蔬，

　　在清淙的水聲裡，

　　在溼滑的青麻石階。

　　以〈屈問〉為詩名，鄉愁就結合了屈原上下以求索的孤臣孽子之心，漂泊異鄉人的地理空間的距離，最後以認同的決絕來表明心跡。或許第二句可併第三句，第四句可刪，句法稍凝鍊。

　　這是一罈清水般的碎萍心事

　　有些早春的慵懶

　　微帶一點鵝黃與青綠

　　語言輕軟細甜

　　彷彿溫柔一陣風過

　　從小圈的漣漪

　　到大圈的渦漩

　　都是耳邊擴散的叮嚀

　　〈一譚心事〉詩語較為圓熟，既是心事如碎萍，難以集中，擬人化為「早春的慵懶」，帶一點早春懶散的樣貌。時序既是早春，黃不夠黃綠也不夠綠，是「鵝黃與青綠」柔和的特殊色，人的交談在語言上就「輕軟細甜」，而且那是溫柔的風，不論「小圈」、「大圈」，都像風吹過水面而擴散，只是一些叮嚀。

第五節　林泠的浪漫與豪賭

　　林泠（一九三八～），廣東省開平縣人。現代詩同仁，於台灣大學化學系畢業後，獲佛吉尼亞大學化學博士學位，著有《林泠詩集》。〈微悟〉中：

　　他拾來的松枝不夠燃燒，蒙的卡羅的夜

　　他要去了我的髮

　　我的脊骨

　　「蒙的卡羅」已充滿異國賭城燦爛輝煌的旖旎情調，將其擬人化，就成為我與你的親切對話。也好像「正」是那夜色——「你的胸臆」。一個是賭徒的愛人「正烤著火」，夜色、火光構成一幅浪漫的畫面。「不夠」好像另有暗示性，是輸光了的聯想？再次重複「蒙的卡羅的夜」來強調，好像這是真要命的夜！最後兩句有

三重聯想，輸光了又「要去」什麼再去賭，字面上彷彿只是加入燃燒的材料，但影射是燃燒的情色，多重聯想構成詩意的曖昧及多義性。

〈阡陌〉

你是橫的，我是縱的。

你我平分了天體的四個方位

我們從來的地方來，打這兒經過

相遇。我們畢竟相遇

在這兒，四周是注滿了水的田壘

有一隻鷺鷥停落，悄悄小立

而我們寧靜地寒暄，道著再見

以沈默相約，攀過那遠遠的兩個山頭遙望

（——一片純白的羽毛輕輕落下來。）

　　阡陌縱橫，一縱一橫乃得相遇。相遇力量如此之大，「平分了天體的四個方位」。「從來的地方來」，故相遇只是偶然，「注滿了水」是充滿了情調。鷺鷥是鄉村風景，偶然的相遇，寒暄，再見，戲劇性寓於平常。「純白的羽毛」，則像彼此皎潔的心境。這首詩一片寧靜的美感與天機。

〈林蔭道〉

是誰安排我足下的風景

這平原的廣袤，丘陵的無垠

哦，陽光鋪滿像荒草萋萋

我只愛林蔭的小路

我只愛迂迴幽曲和蔽天的覆蓋

──詩是林蔭的小路罷回憶也是

我常常留戀，雖然也常常厭倦。

　　像是對自然的頌歌，平原及丘陵均寓含無限「陽光鋪滿」充
滿了暖意妙喻是「芳草萋萋」，把陽光比作芳香的草。詩和回憶是
「林蔭小路」，所以「常常留戀」但為何「常常厭倦」呢？因為自
然也美。可以看出林泠的詩多為回憶。

第六節　敻虹的女高音

　　敻虹（一九四○～），本名胡梅子，台東人。師範大學藝術系畢
業，東海大學哲學博士。藍星詩社同仁，著有詩集《金蛹》、《紅
珊瑚》、《敻虹詩集》等。

　　敻虹年輕時即已頗受矚目，意象靈巧精緻。

〈我已經走向你了〉

你立在對岸的華燈之下

眾弦俱寂，而欲涉過這圓形池

涉過這面寫著睡蓮的藍玻璃

我是唯一的高音

唯一的，我是雕塑的手

　　　　　雕塑不朽的憂愁

那活在微笑中的，不朽的憂愁

……

而燈暈不移，我走向你

我已經走向你了

眾弦俱寂

我是惟一的高音

題名是動作意象，充滿動感，「已經」是指示動作已然發生，故「走向」是在時間中的過程。一開始即構設華美晶瑩的景象。「華燈」是華美的燈，有璀璨的燈光，一切聲音俱已安靜下來，只有我走向你的戲劇場面。「走向」也開始進一步加強戲劇性，要「涉過圓形池」，璀璨的燈光打在池水上，池水變成了「藍玻璃」。被燈光一映照，浮著的睡蓮好像是「寫」在藍玻璃上，「寫」字是神來一筆，「睡蓮」也安靜柔美。一切安靜下來，動作意象化為聽覺意象，由「走」、「涉過」這麼堅定不移的動作，化為「我是唯一的高音」，視覺戲劇轉為歌劇了。

由聽覺意象再轉為觸覺意象，但雕塑的是「不朽的憂愁」，這無非是「你」的面容。動作由「走」、「涉過」，進一步是我能「雕塑」，是對自己力量的肯定。憂愁能不朽已夠奇，更奇的是「活在微笑中」，能從微笑的臉容雕出「不朽的憂愁」，故雕塑的能力也是鬼斧神工。

「燈暈不移」，目標還在那裏，「我走向你」再一次重複，重複也是堅持，並且堅持在時間上的「已經」。再從第一段抽出兩句，尤為警句，在重複中意義在兩句的對比中似增複義，好像「其他的」聲音都要沈寂下來，只有「我」，才是「唯一的高音」。全詩籠罩在華燈映照池水，而轉化成藍玻璃的晶瑩意象中，動作意象伴隨著心弦震顫，成為女高音的演唱，是非凡的情詩。

〈水紋〉

我忽然想起你

但不是劫後的你，萬花盡落的你

為什麼人潮，如果有方向

都是朝著分散的方向

為什麼萬燈謝盡，淚光流不住你

……

但傷感是微微的了

如遠去的船

船邊的水紋

「不是」很有意思，只是在時間上的差別，可能指的是過去。但卻同時肯定現在已是「劫後」，「萬花落盡」，你已歸於憔悴。

不禁責問，為什麼方向都是「朝著分散」，好像宿命論一樣，「萬燈謝盡」呼應「萬花謝盡」，所有光采已消散，流淚已無法挽回。

但現在，距離那時已遙遠，只偶爾盪起漣漪。

第七節　王憲陽時空航行

王憲陽（一九四一～），台灣省台南縣人，台灣大學中文系畢業。藍星詩社同仁，曾任《藍星詩頁》主編，出版詩集《走索者》、《千燈》、《愛心集》五冊。台灣大學中文系時，詩作即受矚目。畢業後，曾於延平高中擔任教職，並為學生趙衛民介紹閱讀余光中的詩，在十七歲時即開始創作。曾任職廣告公司、紡織公司負責人，現已退休。以《走索者》來說，出版於民國五十一年，王

憲陽才二十一歲。這冊詩集衡諸當時，也算才氣橫溢之作。譬如〈雨季〉一首中：

> 而我雨季寫著荷色的書箋，也懶貼上郵票
> 閣樓上，夢像蝸牛，那女孩子在山崖踱步。

　　這種佳句俯拾即是，這放肆的聯想，簡潔俐落的語氣，使靈氣飛舞。如果將聯想稍收束些，如〈夏天，蟬子總是鳴著〉就成為佳構。

> 在夏天，蟬子在印度紫檀樹上鳴著
> 就在童年時，我們常在這樹下玩著迷藏
> 藉濃陰，畫著去阿拉伯的地圖
>
> 而年年夏天，蟬子總是在樹上鳴著
> 印度紫檀樹的蔭影已縮小了
> 我們去阿拉伯的月夜採棗子的路也生疏了
> 我們也不能再到紫檀樹下玩著迷藏
>
> 在夏天，我總想起把鼻涕揩在樹柯上的日子
> 　　蟬聲總是響著，響著

　　一種家鄉情調蕩漾迴旋，交錯著「印度」、「阿拉伯」的異鄉情調。另外，〈水手〉一輯中，最能見出放肆的想像。

> 星子落得光光，學著含羞草的哲學
> 古老的羅盤已失去北極的磁性

　　這種佳句也俯拾即是。沒有星子，居然是「含羞」，這是可遇

不可求的靈感火花。

　　《千燈》在九年後推出，王憲陽的詩只要落向生活，他的意象就連串迸發，語氣俐落。

〈無歡草〉

> 無憂的稚臉仰著，左右的望我
> 喊著我往日每寸的影子映照回來
> 豪語摺成紙船，流過細小的指間
>
> 掌上的厚繭摸不著沒有風沙的
> 歲月顏面，垂紋網著一手的困意
> 將扶之，攜之，由風雨中去

　　無憂的小孩望著父親的姿態活靈活現，喊著時父親落入回憶，在年輕時沒有小孩曾有「豪語」，但現在已「摺成」小孩子的「紙船」了，為了子女而犧牲，手上長了「厚繭」非常疲累，也無法了解子女未經「風沙」的心，只是充滿了在風雨中「扶之，攜之」的決心。寫現實生活，非常靈動。

　　從這方向看，《千燈》展現了一種可貴的企圖，這鄉土當然也是中國。

　　奇怪的，《千燈》中的旅遊詩又延續了《走索者》水手的斷想。離開枯燥繁瑣的教學生涯，擁抱生活，似乎也成為詩的出路。

> 亦是父親當兵的海外
> 戰爭的烽火燒焦雙眉
> 一則悲劇
> 髑髏的海外

如今都縮小在鵝鑾鼻
僅可目及的海外

　　王憲陽後來去擁抱他的生活，用愛心生活，並學習領悟生活。
《愛心集》是泰戈爾式的格言詩，這可看出詩語大規模轉換的企
圖。對他來說，愛心猶如：

把簷鈴繫在塔上
讓流浪的風留下痕跡

　　他用生活寫詩，也用詩寫生活，愛心是他的原動力。他的詩
語也走向簡樸凝重。

第八節　黃勁連鹽巴的眼淚

　　黃勁連（一九四七～），國立成功大學台灣文學研究所碩士。原
名黃進蓮，台灣省台南縣人，文化大學中文系文藝組畢業，為三
十年代詩人邢光祖學生。曾與龔顯宗、羊子喬、吳德亮、王健壯
等創辦「主流詩社」，著有詩集《蟑螂的哲學》等，並與同學張芳
正創辦大漢出版社。主編叢書《現代散文大展》多種，為老師出
版《邢光祖文藝論集》，曾出版三十年代的《新文藝大系》八冊（節
略本），及傅東華編《文藝手冊》（原名《文學百題》）。現於家鄉主編
語文雜誌。
　　黃勁連的「少作」，成於十八歲的「悵悵台北街頭」，採取相
當素樸的口語，表達了乍到台北的恐慌與懷鄉症，已注重用排比
對照的詩句，經營音樂性效果。黃勁連善於彈吉他（及鋼琴），對
詩與人生的初戀，結晶於三句詩行：

　　只是讓暴怒的鬚髮
　　在雨中奏著
　　貝多芬的悲愴

另外兩句詩行，則是詩人描寫對都市的無力感：

　　風的浪言浪語
　　如何強暴我們的信仰

　　這五句詩行，總結了詩人對詩的一種心靈態度。對詩作堅持
音樂性；對都市懷有畏懼卻又必須投身的矛盾情結，而鄉土無疑
是詩人的終極關懷及「信仰」。由以上兩點看來，詩人近年創造「台
語歌詩」，實非偶然。

　　這裡生活性的口語，帶有韻味的腔調，在五年後，把作者帶
入創作的高峰，以〈季節〉一首冠軍整冊詩集，獨創性令人眼目
一新，作者如能堅持這種風格，無疑將為詩壇創造出一個巨大的
聲音。

　　季節　為何總是
　　那種顏色　黏黏膩膩的
　　而且瞪著死魚翻白的眼
　　而且哭喪著臉
　　我是不會在乎的
　　既然我已斷了臂
　　我是不會在乎
　　那衣袖又虛又長

　　不過在同時期，有些作品已顯出有些口語與古典語言之間的

糾纏，詩人帶著醉意地跌入了古典世界的渦漩，縈繞著古典語言的魅力。有些詩句轉化度不夠，如同割裂古典詩詞而為現代詩。這種古典風可由詩人第一冊詩集《蓮花落》的書名看出來，較好的抒情詩作如〈三月〉等，收在該冊詩集中。

《蟑螂的哲學》有「繁華落盡見真淳」的意味，洗盡了古典詩詞生硬的濃粧艷抹，重拾生活語言的純真自然。這部分與古典期中間有十一年的空白，依作者所說，當是「在風塵中打滾……遠離文學的領域。」實際拚命討生活的一段日子，生活為了歷練，「悵悵於青紅燈閃爍的台北街頭」。在南來北返的困頓之旅中，家鄉的憶影痕深，古典語言的格格不入，是可以想見的。詩人重拾色調純樸的畫筆，聲音激昂且雄辯，宣示詩情仍在熊熊燃燒。詩中的音樂性渾然天成，詩思奔放，由反覆的語言造成連綿的節奏感，像〈蟑螂的哲學〉的諷刺詩作，機關槍式的口語道白，俚味十足，趣味橫溢，相當精采。這輯的主要特色，已不太注重詩語的錘鍊，所以見不到如〈三月〉及〈季節〉等那樣凝鍊緊密的詩，而把詩思轉向生活的調頻網播音，去懷思鄉土，抗斥現代文明，關切政治社會。不再精雕細琢，用生活的語言寫給實際在生活中的大眾，語言之腔調充滿真摯與熱情，有獨特的個性魅力。或許這就是十一年的生活掙扎，磨洗而來。只是有時語言為造成音樂性，反復重疊，稍嫌鬆散，像〈好天氣〉這樣能及時抑制語鋒，就顯得相當難得。然而作者的詩才也時而掩映在這種槍口式的道白中。

夜已央，意也央
把誠意築向天庭吧
當最後的紙箔燒起　阿龍

　　阿兄和你將被普渡

　　這樣的生活調頻網，再無法依詩行的多寡來「計算」詩的濃
度。雖然佳句如星光閃爍，也有許多生動的意象，但只能轉向「佳
篇」去尋求，在這裡才可以見到詩人濃烈的熱愛與漂泊的鄉愁。

　　詩人對音樂性的執著，不肯稍加放鬆，有時音樂性的語言在
比重上壓倒了意象語。看來音樂性的語言還可以有別的發展——
寫「台語歌詩」，口語道白顯得更順溜，字詞也更加精鍊，詩意濃
成沙啞的悠悠千回。相信用台語讀起來，定然更加回腸盪氣，能
夠直抒草根人生活的滄桑感。如〈天光啊〉、〈鞋破底原在〉等，
對眼前景象鮮活地描寫，生動的意象，承載轉化了詩人內心深處
的情感，成為晶瑩剔透的象徵。詩人多年來的奔波、苦思、關注，
這裡像是黃河出海口，滔滔奔勢不絕，這方面的成就是可以肯定
的。詩人以熟悉的母語寫作，這座「生活調頻網」當更具感染力，
詩人至此好像找到了「文學的鹽巴」。

　　海德格說：「語言在閒談、標語和成語底誤用中，摧毀了我們
朝向事物的真實關係。」詩人珍惜語言，因為他珍惜他所經驗到
的一個語言世界；詩人了解語言的力量，他說：

　　　被語言的碎片傷害
　　　無法癒合的傷口
　　　在時間之流
　　　變成多大的傷害

　　以上詩句，或許為詩人自感被流言所傷，「語言的傷害」亦為
詩集中的佳作；閒談以及流言，卻均的確破壞了、摧毀了人際的
真實關係。這種語言經驗若能轉成自覺，正因為在生活經驗中，

我們「總是」被語言的碎片傷害，有這種「總是」無法癒合的傷口，所以我們需要恢復語言的活力，需要詩，需要好詩。

　　詩人的創作高峰，一是在民國五十九年，一是在民國七十六年以後。七十年前後的作品較乏代表作，有些像馬拉松前的熱身賽；七十六年以後，則展開現代詩與台語歌詩兩方面的雄圖。第一次高峰靈光一閃，未能匯成巨流，殊為可惜；第二次高峰雄辯滔滔，大有山雨欲來風滿樓之勢。詩使語言有可能性，「不學詩，無以言」，若是將〈季節〉這種知感交融的凝鍊度，帶入近年的詩作中，產生的將不只是激辯，而更有雄渾感；欣喜的是，我們已看到有些這樣的詩作。另一方面，台語歌詩如〈天光啊〉：

> 目睭金金　首先
> 看見貓霧光的天色
> 是吱喳叫的曆角鳥
> 閣來是牛稠牟牟叫的牛

　　聲音上也有國語及台語共振的「複調」趣味。台語詩如果不失去意象的演出，可以更增加讀音的豐富，以及生活的感覺。這就是「母語」，其實是指母音，母語仍然是漢字。

第七章　七十年代：敘事與多元

新詩發展的可能性，抒情也是一種體驗，由直覺的感受、到反省、回憶，達到經驗的綜合，這都可以達到經驗的深度、廣度和高度。但是我們不要忘記，詩的語言並非祇是傳達的媒介，語言本身也有物質性，甚至它是動態的流動，因此到最後我們就到達字詞的深度。

七十年代初詩社林立，如龍族詩社、主流詩社、大地詩社等等，各大學陸續成立詩社。新詩也展開大規模的論戰，余光中向虛無再見，洛夫也從容自如地談起傳統。七十年代是學院詩人羣起的階段，有的延續古典，有的將觸角伸向現實、鄉土，到七十年代中後，敘事詩的風潮興起，中國時報副刊繼國軍文藝長詩獎設立敘事詩獎。在西方先開始的文類是抒情詩、史詩、戲劇，史詩也就是現在的小說類，而敘事詩則歸屬抒情－史詩類，換言之，敘事詩是抒情與事件的結合，所以敘事詩仍要考慮語言本身的凝結力，產生結晶化作用。

第一節　詩論的爆發

七十年代一開始，教育部通過台灣大學設立比較文學博士班，葉維廉及胡耀恆均應朱立民、顏元叔等之邀為一年的客座副教授，淡江大學（當時是淡江文理學院）也設立比較文學課程，隨後出版致力於比較研究的英文學術性期刊《淡江文學評論》[1]，後不

---

[1] 朱立民〈比較文學的墾拓在臺灣〉，王津平譯，為古添洪、陳慧樺編著《比

久，文化大學（當時為中國文化學院）中文系文藝組也由邢光祖、趙
滋蕃先後開設比較文學課程。外文系學者開始了理論的專業時代。

文化與生活

　　一九七〇年，辛牧、施善繼、蕭蕭發起《龍族》詩社，陳芳
明、蘇紹蓮、林佛兒、景翔、喬林陸續加入，施善繼寫下「敲我
們自己的鑼，打我們自己的鼓，舞我們自己的龍。」成為該社信
念。[2] 有關傑明〈中國現代詩人的困境〉和〈中國現代詩的幻境〉
兩篇（一九七二）文章，都是批評西化與晦澀。（同上，四十三頁）一
九七三年，高上秦（高信疆）主編《龍族評論專號》出版在〈探索
與回顧〉中說：「以羣眾沒有鑑賞力來喝斥我們的社會，以沒有詩
的才情來貶抑我們有心求知的讀者，這不僅不是倡導文學、倡導
詩，簡直是扼殺了詩的一切可能。的確，藝術並不是一種唬嚇的
工具，藉著它來壓低別人以抬高自己；相反的，它是一種共同的
提昇之力，一種關懷，一種愛。」（同上，五十三頁）以愛與關懷，
精神向上提升的力量，來反對過度的西化與晦澀，理由正當。陳
芳明也說：「過去的詩人太過份強調『橫的移植』忽視了『縱的繼
承』，才漸漸引導詩走向西化的道路上，終至演成矯枉過正的局
面。」（同上，五十四頁）縱與橫要「十字打開」。唐文標先發表〈僵
斃的現代詩〉和〈詩的沒落〉等文章，又在《龍族評論專號》發
表〈什麼時代什麼地方什麼人〉，演成「唐文標事件」。這幾篇有
一個共同的觀點：詩須有社會性的功用，詩必須為羣眾服務；現

　　較文學的墾拓在臺灣》〈序〉，（台北：東大，1976）。
[2] 陳芳明《詩和現實》，（台北：洪範，1977），PP.199-200。

代詩脫離了社會與羣眾。[3] 社會性的功用到底是現實性的，還是理想性的？顏文叔批評他「從社會學看文學」，是「社會功利主義」。（同上，二一二頁）

理論的拓清

文學研究的專業化開始，便進入理論爆發的階段。陳世驤（一九一二～一九七一）在三十年代就與阿克頓合編《中國詩選》，譯介中國新詩給西洋讀者。後赴美研究西洋文學批評，並任教於加州柏克萊大學，在創作和研究上受他鼓舞的包括張愛玲、聶華苓、瘂弦、商禽、葉珊，逝後，中文著述結集為《陳世驤文存》，除介紹存在主義與拓清老子《道德經敦煌殘卷》外，拓清中國詩之原始觀念最多，在〈時間和律度在中國詩中之示意作用〉中分析李商隱的〈錦瑟〉，認為傳統解釋的「悼亡和自傷都可說是詩中的成份，但不是詩本身生命之所在。」[4]「此詩的境界擴到無窮的宇宙時空無限的變幻之後，終歸一個情字的直感。」（同上，一一三頁）

尤其在〈原興：兼論中國文學特質〉一篇中，「『興』或可譯為 motif，且在其功用中可見有詩學上所謂複沓（burden）、疊覆（refrain），尤其是反覆迴增法（incremental repetitions）的本質（同上，二二七頁）。」而他在分析《小雅·出車》的興句「喓喓草蟲，趯趯阜螽」時，說「微小的昆蟲有限的活躍和細弱的聲音本來象徵的是原野裡行役兵士的渺小，但此地因戰後復歸自然常態，象徵的卻又是重見妻子的征人。思婦本習於獨自傾聽獨自觀看草蟲與

---

[3] 顏元叔《鳥呼風》，（台北：時報，1971），P.209。

[4] 陳世驤《陳世驤文存》，（台北：志文，1972），P.111。

螽斯，如今因為良人歸來，也能和他安詳和平地一起傾聽一起觀看，重度常態生活。他們『悄悄』的憂心一轉而為歡喜，以草蟲『喓喓』的鳴唱為象徵。以這兩個興句做基礎重讀出車，我們發現全詩六章裡許多韻律都滙歸於一系列振盪的意旨，時而並行，時而比照，維持彼此緊密的關係。『喓』字的讀音使我們回想到原始舞蹈時人們發出的激動的呼聲，此即初民聚舞的主調，亦即此詩的主調。」（同上，二五四～二五五頁）此兩句為興句，是以興為象徵了，如果「草蟲」、「阜螽」可以為象徵，就是象徵主義的技法。

國軍新文藝金像獎自一九六五年開始，也設立長詩獎，愛國的情感、頌歌的形式，戰鬥的詩篇，這是在復興中國文化的號召下，也邀請學者前往講演。邢光祖（一九一七～一九九三）是徐志摩的學生，在題為〈中國文學欣賞〉的講演中：「自古以來我們沒有諸如希臘荷馬、印度 Ramayana Mohabharata 長達幾千行的史詩，祇有諸如〈孔雀東南飛〉、〈圓圓曲〉等故事詩，且抒情的成分勝於故事的描述。……抒情是直覺的表現，而中華民族適是直覺的民族，所以中國可說是一個抒情詩的國度。」[5] 中國多抒情詩而沒有史詩，即使有故事詩，但「抒情的成分勝於故事的描述」。

邢光祖嘗試開拓中國文藝文學，在《邢光祖文藝論集》即詩論著作中，〈興、觀、羣、怨——孔子的詩學〉中，「『興』未必是『興於詩』《論語·泰伯篇》一句裡『興即起』的意義，……『興』不過是『動人』（to more）之意。如果把『興』釋作『動人』，詩人

---

5 邢光祖〈中國文學欣賞〉收入鄭騫等著〈談文學〉，（台北：三民，1973），PP.21-23。

必定外感於物而後心動於中，是受到外物或事的感動而作詩。」[6]
孔子的「興」義不見得與《詩經》的「興」義相合，但釋為「動
人」卻隱隱如陳世驤的「興」義。在〈我國現代詩的傳統〉一文
中引艾略特之言：「艾略特說理詩的歷史衍變的陳跡，是肇始於十
三至十四世紀的義大利，經由十七世紀的英國，傳至十九世紀自
鮑特萊（Charles Baudelaire）以至於象徵主義的法國。」（同上，三〇
五頁），那麼紀弦所謂的「主知」是有源有本的，現代詩是說理詩。
又說：「一般現代詩人從自性的隱匿抵於自性的再見，又從自性的
再見抵於自性的迷失，再從自性的迷失抵於自性的飄泊，幾乎始
終沒有一個著落。在西洋，幾乎所有的現代詩人，從過去以至現
在，都感到他們『靈魂的劇場』是空虛的」。（同上，三一五頁）那
麼，自覃子豪以來提倡「中國型的詩風」，余光中、鄭愁予、楊牧
包括回歸後的洛夫等等，大約都在「充實」靈魂的劇場。

　　從小在德國長大的趙滋蕃（一九二四～一九八六）在五十年代擔
任亞洲出版社總編輯和《亞洲畫報》總編輯，為著名小說家，並
有七千多行的詩劇《旋風交響曲》，六十年代任中央日報主筆和中
國文化大學中文系文藝組教授。在〈析烏衣巷〉一文中說：「英語
世界龐德（Ezra Loomis Pound）等現代派詩人，所倡導的寫象主義，
把自己局限於外在世界的圖畫裡，反對神祕曖昧，特別注重心象
的鮮明表現者，應從劉禹錫詩篇中找到千載前歷史的範例。詩人
以蒼鷹之眼，看入幽深，在尋常事物中看出迥異尋常的意義；把
只屬於烏衣弟子的象徵普遍化為歷史的象徵；在一堆零亂景物中

---

[6] 邢光祖《邢光祖文藝論集》，（台北：大漢，1977），P.66。

找到了人間的秩序，這就創造了作品的絃外意象。」[7]這就把意
象派的詩與劉禹錫的〈烏衣巷〉融合，並且注重絃外意象。什麼
是絃外意象呢？在解釋劉勰《文心雕龍‧比興》所謂「故比者，
附也；興者，起也。附理者切類以指事，起情者依微以擬義。」
趙滋蕃說：「故廣義言之，『寓理於象』的象徵，與『擬人和托物』
的隱喻，差別甚微。但狹義言之，『寫物以附義，颺言以切事』的
比喻，只算修辭學上的局部事體；而憑依兩物之間的微妙關係，
凸現的『依微擬義』的象徵，卻可應用於作品的整體。蓋象徵
（symbol）源自希臘文動詞（symballein）意即湊合一起，且湊合得
天衣無縫。當我們用可感覺的記號，來代替超感覺的事實，且使
兩者契合無間時；或我們用可感覺的事物來闡明那些本身僅能用
抽象思想把握住的精神事物，且解釋得含蓄而富暗示性時，我們
就叫這種意識活動為象徵。」（同上，七十一頁）顯見與陳世驤以興
為象徵的看法相同，且把隱喻與象徵的關係說清楚。

　　在〈論象徵〉一文中，他進一步說：「隱喻的美感特質，是用
換喻法間接講述，使心中之事，經過逐一比喻，而能獲得貼切本
義的某種心象。感情的互譯植根於互比，故比較顯明。而象徵的
美感特質卻植根於直觀或頓悟，故比較隱晦。」[8]其實如果用大
量的換喻法，而不互比，不見得較為顯明，就接近超現實主義的
詩法；而象徵所植根的直觀或頓悟，也可同意於邢光祖「抒情是
直覺的表現」一語了。他展開精神分析文評：「有時在個人潛意識
層面，自由地組合印象內容，這種心靈能力，就是文學家的想像，

---

[7] 趙滋蕃《文學與美學》，（台北：道聲，1978），PP.62-63。

[8] 趙滋蕃《文學原理》，（台北：東大，1988），P.193。

有時在集體潛意識層面重現遠古遺留下來的心靈圖象，容格將這些構成集體潛意識的材料，叫做原型（archetype），原型是人類心靈的基礎結構，比有史的人類還古老。原型可說是人類普遍的象徵。」（同上，一六頁）他運用原型精神分析來分析《西遊記》中孫悟空與豬八戒的人物性格。

顏元叔（一九三三～）於一九六九年接台灣大學外文系主任，他在〈詩的經驗格式〉一文說明：「詩都處理著人生的經驗，有些詩的經驗已成格式，故可為詩的經驗格式；有的詩的經驗則未成格式，只是一團特殊的經驗。所謂經驗格式，是指經驗已經形成一種架構，而這個架構可以容納其他類似的經驗……」[9] 人生經驗是混雜的，詩的經驗必須沈澱成一個格式，否則只是日常經驗而已。他在〈朝向一個文學理論的建立〉中，更為說他提出的「文學是哲學的戲劇化」的命題，而提出「定向疊景」（directional perspective）來解說，其實直譯就是「定向透視」。「『定向疊景』是指一個字或辭，一個意象，或一部作品的全部，其本義與影射，即一切在意義上（thematic）或形式上（formal）的潛能，都被作者控制起來，投向某一特定的方向。」（同上，七十九頁）把文學提到哲學層次，就不免是黑格爾式的，文學為表，哲學為裡了。即使主知的說理詩，仍以詩為主，融入說理；另外，抒情詩也可以是一種經驗格式。不過，他的「定向疊景」如果放在詩上，能不能說是象徵呢？他只在另一個命題「文學批評人生」中說明阿諾德式的人文主義立場，並說「有人認為最佳的英美詩人是史蒂汶士（Wallace Stevens），而史蒂汶士的詩全是對人生的哲學沈思。」（八

---

[9] 顏元叔《顏元叔自選集》，（台北：黎明，1975），P.13。

十四頁）那麼我們在四十年代馮至、穆旦、鄭敏乃至五十年代的覃子豪，就有哲理詩的傳統。在他翻譯的《西洋文學批評史》中，有葉慈信仰的三大原則，「幾乎全是神祕力的基礎」：「（一）我們心靈的邊際是遊移的，許多心靈可以互相滙流，以形成或揭露一個單獨的心靈，一個單獨的能量。（二）我們的記憶的邊緣是遊移的，我們的記憶是一個偉大的記憶的一部分，這個偉大的記憶是自然本身的記憶。（三）這個偉大的心靈與偉大的記憶，可用象徵呼喚醒來。」[10] 葉慈固然在詩中要塑造獨有的象徵系統，「偉大的記憶」也可以屬於民族、神話或人類的記憶了。他除介紹新批評外，也介紹神話基型批評。

　　劉若愚是史丹福大學亞洲語言系主任以及漢學教授，他在〈意象與象徵〉一長文中說：「除非一個意象被賦與普遍的意義，否則只是重複出現並不使它成為象徵。第二，象徵是被選來表現某種抽象意念的一個具體的事物。……象徵是表現精神經驗或抽象觀念的具體事物。」[11] 這樣，意象與象徵的區分是很清楚的。另外，他把中國傳統文學批評分為六類：形上理論、決定理論、表現理論、技巧理論、美學理論和實用理論，在「形上理論」中引王夫之（一六一九～一六九二）：「情（感情、內在經驗）景（景象、外在世界）各為二，而實不可離。神與詩者，妙合無垠，巧者則有情中景，景中情。」而說王夫之：「他主張『內在經驗』和『外在世界』只是我們用以指稱存在之兩面的兩種名稱而已非為兩種不同的實

---

[10] 衛姆塞特、布魯克斯《西洋文學批評史》，顏元叔譯（台北：志文，1975），
　　P.552。

[11] 劉若愚《中國詩學》，杜國清譯，（台北：幼獅文化，1977），PP.153-155。

體。……王夫之類似嚴羽及其他形上理論批評家之處在於：一、他對藝術過程第一階段之重視。此一階段被認為是詩人心靈與宇宙法則的一種直覺合一。二、他對靈感而非有意識之技巧的提倡。三、他對具有言外之意的詩篇之贊賞。」[12] 既是直覺的、靈感的，當然也可能有潛意識的，故象徵主義或超現實主義均適用，心與物交融，也無法分清心與物。這樣，六十年代葉維廉說得較大膽處也可以說得通了。

　　高信疆（高上秦，一九四四～二〇〇九）出身龍族詩社（一九七一），接編人間副刊，編輯羣中有羅智成、劉克襄、焦桐後加入等。設立時報文學獎中有敘事詩獎鼓動風潮，引動七十年代詩人對這中國詩除卻〈孔雀東南飛〉和〈圓圓曲〉少數作品外，素來缺乏雄渾創作的文類進軍。由於係大報創辦，頗受矚目，加上國軍新文藝長詩獎的呼應，向陽〈霧社〉，楊澤〈蔗田間的旅程〉，羅智成〈一九七九〉，白靈〈黑洞〉、〈大黃河〉，趙衛民〈夸父傳〉、〈文丞相〉、〈后羿傳〉及陳黎等鉅製，在敘事詩或長詩上引動七十年代詩人的創作能量。瘂弦接編聯合報副刊，編輯羣中亦有詩人羣，陳義芝出身《詩人季刊》，趙衛民出身《藍星》、侯吉諒出身《創世紀》、林煥彰出身《龍族》等。另詩人商禽擔任《時報周刊》，向陽也應邀擔任編輯。一時詩壇熱鬧異常。

學術專業化

　　古添洪（一九四五～）著有詩集《剪裁》，是大地詩社（一九七二）成員，大地詩社可說是最學院派的。張錯（翱翱）、古添洪自

---

[12] 劉若愚《中國人的文學觀念》，賴春燕譯，（台北：成文，1977），PP.64-66。

己、陳慧樺、王潤華、李弦、陳芳明、林明德、林鋒雄等都在大學時寫詩，後來忙於治學而詩作慢慢減少，可見學術專業化的趨向，後來都成為學者，該社尚有淡瑩、翔翎、陳黎、林錫嘉、黃郁銓（已歿）等。古添洪獲台灣大學比較文學博士，他在〈寫實心態與即物手法的傳統〉一文中：「『寫實心態與即物手法』是一基本的創作態度，可與其他的層次──如社會性、象徵性第結合起來；它的領域可伸到各階層而成為無涯無岸。……他（指葉維廉）在《秩序的生長》一書中最後一行所追求的詩風的自白──我既是中國人……，自然的會以外象的跡線映入內心的這種表現為依歸──與筆者在這裏所闡明的『寫實心態與即物手法』幾乎是殊言而同指的。」[13] 雖是「殊言而同指」，可是他引鍾嶸批評郭璞的遊仙時：「但遊仙之才，詞多慷慨，乖遠玄宗，其云奈何虎豹姿，又云戢翼棲榛梗，乃是坎壈詠懷，非列仙之趣也。」恐怕不易贊成超現實主義。此書中已有〈唐傳奇的結構分析〉，即運用結構主義來討論唐傳奇了。他除〈中國神話研究書目提要〉外，另有運用容格原始類型學說來分析后羿神話殺猰貐、鑿齒、九嬰、大風、封豨、脩蛇事件：「這六種怪獸就形狀而言，確實配稱『Bad Animal』，其神話功能即是以象徵手法獲得對慾望的象徵克服。」[14] 六種怪獸是內心的邪惡動物，簡言之，欲望，要象徵地克服欲望。後來，他研究符號學。

　　陳慧樺（一九四二～）著有詩集《多角城》、《雲想和山茶》。在《文學創作與神思》中他關注雄偉風格，有〈中西文學裡的雄偉

---

[13] 古添洪《比較文學、現代詩》，（台北：國家，1976），P.190。
[14] 古添洪《探索在古典的路上》，（台北：普天，1977），PP.23-24。

觀念〉及〈莊子的詞章與雄偉風格〉，對此有專論的，三十年代有
梁宗岱、朱光潛，同時邢光祖和趙滋蕃均有長論，此處不綴。他
由神話的觀點分析現代詩，在〈從神話的觀點看現代詩〉中：「〈十
二星象〉這首長詩主要是寫性交的場面是不會錯的……這首詩處
理的是『生死與再生』這個神話原型。」[15] 另以夸父追日的神話
來分析大荒的〈夸父〉一詩。後與古添洪合編《從比較神話到文
學》一書[16]，介紹文學批評的神話基型學派，七十年代的天空籠
罩著神話。

　　張漢良（一九四五～）獲比較文學博士，詩論專著《現代論論
衡》頗有代表性。在〈論詩的意象〉一文中引批評家肯尼斯・柏
克（Kenneth Burke）的話討論：「『討論意象羣而不涉及象徵是不可
能的。』詩人往往由心理和喻詞意象出發，進入象徵意象；透過
象徵體系，而呈現出他的靈視（vision）。」[17] 可說與趙滋蕃的觀念
是較緊密的一致了。在〈論詩中夢的結構〉中引李白詩：「詩人超
越時空的聯想手法實無異於夢的意象與事件的聯想過程……詩和
夢一樣能作為遂夢的工具，因為詩與夢均表現出個人的欲望與衝
突。這正是佛洛伊德的夢即遂願說。由於夢者與外在現實隔離，
他內在的緊張與壓抑的潛意識衝力，得以夢的象徵方式，獲得代
替性的發洩。」（同上，三十六頁）詩和夢都是滿足願望的工具，使
潛意識的壓力得以發洩，他討論的不僅是佛洛伊德，也包含卡爾・
容格與約瑟夫・坎貝爾（Joseph Campbell）。在〈中國現代詩的「超

---

[15] 陳慧樺《文學創作與神思》，（台北：國家，1976），P.284。

[16] 古添洪、陳慧樺《從比較神話到文學》，（台北：東大，1977）。

[17] 張漢良《現代詩論衡》，（台北：幼獅，1977），P.25。

現實主義風潮」〉一文中：「大部分現代詩人對法國超現實主義運動的語言危機與形上危機缺乏瞭解，……一九五〇年的台灣是一小高潮。詩人要求從權威（包括傳統、父親、上帝、天主教教皇等形象）以及傳達權威的、預設的語言中解放出來，這種形而上的焦慮，在二十世紀初的法國與中國有極類似的平行發展……。」[18] 並說明中國現代詩的超現實主義大約在一九五六年至一九六五年間。〈唐傳奇「南陽士人」的結構分析〉是功力的表現，他此後除致力於雅克布遜所開發的結構詩學外，也提及七十年代末的讀者反應理論及後結構主義思潮。

　　鄭樹森（一九五〇～）在政治大學英語系曾寫詩，並參加〈文學季刊〉編務。後獲加州聖地牙哥大學比較文學博士，曾任教聖地牙哥大學，現任教香港科技大學。在博士班就讀時即撰寫〈『具體性』與唐詩的自然意象〉，經由文學理論、統計、翻譯及語言學的討論，指出句法與詞類的彈性使得多義性在唐詩裡相當普遍。如李白的「梨花白雪香」除每一個字均為名詞外，「香」字還可以是形容詞，「白雪般的芳香」就造成通感（synthesia），「香」字還可作動詞，讀法則成「梨花香白雪」。[19] 結論是「龐德需要打破英文句法的固有組織，才能做到具體意象的並置和視覺性的突出。但是這對唐詩是相當普遍的，文言語法和詞類的彈性，除了製造出多義性，還把視覺尖銳化。」（同上，一八六頁），大體上呼應了葉維廉的說法。《文學理論與比較文學》此書談文學理論、比較文學、結構主義、現象學、現代主義論辯，在文學評論上的討論，

[18] 張漢良《比較文學理論與實踐》，（台北：東大，1986），P.86。
[19] 鄭樹森《文學理論與比較文學》，（台北：時報，1982），P.183。

關懷面廣，功力沈潛，一出版即受各方囑目。在七十年代即撰寫
〈選擇／組合：類同性／接連性——雅克慎與語言兩軸〉，他與周
英雄合編《結構主義的理論及詮釋學與實踐》，他自己即運用托鐸
洛夫（Tzvetan Todorov）以語言的句型來說明故事的共通模式，和羅
蘭·巴特運用語碼的解析方式。[20] 另編《現象學與文學批評》，
在〈前言〉中綜合掃描英美學界對現象學、詮釋學與詩學的看法
[21]，令人目不暇給。

　　傅孝先在《困學集——西洋文學散論》用近二百頁的篇幅，
談現代詩的本質和源流、形上的比喻、田園詩風、意象派及詩人
的成長。在〈意象派：現代詩的先河〉這篇文章裡，他認為意象
派與象徵派的區別相當明顯：「意象派是古典性的、客觀的、強調
明確、直接，意象本身便是一切，一切含攝在意象中；象徵派則
是浪漫性的、主觀的，強調暗示、間接（馬拉美 Mallarme 說一個清晰
的觀念不是觀念）；又說指明乃是毀滅，暗示方是創造。象徵（Symbol）
本身只是一種媒介，一切存在於象徵之外。意象派得自於象徵派
最主要的一點是確認在詩的藝術中聯想和譬喻有莫大的功能。」[22]
用「之內」、「之外」來區別意象派和象徵派也算別出心裁，那麼
前者「象就是意」，後者「象外見意」。

餘波盪漾

　　夏志清在〈《林以亮詩話》序〉（一九七六）中曾提到四十年代

[20] 周英雄、鄭樹森合編《結構主義的理論與實踐》，（台北，黎明，1980），
　　PP.163-176。
[21] 鄭樹森《現象學與文學批評》，（台北：東大，1984），PP.1-32。
[22] 傅孝先《西洋文學散論——困學集》，（台北：時報，1979），P.276。

詩人：「前年香港大學、香港中文大學聯合出版的《現代中國詩選》
（上下冊，張曼儀、黃俊東等八位學人合編），選進了不少四十年代新
興的詩人……（抗戰）勝利後，學院比較享盛名的要算是西南聯大
出身的穆旦、杜運燮、鄭敏女士……勝利後我在北大教書，結識
一位同事袁可嘉，也是西南聯大高材生……。」[23] 這大概是台灣
繼葉維廉、林以亮之後又提到四十年代的。林以亮是四十年代詩
人，認為二次大戰期中國出現的一批新詩人間，「其中最凸出的是
王佐良、杜運燮和穆旦。」（同上，一七六頁）

他在〈追念錢鍾書〉一文，論及：「『文學』是主，『研究』是
賓，現在的趨向是喧賓奪主造成本末倒置的現象。」（同上，一八五
頁）使得以文學批評起家的顏元叔以〈印象主義的復辟〉一文回
擊。說：「錢鍾書的《談藝錄》是一部現代人的舊式書，一部詩話
而已。夏以這部書作為標準，否定一切現代文學研究，這好像小
腦說話，與大腦未曾取得連繫。」[24] 夏志清又以〈勸學篇〉回擊。
趙滋蕃〈平心論印象批評〉長文為印象批評溯源，建議「在選擇
批評作品時，酌量採用托爾斯泰《藝術論》裡邊的若干樸素論點，
作為主導的觀點。」[25] 並且斷言：「印象批評家應斷然以受作品
感動的強弱大小，作為選擇批評對象的自我依據。樸實真摯的人，
往往具有正常的心態去接受藝術的感染。」（同上，五十五頁）為「詩
話」的印象批評，下了中肯的結論。

陳黎（一九五四～）於八十年代譯《聶魯達詩精選集》多種。

---

[23] 夏志清《人的文學》，（台北：純文學，1977），P.185。

[24] 同註3，P.222。

[25] 同註7，P.54。

莫渝（一九四七～），著有詩集《無語的春天》，譯韓波《在地獄裏
一季》、《馬拉美詩選》、《法國古詩選》、《法國十九世紀詩選》等
多種。

　　七十年代，詩社的爆發、詩論的爆發，詩人與學者逐漸分流。
原在六十年代末寫詩的詩人，在七十年代成了學者。七十年代的
詩人進入報社、雜誌社、出版社工作，部分在八、九十年代也陸
續進入學術界。

第二節　渡也的機鋒與趣味

　　渡也（一九五三～），本名陳啟佑，台灣嘉義人，中國文化大學
文學博士。曾任國立彰化師範大學國文系所教授，退休後，現任
實踐大學應用中文系教授。曾為《創世紀》詩社、《台灣詩學》季
刊社同仁，獲中央日報新詩首獎等。著有詩集《手套與愛》、《陽
光的眼睛》、《憤怒的葡萄》等及詩論集《新詩形式設計的美學》
等多種。

　　渡也年輕時即以短詩〈雨中的電話亭〉令人驚豔。

> 突然
> 以思想擊響閃電的
> 鮮血淋漓的玫瑰啊
> 凋萎

　　〈雨中的電話亭〉本身有即景的趣味。「突然」是好像有事要
發生，然後空行，如小說家布置懸疑，引起讀者的期待。能夠「以
思想擊響閃電的」，這思想當然有驚人的力量，「閃電」也呼應雨
中的情景，構成一可能的氛圍。但這思想卻是「鮮血淋漓的玫瑰」，

不是紅豔欲滴的玫瑰，以「鮮血淋漓」呼應紅玫瑰的色澤。「鮮血淋漓」也是痛苦至極，由此沈痛引發思想，居然可以「擊響閃電」，故不僅是思想有力量，根由是痛苦的力量。也就是痛苦到「凋萎」。詩人把痛苦寄託給玫瑰，必定是在說電話時發生了什麼事，使他有死去的感覺。這首詩有戲劇性。

論者有以這首比擬威廉、卡洛斯、威廉斯的〈紅色手推車〉的，這首詩有「思想」兩字，並非〈紅色手推車〉那種目擊道存的味道。

〈手套與愛〉

桌上靜靜躺著一個黑體英文字

glove

我用它來抵抗生的寒冷

她放在桌上的那雙黑皮手套

遮住了第一個字母

正好讓愛完全流露出來

love

沒有音標

我們只能用沈默讀它

這首詩先由手套的英文字開始，「我」望著這個英文字來抵抗寒冷，「生的」兩字有些多餘。那只是個字，如何抵抗寒冷呢？這時，她「放」了一雙「黑皮手套」，正好遮住英文字的第一個字，手套就變成愛。「沒有音標」，還不會讀這個字嗎？這是國中生都會讀的字，故「沒有音標」實際指的是沈默。面對愛這個字，大家都在沈默中意會了。

這首詩依賴的是構想與機智。先構想桌上有手套這個字，然後她放手套的動作是有心還是無心，詩中並不交代，就留下想像的空間。但只要遮去英文的第一個字，「愛完全流露出來」，就達到此詩構想機巧的目的。

構想機巧，要引起多方的聯想。「愛完全流露出來」，卻只能在沈默中讀它，「沈默」與「讀」的矛盾語義就表現出來。

第三節　向陽的十行與方言

向陽（一九五四～）以融合傳統體悟與鄉土，兼現代感知和寫實之觀察為主，除形式之實驗外，亦寫台語詩，出版詩集《銀杏的仰望》、《種籽》、《十行集》、《心事》、《土地的歌》、《歲月》、《四季》多種。曾任靜宜大學、真理大學中文系講師、國立台北教育大學台灣文學研究所所長及自立晚報副刊主編、自立早報總主筆、〈時報周刊〉主編等職。獲政治大學新聞研究所博士。向陽曾結合苦苓、劉克襄、張雪映等創辦《陽光小集》，並曾以〈霧社〉長篇敘事詩獲時報文學獎、國立文藝獎等，頗受矚目。

向陽的詩，語氣簡勁俐落，形象鮮明，是其好處。除了敘事詩外，詩人亦嘗試「十行詩」體的建立，與方言詩的嘗試，兩者俱獲口碑。十行詩是詩人受古典詩形式的激發與反省，嘗試自鑄格律。此格律當然不能說是現代詩的定型，但嘗試在一定的形式中，激發詩語的能量，使能量壓縮而有意在言外的趣味。十行，楊牧先採用過此格式，這「形式」遂也是藝術經營的匠意所在了。

十行分兩段，可以產生強烈「對比的情境」（向陽語），故在〈水歌〉一首中，就可以「乾杯」和「隨意」的形式對比。

乾杯，二十年後

想必皆已老去，一如葉落

遍地。園中此時小徑藏幽

且讓我們聯袂

夜遊，掌起燈火

隨意。二十年前

猶是十分年輕，一如花開

繁枝。……

　　乾杯或隨意雖然都是喝酒的方式，在此卻構成對比，年輕時豪氣、乾杯，老去時養生、隨意，是喝酒的二種心情。而這是對友情的呼應，現在是去預想未來是「葉落遍地」，未來回憶現在是「花開繁枝」這都是對比。而無論現在的遙想或未來的回憶，所得到的結論是青春有限，為歡幾何。首先是掌燈火夜遊，有點「何不秉燭遊」的味道。而在西窗吟哦，「慢唱秋色」有些把時間延緩的意味。這首詩時間的跳動幅度大，隱喻鏈充分。如年輕時的所謂「小徑藏幽」，有點青春時的探索，但「明晨落紅勾雨」就有感傷青春短暫的味道，只好以西窗吟哦來珍惜，雖有些古典意象，但是十分口語化，故生動活潑。

　　同樣在〈小站〉中，也可以有季節與心境的對比：

彷彿還是去年秋天

被雨打濕了金黃羽翼的

故鄉的銀杏林下，那朵

畏縮地站在一抹陰翳蒼茫中

鮮紅的，小花

透過今春異地黃昏的車窗
望去：一隻鷺鶯
　　舞動著灰白的雙翅

　家鄉的景物，與異地的車窗，所見均是心境的象徵。心境就透過對比，而有了擴散的餘味。這就是在形式的高度壓縮下，筆有藏鋒的好處。

〈未歸〉

餘暉已緩緩將布坊的流漿染成
一片驚心，閣樓上許多機杼
碌碌織著窗頭暗啞的斜陽

自從去冬下廚總記得用雪花
當做調味的鹽巴，每道菜
都標出鞋的里程與風的級數

　餘暉在傳統意象中帶點淒涼無力感，而視覺意象能染色成心理意象的「驚心」，好像都在染布與「織」布中度過家常風味，雪花來調味，是一種艱辛，故而每道菜都歷經滄桑。「鞋的里程和風的級數」使不可見的滄桑可見。

　向陽率先提倡台語詩，也使台語的讀音換成漢字，在閱讀時有多一番轉換的趣味，就使筆致多一層複義。而且還把生活的滋味滲入詩中，如〈阿爹的飯包〉：

每一暝阮攏在想
阿爹的飯包到底啥麼款
早頓阮和兄哥呷包仔配豆乳

阿爹的飯包起碼也有一粒蛋

在詩中由食物的名詞意象，表現出生活的艱辛，由此感受到社會底層的生活。

第四節　陳義芝靈動的抒情

陳義芝（一九五三～），四川省忠縣人。於國立台灣師範大學國文系畢業後，曾主編《詩人季刊》，曾任聯合報副刊主編，並獲高雄師範大學國文研究所博士，現任國立台灣師範大學國文系副教授。他早期的詩能肯定古典傳統並面對現代社會，詩風節制厚實，語言流暢靈動，獲國家文藝獎、金鼎獎等多項獎項，著有《不能遺忘的遠方》、《遙遠之歌》等多種詩集、散文集及理論《聲納：台灣現代主義詩學流變》等。

後期的詩靈動、跳脫，有出人意表的意象演出，如在〈小島速寫〉一詩中：

> 海灣細緻的曲線
> 像提琴
> 岬角是滑脫待續的音符
>
> 潮浪吐著夢話
> 沙灘午眠了
> 啄人眼的陽光錯愕於出水的貝殼

將海灣擬人化，地形遂如「細緻的曲線」一樣可人，意象再一跳，既像提琴的曲線，又與樂音發生聯想，而「岬角」則從曲線中「滑脫」，好像樂音中斷，所以是「待續的音符」。從視覺到

聽覺轉得靈活而妙。潮浪再擬人化，潮水的聲音如人的夢語，陽
光「啄人眼」但照在貝殼上更加發亮。「錯愕」用得極佳，好像陽
光碰到比它還亮的東西，不禁「錯愕」起來。勾勒小島的風致，
相當迷人。

另外，在對情色的表現上，意象更是靈動不著痕跡。

> 妳坐我旁邊
>
> 像一尊瓷白的觀音
>
> 鼻頭沁一絲絲汗
>
> 蜜蜂剛剛飛走
>
> 柔軟的唇吐著金魚的話
>
> 距離如透明的玻璃缸
>
> 蔥白一樣的手指啊
>
> 應該捲進荷葉裡
>
> 還是棉被裡

「瓷白的觀音」既指膚質，「一尊」又彷彿神聖不可侵犯。「蜜
蜂剛剛飛走」，這一絲絲汗也彷彿甜得如蜜了。而唇吻如金魚般柔
軟，一下子蜜蜂，一下子金魚，形象如此跳躍。柔軟既如金魚的
游姿，復「吐出」那靈妙的語言。距離是「透明」得好像沒有距
離。「蔥白」的手指雖是常見的形容，但順著聯想，應該「捲進荷
葉」，這詩想復新奇，彷彿又有「吃」的欲望。再進一步，「棉被」
則有性欲望的遐想了。從「觀音」層層推進，到最後的遐思，含
蓄而未露骨。

在〈住在衣眼中的女人〉一詩中，詩題已出奇，好像衣服如
女體的房屋，那麼重要的是看詩人如何形容「房屋」了。

我渴望穿妳，當披肩滑落勢如閃電
圍裙像黃金的穀倉微妙擺動
空氣在摩擦，日光在接吻
我渴望套頭的圓領衫埋入妳胸脯，陷身桃花源

「我渴望穿妳」又把女人當一件衣服，屋中有屋，渴望顯露無遺。披肩的滑落「勢如閃電」是形容那情欲震顫的時分。「披肩」、「圍裙」都是「衣服」，把圍裙形容為「黃金的穀倉」，好像內蘊豐年的富饒，故「微妙擺動」，又符合女體的韻律。「摩擦」和「接吻」轉為「空氣」和「日光」，也使聲、光、色、影在身體的接觸中顯現。最後，終於出現了如何「穿妳」的欲望，就是不直接說自己而說「套頭的圓領衫」。這邊含蓄些，故隱：而另外則直接些，故顯──「埋入妳胸脯」，原來這裡是詩人所嚮往的「桃花源」。故詩人在表達情色時，仍有含蓄。

第五節　斯人的孤獨花事

斯人（一九五一～），本名謝淑惠，台灣大學中文系畢業，是一位隱居寫詩的女詩人。她的詩沒有紅塵的俗氣，她受德國哲學家尼采，詩人霍德林、里爾克，英美詩人艾略特、狄金遜（Emily Dickinson, 1830~1886）影響。出版有《薔薇花事》，亦寫長篇小說。在小說上，則喜杜思妥也夫斯基的深刻複雜。

斯人的詩語氣流轉自如，像彈丸圓轉，藉花、樹、季節來表現自己孤獨的命運，有如薔薇的身姿。而她曾受女高音的訓練，亦使她頗重視語調中音色的舒放疾徐。

在〈夏〉一首詩中，我們可以看到她把自己的命運，放置在與萬物與時間共流轉的位置。

> 為什麼要悲傷
>
> 倘若薔薇歷盡了夏
>
> 自春末以至初秋，就要進入
>
> 它長長的睡眠之中
>
> 你也躺下，和它友善的花瓣
>
> 一起度過這相聚的片時

「薔薇歷盡了夏」，走盡了盛放的花期，然後初秋的枯萎，猶如「長長的睡眠」。而詩人對自然景物的凋零，最具同情心；彷彿薔薇就是在季節無情的流轉中，一棵微弱而易於凋零的命運。而自己的命運亦仿如薔薇，故「你也躺下」，對它的憐惜溢於言表，憐惜那「散落的花瓣」。而詩人與散落的薔薇如此的「相聚」，其實亦復是相知了。

斯人在孤獨中，自學相當勤勉。每有所得，或受鼓舞，復如初學者的天真，自謂如「小鷹試飛」的心情。

〈雨後〉

> 獨棲在一枝藤的陰影
>
> 於彼高樹之顛
>
> 為了此身的釋放
>
> 從靈魂的暴風雨
>
> 且檢點新羽，那怕再折舊
>
> 鎩羽兼折翼
>
> 候放鷹的人的一聲呼哨

這首詩表達面對人生美麗的圖景試飛的心情，落筆灑脫豪放，就像孤獨地在高寒之處久了，為了「此身的釋放」，能夠面對

靈魂的暴風雨決心試飛的情形，在灑脫中也細膩，像小鷹檢點新
羽，面對前程，是一種新鮮的心情，但哪怕「鎩羽兼折翼」再遭
受挫折，也有試煉的心情。只要「放鷹人一聲呼哨」，受到一點鼓
舞，她就迎向人間的圖畫，有一個「更美的壯志」。在這種天真中，
亦有一種豪放的筆致。

　　故斯人在孤獨的身姿中，大宇宙與小宇宙的互相纏捲，使個
人的憂愁回復到廣宇悠宙的開闊氣象，復又轉身護惜微弱的小生
命，而有悲天憫人的心懷。

> 而今我坐在塵埃，揚灰於頭頂當中
> 注視著我的心
> 最深最孤獨的所在
> 有誰獨自擔負起悲傷的重荷
> 戰慄著全身，把嗚咽化做歌聲
> 幸福地穿過不朽的空間，像我

　　現代詩人中少有自訴心境而語氣圓轉自如的；自訴心境易多
主觀情調，也有「為賦新詞強說愁」之病。在這首〈無題〉中，
即使一切化為灰燼，自己也「坐在塵埃」之中，有若低微，她仍
直通內心，她的「最孤獨」，是「獨自擔負起悲傷的重荷」。因無
力擔負而顫慄，卻能「把嗚咽化做歌聲」，即「不朽的空間」。其
實「歌聲」也不僅指詩作，斯人本身即女高音。她的詩好像就在
證明歌德那句話：「靈魂的受苦受難，使靈魂成為必要。」

　　斯人也為她的痛苦尋找傳承系譜，是波多雷（波多萊爾）、史
特倫堡、杜斯妥也夫斯基、尼采等。

〈冬之夜〉

不朽的象徵若世紀末本身

介乎天才與瘋狂，痛苦與死亡之爭

於是乎欣欣然就坐，在新鬼與舊鬼列中

冥冥中有人招喚我

以一個未知的名字

　　無論「天才與瘋狂」，還是「痛苦與死亡」相隔僅一線，競爭是巨大的顫慄。「天才與瘋狂」是對比，「痛苦與死亡」卻是同質的，只有強力量的不同。痛苦是詩作的基調，忍受不了痛苦便死亡，故痛苦還是「活著」忍受痛苦。兩種力量穿過她，成為顫慄。如果不致瘋狂就成為天才嗎？她同時是兩者。於是在這些「不朽的象徵」中，世紀末的情調，她「欣欣然就坐」，坐入「新鬼與舊鬼」的行列。好像「有人招喚她」，她期盼的「未知的名字」。不過，在〈寂寞〉一首中，她早已選擇了愛彌麗·狄金遜的孤獨命運，她至少已是台灣的愛彌麗·狄金遜，「就像嚐過最美的佳釀／不能再感受別的至味」。

第六節　楊澤的愛與自然

　　楊澤（一九五四～），本名楊憲卿，台灣嘉義人。台灣大學外文系畢業，獲美國普林斯頓大學文學博士，在七十年代奪得先聲，為台灣大學現代詩社發起人之一。曾任教美國布朗大學，東華大學外文系副教授及中國時報〈人間〉副刊主編，現任職龍應台文教基金會。著有詩集《薔薇學派的誕生》、《彷彿在君父的城邦》等。

〈煙〉

> 我是沒有手紋的一隻掌
> 我是沒有五官的一張臉
> 我是沒有刻度沒有針臂的一座鐘
> 請讀我——請努力努力讀我
> 我是沒有銘辭沒有年月的一方
> 一方倒下的碑
> ⋯⋯
> 我是生命，我是愛，我是不滅的
> 靈魂，焚屍爐中熊熊升起的一片
> 一片獨語的煙

　　大量的換喻，由「掌」、「臉」、「鐘」到「碑」，使意象變換的速度增快。既是煙，即非人化了，「手紋」通常指的是人的命運，故「一隻掌」仍在，但手紋已「煙化」了，沒有人的命運。「一張臉」也仍在，但「沒有五官」，人的五官也被「煙化」了，而五官的表情正是在社會上傳情達意，一種溝通的文化符碼，「沒有五官」就「非社會化了」。人的生命有其時間，故是「一座鐘」。平常我們所說的時間，是需要刻度和針臂的時間，是計算的時間。現在既有時間又跳出了日常的計算之外，那只能如煙的「熊熊升起」，是時間的升起或湧現。掌「沒有手紋」就不是掌，掌又非掌；臉「沒有五官」就不是臉，臉又非臉。這就是「非人化」矛盾的共存。鐘又不是鐘，是自然時間的湧現。這種超出人類的意義，是需要「努力努力讀我」，否則不容易讀懂。既然超出了世俗社會，但生命有其盡時，不需要紀念的「銘辭」，也沒有記載生卒「年月」，

好像是無名的碑。不需樹立價值標榜，故是「倒下的碑」。不過，
既是碑，仍有紀念價值，表示詩人自視抓住了比世俗社會更高的
價值。

「熊熊升起」表示旺盛的生機。由前面「是沒有」到此段的
「是」，落為最終的肯定，到我的生命全幅是「愛」，也是「不滅
的靈魂」。超出世俗社會，故只能獨語。楊澤的「獨語」有其自肯
自定，焚屍爐也無法焚燬。

〈瓦拉米野營日記〉

然而，哦，靈魂
久久未聞你的口令
像異地歸來一海員
只為討好新婦
我乃以前肢著地
後足蹬立如待發之弓
在夜中怔忡化成
一只睿智而憂傷的台灣彌猴
……
我夢見你與美貌新婦
站立高高玉蜀黍田下
忽而化成眼前雙兔
追逐而去

這首描寫在大自然中，靈魂歸來的喜悅。開始時如自我與靈
魂的對話。靈魂應該發號司令，但現在才「像異地歸來一海員」，
靈魂將與沐浴在自然中的新身體結合，故以「新婦」作比。「歸來」

像似「討好」，因為沐浴在自然中的新身體，才會引得靈魂從「異地歸來」。自我猶似旁觀這戲劇，靈肉合一對自我意義何等重大，自我也化為動物回歸自然。自我緊張地等待這時刻，「以前肢著地」、「後足蹬立」都是模擬台灣彌猴的樣態，富於里爾克式的機趣。「待發之弓」則是張力最強的時刻，等待「自我的戲劇化」。「睿智」如我，才能看到這靈肉合一的時刻，「憂傷」乃因靈魂久漂泊異地。

在夢中，靈魂與新鮮的肉體重合，在「玉蜀黍田下」有特殊質感，終「化成眼前雙兔」「追逐而去」，由第一段的「海員討好新婦」到最後的「雙兔追逐而去」，是靈肉契合的時刻。回看第一段，靈魂本來都發號施令，直到身體沐浴自然中，才來「討好」新婦。而且只有第一段的化為台灣彌猴，才會有後來「夢見」靈魂與肉體契合的相與追逐的雙兔。這自我戲劇化的夢，真是美妙的夢；這首詩也有深刻的理境。

第七節　羅智成的情思與哲理

羅智成（一九五五～），湖南安鄉人。台灣大學哲學系畢業，美國威斯康辛大學博士研究，曾任中國時報副刊編輯、中時晚報副刊主編、台北市政府新聞處處長，現任中央通訊社社長。著有詩集《畫冊》、《光之書》、《傾斜之書》、《寶寶之書》等。

羅智成擅長哲理與美術，俱融入他的詩中。與哲人對話，與歷史對話，〈說書人柳敬亭〉為長達四百多行之力作。

　　一支蠟燭在自己的光焰裡睡熟了。

　　寶寶，用妳優美嘴形吹滅它。

　　我們豢養於體內的死亡一天天長大

他們隔著我們的愛情

彼此說些什麼？寶寶

但妳美麗又困倦，睡前

那些情懷，妳歪歪斜斜地排置妝桌上。

　　我與妳的對話，妳是「寶寶」。首句既是題名〈一支蠟燭在自己的光焰裡睡熟了〉，又是第一句開題，又在內文一、兩段就些微變化，用以開句，令詩人得意之句就成為詩中的主旋律。林燿德在《一九四九以後》中即論說：「蠟燭是男性性器，是愛情，也是生命本身的象徵。」不過既是性器，又是生命象徵，那就不僅只是性器，否則不會催眠式的「用妳優美嘴形『吹滅』它。」「吹滅」好像是寧可不要這光焰，就枉費一再的重複。主要是蠟燭「在自己的光焰」裏，擬人化的「睡著了」，雖然鋪設一唯美的情境，但蠟燭恐不是為你我而照，故而我與寶寶的對話，實際上是無對話的，因為寶寶「美麗而困倦」。蠟燭「在自己的光焰裏」，反而呼應著「我們豢養於體內的死亡」，不是我與寶寶的愛情對話，而且是死亡「隔著我們的愛情」「彼此說些什麼？」在柔美的情境裏，有愛與死亡的淒哀，畢竟「睡前／那些情懷」，都「歪歪斜斜地排置」了。是生命的欲望，在愛與死的情境中。

　　另一首〈觀音〉：

柔美的觀音已沈睡稀落的燭群裡，

她的睡姿是夢的黑屏風；

我偷偷到她髮下垂釣，

每顆遠方的星上都大雪紛飛。

　　「稀落的燭群」已顯出燭光的寥落，黑夜的深沈。她睡著，

是「柔美的觀音已沈睡」，充滿對情人的美的禮讚，但觀音的極美與人隔著距離，故是「夢的黑屏風」。「我」無法看到她的夢，像「黑屏風」一樣掩擋著我，只好「偷偷到她髮下垂釣」。動詞「垂釣」用得偶然隨意，但卻精采至極，釣的是「髮上的星」，燭光閃現在她髮上的光澤，「遠方」既是視覺上空間距離的感受，又像用空間距離表示時間的預示——未來的預感，將「大雪紛飛」微弱稀落的燭火，抵不住未來的大雪紛飛。這首詩的主題，可以說是「愛與悲哀」。這首短詩意象天然渾成，是羅智成的傑作。

在一首〈鷹〉中，羅智成寫出心中的嚮往：

> 鷹的棲所是神祕的
> 峰頂崇樹似乎是
> 但牠心中還有個更高的住址
> 在強風裏頭

鷹之所以成為鷹，是因為「棲所是神祕的」，神祕是來自於崇高，故而「峰頂崇樹」，第二句為倒裝語，但此句在音感上稍澀，可借用歌德詩名〈一切的峰頂〉接上去，使句子更長些，這樣「更高的住址」比一切的峰頂更高。更高的是「強風」，可以試煉出兩翼的力量。哲理的意味強了，哲思突出於詩語之上。

第八節　陳黎的虛無與玩笑

陳黎（一九五四～），台灣花蓮人，台灣師範大學英語系畢業。曾以長詩〈最後的王木七〉獲時報文學獎敍事詩首獎，另首國家文藝獎及時報文學獎推薦獎等。著有詩集《廟前》、《動物搖籃曲》、《親蜜書》、《給時間的明信片》、《家庭之旅》等。

陳黎耽迷於音樂；也與妻子張芬齡合譯名詩人帕斯、聶魯達等人詩集，更合譯《拉丁美洲現代詩選》，這都成為他詩的底蘊，他的超現實主義來源。

〈滑翔練習〉中，這些繁重就化為輕易。

> 心
> 是小小的
> 飛行器
>
> 跟著
> 你的震動。因滑而翔，因翔
> 而輕，一切複雜的都
> 簡單了

「心」用富現代感的意象「飛行器」來比喻，但能飛行，是「跟著你的震動」，看來是一首情詩，震動從「滑」開始，到能「翔」，到「翔」的時候就「輕」了。這樣「一切複雜的（愛情）都，簡單了」。此詩不失為一首輕巧的佳作。

他的〈春夜聽冬之旅〉是聽德國男中音演唱舒伯特的作品有感而作，自是陳黎力作。

> 這世界老了，
> 負載如許沈重的愛與虛無；
> 你歌聲裡的獅子也老了，
> 猶然眷戀地斜倚在童年的菩提樹下，
> 不肯輕易入眠。
>
> 睡眠也許是好的，當

　　　　走過的歲月像一層層冰雪

　　　　覆蓋過人間的愁苦、磨難；

　　　　睡眠裡有花也許是好的，

　　　　當孤寂的心依然在荒蕪中尋找草綠。

　　　　⋯⋯

　　　　我們的生命是僅有的一張薄紙

　　　　寫滿白霜與塵土，嘆息與陰影。

　　藉著六十三歲歌手的沙啞嗓音，化為詩裏歷盡滄桑的風味。把「世界」擬人化，「世界」為什麼會「老」？因為「沈重的愛與虛無」，沈重的負擔使它老去。「老」字再一次迴蕩，即便是威猛有力的獅子也老了，故「眷戀」「童年的菩提樹」，動詞「斜倚」正是衰老無力的樣態。牠也嚮往著童年歲月。

　　第二段開頭的睡眠，緊承第一段尾的「入眠」，修辭格「頂真」的味道；語意卻反過來，睡眠也許是好的。「愛與虛無」進一步詮釋性的擴散，「人間的愁苦、磨難」已然難以負載，還被「一層層的冰雪覆蓋」，更顯得了無生機。那麼在絕望中，「花」代表著生機，猶如荒蕪中的綠草也代表生機。

　　紙的單薄，上面盡是「白霜與塵土，嘆息與陰影」，四個並列詞，「白霜」是無生機的寒冷，「塵土」如生命的終歸塵土，生命最終被「陰影」籠罩，終歸於「嘆息」。

　　陳黎在〈走索者〉一詩中把自己寫詩比喻為馬戲團在高空走鋼索。

　　　　所以你在空中顫抖。戰戰兢兢地在

　　　　懸空的繩索上構築玩笑的花園

戰戰兢兢地走過地球，撐起

浮生

以一枝傾斜的竹竿

以一枝虛構的筆

走索的危險，現在由戰戰兢兢地「構築玩笑的花園」來代替，也就化為自由自在的遊戲。他像是小說家開始「虛構」，卻把筆比做「傾斜的竹竿」，竹竿平衡力不足，故而詩向小說的虛構傾斜了。

〈最後的晚餐〉

父底臉被塑成一具圖騰，鐵窗外陽光極佳，像什麼牌子的

地板蠟把發黃的牙齒擦得更像一排上油的槍

突然

母親叫，母親大聲地

叫會客室門口爭論著高高的牆

上面刺刺的鐵絲網是否著電，以及那隻走鋼索的鳥是否麻

痺的兩個

弟弟

靜下來

用繁複的意象處理父親的表情和弟弟們的吵鬧。母親叫，重複強力的叫弟弟們安靜，也使一切更嘈雜。場景是「高高的牆」和「鐵絲網」，不知道是什麼事，總之是一團煩亂的生活。

第九節　趙衛民的沉思與超越

趙衛民（一九五五～），浙江省東陽縣人。文化大學中文系畢業，獲文化大學哲學研究所博士，曾任彰化師範大學國文系所教

授、聯合報副刊資深編輯，現任淡江大學中文系所教授。以〈夸
父傳〉、〈文天祥〉等八、九百行敘事長詩及散文崛起詩壇，章法
謹嚴、氣勢磅礴，企圖表達「生活的行動與力量，生命的祕密與
智慧」。著有詩集《猛虎和玫瑰》、《巨人族》、《芝麻開門》等五種，
散文《生命交響樂》、《荊棘花》等五種，小說三種及尼采、老子、
莊子等哲學論著。

　　趙衛民接受最大的影響是歌德、尼采的哲學，里爾克的存在
主義詩學，確定了趙衛民中國型的詩風，獲中國時報敘事詩優等
獎，國軍文藝長詩銀像獎、散文銀像獎等多種，敘事詩的筆觸將
中國神話，以及民族英雄結合於現代詩，頗受矚目，譬如〈夸父
傳〉以夸父追日為主題，重新詮釋了巨人夸父的精神歷程。

> 　　他想：愛此生，不虛此生
> 　　他敢：以肉身為理想的祭壇

　　這段詩就以生之有限性作為永恆的追尋，「以肉身為理想的祭
壇」，正是將肉體的各種欲望滿足，化為追尋意志的動力，所以將
未來化成一種「靈魂的戰鬥」，希望能夠獲得一切的奧秘。這種寫
法正合乎後期象徵主義的方式，表達人生的深度體驗。

> 　　也不必摘取時間的葡萄美汁，
> 　　一切危險恰是生命最美的誘惑！

　　將永遠的追尋化做目標，是歌德的浮士德精神，在生命中冒
險地實驗，正是尼采的哲學。去沈思生命的體驗，也是里爾克的
存在主義或現代主義詩學。而「過程即實在」是懷海德思想的核
心，辛勞的追尋就是人生未來的安慰，人生不能安於享樂。而是

在實驗中摶聚自己的生命形態，是一連串的冒險。

> 大蔑視！任生之慾
> 激勃的燃燒，化為灰燼
> 高貴的驕傲，使生之痛苦
> 成為被遺忘的幻影。

　　生命對各式欲望以一種大蔑視的態度，只朝向最高的價值奮鬥，把各種欲望化為灰燼，高貴的驕傲，是不記憶自己的痛苦，宛若被遺忘，這正是心靈態度的提出。〈夸父傳〉的確達到後期象徵主義的高峰，〈后羿傳〉也以神話英雄為主角，在后羿的神射與嫦娥奔月，以及他的弟子逢蒙之間有更戲劇化的表現。至於文天祥事蹟的〈文丞相〉也是儒家哲學的詮釋，甚至以現代詩的技巧重新表達〈正氣歌〉也是大膽的嘗試，儒家哲學思想透過現代詩的表現也有極精巧的詮釋。

> 山風吹過，長草偃處
> 赫然看見昔日放牧的牛羣；
> 那晶瑩的愛，已使
> 跳動的骰子停定
> 命運的謎面，火的歌聲
> 是慷慨的死，也是永恆的生！

　　一個儒家君子的理想人格透過歷程而顯現出來，尤於死生之際見出節操。以君子的敬德修業為理想，用了一個很好的比喻，「山風吹過，長草偃處，／已看到昔日放牧的牛羣」，就是道德理想在此面臨重大的抉擇。而命運的偶然，是要文天祥殉道義死，有慷

慨的死，也才有永恆的生，這正是孟子的「取義」──臨大節，
不可辱也，文天祥昭示的正是中國人最高的生命理想。

　　《芝麻開門》是一部在孤獨中反省人生體驗的哲理詩集，對
生死、愛、恨、美醜作深入的詮釋。在〈迷失的鄉愁〉一詩中：

> 急急的趕路，追尋
> 害怕錯過每個夢魂的渡頭，
> 對悲哀微笑，對虛無扮鬼臉，
> 流浪者的歌聲，長過黑夜
> 知道生命如迷宮，也不惶惑
> 狂醉的旅人，曾走過黑森林……

　　將生命當作一種尋索的過程，是有如在流浪中的。無法避免
生命中的偶然，只有「向八方歸去」，等待自己在人生的經驗中的
反省，等待經驗的結晶化為智慧，像「一株無名而美的昇起」，隱
喻著智慧之樹。而前途是無可預料的偶然，如暴風雨。我們愛人
生、愛精神的追尋和流浪，不是慣於流浪。

　　對人生的追尋是沒有止息的，所以急急的趕路，正如屈原的
「上下以求索」的精神，怕錯過了生命中的許多風景。所以「害
怕錯過每個夢魂的渡頭」，即使遭受挫折橫逆也只能「微笑」，也
只能「扮扮鬼臉」，因為創作的精神延續比黑夜還持久。而悲哀總
會成為過去，所以生命即使迷路，也不會困惑，因為他曾為藝術
的生命狂醉，並曾經驗過像深淵一樣的經驗。

　　近年來趙衛民更屢將哲學理境與詩思結合起來，如同海德格
《詩、語言、思想》所表明的，一種水晶般的語言，詩和思想產
生了結晶作用。在〈猛虎和玫瑰〉一詩中：

也有斑斕的猛虎笑著，

臥在花梗下，陽光流過

花瓣於微風中，熟睡

如嬰兒的臉，一場夢

似青青潭水的香波，

水紋怕是不止的依戀了。

而猛虎與玫瑰，原是一體，

那野生的香味！

　　盛開的玫瑰花，放出花香，祇有採蜜的蜜蜂來到。在這首詩中出場的只有植物、昆蟲與動物。由燦爛的花朵，形象再一轉為「斑斕的猛虎」，香氣與力量結為一體。將猛虎擬人化，「笑著」代表自得與自在的心境。陽光，微風，自然的和諧，沈醉復似熟睡，唯一的人物──嬰兒，祇在猛虎和玫瑰的擬人化而存在。意象跳躍流轉如彈丸，花香復流動如香波，在視覺與嗅覺間環轉，詩人用以寄托哲學理境，雖無人，但在擬人化中卻表現為人與自然的合一，有如老子的「復歸於嬰兒」，一片自在天機。趙衛民善於在詩中表現哲學理境。

第八章 八、九十年代：刁鑽與華麗

八十年代一開始，詩學關注的語義場，已不再是象徵主義、超現實主義和意象主義。詩人與詩論分家，部分學院詩人成為專業的比較文學學者，詩論成為專家之學。語義場已不再是七十年代的新批評與神話基型批評，而是現象學、詮釋學、結構主義與解構主義。

第一節 詩論的反省與重估

從結構到解構

在周英雄、鄭樹森合編的《結構主義與中國文學》一書中，高友工、梅祖麟〈唐詩的隱喻及典故〉討論對等原理：「雅克慎（Roman Jakobson）指出詩歌中有對等原理：「語言結構的兩種基本運作的模式：選擇與結合。例如要表達『小孩』時，說話者首先要選擇語言中與『小孩』一詞類似的字彙：小孩、兒童、孩子、嬰兒、未來的主人翁；表達『睡覺』時，說話者可以自睡覺、打盹、瞌睡等詞中選擇一個。選擇決定了之後使可以結合成句。而選擇的根據是對等原理，意義相近不相近；同義或是反義；結合的根據是詞與詞之間的結合限制的程度。詩歌的功能在於把對等原理從解釋的層面投向結合的層面上去。」[1] 李法德（M.Ri ffaterre）

---

[1] 引自高友工、梅祖麟〈唐詩的隱喻與典故〉，收入周英雄、鄭樹森合編《結構主義的理論與實踐》，（台北：黎明，1980），P.46。

進一步解釋對等原理:「比方幾個詞由於語言上的對等結合成一雙聲疊韻而有節奏感的單元,這詞之間自然含有語意的對等關係;如果是基於類似性的對等關係,就造成隱喻或明喻;如果是基於相異性,就構成對比句了。」(同上,四十七頁)高友工、梅祖麟也同時強調:「其實意象語言與隱喻語言所指涉的是同一現象,只是從不同的角度著眼罷了。意象語言的字與字之間缺乏連貫性,它的結構只是簡單的並列,因而有散漫片斷的感覺。隱喻語言的字與字之間沒有語法的連繫,只藉對等的原理而建立關係。意象的語言強調的是各個語言成分本身;隱喻的語言強調的則為成分之間的結合方式。所以對等原理實為詩歌中局部組織的基礎。」(同上,四十九頁)意象語言是並列,有斷裂感;隱喻語言是對等,那麼它結合了意象語言。

由於主要是分析對等原理,但「對等原理是屬於選擇層面的概念,而語法是結合層面的概念。語法的結合係以成分彼此接鄰為基本。」(同上,九十一頁)在修辭學上有一個主要術語涉及『接鄰』的概念。一是所謂『舉隅法』:這是以部分代全體或全體代部分的修辭方法;一是所謂的『換喻法』……這種修辭法牽涉的兩個名詞常互有聯想及附屬關係……力的轉移使鄰近的物體之間產生一種動態的變化,傳統的批評學者常以詩眼論及類似的現象,正如眼睛是人臉的焦點一樣,詩眼就是詩歌含蘊的火花或生命,這就涉及動詞的驅遣……」(同上,九十二頁)對等原理涉及隱喻法,接鄰概念主要涉及換喻法;但接鄰法還涉及「力的轉移」,這是「動詞的驅遣」──「詩眼」之所在。

鄭樹森在〈結構主義與中國文學研究〉中指出:「在選擇與替代的對等裡,通常都會傾向某種類同性(similarity),這當然更是傳

統修辭裡比喻的原則。於此雅克慎又有以下說明：『在詩裡，類同性加諸接連性之上時，合併便微有比喻化〔即互為替代的傾向〕，而選擇便微有換喻化〔即傾向接連而表面替代性不顯〕。』例如葉維廉在《現代中國詩選》序言裡引用的李白「浮雲遊子意」一句，表面上是分指兩件事物，意義也產生自兩者的接連性組合；其實浮雲和遊子都是孤獨和飄泊的，兩者之間自有若干類同性。但由於兩者是同時共存，只有接連性的並置（juxto-position），沒有任何類同性的說明來作進一步連繫（例如李白另一句詩「春草碧如絲」，意義的接連性便籠罩類同性。）[2] 如果連接高友工、梅祖麟的討論，在彼此接連的語法結合上，「浮雲」與「遊子」兩個名詞便常互有聯想及附屬關係，但這種共存或接連性的並置，大體上傾向換喻，或多名詞，籠罩在隱喻上；即「意義的接連性便籠罩類同性」。

　　周英雄在《結構主義與中國文學》一書中，〈賦比興的語言結構〉認為：「興應兩段首尾相銜，構成一個語義或語法的單元，如乙句繼甲句而起，而甲乙又合併成一個饒有詩趣的單位，這是兩段之間明顯的關係。除此之外，興應也另有一種相貼的關係；上述的首尾相貼合併關係之外，另有一種首貼首，尾貼尾的取代關係，這就是前人說的興而比，用雅克慎的說法就是：合併而替代。朱子解興應之間的關係，慣用「言彼──則──；此──則（或「以」）的形式。如改寫成邏輯推想的程序，則如：甲之於乙正如丙之於丁。」（同上，一六一頁）興句和應句的結合或比併，這是起興的方式；但到「首貼首，尾貼尾」又變成取代關係。結合是換

---

[2] 鄭樹森〈結構主義與中國文學研究〉，係周英雄《結構主義與中國文學》一書〈代序〉，（台北：東大，1983）PP.17-18。

喻，取代近隱喻，所以興近換喻，而到「興而比」時的比是隱喻。
所以周英雄說：「從更深的層次看，從興句與應句的象徵關係來
說，詩人藉這個修辭而把外在的自然界投入人間界，甚至投入人
的內心世界。」（同上，一五四頁）興句與應句可以有象徵關係，那
麼應句的「比」是不是在「更深的層次上」可以收入「興」義中，
那麼「興」不僅是換喻，也可以成為象徵精神的象徵。

　　張漢良《比較文學理論與實踐》一書中，在〈中國現代詩的
「超現實主義風潮」〉一文說：「比較嚴重的是「超現實」變成「晦
澀」的同義字。難解的詩固然被歸咎於超現實主義，不同派別的
詩人也被視為超現實主義者，『創世紀』的少數成員頗有此嘆。因
此，在這歷史事件結束之後，詩人紛紛要求正名。……這種詮釋
的混亂與要求澄清的心態，是值得寬容的，它反映了五四以來，
持續了半個世紀的影響焦慮，與認同的危機。認同的困難，部分
原因是輸入媒介的不理想，以及接受者對外來模式缺乏深入地、
反省的考察。」[3]這種對歷史現象的反省是中肯的，要求正名的詩
人，多少對超現實的技法（與詩的主題互為表裏）掌握得不夠穩定有
關。瘂弦的詩使用大量的換喻，名詞的排列，使詩造成快速度的
視象變換和意象的密度（聞一多已熟悉此技巧），他只說自己是「修
正的超現實主義」；商禽在深沈的夢境中造成物象的變形，也反映
出潛意識的迸發突入現實。所以張漢良說：「如果超現實主義是廣
義的，是一種形而上的精神，那麼就不需要作影響研究了。在這
種情形之下，我們必須閱讀詩人的創作（個別及鄰近的），檢查他們
語言的運用方式。」（同上，八十七頁）語言的運用方式只有結構方

---

[3] 張漢良《比較文學理論與實踐》，（台北：東大，1986），P.85。

式上的不同，意象、隱喻、象徵、神話的層次上的不同，隱喻和象徵仍是基本的，瘂弦詩作〈深淵〉的標題，本身即為一象徵。

鄭樹森在所編《現象學與文學批評‧前言》中介紹當前思潮，例如凱特‧漢堡嘉（Kate Hamburger）在《文學的邏輯》一書中認為：「抒情詩必然是「真實的傾訴」，其情感經驗必可追溯回詩人自己，這個情感經驗的『真實性』、『真摯性』和『濃度』，都是不可置疑的。……lived experience 或 heightened experience，泛指內在的、情感的或心理的經驗。相對於一般性的日常經驗，這種內在經驗必然是較具震撼性、較為深刻的（對感受者而言）。狄爾泰認為這種經驗才是『詩的真正核心』。」[4]深刻並且獨特的經驗，也可以照明出深刻而普遍的情境。在保羅‧包維（Paul A Bove）的《毀滅的詩學：海德格與美國現代詩》中，認為「海德格對語言及西方哲學傳統的毀滅性重估，不但與惠特曼、史蒂芬斯及奧遜等現代詩人的做法相似，且在觀念上有相通之處。」（同上，二十二頁）包維又引述海德格語並說明：「『這個毀滅絕不是反面的，並不是要擺脫本體論傳統。相反地，我們要發掘這個傳統的正面可能性；這也就是說，要將這傳統規範在本身的限制裡。』簡言之，不但要重新進入這個傳統，還得使用這傳統的語言和策略。另一方面，海德格又很重視傳統及詮釋者的歷史性，由於兩者均各自有其特定的歷史性，因此詮釋活動必然是相對的。」（同上，二十三頁）詩人的詩作也有其特定的歷史性，使用「傳統的語言和策略」也在某種程度達成創造性的反叛。

書中有一篇奚密〈解結構之道：德希達與莊子比較研究〉是

4　鄭樹森編《現象學與文學批評》，（台北：東大，1984），PP.11-12。

比較哲學的題目，且與詩學相關。「德希達思想中『忘』的主題來
自其最重要的啟發者：尼采⋯⋯尼采中『舞』與『夢』的意象可
與莊子裡的『夢』與『逍遙』的意象相比。『莊周夢蝶』的故事表
達了『物化』的精神，所謂『自化』或與道合一即可解萬物之本
性，並進而體認其齊一，忘記邏輯所加諸其上的對立。」（同上，
二三一頁）更明確地說，夢，即物化、即自化、即忘我、即逍遙，
那麼詩作的遊戲姿態亦是可以解釋的。此作一出，好像在呼喚中
國詩學的解構時代。

　　葉維廉在《比較詩學・語法與表現》中說：「奧遜和克爾里所
撰寫的『拋射詩（Projective Verse）⋯⋯立刻被威廉斯認可，以為正
是其詩之意⋯⋯』。一個感物的瞬間，必須馬上直接的引向另一個
感物的瞬間。就是說：時時刻刻⋯⋯與之挺進，繼續挺進，依著
速度，抓住神經，抓住其進展的速度⋯⋯。」[5] 感物的瞬間不斷
的變換，亦造成意象快速的移動。葉維廉除以晚期海德格為主，
並引詹姆斯（William James）及懷海德（A. N. Whitehead）之說以為助，
以「離合引生」的辯證方法來說明道家美學。「所謂離棄並不是否
定，而是一種新的肯定的方法，也可以說是一種負面的辯證。把
抽象思維曾加諸我們身上的種種偏、減、縮、限的觀感表示離棄，
來重新擁抱具體的世界⋯⋯我們的胸襟完全開放、無礙，像一個
沒有圓周的中心，萬物可以重新自由穿行、活躍、馳騁。」（一○
一頁）廢除「以我覩物」而達到「以物觀物」這種超脫的物化境界
面對自然固可，但也不能廢棄深刻的情感經驗，如莊子〈人間世〉
一篇的深刻感受。

---

[5] 葉維廉《比較詩學》，（台北：東大，1983），P.70。

　　葉維廉在《歷史傳釋與美學・祕響旁通》中，說明「文意的派生與交相引發」，他藉用劉勰的「祕響旁通」一語說明：「一首詩的文、句不是一個可以圈定的死義，而是開向許多既有的聲音的交響、編織、疊變的意義的活動。……文辭是旁通到龐大時空裡其他祕響的一度門窗。」[6] 這不僅是詮釋學的問題，已進到符號學如羅蘭巴特和克莉斯・蒂娃互文性的思考。

　　古添洪《記號詩學》是國內第一本記號學專著，把所有媒介歸約為記號，而找出記號形成及運作的過程，計介紹瑟許、普爾斯、雅克慎、洛德曼、巴爾特、艾誥七家，並有實踐批評。洛德曼《藝術書篇的結構》在解釋文學、藝術、宗教、神話等乃是二度語言、二度規範系統[7]。什麼是二度規範系統呢？也就是在詩篇中許多不相等的單元被對等化了；「在自然語帶著不同指涉的語彙卻在二度『語義』系統裡被認為帶著同一的指涉。他以俄國詩人Lermontov 的詩句『月亮從冬雲裡滾出／像一具華侖基之盾或像一塊荷蘭的乳酪塊』為例，其中的華侖基『盾』與荷蘭『乳酪塊』是等義的，雖然在自然語裡兩者的語意不同。(同上，二三六至二三七頁) 他再引述洛德曼的話說：「個別的詩篇為某些具體的現象創造了一個藝術模式，而文學的系統卻以其最普遍性的諸範疇把宇宙納入了一個模式。」(同上，二三八頁) 那麼「最具普遍性的諸範疇」，就成為一個主義或詩派的語彙庫。「詩歌中的浪漫主義、象徵主義等，未嘗不可以於其中歸結出屬於這些詩派的語彙庫」(同上，二四〇頁) 或許他討論王維〈輞川詩組〉的某些母題就可以用

---

[6] 葉維廉《歷史、傳釋與美學》，(台北：東大，1988)，PP.112-113。

[7] 古添洪《記號詩學》，(台北：東大，1984)，P.234。

來建立浪漫主義的語彙庫，並可以比較區別象徵主義。

　　王建元《現象詮釋學與中西雄渾觀》一書，從梁宗岱譯「崇高」和朱光潛譯「雄偉」開始談起，在〈修辭崇高與中國文評中的氣勢超勝〉一文中，由現象學家呂格爾（Panl Ricoeur）的看法：「比喻的核心動力不在名詞甚至整個句子，而在於動詞的述語（Copula）所同時稱謂的是（is）或不是（is not）」[8]，延續高友工和梅祖麟的討論，「動詞對於比喻的造就比形容詞更為重要」（同上，一二二頁）時，說：「『轉喻性』在靜止的關係中與『等值同一』結合，它可以同時是鄰接但又是『隔絕』。但一旦從『延續關係』進入『傳移關係』時，『動力』不只表現性質，例如『水流』、『馬馳』，也因為力量的推移而『影響』客體，產生變化，造成兩物之間的『動變』關係，例如『葉為風動，水為石阻』便是。在文藝批評術語中，所謂『動感』與『氣勢』也就代表這個『傳移關係』。」（同上，一二三頁），簡單說，動詞造成傳移關係，甚至可以說是動詞的隱喻性。「『氣』、『風』、『骨』……這些術語的性質，其實可以被視為比喻的運用，它們經過長久的體認而形成在文學批評領域中的象徵（symbol），而其作用卻是以轉喻的比喻性（metaphoricity of metonymy）在幾個層面和生存領域中作『延續』、『傳移』。」（同上，一二五至一二六頁）「氣」、「風」、「骨」不僅是象徵，在句子的延續中有力量的傳移作用，甚至本身可被視為力量。「由於風本身為一自然現象……極為適合象徵自然中生命的力量。」（同上，一二六頁）風可作為象徵，但風亦可作為人與自然相通的元素，如果風是「氣化」、「物化」，那麼風就是「自然中生命的力量」。

---

[8]　王建元《現象詮釋學與中西雄渾觀》，（台北：東大，1988），P.119。

　　廖炳惠《解構批評論集》一出，解構主義已成為詩學語義場。
在〈洞見與不見〉一文中，他認為：「莊子乃一隱喻性作品，它一
方面訴說真理，一方面卻自我解構，對『真理』、『語言』的穩定
性、局限性、可能性提出質疑，不時以德希達所謂的『外在』、『其
他』（exteriority, alterity）來質疑哲學作品的『內在』（interiorty）……」
[9]將解構主義運用到本身已在解構的莊子（解構儒家），解構主義的
發揮到解構對莊子的詮釋，這種解構之解構有點在爭詮釋主導權
的味道；因為他所質疑的奚密之文，本身也是運用德希達來詮釋
莊子的。有時真理不是愈辯愈明，至少在詩學語義場上並無助益。
不過，這本解構的演練也足夠令人眼花撩亂。他著作甚勤，尚有
《形式與意識形態》（聯經版）、《回顧現代：後現代與後殖民論文
集》（麥田版）及《里柯》（東大版）等。

　　蔡源煌《從浪漫主義到後現代主義——文學術語新詮》有點
像術語手冊或詞典的編撰，後面幾節即集中於討論後現代主義及
訪問詹明信（Fredric Tameson）。詹明信說：「現在，整個社會也好，
個人也好，對時間的看法是：歷史永遠被約化為『此刻、眼前』。
這也說明為什麼尼采成了我們這個時代最受推崇的哲學家。尼采
相信，歷史是永恆的循環周轉，所以只有「此刻、眼前」（現在）
是重要的。」[10]

　　在八十年代初，有《四度空間》詩社，九十年代以夏宇、鴻
鴻為主的《現在詩》的後現代色彩值得注意。大陸朦朧詩崛起，
在七十年代晚期由北島創辦《今天》雜誌（一九七八），芒克、食

---

[9]　廖炳惠《解構批評論集》，（台北：東大，1985），P.59。

[10]　蔡源煌《從浪漫主義到後現代主義》，（台北：雅典，1987），P.350。

指、岳重和摯友多多，差不多同時寫詩，一九六八年初他們到河
北白洋淀「插隊」，與北島成為好友，以後又結識了江河、楊煉、
方含等，構成《今天》詩羣的核心。一九八〇年十二月在官方無
情鎮壓人權運動的淫威下，被迫停刊。[11] 鄭樹森指出：「《一代人》
和顧城的其他詩作都在使用『不相聯的蒙太奇的意象並置』方面，
明顯的和美國的意象派有相似之處。」[12]

　　九十年代開始，大陸譯介西潮的速度加快，解構主義、後現
代主義、女性主義、新歷史主義、後殖民主義、文化研究，目不
暇給，張京媛就前後主編《當代女性主義文化批評》、《新歷史主
義與文學批評》、《後殖民主義與文化批評》，均由北京大學出版。
現象學、詮釋學、結構主義、解構主義的思想家，各國優秀文學
著作，全都大量中譯，陸續進入中文視野。翻譯、沈澱、吸收，
七、八十年代詩人部分進入校園，教授新詩。

　　比較詩學

　　在比較詩學部分，李達三、羅鋼編《中外比較文學的里程碑》
一書。劉若愚《中國文學理論》中有〈形而上理論與象徵主義〉，
他的學生余寶琳繼續此論題，即〈中國詩論與象徵主義〉。「一、
它們都提倡非寫實的，富於暗示性的詩歌：諾斯羅普・弗萊認為
象徵主義詩人也把詞用作一種象徵，它擺脫了物質世界中符號與
意義的對應關係，也不直接指向精神世界中的某些事物。象徵主

---

[11] 引自奚密《現當代詩文錄》，（台北：聯合文學，1998），P.309。

[12] 引自奚密《現代漢詩：一九一七年以來的理論與實踐》，奚密、宋炳輝譯，
　　（北京：三聯，2008），P.115。

義者認為，語言是一種魔咒，它既是客體本身同時又是客體的名稱；這種暗含矛盾的觀點在中國文學批評中很難找到知音。但是當馬拉美寫到『對事物的模糊記憶溶入一個新的氛圍』的時候，他便把詞的魔力和召喚性的觀點聯繫起來了。」[13] 但象徵主義者常「運用諸如回環往復的句式、冠詞和代詞含混不清的指涉、動詞的分詞和不定式的常見用法等等技巧，他們企圖在擺脫了普通交往所需的陳詞濫調和意圖之後，在一種非常晦澀的、自我指涉的詩歌中，重新獲得語言的創造力。」（同上，一〇九頁）這「自我指涉，有時是個人的情感、理智象徵密碼，有時是神話世界的普遍密碼，或兼而有之。另外，除運用阻礙思維運動的繁難句法之外，還喜歡運用繫動詞和並置，兩種方法都懸置了無法確定的時間聯繫和因果聯繫。……他們的詩歌甚至於經常利用名詞的堆砌以產生一種共時性的效果。」（同上，二〇頁）動詞的隱喻化效果、意象的並置，甚至名詞的堆砌，是可以注意的三種詩歌技法。葉奚密在〈中西詩學中的「比」與「隱喻」〉一文中認為：「隱喻具有一種轉換結構，從意象到概念，從感知的王國到理性的王國，從可見到不可見，從具體到抽象，從再現到真理。至此，我們所討論的仍然是張力這一概念。張力是隱喻內部所固有的，是隱喻生存的根基。」（一三〇頁）隱喻的張力來自於從現實世界超拔，或另一個世界和日常世界的對比，在隱喻語言與日常語言形成的張力。

　　奚密在九十年代由耶魯大學出版《現代漢詩：一九一七年來

---

[13] 李達三、羅鋼主編《中外比較文學的里程碑》，（北京：人民文學，1997），
　　PP.106-108。

的理論與實踐》，在二〇〇八年中譯。在〈意象、隱喻、跳躍性詩學〉一章，為現代詩學尋找哲學基礎，說明其技法，她引述柏格森的論述：「柏格森的論點可以代表現代主義關乎意象的觀念基礎。『它使我們處於具體實在之中。沒有意象可以替代持續的直覺，但許多變化多端的意象——來自於截然不同的事物層次——可以透過其滙聚作用，引導意識至一個截獲某種直覺的精確點。』這段表述中的兩個觀念構成現代主義詩學的核心：具體意象和意象的快速銜接。第一個的觀念也出自休姆（T. E. Hulme），他將詩定義為具體的視覺語言，與『反語言』的散文相對；龐德的『發光的細節』（luminous details）和艾略特的『客觀對應物』（objectiue correlative）也可作為示範。第二個觀念可以前面提過的龐德的『象意法』和艾略特的『神話方式』（mythical method）作為例證。（「神話方式」……指當代和古代並置的手法）。」[14] 意象的並置，「來自截然不同的事物層次」，這種手法，朱自清已注意到，簡單說是「遠取譬」，用不相干的物象並置，可以顯示日常生活混亂的真相，並引起古怪的趣味。透過意象或物象的並置、紛陳，外在的即是內在的，引出詩人的經驗直覺所包含的意識或潛意識。休姆特為強調視覺作用。至於象意法（ideogrammic method）得自中國古典詩的啟發：「古典詩意象緊密聯接，甚少議論或說教性文字，因此，它滿足了龐德理想中的『硬朗的詩』（hard poetry）——建立在『具體細節的並置或聚合』的基礎上，洗盡維多利亞時代詩歌的濫情和鋪排。」（同上，一〇三頁）使日常生活中忽略的細節凸顯出來，就是「發光的細節」。至於艾略特的「神話方式」，恐是威廉斯、卡

---

[14] 同註12，PP.110-111。

洛斯、威廉斯不滿艾略特仍去傳統尋求神話，認為他背棄意象主義的原因。

《現當代詩文錄》是她最早一部見諸中文的詩論，在〈後現代的迷障〉中，她省察後現代詩：「後現代詩的某些傾向，如開放形式、多向視角、詩『作』的高度自覺等，暗示詩是人生的延續而非人生的超越的詩觀。但同時，以近乎純粹、毫不加修飾的口語入詩，以低調寫『超現實』，以平面視角看世界，以詩的虛構來反映，對抗現實的虛構。」[15] 她提出兩個問題：一、如何在現代主義傳統之內追溯後現代之源流，如何在現代主義之外體認後現代的創意。二、鄉土文學對後現代的「正負面」影響何在？後現代如何商榷現代主義和鄉土文學兩種對立的文學主張？（同上，二二三頁），這恐怕是要吸收融合法國後結構主義和英美後現代主義的思潮了。

奚密近出的《台灣現代詩論》中，有〈邊緣、前衛、超現實：對台灣一九五○～一九六○年代現代主義的反思〉一文重複收在《現當代詩文錄》中，她提醒：「台灣超現實詩和法國超現實的最大的差別在於前者並沒有以文學改革作為社會改革藍本的企圖。但是與其視此為台灣超現實之不足，不如說當時台灣的情況還不具備以文學改革來帶動激盪社會改革的基礎。」[16] 其實不要談「文學改革」，台灣當時固無「激盪社會改革」的基礎，憑一些片斷的譯介來學習與摹倣，除了以超現實主義為主的影響外，里爾克或意象派等，還有前行代詩人戴望舒、何其芳甚至覃子豪、紀弦，

---

[15] 同註11，P.222。

[16] 奚密《台灣現代詩論》，（香港：天地，2009），P.85。

其影響是混雜的，他們對超現實主義技法只有朦朧的信念，自主的學習，而無確定的詩學根基。書中另介紹風車詩社水蔭萍與林修二的超現實主義詩作和現代詩社的詩作，並專論楊牧、夏宇等詩人。

四十年代詩人鄭敏沈寂三十多年後復出，推出《詩歌與哲學是近鄰：結構-解構詩論》，全面性的反省英美意象派詩的創新、局限及影響，並分析後現代詩歌，全書近五百頁。她分析威廉·卡洛斯·威廉斯的《紅色手推車》：

> 這麼多的事物都依賴
> 于
>
> 那一輛紅色輪子的
> 推車
>
> 它濕漉漉的沾滿雨
> 水
>
> 站在一群
> 白色的小雞旁邊

「詩的美學特點在於：1.意念全在物。2.文字被拆散還原以增加內涵。3.不遵照因果關係這一條自亞里斯多德以來就確立了的西方邏輯觀念。」[17] 這就解釋了後現代詩歌的特點。同時她也指出了後現代主義的一種回歸：「此時西方的後現代主義卻又反身向

---

[17] 鄭敏《詩歌與哲學是近鄰：結構-解構詩論》，（北京：北京大學，1999），P.146。

十九世紀的浪漫主義尋求啟發，以消解現代主義過度堅硬、沈重的風格。」（同上，二一六頁）浪漫主義本來就是象徵主義、超現實主義乃至意象主義的動力源頭。

　　高辛勇《修辭學與文學閱讀》一書或許是晚近偏重的修辭傾向，評介了受解構主義德希達影響的耶魯四人幫中保羅‧德曼（1919~1983, Paul de Mann）以修辭為解構的策略。他多增一篇〈比喻與意識形態〉，增訂新版。他說明「興」的意義：「一個「興」意象可以看作是比喻一樣，有一個相互作用的結構，有三個相似的成分或層面涉及到三個感知過程。在語義它提供了認知運作的基礎，因此需要一個對形象的圖旨式閱讀。在情感上它觸發了感覺並導致了中國傳統中情調意境詩學（poetics of mood）的發展。一個嚴格意義上的比喻，意象的認知（語義）層面是占統治地位的，而在一個興的例子中，突出是情緒意境層面。這樣一個理論將較容易地說明《詩經》闡釋史中對興五花八門的看法。」[18]「興」既可看成比喻一樣，按照傳統「比顯而興隱」的說法，比興只有程度的不同，就至少是個隱喻。它突出的是情緒、意境層面，因為是詩人寫詩，有感受，不是學者寫論文，那麼由自然事物起興，會不會引起「一個以象徵單位的組合，這些象徵最終會指向一個總體的、合一的、普遍的意義」？（同上，一四一頁）

　　大陸學者張隆溪的《道與邏各斯》也全面運用解構主義如德希達與德曼，也包含詮釋學伽達默爾來說明馬拉美、里爾克、艾略特的詩學策略。在分析馬拉美的名詩〈牧神的午后〉時，他說：

---

[18]　高辛勇《修辭學與文學閱讀》，原為北京大學出版，後增訂，（香港：天地，2008），P.147。

「牧神也可以視為詩人的象徵，他『在虛無之中』創造，他的創
造來自夢、記憶和想像。盡管意識到神女可能是欲望和幻覺的產
物，他們的親吻不過是『甜蜜的烏有』，這位牧神還是遊戲於其中，
試圖以歌聲召來她們美麗的形象。」[19] 象徵來自「夢、記憶和想
像」，反象徵凸顯的不過是「夢」、「欲望」和「幻覺」，二十世紀
的流派之爭，也將在「現代詩歌」的大纛下重新反省和探討。

　　也許目前最重要的是消融後結構主義含德希達、李歐塔、傅
柯及德勒茲的學說。九十年代是最好的年代，各種詮釋資源都在
中文的語義場上，過去難以見到的資料，也逐漸出現。我的老師
司徒衛（祝豐）是文學評論家與紀弦、鍾鼎文是好友，也曾在藍星
詩社創辦時多次參與，他赴美時留下一批藏書，由范銘如學妹轉
贈，有何其芳的《預言》[20]、馮至《十四行集》[21]、辛笛《手掌集》
[22]，我見到時已是九十年代末，然後百花文藝於二〇〇四年原版
影印戴望舒《望舒草》[23]，對他們的詩藝才有較完整的認識。

理論與譯介

　　鄭樹森譯介頗勤，目擊世界文壇動向，輯譯國際文壇作家及
諾貝爾獎文學選等，另有《遠方好像有歌聲》一書均為譯詩，含
世界各國詩人伊利提斯、米華珠、塞佛特帕斯、博赫斯等多家。

---

[19] 張隆溪《道與邏各斯》，（四川：四川人民，1998），P.191。
[20] 何其芳《預言》，（上海：文化生活，1945）。
[21] 馮至《十四行集》，（上海：文化生活，1949）。
[22] 辛笛《手掌集》，（上海：星羣，1948）。
[23] 戴望舒《望舒草》，（上海：上海雜誌，1937）。

〈致阿爾巴尼亞陣亡少尉〉　　　伊利提斯　鄭樹森譯

他彷似雀鳥突然飛離後的花園

他彷似暗夜裡中斷的歌

他彷似停頓的天使鐘

正當眼睫毛說：「再見，諸位」

而驚訝便轉化成石塊

……

身旁是半完成的臂

眉毛間——

一口苦澀的小井、命運的指印

一口苦澀淤紅的小井

讓記憶冷去

　　鄭樹森評論伊利提斯（Odysseas Elytis, 1911~1996）：「早歲深受法國超現實主義影響，詩作邏輯跳躍、意象瑰奇……一九四五年出版的《英雄的輓歌》，終在抒情與意象間，達致微妙的平衡。」[24]

　　七十年代詩人陳瑞山（一九五五～）譯著《東歐當代詩選》譯介塞佛特、米若盧等十位詩人計一一五首詩。封面折口引詩人語錄：「我現今二十四歲，曾被帶去屠殺，我存活了下來。（羅塞維茲）。受難無法救贖我。沒有神祇會來庇佑我。我的聲音比這世界更無家可歸！（畢林斯基）。詩人昔日飛翔時所望見的這個『大地』，真的，現正從深淵裏哭號。（米若盧）。死亡是從德意志來的魁首，他的雙

---

[24] 鄭樹森《遠方好像有歌聲》，（香港：素葉，2000），PP.30-31。

眼青藍。(席藍)。藝術家應該去偵察那殘暴的最底層！(赫伯特)」[25]

　　宋穎豪(一九三〇～)譯美國學院派、自白詩、敲打的一代、黑山派、紐約派等詩人詩論的《當代美國詩》(*Contemporary American Poetry*)，實足以代表美國詩學概況，由於是七十年代的書，故易名《詩經驗談》出版。[26] 他還計畫譯《美國詩選》三冊。

　　大陸譯介日多。《表現主義論爭》主要是布洛赫、盧卡契及布萊希特的爭論。[27]《布拉格學派及其他》中，穆卡洛夫斯基〈現代藝術中的辯證茅盾〉中指出：「浪漫主義與現代藝術的共同點是把經驗真實及其在藝術中的反映拉開距離，造成經驗真實變形的結果。」[28]「象徵主義已鮮明地證實了自己將藝術表現極端客觀化的強烈願望，亦即將作品『絕對化』，儘可能地遠離經驗真實，使之儘可能適應同一時代和同一社會範圍的人。」(同上，三頁)「超現實主義藉生物個性之助，超現實主義者從各種社會關係中解放出來，決心與以新的面貌呈現在人類面前的物質真實建立直接的聯繫。」(同上，七頁)而關於現代藝術內容與形式的矛盾也指出：「……形式本身同時就是內容，最明顯的例子是象徵主義詩歌。……詩的形象即是形式。」(同上，二十頁)

　　墨西歌詩人帕斯(Octavio Paz, 1914~1998)對現代詩的反省有驚人的理論深度：「在萬物相通點的觀點出現的同時，也出現了它孿生的對頭，嘲諷。這是各種類比的編織物上的小洞，是打破關聯的例外。如果類比能夠像一把扇子一樣，當它打開時能顯示此物

與彼物、宏觀世界與微觀世界、星球、人類與昆蟲之間的相似之處，嘲諷便會把這扇子撕破，嘲諷是打破萬物相通的音樂會並把它變成一片嘈雜的噪音。嘲諷有好多個名字，例外、越軌、如波德萊爾所說的『反常』，總之，是偉大的變故：死亡……現代詩歌的歷史，從浪漫主義象徵主義，是從一開始就構成這部歷史的兩個原則的不同表現的歷史，這兩個原則就是：類比與嘲諷。」[29] 帕斯，一九九〇獲諾貝爾文學獎，是超現實主義詩人，他乾脆說：「詩人就是那種能夠將形象——我們極為陌生的形象——通過詞語機制固定下來的人。」（同上，二二一頁）

　　女詩人翁文嫻留學法國，《創作的契機》一書引介法國詩論家莊皮爾‧李察（Jean-Pierre Richard）評論波多萊爾：「自一件物象到另一物象，任憑他的夢，凝結在某一物自身的經驗中，由此又通往另一物自身的經驗。」[30] 波多萊爾既可以通往象徵主義，也可以通往超現實主義。她除推介周夢蝶、商禽、黃荷生、羅智成、夏宇外，也推介駱以軍（小說家）的詩。

　　陳樹選編《破碎的主觀銅像——外國後現代主義詩選》收世界後現代主義詩人波赫士等三十五家近兩百首詩作，陳樹談到後現代主義企圖超越現代主義所進行的一系列嘗試中說：「反智性、重體驗、重經驗的直接性、片斷性、反解釋、拒絕深度、對自發性的強調、反文化、神祕主義傾向、原始性、推崇、反抽象、對具體性的強調、個人化、內在性、妄想狂、自我否定——反藝術、

---

[29] 帕斯《批評的激情》，趙振江譯，（雲南：雲南人民，1995），P.26。

[30] 翁文嫻《創作的契機》，（台北：唐山，1998），P.7。

新靈知主義、語言烏托邦等等。」[31] 一切的「反」針對現代主義；也還有後現代主義的肯定。

萬胥亭（路況）（一九六三～）近年在《德勒茲‧巴洛克‧全球化》一書中解釋副歌（refrain），或譯疊歌。「對德勒茲與瓜達利則可將賀德林詩改為『動物音樂地居住在大地之上』，而提出「音樂是存有的疆域（Music is the territory of Being.）」的「音樂本體論」。可以構築『存有之疆域』的音樂就是『副歌』，『副歌』的反覆迴旋，一唱三歎形成了『動物音樂地居住於大地之上的疆域』。」[32] 詩某些程度也是疆域之歌，音樂的成分是必不可少的。少了音樂，就少了保護疆域之強度的韻律。這條線索至少自尼采始，經懷海德，乃至德勒茲。

第二節　北島的血與抗議

北島（一九四九～），北京人。高中畢業後，到建築公司任混凝土工和烘爐工。一九七八年創辦《今天》文學雜誌，著有《在天涯》、《北島詩選》等。朦朧詩代表人物。好友遇羅克在文化大革命初期抗爭，遭批鬥、槍決，〈宣告〉是悼念遇羅克的詩作。

　　寧靜的地平線
　　分開了生者和死者的行列
　　我只能選擇天空
　　決不跪在地上

---

[31] 陳樹選編《破碎的主觀銅像──外國後現代主義詩選》，〈序〉，（蘭州，敦煌文藝，1996）。

[32] 萬胥亭《德勒茲‧巴洛克‧全球化》，（台北：唐山，2009），P.91。

　　以顯出劊子手們的高大
　　好阻擋自由的風

　　這地平線只分開生者與死者。死者多因劊子手而生者也多跪在地上，對比之下劊子手就顯得高大了。北島選擇的態度是「我只能選擇天空，決不跪在地上」，不向當政者屈服，成為朦朧詩的抗議精神，這樣，「自由的風」就不被阻擋。

　　天空不但是「自由的風」，自由也以鮮血為代價，在〈收獲〉中：

　　我是沒有尺寸的
　　飛翔的夜
　　我帶著一滴
　　天堂的血

　　雖說是寫蚊子，蚊子好像很小，但只要飛上天空，就「沒有尺寸」。但只能在夜裡飛翔，詩人只能用筆來向現實抗議，這是一滴「天堂的血」。

　　我不相信天是藍的；
　　我不相信雷的回聲；
　　……
　　如果海洋注定要決堤，
　　就讓所有的苦水都注入我心中；
　　如果陸地注定要上升，
　　就讓人類重新選擇生存的峰頂。

　　「回答」這首詩不相信「美好的世界」，藍天是虛假的，「雷的回聲」也是假的，他質疑周遭既存的一切。北島的夢化成了悲

願，好像歌德的回聲：「下界的苦，我要一概承擔。」海洋決堤，
「所有的苦水都注入我心中」。而他也相信陸地終會上升，上升到
「空中」，那麼也就享受「自由的風」，可以自己選擇「生存的峰頂」。

　　北島對現實的抗議精神，是相信自由必須用鮮血來換得。

第三節　于堅的碎形閃光

　　于堅（一九五四～），雲南大學中文系畢業，大陸第三代重要詩
人，曾以〈墜落的聲音〉一詩獲聯合報新詩首獎，一時頗受囑目。
通過某種聲音的墜落，表現詩人的形而上思考。一種澄明，知性
的聲音。

　　他另一本詩集名曰：《一枚穿過天空的釘子》，不太容易了解
一枚釘子為啥要穿過天空？詩人又要藉此來表現什麼？通常說一
支釘子，用數量名詞「枚」顯出釘子的「珍貴性」，但它為什麼珍
貴？因為它能「穿過天空」。於是不禁要佩服詩人構想的新奇，平
凡的、瑣碎的小事物也能因穿過天空，而像一位剛剛登基的君王
鋒利遼闊光芒四射。但問題仍在為什麼這枚釘子能夠「穿過天
空」。詩人的解釋是：

　　　　一直為帽子所遮蔽
　　　　直到有一天
　　　　帽子腐爛
　　　　落下
　　　　它才從牆上突出

　　于堅對生活的觀察集中在這些小事物的細節化（另如〈啤酒瓶
蓋〉），這裡沒有什麼驚動人心的大事件，既沒有夸父追日那種「猛

志逸滄海」的雄心壯志，甚至也沒有「月出驚山鳥」的剎那驚心，
偏是更為日常生活性的小事細節，引起了他對現象本質的觀看。
于堅想進入現象的本質，這裡是「意義」的泉源，也是語言的泉
源。但單看一首詩，很難了解「為帽子所遮蔽」隱喻什麼，因為
那祇是「現象的過程」，運用質樸的日常語言來描述現象，是于堅
詩作的特色，由此他對事物「本質的觀看」。

　　運用質樸的語言，他在另一首〈心靈的寓所〉中嘲諷：

> 這是孤獨
> 憂鬱人生
> 命運和死亡
> 還有玫瑰
> 騎士
> 夜鶯這樣一些高貴的字眼
>
> 他一個個放在桌上
> 綠絨的桌布擠滿珍奇的古玩
> 像一群精靈
> 跳起典雅的宮廷之舞
> 娓娓動人

　　這樣我們才清楚：原來這些「高貴的語言」，就是把語言「遮
蔽的帽子」。于堅也相信這些「高貴的字眼」所帶來的歷史性固定
指涉，會使文字的意義僵化，有礙詩質。每個詩人都為語言的創
新奮鬥，于堅從胡塞爾式的「現象學的描述」開始，使語言還原
為純淨的語言，他相信這是：

> 遼闊的草原
> 為我撥開一支深遠的牧歌

甚至：

> 由於很少有人踩踏
> 這些草長得非常茂密

　　單篇詩作裡，你很難去確定意象的表達，如果以詩是用「最少的字量要承載最豐富的意義」這種觀念來看于堅的詩作，當然你對詩的信念也受到于堅的挑戰。我們對語言的使用，很容易就讓「歷史性隱喻」潛入，閱讀時也容易受其影響干擾，所以簡單現象的大量細節性描述，散文化的鋪陳，詩意是游離的，在單篇詩作中很難凝聚，當然也就「突破」了抒情傳統的一些什麼。但這些「流竄在地層之下的存有之光」，雖然有意除去比喻（總覆蓋歷史、傳統意義），使語言碎形、流動，成為離心力，「引發分裂路線或逃亡的路線」〔德勒茲（Gills Deleuze, 1925~1995）語〕，使語言像游動的液體復歸渾沌，詩人于堅也就成為哲學家、科學家、藝術家的複合體，帶我們研究「一枚釘子」。但語言的活性流動中，偶然的匯聚之處，仍舊無法根除「隱喻」的誕生，譬如〈對一隻烏鴉的命名〉。

　　大陸先鋒詩人要在詩作中重構美感經驗時，或許是面對一龐大沈重的「醜感經驗」，故而在使用語言的策略上採取一「逃逸路線」。就像〈對一隻烏鴉的命名〉中：

> 它不是鳥。它是烏鴉
> 充滿惡意的世界　每一秒鐘

都有一萬個藉口 以光明或美的名義

朝這個代表黑暗勢力的活靶 開槍。

不過以這樣細節描述的辦法，雖然有時讀起來有點類似抗議現實的超現實主義，或許也代表大陸詩人群的特殊的「共通美感經驗」，但他們的詩作，閱讀起來有時也只感受到「存有的碎形閃光」。這種「逃逸路線」的堅持，怎一個沈痛了得。

于堅在〈棕皮手記：詩人寫作〉一文中說得好：「詩人應當深入到這時代之夜中，成為黑暗的一部分，成為更真實的黑暗，使那黑暗由於詩人的加入成為具有靈性的。」這是先鋒詩人的精神，使黑暗成為靈性的黑暗，才會有「存有的澄明」。不過黑暗是隱蔽式的，要尋找在黑暗中被隱蔽的「存有的澄明」，就不能祇是耽於「存有的碎形閃光」，這種迂迴的逃逸路線固然使黑暗具有靈性，固然是長期以來對「所謂陽光的懼怕」，不過語言總是要開顯，語言總是要通過黑暗直接進入「存有的澄明」，通過語言的命名才能使一枚釘子「穿過天空」。

第四節 夏宇刁鑽的想像

夏宇（一九五六～），另一筆名童大龍，是國立藝專影劇科畢業。曾於法國留學，著有詩集《備忘錄》、《腹語術》等，思路刁鑽，成為女性主義學者最愛探討的女詩人之一。〈甜蜜的復仇〉也有代表性。

把你的影子加點鹽

醃起來

風乾

　　到老的時候，下酒

　　詩題「甜蜜的復仇」已含有弔詭的語意，復仇是血腥的，但甜蜜就把復仇字面的語意完全轉向新的方向。小詩的設計也就很復仇的計畫來作比喻，好像醃製臘肉一樣，加點鹽、風乾、下酒，但不同的是並非把你加點鹽、風乾、下酒，而是把你的影子，這時所有字面的意義全變成另外一套含義。既然是影子，我們想到的可能是思念你的形象，你已不在眼前，加點鹽、風乾，隨著物的性質，鹽可能就指涉眼淚，風乾就可能指讓眼淚乾涸，這些醃製的過程反而是封存了回憶，換言之，指涉與復仇完全不同的意思，到老的時候還可以「下酒」，果然復仇轉成了甜蜜，相反相成。這首詩〈甜蜜的復仇〉只有十九個字，不到二十個字，成為頗富現代感的小詩，一般也視這首小詩表達了「後現代的情境」，是有點詼諧有趣，而不像以前對愛情那麼認真的態度。

　　　　開了
　　　　迅即凋落
　　　　在鼻子上
　　　　比曇花短
　　　　比愛情長

　　這首詩連青春痘都與短暫的愛情有關，青春痘生長和凋落的時間，介於曇花與愛情之間，故而愛情短暫得不到一夜。
　　愛情的短暫還可以與拔蛀牙的短暫相比，如〈愛情〉一詩。

　　　　「拔掉了還
　　　　　疼　一種

空

洞的疼。」

拔牙好像分手，牙床仍在痛，痛與拔牙後留下的洞有關。不但空虛，洞也在痛，似乎一語雙關，也可以說女性生殖器。

夏宇的詩一製新聲，常獲得很多回響。例如〈腹語術〉中，因「錯過婚禮」，而竟然以一個不在場的發聲即「腹語」來代替婚禮進行曲中的宣誓，「我願意」。

> 我走錯了房間
> 錯過了自己的婚禮
> （舌頭那匹溫暖的水獸　馴養地
>
> 在小小的水族箱中蠕動）
> 那獸說：是的，我願意

舌頭是「水獸」，嘴巴就是「水族箱」。藉著水獸的蠕動，其實還是在水族箱中。既然婚禮已錯過，只能藉著獸語來表達「我願意」。夏宇的詩在刁讚中，常充滿戲劇性的機智。

第五節　路況的光影世界

路況（一九六三～），本名萬胥亭，政治大學哲學系畢業，台灣大學哲學碩士，赴法獲巴黎第八大學美學及造型藝術博士。曾任《現代詩》復刊編輯、《島嶼邊緣》發起人及專題主編，《聯合文學》編輯；曾任教東海大學美術系，現任成功大學中文系副教授。專研法國當代思潮、文化，專精德勒茲及德希達，詩作未結集，著有《德勒茲・巴洛克・全球化》、《五月之磚——巴黎學派的思

想》、《鼠儒主義》多種。

〈 磨鏡人——擬斯賓諾莎 〉

祂是那個磨鏡人精心琢磨的

一張反光玻璃

一面鑑照了我們有形的物像

一面供我們玄覽了無限的心景

孤寂的磨鏡人，鬱鬱

空虛的閣樓闃暗肅穆如中古大教堂

寥廓似亙古冥冥的宇宙

祂則成為不斷向深遠推移底

——一方靈明的彩窗

（世界在一束光裡容納了塵埃飄轉的我們）

　　西洋哲學家斯賓諾莎以磨鏡片為業，構想泛神論體系。磨鏡就是磨玻璃，要「精心琢磨」；也把上帝琢磨成「反光玻璃」。能將哲學家思想入詩，描摹其構架。為什麼是「反光玻璃」呢？透光的那面可以「鑑照」「有形的物像」，不透光的那面是鑑照不出形體的，可以神祕地窺視「無限的心景」。有形的物像總在上帝無限的心中。

　　孤獨的思想家，心情憂鬱把自己安靜黑暗又肅穆的「空虛的閣樓」，構想為「中古大教堂」，來敬拜上帝。又因空虛寥濶構想為長古以來不可知的「宇宙」。由「閣樓」到「教堂」到宇宙，上帝就「不斷向深遠推移」，上段的「反光玻璃」，也依次遞移，由「閣樓」之窗、「教堂」之窗到「宇宙」之窗，上帝是「靈明」的，成為「一方靈明的彩窗」。

世界成為上帝的「一束光」，而我們如「塵埃飄轉」，被「一束光」容納。這首詩前後呼應，一首短詩，氣勢宏偉，包含深邃的理境，看哲學家如何從生活中，從居住中構想了宇宙。

康德之暮

散步的時間到了
摘下深度的老花眼鏡
世界的煙靄在體內緩緩沉澱
浮澄出晶麗的晚空
嵌在範疇整齊的窗格中
黃昏的情緒隨群鴿低飛
盤旋在違章建築上
……
而當胸中永恆的道德律
再一次高標如星
樓下房東家也開始他們
實踐理性的方城之戰
在歷史挑燈的漫漫長夜
一陣陣清脆的洗牌聲
磅礴的大系統不斷地拆解再重建

這首詩獲政治大學長廊詩獎第一名。「古今疊影」造成幻覺，倒不知康德是否戴了「深度的老花眼鏡」？萬胥亭善用窗的意象，在「範疇整齊的窗格中」，是康德《純粹理性批判》的十二範疇，那麼「晶麗的晚空」大約是他的目的論了。但康德走入現代，隨著詩人的心思「逸出極目的地平線」，把「方城之戰」視為「實踐理性」與前面「永恆的道德律」對比，大系統也成為「拆解再重

建」的牌戲。

空門

無人　在

空了的　一層公寓　有它自己

繁複怔忡的思緒　午後　遲遲的日影

橫過　陽台的積水　花木扶疏的盆栽　折射

天花板上　粼粼的波光　波光間流露的藻影

（為什麼總是有些什麼而非空無一物？）

在思緒背後　在廚房後廂的陽台角落

記憶蔓延糾結的長春藤

猶纏繞著　歲月生銹剝落的鐵欄

悠悠的曬衣繩

懸著　惘然欲滴的衣物

靜待風乾　像莫名飄過的雲

　　標題有點像佛家所謂遁入「空門」，結果是公寓的「空門」，而詩人依舊要將「空門」後的居家放大成「可能世界的戲劇性」。公寓擬人化，也有「自己的思緒」，像一系列特寫鏡頭，由「日影橫過」造成了事物演出的戲劇性，「積水」將「花木扶疏」「折射天花板上」，天花板上也「波光粼粼」，甚至有陰影形成「藻影」。詩人故意運用引言「總是有些什麼」的基本存有學問題，反而是要解消所有的深度，而成為一種「表面遊戲」。——意象演出的戲劇性。

　　法哲德勒茲指出：特寫鏡頭具有將事物從特定時空脈絡中抽離的效果，不呈現事物的真實狀態，而直接表達事物的可能性與

理想性。故而是「有我」還是「無我」呢？這些抽象效果，德勒茲稱為「情感—影象」。這是非主觀的情緒感受，但也非客觀，只是附著於事物之上的「理想事件」。

詩人可以說我不是將「長春藤」擬人化，甚至「長春藤」也有自己的「記憶」，但也可以說我也是將其擬人化，否則長春藤怎麼會有人的記憶呢？那麼擬人化不擬人化不相干，這種「情感——影象」只是湊泊在事物之上的理想事件，「惘然欲滴的衣物」也是如此。這是一種共棲的區域，事物自身的演出。詩人將司空見慣的生活空間，「昇華」成喧囂熱鬧的戲劇世界。

> 在暗湧的夜聲人潮上昇起一只寂然發光的泡沫
> ——空靈而封閉的心
> 是如此的纖薄易破
> 啊它要一直移到夐遠荒涼的天河盡頭
> 凝成一顆
> 堅實閃爍的阿基米德點
> 你會支起一宇宙輝煌的海市？

這首〈斗室〉也是戲劇性，詩人在孤獨中的寂天寞地，從「夜聲人潮上昇起」，把自己形容成「寂然發光的泡沫」。為什麼是泡沫呢？因為詩人的心「空靈而封閉」，不是對外敞開，所以「纖薄易破」。自己的孤寂頓時成為宇宙的孤寂，故「移到夐遠荒涼的天河盡頭」，期望自己成「泡沫」轉成「阿基米德點」，從寂天寞地化為驚天動地。就像從「阿基米德點」支撐起地球，自己也能支起「宇宙輝煌的海市」。

路況年輕時寫的詩即已非纖薄易破的泡沫，也正在凝結成「堅

實閃爍的阿基米德點」的過程中。

第六節　孫維民的陰鬱色調

孫維民（一九五九～），政治大學西語系畢業，輔仁大學英國語
文研究所碩士，現任教於靜宜大學。曾獲中國時報新詩首獎及評
審獎、中央日報新詩獎、梁實秋散文獎首獎等；著有詩集《拜波
之塔》、《異形》及散文《所羅門與百合花》等。

在〈聽蟬〉一詩中：

> 他抓住一根細細長長的繩索
> 不停地攀登
> 向上，不停地
> 希望看見高處的風景
> 希望知曉峰頂的祕密
> 因為苦痛
>
> 直到一片鋒利的落葉
> 冷冷地，將細細長長的繩索
> 割斷

既是聽蟬聲，蟬聲如縷，形容成像「抓住一根細細長長的繩
索／不停地攀登」，實精巧至極，「不停地」有蟬鳴的顫音的感覺。

方位的指示是「向上」，似為蟬鳴的音高，故第二段順著方位
指向「高處」、「峰頂」，表示自己為何有這樣的「希望」呢？是「因
為苦痛」，才想躍升到「高處」或「峰頂」。故第二段前兩行，一
方面好像形容蟬鳴的音高，但因有「希望」二字，又像形容自己
存在的感受了。

落葉的葉緣是鋒利的嗎？無論如何，注意力因「落葉」而有轉向，繩索的「向上」與落葉的「向下」正成對比，「向下」的力量是「鋒利」的，把「向上」的希望割斷了。看來孫維民的詩風陰鬱其來有自。

> 在窗口外我看見
> 一輪靜靜地死去的滿月
> 在商業區的上空浮懸：
> 一隻建築工地的廣告氣球。

像是都市裏見到的死去的自然，「滿月」也要靜靜死去，「浮懸」兩字就是看似虛假，不是「月湧」的生機或「高掛」的有力。「滿月」原應充滿生機，但卻「靜靜地死去」，這是矛盾語言，卻有張力地共處在詩中。為何如此？「商業區的上空」、「建築工地」使「滿月」成為「廣告氣球」，甚至「廣告」亦屬商業。

> 哭泣吧，因為生命已經開始
> 因為鐘臂已經開始
> 彷彿學步的嬰孩，奔向
> 靜止的時刻，墳場的
> 胸懷──哭泣

孫維民選擇了「哭泣」，正是他詩風的陰鬱時刻。生命開始，正是時間的開始，而時間太過快速，「嬰孩」還正在「學步」，卻「奔向」「墳場的胸懷」，由「學步」到「靜止」，由「嬰孩」到「墳場」，這些矛盾語言都共處在詩中，彷彿在最有生機的時刻，嗅到的卻是死亡的氣息。這正是孫維民的「苦痛」，對生命的絕望，還

有什麼比嬰孩奔向墳場的意象更驚悚的呢？

第七節　陳克華的動物與小孩

　　陳克華（一九六一～），山東省汶上縣人，台北醫學院醫學系畢業。曾為《現代詩》季刊執行主編，曾獲中國時報敘事詩優等獎，多次全國學生文學獎等，現任榮民總醫院眼科醫師。著有詩集《騎鯨少年》、《星球紀事》、《我撿到一顆頭顱》、《與孤獨的無盡遊戲》、《欠砍頭詩》等。

　　陳克華寫詩也寫歌詞，〈台北的天空〉家喻戶曉，陳克華也頗受矚目。

　　〈馬戲團自我的青春拔營離去〉一首詩的題名如詩句那麼長，這也是「搏版面」的一個方法，先讓詩名引起注意。

> 馴獸師的鞭子倦了
> 隨手放在睡眠的邊緣
> 漂泊的動物今晚又將做什麼異地寒涼的夢？
> 我背手眺望
> 感覺有精靈自走鋼索的高空跌落然而
> 觀眾們都把票根留在座位上
> 沒有人意識到
> 這將是最後一次馬戲自我青春華美的廣場上
> 拔營離去……

　　本詩首句「小丑在謝幕後並不卸下臉上的妝」，是詩人長期的觀察還是違反小丑通常習慣的反筆？總之我們記得，謝幕後小丑

的妝還在。第二句更怪：「他憂愁而英挺的面容」，小丑為了逗人
發笑而掩其辛酸，在謝幕後流露「憂愁」，這可以理解，「英挺」
則違反我們對小丑妝的慣性看法，是指「青春」吧！青春終留給
「昏黃的小鏡」了，故詩人表明「意識到青春與夢的終站」。

　　馴獸師倦極欲眠，用舉隅法把他的鞭子擬人化──「倦了」，
「隨手」是不經意的，因為已謝幕了。「漂泊的動物」又將到異地
去，才會「有精靈自走鋼索的高空跌落」；換言之，動物的遷移，
造成精靈的跌落。故而動物是「青春華美」最有力的表徵。

　　看戲時，已撕票，散場後為何「票根」都「留在座位上」，這
是詩中之謎，彷彿觀眾的票根仍想觀賞下一場表演，其實這已是
「最後一次」了。青春像這「華美的廣場」曾有過小丑、馴獸師、
走索者和各式各樣的動物，甚至帳蓬，現在馬戲團將「拔營離去」
了，青春華美的夢已不再了。那麼人生像「小丑的妝」是（夢）「魘
的無盡流沙嗎」？

> 你說：曾經一個小孩在那裏走失了
>
> 是啊！我想：是你嘆息的潮水
>
> 掩去了他身後的足跡
>
> 於是我們沈默著互道再見
>
> 你彷彿是遙遠的一道霓虹亮麗，在西門
>
> 鬧區複雜喧囂的巷弄裡，沈默著
>
> 我堅持，只是沈默不告訴你
>
> 曾經，我在生命轉彎的地方等你

　　這首詩是我與你「互道再見」，「互道再見」的原因在前一段
的對話，是「你」認為在你我交往的過程中，「你」只是一個「小

孩的走失」,「我」則認為那是「你」後悔了,才會有「嘆息的潮水」,掩去小孩「身後的足跡」,致令小孩走失,換言之,只要不嘆息,「小孩」就無所「走失」,「你」根本無所謂的迷失。

「你」、「我」的距離變得「遙遠」,「你」像霓虹燈亮麗的閃爍在「西門鬧區複雜喧囂的巷弄裡」,難道是去尋花問柳嗎?「你」、「我」曾經相遇,「我」也曾經等待,只是我的等待,是在「生命轉彎的地方」。你如果回來,生命就轉了彎,「你」、「我」的身分,耐人尋味。

> ……那些緊隨季節前來弄潮的男女
> 　隨手就把肉體晾在椅背上

肉體像衣物一樣可以「晾」?「隨手」仍是不經意的,對肉體態度的輕忽,充滿嘲諷。

第八節　林燿德的都市風貌

林燿德(一九六二～一九九六),本名林耀德,福建省同安縣人。輔仁大學法律系畢業,曾任「四度空間詩社」同仁,中國青年寫作協會祕書長。著有詩集《銀碗盛雪》、《都市終端機》、《都市之甍》等五部,另有詩評論集《一九四九以後》、《不安海域》及《羅門論》等。林燿德創作頗豐;在詩壇也頗為活躍。鄭明娳教授認為透過他的詩作可以具體了解後現代主義在台灣的影響和本土化的實證。

> 下班的我
> …………我
> 迷失在數字的海洋裏
> 顯示器上

排排浮現
　　　降落中的符號
像是整個世界的幕落
終端機前
我的心神散落成顯示器上的顆粒
……
帶著喪失電源的記憶體
成為一部斷線的終端機
任所有的資料和符號
如一組潰散的星系
不斷
　　撞擊
爆炸

　　這首〈終端機〉是林燿德的力作。像「海洋」般的「數字」使我「迷失」了，因為數字是「降落中的符號」，眼前只有一排排如數字的符號，是「整個世界的幕落」。在電腦的數字符號前面，我們的生活世界何在？故而心神散落成「顯示器上的顆粒」，更從數字符號化成為點點顆粒了。

　　下班的我，還裝滿這些記憶，但記憶體已「喪失電源」，與終端機已「斷線」，那麼「所有的資料和符號」對應引述的第一段，「…………我」，主體成為顆粒的我，也將化為點的光亮，如「一組潰散的星系」，光點與光點「不斷」「撞擊」甚至「爆炸」了。故而「下班的我」還是對應於「…………我」，只是更推進了一層。「下班的我」比在電腦前上班的我還更嚴重，上班的我是光點顆粒的我，「下班的我」是「斷線的終端機」，任資料和符號不斷撞

擊，成為光點爆炸的我了。此詩充滿對電腦文明的抗議。

> 在這個癡肥的年代，人人都想向我索討食譜
> 誰不好奇三個月內減輕二十二公斤的祕方
> ……
> 利用樸素的材料製作充滿豔情和飽脹感的餐飲
> 不要空著肚子，並用心培養正當的運動嗜好
> 的確，減肥者必須重新實踐青春期的燥熱經驗
> 好比那日夜旋轉不息的地球永遠也不會變胖
> ……
> 任何形態的肥胖都意謂赤字，包藏著崩潰前夕的噪音

這首〈人人都想向我索討食譜〉，好像給自己減肥的過程紀實，食譜怪怪的，還有「炭烤聖甲蟲九十九卡」。變體字的「箴言」，好像「豔情」和「實踐青春期的燥熱經驗」，教人多做愛就不會變胖，就充滿情色意味了。無論「縮減軍備」或「人人準備執政」都可以由胖瘦的感覺去擴充，例如：「穿上夏威夷衫活像一座花色庸俗的二手沙發」屬自嘲，意象鮮明生動。

引詩末句，最是警句，矛盾語言如肥胖反意謂著赤字——健康的虧損，「包藏著（身體）崩潰前夕的噪音」，即使放在經濟上，也不無道理，如通貨膨脹亦可能引發危機。余光中說：「令人啼笑皆非的是，他的嘲弄一語成讖，竟然變成了自嘲。」林燿德死於心肌梗塞，這首詩是在死前兩個月發表。

這首詩超過五十行，且用長句，或兩句成一句，對一切現象採用鋪排的並列式句法，是擴散型寫法，也是散文化的方式，致篇幅龐大。我較欣賞〈終端機〉那種凝結的寫法和句法。

第九節　謝昭華繁複的華麗

　　謝昭華（一九六二～）近年有可觀的成績。一位醫生詩人，生於馬祖列島，現在亦在馬祖列島執業，行醫、寫詩、島嶼，這三者交織著怎樣繁複的想像？詩人在〈自序〉裡，索性說自己的戶籍屬於「魚籍」，在海域下的魚族，如謝昭華書桌前魚月曆的圖中：海鯰、馬加鰆、紅斑、花尾鷹翁、黑鯛……，單從魚名的想像，那是多麼繁雜豐富的族群啊！正如詩人說：「當兩棲的魚頭螈自上泥盆紀的海水中探出頭來邁著它蹣跚的步伐踏上古大陸時，人類的童話與神話便開始書寫，無論是以口述或形之於筆墨。」魚的變形為人，人魚童話的誕生，想像著兩頰成鰓，皮膚乾燥成雙腳上的魚鱗紋，也是詩筆的馬達開動之際。因此，人間變幻成斑斕多姿的魚族神話。如果再加上對醫學的知識，神話與現代科學的並存便構成奇詭的畫面。

　　顯然詩人的意圖也不僅如此。這些豐富多姿的熱帶魚群的變形，這些現代醫學所孳乳的想像，只是圍繞的渦流，當然也不只是圍繞的，詩人企圖以多樣性的嘈雜與喧囂，組構成迷離幻美的畫面，指向美麗的情愛與欲望。詩人的想像顯然極為忙碌，人面與魚面變形，神話與科學共存，意識與潛意識穿梭交流，熱帶性的島嶼的氛圍籠罩著每一首詩；並在流動的想像中，嵌入專有名詞的子彈，調動著形容詞的準星，旋轉著動詞的連珠炮。這麼華麗的組曲，無非企圖扭動著後現代的豐盛肉體──那一塊交織著甜美與憂傷的不安海域。

　　使用繁複的裝飾性意象，由跳躍性的想像加以旋轉，這種華麗的文字風格，使文字免於固定而僵化。詩人善於用長句鋪設情

境，更使內容豐富多變。而文字的嘉年華會，正足以慶祝青春情境的華美盛會。從這幾點看，詩人已都達成了詩作的企圖；尤其想像的流動性，更成為華麗風格的旋轉軸，詩不是正欲捕捉那流動的意念嗎？神話、科學、島嶼、欲望四系列的交織，宛若後現代的華麗風格，也易於使詩作的豐富面，在詩家競逐中脫穎而出，近來得獎的詩作，亦如華美的盛會了。

　　不過，詩作的力量固然是流動性的，這力量亦可集中而強化。甜美、憂傷、歡樂、希望，難道不是詩作真正的力量所在嗎？謝昭華當然並沒有忽略這些。但當豐盛的肉體蝶游於豐富多彩的魚族中，悲傷的側面只能「掩映」於其間了。詩的形象化構圖，企圖展現的是繁複摺疊的空間，但詩想也多少迷失在華麗的空間中了。過多的「重金屬」，使鑽石失色；正如詩中雖常有佳句，卻被過多的名詞和形容詞擠壓，無法凝聚更大的力量。或許這正是謝昭華也意識到的，或許也正是所意圖的，暫借兩個佳句展示：

　　當夏蟬高鳴著亢奮垂死的喜悅
　　華麗的慾望頹蝕如灰燼

　　詩人想表達的，一種乍生即死的情愛，華美復空幻的欲望；當文字的力量多少流散於華麗中時，我們也得肯定詩人在形象化空間中展現想像的企圖。

　　詩作中有許多堅實的句子，例如：

　　當青春斂翅沉睡

　　有如肯定洛特雷阿蒙（Lautrémont, 1846~1870）式的「形象充滿活力」的特性，這種對物質的迷戀。但正如法哲巴什拉提醒的，「飛

魚是自然界的一場噩夢」，我們也得集中某些能脫離物質或地心引力的力量。

第九章　尾聲：二十一世紀

　　長程巡戈飛彈的追索之後，一切並未結束，一切才正開始。

　　大陸河北教育出版社出版了《二十世紀詩歌譯叢》，除了《一九五〇年後的美國詩歌：革新者和局外人》、《二十世紀英語詩選》、《歐美現代詩歌流派詩選》、《非洲詩選》、《英國當代詩選》、《二十世紀冰島詩選》等選集外，個人詩選如喬伊斯、狄蘭·托馬斯、切·米沃什、保羅·策蘭、伊凡·哥爾、伊麗莎白·畢肖普、曼德爾施塔姆、勃洛克、保爾·艾呂雅等等個人詩集或詩選，計出版四十部。這是龐大的火藥庫。另外敦煌出版社也出版羅伯特、勃萊，格奧爾格、特拉克爾等五部譯詩，計畫出版的還有《現代猶太詩選》及個人詩選成全集十七部。也是大型兵工廠。重慶出版社出版《洛爾迦詩歌精選》、荷爾德林的《追憶》等等，地對空響尾蛇飛彈。

　　在理論上，解構主義耶魯四人幫，例如保羅·德曼就從修辭手段談里爾克：「《哀歌》表達了真正的存在主義形式哲學，而非詩歌形式本身，這部作品通過可以起到典範作用的規則，似乎展現了一種連貫的內在行為準則。」[1] 從修辭手段入手，詩為什麼不可以也是哲學呢？

　　胡戈·弗里德里希（海德格同事）的經典性著作《現代詩歌的結構》中斷言：「詩歌語言中具有了一種實驗的性質，從這實驗中

---

[1] 保爾·德曼《閱讀的寓言》，（天津：天津人民，2008），P.53。

湧現了不是由意義來謀畫，而是以自身製造意義的詞語組合。常用的詞語材料展示出了不同尋常的意義。出自最生僻的專門用法的詞語通上了抒情詩的電流。句子失去了肢幹或者收縮為有意原始化的名詞性表述。詩歌最古老的手法對比與隱喻，以一種新方式被使用，這種方式繞開了天然的對比對象，強制實現了從實物層面和邏輯層面都不可統一之物的結合。」[2] 現代主義詩歌好像傾向於超現實主義腔調。但于爾根・施塔克爾貝格的《後記》中指出吸收超現實主義的某些成份的：「聶魯達這位智利詩人承認過，他主要是從誰那裏得到了關於長詩形式的啟發：沃爾特・惠特曼。……『民主化』趨勢，某些向日常世界、向散文世界的靠近，一種與散文接近的語言讓這些詩歌與弗里德里希描寫的那些『貴族化』抒情詩有了原則上的區分。」（同上，二六五頁）德勒茲在評論惠特曼的時候說：「句法是用來組合句子的，可以把句子變成有能力自我指涉的總體，在這裡它卻往往通過釋放一個無限的『非句法』的句子而消失，這個句子拉長自己或者萌發出破折號來創造時空的間斷。有時它表現為一個偶然的排比句就像一個目錄對事例的列舉（醫院裡的傷者，某地的樹木），有時它是一個行進中的句子，像是階段及瞬間的一個草案……」[3] 另外也說：「什麼樣的『結構』可以表明在今天的藝術中（為什麼就不能也在抒情詩中？）常被提到的後現代的特徵，這確實還無法說出。」（同上，二六六頁）

什麼是超現實主義所強調的無意識瞬間呢？「日常生活中熟

---

[2] 胡戈・弗里德里希《現代詩歌的結構》，（南京：譯林，2010），P.4。

[3] 哈羅德・布魯姆等著《讀詩的藝術》，王敖譯，（南京：南京大學，2010），P.155。

悉的瞬間，強烈激諷的夢幻瞬間，舞台上的戲劇瞬間，敏感平台上的凝固瞬間，作品平穩短暫的瞬間……。」[4] 在這瞬間中，什麼發生了？「它把野蠻人或瘋子製造的東西、現成物體、自然物體擡舉到藝術品的高度：『我們能夠觸及的一切廢物都應當被視作我們欲望而沉澱。』」（同上，五十三頁）

另外，超現實主義對鍊金術有特別的興趣。「鍊金術幾乎是這場運動中所有主要作家和理論家的興趣所在。其中混雜著占星術和四大元素……鍊金術關注的是物質轉變，因此我們在馬松等人的作品中感受到了多重意象。」[5] 物質轉變所產生的多重意象，可以算是超現實主義技巧的特色。但也令人聯想心理分析學家卡爾·容格《心理學與鍊金術》：「強調精神和物質的調和可以通過男性本質和女性本質在兩性體中的結合來實現。」（同上，一一四頁）是愛情，才是精神與物質的調和。

祗能在技法和理論間追溯梗概，但長程巡弋飛彈似乎劃了一個美麗的弧線之後，飛回到自己的發射地（如惠特曼）並擱淺在那裏。

主義可以和談，理論可以休兵；但那熖火，那長空，那山林，那黎明的薄霧，那黑夜的月光，我們都經歷過。或許這次可以發射火箭。

---

[4] 喬治·塞巴格《超現實主義》，（天津：天津人民，2008），P.50。

[5] David Hopkins《達達和超現實主義》，舒笑梅譯，（南京，譯林，2010），P.113。

里 仁 書 訊

BOOKLIST OF LE JIN BOOKS LTD.

2014/Spring

目　次

冒襄和影梅庵憶語

作者：大木 康
初版日期：2013/12/1
ISBN：978-986-6178-70-2
參考售價：500元／25開軟皮精裝

明末清初文人冒襄，青年時代主要以南京為舞臺，活躍於復社等政黨結社之間。明王朝滅亡後，他以明朝「遺民」自居，在如皋故里，與當時的諸多文人墨客展開交遊。冒襄之名，以詳細記述愛妾董小宛生前點滴的回憶錄—《影梅庵憶語》—而廣為人知。本書主要從「風流遺民」的角度探討冒襄的生活、文學與思想。

著者大木康，東京大學文學博士，現任東京大學東洋文化研究所教授兼所長。研究領域為明清文學、明清江南社會文化史。著作有《馮夢龍《山歌》研究》、《明末江南的出版文化》、《風月秦淮》等多種。

通讀紅樓

作者：萬愛珍
初版日期：2013/12/5
ISBN：978-986-6178-72-6
參考售價：450元 / 25開平裝

　　萬愛珍老師於美國大學講授《紅樓夢》多年，近歲以課堂筆記為基礎，擇要收錄學生提問及討論，並將課堂上不及講授卻關乎《紅樓夢》文學、思想成就上良窳互見的其他重點，如天香樓疑案、缺憾美、詩歌舛誤等，精簡剖析，彙成《通讀紅樓》。此即本書與其他紅學書籍最大的不同，為讀者提供多種角度閱讀《紅樓夢》。

　　鑒於大陸紅學看似熱鬧，實則問題重重，二〇一二年《通讀紅樓》簡體版先行於中國大陸出版。多數評價認為其見解融通、分析細心，是十分實用的書。然《紅樓夢》本非以簡體中文書寫，故而《通讀紅樓》今以繁（正）體字發行，冀收相輔相成之效。

雲影天光——
瀟湘山水之畫意與詩情

作者：衣若芬
初版日期：2013/8/26
ISBN：978-986-6178-66-5
參考售價：800元 / 25開紙皮精裝

　　「瀟湘」意謂「清深的湘水」，又是「瀟水」和「湘水」的合稱，泛指中國湖南。「瀟湘」山水詩畫傳布韓國、日本和越南，成為東亞共同的心靈風景。北宋「瀟湘八景」畫題，催生了「西湖十景」等各種地方景觀，是東亞各國「八景文化」

的源頭。

本書結合文學與美術作品，探討「瀟湘」山水詩畫，期使讀者遊觀雲影天光，宛在瀟湘畫裡行。

衣若芬，台灣大學中國文學研究所博士。曾任職中央研究院中國文哲研究所，現任教於新加坡南洋理工大學中文系。榮獲中央研究院年輕學者研究著作獎、吳大猷先生紀念獎。學術專著有《遊目騁懷——文學與美術的互文與再生》（已由本書局出版）、《蘇軾題畫文學研究》、《赤壁漫游與西園雅集——蘇軾研究論集》、《觀看‧敘述‧審美——唐宋題畫文學論集》、《三絕之美鄭板橋》等書。

老殘遊記新注

原著：劉　鶚
新注：徐少知
初版日期：2013/5/31
ISBN：978-986-6178-65-8
參考售價：500元 / 25開漆布精裝

《老殘遊記》向以能見晚清社會情僞見稱，以作者劉鶚之遊歷爲經，參錯史事見聞及學派主張於其間，讀之易入，而相關物事卻其實頗不易知。象徵、影射、制度、方言，無一不需註釋，且非注不明。

《老殘遊記》過去的注本考證箋釋雖不遺餘力，但疑義仍多。

這本新注，特點一是精校；二是全注；三是幾乎所有該注的地方都注了，不迴避任何疑難，儘量提出可能的解答；四是不強不知以爲知，疑以存疑，務求其是。讀《老殘遊記》而可能有疑惑難辭之處，本書大抵都解決了。注文簡直，若不經意，實則積滯盡去，有讀之豁然之感，無疑是現今最好的《老殘遊記》本子。

反思・追索與新脈:
南社研究外編

作者:林香伶
初版日期:2013/9/20
ISBN:978-986-6923-88-3
參考售價:700元 / 25開平裝

南社(1909-1923),乃匯聚近代革命菁英千人以上的社團。本書共分:「南社研究檢視與反思」、「南明書寫與歷史記憶」、「從晚清新小說到《莽男兒》」、「近代詩話外一章:南社詩話散論」四編,十二個子題。分別就南社研究方法、現象進行思辯,並援以歷史記憶、現代性、敘事學、創傷、離散等視角,析論柳亞子、陳去病、高旭、林庚白、甯調元、雷鐵厓等人從事史傳、小說、詩話書寫之意涵,期能開闢一條南社研究的新路徑。

林香伶,臺灣師範大學國文系博士,現任東海大學中文系副教授、教學資源中心主任、中國近代文學學會南社與柳亞子研究分會名譽理事、蘇州南社研究會顧問等職。著有專書《南社文學綜論》(已由本書局出版)等。

南社詩話考述

作者:林香伶
初版日期:2013/9/25
ISBN:978-986-6178-67-2
參考售價:500元 / 25開平裝

南社爲數千人,社員以傳統舊詩爲創作主體,並於報刊、別集等處發表百部以上的

詩話，實乃近代文學重要資產之一。本書為第一部以南社成員詩話考掘為本的專書，經作者長年收集而成，不拘於傳統詩學或近代新詩等內容，且不受南社活動時間所限。以作者簡介、版本館藏、內容提要、研究資料為綱，共收錄58位作者、105部詩話，書末並附「南社詩話編年簡表」，可概見南社詩話發展脈絡。

大智度論初品的結構與意義
──菩薩‧具足‧一切法

*作者：*張慧芳
*初版日期：*2013/2/25
ISBN：978-986-6178-60-3
*參考售價：*550元／25開平裝

本書深入探究《大智度論‧初品》菩薩、具足、一切法三個主題，先以菩薩定義與菩薩階位兩路闡述菩薩意義，再以具足六度和具足三十七道品兩個主軸討論菩薩修行。在聲聞教示的基礎上，依慈悲與智慧之方便力，菩薩行者於累世輪迴中，不入惡道，亦不入涅槃，度脫眾生，念念不離佛國淨土。於一切法先說分別，後出實相。菩薩心通達三世一切法，菩薩行廣被無量國土眾生。全書對菩薩道繁瑣而嚴密的結構，樸素而豐富的意義，有完整釋論。

張慧芳，現任教於私立靜宜大學中國文學系，開設論孟、老子、中國思想史及紅樓夢等課程。著有儒學、佛學、紅樓夢等相關論文多篇。

經典與世變的辭賦書寫

作者：許東海
初版日期：2013/2/27
ISBN：978-986-6178-61-0
參考售價：500元 / 25開平裝

　　本書主要論述辭賦周旋於經典與世變兩端的抒情張力及其文化隱喻，華麗所以鋪陳世變的轉換，同時世變也有待於華麗的見證，其中不變的是深富經典意蘊的華麗鋪陳，而翻轉跌宕者，則是世變的風起雲湧。在辭賦書寫的動靜抑揚之際，交織映蔚，水到渠成。

　　許東海，現任政治大學中國文學系所教授。著有：《女性‧帝王‧神仙：先秦兩漢辭賦及其文化身影》、《風景‧夢幻‧困境：辭賦書寫新視界》（以上二書已由本書局出版）等書。主要從事辭賦學、六朝文學、唐宋文學等相關研究。

論文選題與研究創新

作者：張高評
初版日期：2013/10/5
ISBN：978-986-6178-68-9
參考售價：700元 / 25開軟皮精裝

　　學術探討之進路，從文獻述評之借鏡成果，尋求突破；到生發問題意識，確定選題方向；到孕育研究構想，促成理想選題，皆有其一定之步調，每以研究創新為其終極依歸。學術創新有道，舉凡文本材料之生新，研究方法之講求，跨際學術之整合，多元視角

之轉換，前瞻議題之開拓，皆是研究創新之要領，成果獨到之策略。而專題計畫之執行，正是上述理念之檢驗與實現。本書借鏡名家治學之經驗，印證己身體悟之心得，佐以若干創意之發想術，期待人人找到新的學術生長點。可作為論文選題之指南，治學方法之津梁。

　　張高評，臺灣師大國文所國家文學博士。現任成功大學中文系特聘教授。已出版《春秋》《左傳》學專書7種，宋詩、宋代詩學專著10種，尚發表論文200餘篇。

實用中文寫作學（四編）

主編：張高評
初版日期：2011/12/30
ISBN：978-986-6178-43-6
參考售價：800元／25開平裝

　　《實用中文寫作學》四編，持續推廣中文寫作之實用與創意化。本編有兩部份：
一、彙集相關論文17篇，包括成大前校長馬哲儒、成大醫學院骨科主任林啟禎、成大三創中心謝孟達，將中文寫作推廣到科學、醫學、創意發想方面。其他，尚有徐秀榮、林佛兒、張高評、顏瑞芳、許長謨、王偉勇、林淇瀁、吳岩、高美華、林耀潾、陳梅香、陳致宏、仇小屏、蔡玫姿諸學者，分別就創意、寓言、幽默藝術、哀祭文、報導文學、科幻小說、相聲、現代散文、聲韻學、語用學、論文題目、互文與創作各子題，提供度人之金針。二、錄入「專題講座」講文，包括曾永義談「劇本寫作」、聞天祥講「電影評論寫作」、饒夢霞談「演講辭寫作」、李宗熹講「戲劇的創作靈感」。

臺灣經濟發展與政策建議

主編：王偉勇
初版日期：2012/12/20
ISBN：978-986-6178-59-7
參考售價：450元／25開平裝

本書考量社會公平正義人本關懷的環境永續、人口結構變遷與國內外重大經貿發展議題等多元因素，建構跨領域共識並形塑社會和諧，提出可行且周延的政策建議及改善措施。

作者謝文眞，國立成功大學經濟學系暨政治經濟學研究所教授，美國紐約哥倫比亞大學經濟學博士，曾任教於美國辛辛那堤大學、威斯康辛大學；研究領域爲經濟發展、國際貿易與計量經濟。

筆的力量
——成大文學家論文集（上）（下）

主編：賴俊雄
初版日期：2013/2/27
ISBN：978-986-6178-62-7
參考售價：2000元／18開紙皮精裝2冊

成功大學文學院歷經兩年的籌備與規劃，嚴格遴選出十六位成大文學家代表，並邀請專家學者針對成大文學家的人文胸襟及筆下世界的歷史厚度、情感濃度與思想高度發表研究成果。因此，本書不僅是奠定成大文學家研究的重要著作，更提供台灣當代文學詮釋一個嶄新的面向。

2012台灣金瓶梅
國際學術研討會論文集

主編：陳益源

初版日期：2013/4/30

ISBN：978-986-6178-64-1

參考售價：1200元／18開紙皮精裝

　　臺灣繼美國、大陸之後，終於於2012年首次舉辦《金瓶梅》國際學術研討會。本書收錄該會議中，海內外學者的三十四篇專題論文，一起重新評價經典，參與《金瓶梅》的客觀分析與積極討論，展現新時代對《金瓶梅》的研究成果。

第四屆中國小說戲曲
國際學術研討會論文集

主編：蘇子敬

初版日期：2013/3/20

ISBN：978-986-6178-63-4

參考售價：1200元／18開紙皮精裝

　　嘉義大學中文系曾於2002、2004及2007年舉辦第一、二、三屆「中國小說與戲曲國際學術研討會」，不僅鍾聚海外中國小說與戲曲學界的精英碩耆，也啓發了嘉義大學中國文學系師生的視野與思維。第四屆亦邀請海內外知名學者，總計宣讀學術論文二十三篇，討論主題包含了中國小說專書、海外中國小說研究、中國戲曲專書、名劇等諸多面相。

海港‧海難‧海盜：
海洋文化論集

主編：鄭永常
初版日期：2012/12/20
ISBN：978-986-6178-57-3
參考售價：800元 / 18開紙皮精裝

本論文集共收錄十三篇國立成功大學
「2010海洋文化學術研討會」論文，爲了呈
現海洋文化研究的不同主題，分成「海港‧城市、海難、海盜、文
獻‧文物」，按照主題和作者姓名筆順編列成冊，讓讀者輕易了解
海洋文化研究的多元性格。

語文迴旋圈——
101年度臺灣南區大學中文系聯合學
術會議語言文字學術專業會後論文集

主編：沈寶春
初版日期：2012/12/17
ISBN：978-986-6178-56-6
參考售價：1000元 / 18開紙皮精裝

自來語言文字都身先士卒，衝鋒陷陣，
爲經史文哲領域鋪墊最堅實寬廣的基石。本論文集收錄會議論文共
17篇，教師及碩博士班學生論文各半，內容涵蓋文字、音韻、詞義
（訓詁）及語言教學四領域，忠實呈現南區八校中文系於語言文字學
方面的研究成果。

里仁叢書總目

下列價格西元2015年6月30日以前有效；超過此時限，請來信或電話詢問。

　　※①表內價格全係優待價（含稅），書後括號為初版年度（西元紀年）。

　　※②所有訂單一律免郵資（海外地區除外，外版書另有說明）。

　　※③您可選擇郵局宅配貨到立即付款或先自行劃撥（匯款）

　　※④郵政劃撥、支票、電匯等相關資訊請見本書訊p.32。

一、總論

①章太炎與近代中國學術研討會論文集　善同文教基金會編　18開平裝　特價500元(1999)

②臺灣古典散文學術論文集　朱歧祥・許建崑主編　18開平裝　特價1000元(2011)

③碩堂文存五編　何廣棪著　25開平裝　特價360元(2004)

④春風煦學集　賴貴三等編　18開精裝　特價500元(2001)

⑤含章光化——戴璉璋先生七秩哲誕論文集　戴璉璋先生七秩哲誕論文集編輯小組編輯　18開精裝　特價700元(2002)

⑥廖蔚卿教授八十壽慶論文集　廖蔚卿教授八十壽慶論文集編輯委員會編輯　18開精裝　特價600元(2003)

⑦吳宏一教授六秩晉五壽慶暨榮休論文集　論文集編輯小組編輯　18開精裝　特價1280元(2008)

⑧魏晉南北朝文學與思想學術研討會論文集（第五輯）　成功大學中文系主編　18開精裝　特價1000元(2004)

⑨魏晉南北朝文學與思想學術研討會論文集（第六輯）　成功大學中文系主編　18開精裝　特價1300元(2010)

⑩遨遊在中古文化的場域——六朝唐宋學術研討會論文集　臺灣大學中文系、成功大學中文系「六朝唐宋學術研討會」編輯小組　18開精裝　特價800元(2004)

⑪唐代學術研討會論文集　謝海平主編　18開精裝　特價1000元(2008)

⑫2004臺灣書法論集　張炳煌・崔成宗合編　18開精裝　特價

㉙2012台灣金瓶梅國際學術研討會論文集　陳益源主編　18開
　　精裝　特價1200元(2013)
㉚筆的力量：成大文學家論文集　賴俊雄主編　18開精裝二冊
　　特價2000元(2013)

二、中國哲學‧思想

①論語今注　潘重規著　25開平裝　特價360元(2000)
②老子校正　陳錫勇著　25開平裝　特價300元(1999)
③郭店楚簡老子論證　陳錫勇著　25開平裝　特價450元(2005)
④北宋中期儒學道論類型研究　林素芬著　25開平裝　特價
　　600元(2008)
⑤王船山哲學　曾昭旭著　25開漆布精裝　特價600元(2008)
⑥清代義理學新貌　張麗珠著　25開平裝　特價360元(1999)
⑦清代新義理學——傳統與現代的交會　張麗珠著　25開平裝
　　特價300元(2003)
⑧清代的義理學轉型　張麗珠著　25開平裝　特價400元(2006)
⑨清初理學思想研究　楊菁著　25開平裝　特價500元；25開
　　漆布精裝　特價700元(2008)
⑩聖賢典型的儒道義蘊試詮　吳冠宏著　25開平裝　特價300
　　元(2000)
⑪魏晉玄義與聲論新探　吳冠宏著　25開平裝　特價450元(2006)
⑫竹林名士的智慧與詩情　江建俊主編　25開平裝　特價450
　　元(2008)
⑬竹林學的形成與域外流播　江建俊主編　25開平裝　特價
　　600元(2010)
⑭竹林風致之反思與視域拓延　江建俊主編　25開平裝　特價
　　700元(2011)
⑮理氣與心性：明儒羅欽順研究　鄧克銘著　25開平裝　特價
　　400元(2010)
⑯莊子生命情調的哲學詮釋　王志楣著　25開平裝　特價450
　　元(2009)
⑰莊子道　王邦雄著作系列㉒　25開平裝　特價350元(2010)
⑱莊子的道——逍遙散人　趙衛民著　25開平裝　特價300元
　　(2011)

⑲老子的道——谷神與玄牝　趙衞民著　25開平裝　特價300元(2012)

⑳中國哲學史　王邦雄・岑溢成・楊祖漢・高柏園合著　18開平裝　上下各特價300元(2005)

㉑中國哲學史三十講　張麗珠著　18開精裝　特價550元(2007)

㉒Thirty Chapters on the History of Chinese Philosophy（《中國哲學史三十講》英譯本）　18開精裝　特價1200元(2011)

㉓理學方法論　劉昌佳著　25開平裝　特價600元(2010)

㉔淮南鴻烈論文集　于大成著　25開精裝二大冊　特價1800元(2005)

㉕朱熹與四書章句集注　陳逢源著　25開平裝　特價600元(2006)

㉖朱熹學術考論　董金裕著　25開平裝　特價400元(2008)

三、西洋哲學

①康德的自由學說　盧雪崑著　25開平裝　特價650元(2009)

②物自身與智思物：康德的形而上學　盧雪崑著　25開平裝　特價650元(2010)

四、美學

①文學與圖像的文化美學——想像共同體的樂園論述　鄭文惠著　25開平裝　特價450元(2007)

五、經學

①周易大傳新注　徐志銳著　25開平裝二冊　特價400元(1995)

②詩本義析論　車行健著　25開平裝　特價350元(2002)

③釋經以立論——漢代毛鄭詩經經解的思想探索　車行健著　25開平裝　特價450元(2011)

④儀禮沃盥禮器研究　姬秀珠著　18開精裝　特價800元(2011)

⑤陳振孫之經學及其《直齋書錄解題》經錄考證　何廣棪著　25開精裝　特價1200元(1997)

⑥臺灣易學史　賴貴三主編　18開精裝　特價800元(2005)

⑦臺灣易學人物志　賴貴三著　18開精裝　特價1300元(2013)

⑧易傳與儒道關係論衡　顏國明著　25開平裝　特價800元(2006)

⑨清代漢學與左傳學——從「古義」到「新疏」的脈絡　張素卿

著　25開平裝　特價600元(2007)
⑩詩經問答　翁麗雪著　25開平裝　特價450元(2010)
⑪春秋書法與左傳史筆　張高評著　25開精裝　特價700元(2011)

六、中國歷史

①秦漢史　韓復智・葉達雄・邵台新・陳文豪編著　18開精裝
　特價450元(2007)
②魏晉南北朝史　鄭欽仁・吳慧蓮・呂春盛・張繼昊編著　18
　開精裝　特價450元(2007)
③隋唐五代史　高明士・邱添生・何永成・甘懷眞編著　18開
　精裝　特價450元(2006)
④國史論衡(一)　鄺士元著　25開精裝　特價400元(1992)
⑤國史論衡(二)　鄺士元著　25開精裝　特價450元(1992)
⑥中國經世史稿　鄺士元著　25開精裝　特價450元(1992)
⑦中國學術思想史　鄺士元著　25開精裝　特價400元(1992)
⑧司馬遷之人格與風格　李長之著　25開平裝　特價200元(1999)
⑨中國歷史研究法（正補編及新史學合刊）　梁啓超著　25開
　平裝　特價180元(1984)
⑩中國史學名著評介　倉修良主編　25開精裝三冊　特價1200
　元(1994)
⑪明清史講義　孟森（心史）著　25開精裝　特價500元(1982)
⑫秦始皇評傳　張文立著　25開精裝　特價600元；25開平裝
　特價450元(2000)
⑬中國近三百年學術史（附：清代學術概論）　梁啓超著　25開
　精裝　特價400元(1995)
⑭史記選注　韓兆琦選注　25開精裝一大冊　特價500元(1994)

七、文學概論・文學史

①文學概論　朱國能著　25開平裝　特價300元(2003)
②文學理論　羅麗容著　18開平裝　特價400元(2010)
③文學詮釋學　周慶華著　25開平裝　特價450元(2009)
④中國文學史　龔鵬程著　18開精裝　上下各特價500元
　(2009-2010)
⑤嘉義地區古典文學發展史　江寶釵著　18開平裝　特價300

元(1998)

八、文學評論

①香草美人文學傳統　吳旻旻著　25開平裝　特價450元(2006)
②文心雕龍注釋（附：今譯）　周振甫著　25開精裝　特價500
　元(1984)
③沈迷與超越——六朝文學之感官辯證　陳昌明著　25開平裝
　特價400元(2005)
④王昭君形象之轉化與創新——史傳、小說、詩歌、雜劇之流
　變　張高評著　25開精裝　特價700元(2011)
⑤唐宋古文論集　王基倫著　25開平裝　特價300元(2001)
⑥歷史‧空間‧身分——洛陽伽藍記的文化論述　王美秀著
　25開平裝　特價450元(2007)
⑦流變中的書寫——祁彪佳與寓山園林論述　曹淑娟著　25開
　平裝　特價600元(2006)
⑧儒者歸有光析論——以應舉爲考察核心　黃明理著　25開平
　裝　特價500元(2009)
⑨寓莊於諧：明清笑話型寓言論詮　林淑貞著　25開平裝　特
　價450元(2006)
⑩尚實與務虛：六朝志怪書寫範式與意蘊　林淑貞著　25開平
　裝　特價700元(2010)
⑪清代才媛沈善寶研究　王力堅著　25開平裝　特價450元(2009)
⑫溪聲便是廣長舌　王保珍著　25開平裝　特價300元(2003)

九、文學別集‧選集

①歷代散文選注　張素卿‧詹海雲‧廖棟樑‧方介‧周益忠‧
　黃明理選注　18開精裝　上下各特價450元(2009)
②陶淵明集校箋（增訂本）　龔斌校箋　25開軟皮精裝　特價
　450元；25開漆布精裝　特價600元(2007)
③謝靈運集校注　顧紹柏校注　25開漆布精裝　特價500元
　(2004)
④中國文學名篇選讀　林宗毅‧李栩鈺選注　18開平裝　特價
　350元(2002)

十、詩

①唐宋詩舉要　高步瀛選注　18開精裝　特價475元(2004)

②歷代詩選注　鄭文惠・歐麗娟・陳文華・吳彩娥選注　18開精裝一大冊　特價600元(1998)

③袖珍詩選　吳彩娥選注　18開平裝　特價380元(2004)

④唐詩選注　歐麗娟選注　25開精裝　特價500元(1995)

⑤杜詩意象論　歐麗娟著　25開平裝　特價200元(1997)

⑥唐詩的樂園意識　歐麗娟著　25開平裝　特價400元(2000)

⑦唐代詩歌與性別研究——以杜甫為中心　歐麗娟著　25開平裝　特價500元(2009)

⑧唐詩論文集及其他　方瑜著　25開精裝　特價400元(2005)

⑨唐詩二十講　翁麗雪著　25開平裝　特價450元(2011)

⑩杜甫與唐宋詩學——杜甫誕生一千二百九十年國際學術研討會論文集　陳文華主編　18開精裝　特價800元(2003)

⑪杜甫自秦入蜀詩歌析評　黃奕珍著　25開平裝　特價360元(2005)

⑫清代詩論與杜詩批評——以神韻、格調、肌理、性靈為論述中心　徐國能著　25開平裝　特價470元(2009)

⑬臺灣師大圖書館鎮館之寶：翁方綱《翁批杜詩》稿本校釋　賴貴三校釋：國立編譯館出版　25開精裝　特價1200元(2011)

⑭賈島詩集校注　李建崑校注　25開精裝　特價600元(2002)

⑮田園詩派宗師——陶淵明探新　陳怡良著　25開平裝　特價500元(2006)

⑯南朝山水與長城想像　王文進著　25開精裝　特價600元(2008)

⑰回車：中古詩人的生命印記　廖美玉著　25開平裝　特價500元(2007)

⑱夢機六十以後詩　張夢機著　25開平裝　特價300元(2004)

⑲王東燁槐庭詩草　鄭定國編注　25開平裝　特價350元(2004)

⑳日治時期雲林縣的古典詩家　鄭定國主編　25開平裝　特價400元(2005)

㉑李商隱詩箋釋方法論——中國古典詮釋學例說　顏崑陽著　25開平裝　特價380元(2005)

㉒李商隱詩選註　黃盛雄編著　18開平裝　特價380元(2006)

㉓表意・示意・釋義——中國寓言詩析論　林淑貞著　25開平

裝　特價450元(2007)

㉔絕唱——漢代歌詩人類學　高莉芬著　25開平裝　特價450元
　　(2008)

㉕中西詩學的對話：北美華裔學者中國古典詩研究　王萬象著
　　25開平裝　特價700元(2009)

㉖漢魏六朝樂府詩新論　劉德玲著　25開平裝　特價450元(2011)

十一、詞

①人間詞話新注　王國維著　滕咸惠校注　25開平裝　特價170
　　元(1994)

②人間詞話之審美觀　蘇珊玉著　25開平裝　特價450元；　25開
　　精裝　特價500元(2009)

③歷代詞選注（附「實用詞譜」、「簡明詞韻」）　閔宗述・劉
　　紀華・耿湘沅選注　18開精裝　特價475元(1993)

④蘇辛詞選注　劉紀華・高美華選注　18開精裝　特價450元
　　(2005)

⑤蘇辛詞選釋　顏崑陽著　25開平裝　特價350元(2012)

⑥讀寫之間——學詞講義　劉少雄著　25開平裝　特價400元
　　(2006)

⑦詞學文體與史觀新論　劉少雄著　25開平裝　特價450元(2010)

⑧會通與適變——東坡以詩為詞論題新詮　劉少雄著　25開平
　　裝　特價400元(2006)

⑨唐宋名家詞選（增訂本）　龍沐勛編選・卓清芬注說　18開
　　紙皮精裝　特價600元；18開漆布精裝　特價800元(2007)

⑩唐宋詞格律　龍沐勛著　25開平裝　特價200元(1995)

⑪倚聲學（詞學十講）　龍沐勛著　25開平裝　特價180元(1996)

⑫袖珍詞學　張麗珠著　25開平裝　特價380元(2001)

⑬袖珍詞選　張麗珠選注　18開平裝　特價350元(2003)

⑭湖海樓詞研究　蘇淑芬著　25開平裝　特價450元(2005)

⑮詩詞越界研究　王偉勇著　25開平裝　特價500元(2009)

⑯清代論詞絕句初編　王偉勇著　25開平裝　特價500元(2010)

⑰詞學面面觀（上）　王偉勇、薛乃文合著　25開平裝　特價
　　400元(2012)

十二、戲曲

①西廂記　王實甫著　王季思校注　25開平裝　特價200元(1995)

②牡丹亭　湯顯祖著　徐朔方等校注　25開平裝　特價220元
(1995)

③《牡丹亭》錄影帶　張繼青主演　VHS二捲一套　特價600元
(1997)

④長生殿　洪昇著　徐朔方校注　25開平裝　特價200元(1996)

⑤桃花扇　孔尚任著　王季思等校注　25開平裝　特價250元
(1996)

⑥琵琶記　高明著　錢南揚校注　25開平裝　特價200元(1998)

⑦關漢卿戲曲集　吳國欽校注　25開平裝二冊　特價500元
(1998)

⑧王國維戲曲論文集（宋元戲曲考及其他）　25開平裝　特價
300元(1993)

⑨戲文概論　錢南揚著　25開平裝　特價300元(2000)

⑩歷代曲選注　朱自力・呂凱・李崇遠選注　18開精裝　特價
425元(1994)

⑪袖珍曲選　沈惠如選注　18開平裝　特價350元(2004)

⑫傳統戲曲的現代表現　王安祈著　25開平裝　特價300元(1996)

⑬京劇發展V.S.流派藝術　林幸慧著　25開平裝　特價400元
(2004)

⑭由申報戲曲廣告看上海京劇發展（1872至1899）　林幸慧著
25開平裝　特價700元(2009)

⑮戲曲批評概念史考論　李惠綿著　25開平裝　特價500元(2002)

⑯曲學概要　羅麗容著　18開平裝　特價400元(2003)

⑰中國神廟劇場史　羅麗容著　18開平裝　特價500元(2006)

⑱規律與變異：明清戲曲學辨疑　林鶴宜著　25開平裝　特價
360元(2003)

⑲元雜劇的聲情與劇情　許子漢著　25開平裝　特價250元(2003)

⑳崑曲中州韻教材（附DVD）　石海青編著　16開精裝　特價
880元(2007)

㉑臺灣歌仔戲史論與演出評述　蔡欣欣著　25開精裝　特價600
元(2005)

㉒廿世紀初中國俗曲唱述人物　林仁昱著　25開精裝　特價800

元(2011)

十三、辭賦

①楚辭註繹　吳福助著　25開精裝　上下各特價400元(2007)
②楚辭文心論——諷諫抒情與神話儀式　魯瑞菁著　25開平裝
　　特價550元(2002)
③倫理・歷史・藝術：古代楚辭學的建構　廖棟樑著　25開平
　　裝　特價600元(2009)
④靈均餘影：古代楚辭學論集　廖棟樑著　25開平裝　特價600
　　元(2010)
⑤女性・帝王・神仙——先秦兩漢辭賦及其文化身影　許東海
　　著　25開平裝　特價350元(2003)
⑥風景・夢幻・困境：辭賦書寫新視界　許東海著　25開平裝
　　特價450元(2008)
⑦經典與世變的辭賦書寫　許東海著　25開平裝　特價500元
　　(2013)
⑧全唐賦　簡宗梧・李時銘主編　25開精裝　全套8冊　特價
　　10000元(2011)

十四、俗文學・神話

①高雄遊憩名山傳說研究——以大崗山、半屏山、打狗山為對
　　象　彭衍綸著　25開精裝　特價1200元(2011)
②台灣民間文學採錄　陳益源著　25開平裝　特價300元(1999)
③俗文學稀見文獻校考　陳益源著　25開平裝　特價450元(2005)
④蔡廷蘭及其海南雜著　陳益源著　25開平裝　特價450元(2006)
⑤周成過台灣的傳述　王釗芬著　25開平裝　特價450元(2007)
⑥澎湖民間故事研究　姜佩君著　25開平裝　特價550元；25
　　開漆布精裝　特價800元(2007)
⑦敘事性口傳文學的表述　巴蘇亞・博伊哲努（浦忠成）著
　　25開平裝　特價300元(2000)
⑧台灣原住民族文學史綱（上）（下）浦忠成著　18開漆布精裝
　　特價上下各600元(2009)
⑨Literary History of Taiwanese Indigenous Peoples (Volume I)
　　（《台灣原住民族文學史綱》（上）英譯本）　18開精裝　特價

1000元(2012)
⑩中國民間文學　鹿憶鹿著　25開平裝　特價380元(1999)
⑪洪水神話——以中國南方民族與台灣原住民爲中心憶鹿著
　　25開平裝　特價400元(2002)
⑫台灣民間文學　鹿憶鹿著　25開平裝　特價375元(2009)
⑬中國神話傳說　袁珂著　25開平裝三冊　特價550元(1987)
⑭山海經校注　袁珂校注　25開漆布精裝　特價500元(1982)
⑮中國古代神話選注　徐志平編著　18開平裝　特價380元
　　(2006)
⑯蓬萊神話——神山、海洋與洲島的神聖敘事　高莉芬著　25
　　開平裝　特價450元(2008)
⑰民間文學與民間文化采風　鍾宗憲著　25開平裝　特價400
　　元(2006)
⑱台灣民間故事類型（含母題索引）　胡萬川編著　25開漆布精
　　裝附光碟　特價500元(2008)
⑲眞實與想像——神話傳說探微　胡萬川文集㉒　18開平裝
　　特價450元；18開精裝　特價650元(2010)
⑳民間文學的理論與實際　胡萬川文集㉓　18開平裝　特價
　　400元；18開精裝　特價600元(2010)

十五、筆記‧小說

①革新版彩畫本紅樓夢校注　馮其庸等注　汪惕齋畫　25開精
　　裝三冊　特價1000元(1984)
②彩畫本水滸全傳校注　李泉‧張永鑫校注　戴敦邦等插圖
　　25開精裝三大冊　特價1200元(1994)
③三國演義校注　吳小林校注　附地圖　25開精裝二大冊　特
　　價700元(1994)
④西遊記校注　徐少知校　朱彤‧周中明注　25開精裝三冊
　　特價800元(1996)
⑤〔夢梅館校本〕金瓶梅詞話　梅節校注　25開軟皮精裝三冊
　　　特價1000元；25開漆布精裝　特價1200元(2007)
⑥〔株式会社大安本〕金瓶梅詞話　蘭陵笑笑生原著　菊8開
　　線裝書2函21卷　特價20000元(2012)
⑦儒林外史新注　吳敬梓原著　徐少知新注　25開漆布精裝

特價450元(2010)

⑧老殘遊記新注　劉鶚原著　徐少知新注　25開精裝　特價500元(2013)

⑨魯迅小說史論文集（中國小說史略及其他）　25開平裝特價250元(1992)

⑩古典短篇小說之韻文　許麗芳著　25開平裝　特價300元(2001)

⑪冒襄和影梅庵憶語　大木康著　25開精裝　特價500元(2013)

⑫通讀紅樓　萬愛珍著　25開平裝　特價450元(2013)

⑬紅樓夢的語言藝術　周中明著　25開平裝　特價300元(1997)

⑭紅樓夢人物研究　郭玉雯著　25開平裝　特價380元(1998)

⑮紅樓夢學──從脂硯齋到張愛玲　郭玉雯著　25開平裝　特價400元(2004)

⑯詩論紅樓夢　歐麗娟著　25開平裝　特價400元(2001)

⑰紅樓夢人物立體論　歐麗娟著　25開平裝　特價450元(2006)

⑱金瓶梅與紅樓夢　王乃驥著　25開平裝　特價260元(2001)

⑲紅樓夢解紅樓夢──後四十回非高鶚續著　王乃驥著　25開平裝　特價600元；25開漆布精裝　特價800元(2010)

⑳紅樓夢指迷　王關仕著　25開平裝　特價400元(2003)

㉑紅樓搖夢　周慶華著　25開平裝　特價450元(2007)

㉒聊齋誌異癡狂士人類型析論　陳葆文著　25開平裝　特價400元(2005)

㉓身體‧性別‧階級──六朝志怪的常異論述與小說美學　劉苑如撰　特價220元(2002)（經售）

㉔六朝志怪小說研究述論：回顧與論釋　謝明勳著　25開平裝　特價550元(2011)

㉕歷代短篇小說選注　劉苑如‧高桂惠‧康韻梅‧賴芳伶選注　18開精裝　特價600元(2003)

㉖金瓶梅藝術論　周中明著　25開平裝　特價300元(2001)

㉗飲食情色金瓶梅　胡衍南著　25開平裝　特價400元(2004)

㉘金瓶梅到紅樓夢──明清長篇世情小說研究　胡衍南著　25開平裝　特價500元(2009)

㉙金瓶梅餘穗　魏子雲著　25開平裝　特價450元(2007)

㉚三國演義的美學世界　廖瓊媛著　25開平裝　特價300元(2000)

㉛觀三國　羅盤著　25開平裝　特價350元(2010)

㉜古典小說中的類型人物　林保淳著　25開平裝　特價350元(2003)

㉝古典小說的人物形象　張火慶著　25開平裝　特價600元(2006)

㉞余象斗小說評點及出版文化研究　林雅玲著　25開平裝　特價600元(2009)

㉟王翠翹故事研究　陳益源著　25開平裝　特價350元(2001)

㊱唐人小說選注　蔡守湘選注　25開平裝三冊　特價600元(2002)

㊲唐代小說承衍的敘事研究　康韻梅著　25開平裝　特價450元(2005)

㊳唐傳奇名篇析評　楊昌年著　25開平裝　特價300元(2003)

㊴西遊記探源　鄭明娳著　25開平裝　特價400元(2003)

十六、近現代文學

①魯迅小說合集（吶喊・彷徨・故事新編）　25開平裝　特價250元(1997)

②魯迅散文選集——《野草》《朝花夕拾》及其他　徐少知編　25開平裝　特價350元(2002)

③呼蘭河傳　蕭紅著　25開平裝　特價180元(1998)

④報導文學的核心價值——析論《人間》雜誌　阮桃園著　25開平裝　特價550元(2011)

⑤人間花草太匆匆——卅年代女作家美麗的愛情故事　蔡登山著　25開平裝　特價200元(2000)

⑥水晶簾外玲瓏月——近代文學名家作品析評　楊昌年著　25開平裝　特價300元(1999)

⑦兩岸小說中的少年家變　石曉楓著　25開平裝　特價400元(2006)

⑧七等生及其作品詮釋：藝術・家園・自我認同　蕭義玲著　25開平裝　特價550元(2010)

⑨狂歡之聲與冷酷之眼：文革小說中的身體書寫　石曉楓著　25開平裝　特價500元(2012)

⑩南社文學綜論　林香伶著　25開平裝附光碟　特價700元(2009)

⑪反思・追索與新脈：南社研究外編　林香伶著　25開平裝　特價700元(2013)

⑫南社詩話考述　林香伶著　25開平裝　特價500元(2013)

⑬新詩啓蒙　趙衞民著　25開平裝　特價300元(2011)

十七、近現代學人文集

①聞一多全集(一)　神話與詩　25開精裝　特價450元(1993)

②聞一多全集(二)　古典新義　25開精裝　特價400元(1996)

③聞一多全集(三)　唐詩雜論　25開精裝　特價450元(2000)

④聞一多全集(四)　詩選與校箋　25開精裝　特價450元(2000)

⑤廖蔚卿先生文集①　中古詩人研究　25開精裝　特價400元(2005)

⑥廖蔚卿先生文集②　中古樂舞研究　25開精裝　特價450元(2006)

⑦王夢鷗先生文集①　中國文學理論與實踐　18開平裝　特價375元(2009)

⑧王夢鷗先生文集②　文藝美學　18開平裝　特價400元(2010)

十八、臺灣文學

①臺灣古典文學大事年表・明清篇　施懿琳・廖美玉主編　18開漆布精裝　特價800元(2008)

②臺語詩的漢字與詞彙：從向陽到路寒袖　林香薇著　25開平裝　特價450元(2009)

十九、教學與寫作

①創意與非創意表達　淡江大學語文表達研究室編　25開平裝　特價250元(1997)

②文學論文寫作講義　羅敬之著　25開平裝　特價300元(2001)

③論亞里斯多德《創作學》　王士儀著　25開平裝　特價360元(2000)

④實用中文寫作學　張高評主編　25開平裝　特價400元(2004)

⑤實用中文寫作學（續編）　張高評主編　25開平裝　特價400元(2006)

⑥實用中文寫作學（三編）　張高評主編　25開平裝　特價800

元)(2009)

⑦實用中文寫作學（四編）　張高評主編　25開平裝　特價800元(2013)

⑧傾聽語文——大學國文新教室　謝大寧主編　18開平裝　特價400元(2005)

⑨中文創意教學示例　謝明勳、陳俊啓、蕭義玲合編　18開平裝　特價450元(2009)

⑩語文教學方法　周慶華著　25開平裝　特價400元(2007)

⑪論文選題與研究創新　張高評著　25開精裝　特價700元(2013)

二十、語言文字・文法

①甲骨文研究（中國古文字與文化論稿）　朱歧祥著　18開平裝　特價500元(1998)

②甲骨文讀本　朱歧祥著　18開平裝　特價450元(1999)

③甲骨文字學　朱歧祥著　18開平裝　特價500元(2002)

④圖形與文字——殷金文研究　朱歧祥著　18開平裝　特價600元(2004)

⑤殷墟花園莊東地甲骨論稿　朱歧祥著　18開平裝　特價600元(2008)

⑥甲骨文考釋　魯實先講授・王永誠編　18開平裝　特價600元(2009)

⑦殷卜辭先王稱謂綜論　吳俊德著　18開平裝　特價600元(2010)

⑧漢語語言結構義證——理論與教學應用　許長謨著　25開平裝　特價700元(2010)

⑨桂馥的六書學　沈寶春著　18開平裝　特價450元(2004)

⑩辭章學十論　陳滿銘著　25開平裝　特價500元(2006)

⑪新校互註宋本廣韻　余迺永校註　16開精裝　特價500元(2010)

二十一、圖書文獻

①圖書文獻學考論　趙飛鵬著　25開平裝　特價400元(2005)

②印刷傳媒與宋詩特色——兼論圖書傳播與詩分唐宋　張高評

著　25開精裝　特價700元(2008)

二十二、藝術

①八大山人是誰　魏子雲著　25開平裝　特價160元(1999)
②詩歌與音樂論稿　李時銘著　25開平裝　特價350元(2004)
③遊目騁懷——文學與美術的互文與再生　衣若芬著　25開平裝　特價700元(2011)
④雲影天光：瀟湘山水之畫意與詩情　衣若芬著　25開精裝　特價800元(2013)

二十三、宗教

①中國佛寺詩聯叢話　董維惠編著　25開精裝三大冊　特價2000元(1994)
②佛教與文學的系譜　周慶華著　25開平裝　特價240元(1999)
③後佛學　周慶華著　25開平裝　特價280元(2004)
④禪學與中國佛學　高柏園著　25開平裝　特價280元(2001)
⑤天台智顗的詮釋理論　郭朝順著　25開平裝　特價300元(2004)
⑥佛教文化哲學　郭朝順著　25開平裝　特價450元(2012)
⑦金剛般若波羅蜜經　沈祖湜手書　菊8開平裝　特價250元(2001)
⑧鳩摩羅什般若思想在中國　涂艷秋著　25開平裝　特價400元(2006)
⑨大智度論初品的結構與意義——菩薩・具足・一切法　張慧芳著　25開平裝　特價550元(2013)

二十四、兩性研究

①不離不棄鴛鴦夢——文學女性與女性文學　李栩鈺著　25開平裝　特價450元(2007)
②婦女與宗教：跨領域的視野　李玉珍、林美玫合編　18開平

裝　特價400元(2003)

③婦女與差傳：十九世紀美國聖公會女傳教士在華差傳研究
林美玫著　25開平裝　特價500元(2005)

④現代文學的女性身影　林秀玲著　25開平裝　特價300元(2004)

⑤結構與符號之間：台灣現代女性詩作之意象研究　李癸雲著
25開平裝　特價400元(2008)

二十五、集刊

①臺灣古典文學研究合集　18開平裝5冊　特價2700元(2011)
集刊單行本一～三號各500元；四～五號各600元

②宋代文哲研究集刊　18開平裝　第一期　600元

二十六、通識叢書

①成大中文寫作診斷書（成語篇）　王偉勇主編　25開平裝
特價300元(2009)

②成大中文寫作診斷書（用語篇）　王偉勇主編　25開平裝
特價300元(2010)

③成大傳奇　王偉勇主編　25開平裝　特價400元(2010)

④寫出精采的人生——生命傳記與心靈書寫　林美琴著　25開
平裝　特價300元(2010)

⑤藝術欣賞與實務　王偉勇主編　25開平裝　特價300元(2011)

⑥人文經典與創意開發　王偉勇主編　25開平裝　特價450元
(2011)

⑦通識領袖論壇選輯　王偉勇主編　25開平裝　特價400元(2012)

⑧實用中文與寫作要領　王偉勇主編　25開平裝　特價450元
(2012)

⑨科技論文寫作　王偉勇主編　25開平裝　特價350元(2012)

⑩臺灣經濟發展與政策建議　謝文真著　25開平裝　特價450
元(2012)

二十七、總編輯推薦精選陸版圖書

（陸版書一次訂購少於500元者，請自付郵資）

①廿五史辭典

晉書辭典　16開精裝　山東教育出版社　售價台幣1275元

元史辭典　16開精裝　山東教育出版社　售價台幣1650元

後漢書辭典　16開精裝　山東教育出版社　售價台幣325元

三國志辭典　16開精裝　山東教育出版社　售價台幣290元

南朝五史辭典　16開精裝　山東教育出版社　售價台幣750元

北朝五史辭典（上下）　16開精裝　山東教育出版社　售價
台幣952元

兩唐書辭典　16開精裝　山東教育出版社　售價台幣750元

兩五代史辭典　16開精裝　山東教育出版社　售價台幣279元

遼金史辭典　16開精裝　山東教育出版社　售價台幣1400元

清史稿辭典（上下）　16開精裝　山東教育出版社　售價台
幣2250元

②十三經辭典

毛詩卷　16開精裝　陝西人民出版社　售價台幣1200元

孟子卷　16開精裝　陝西人民出版社　售價台幣1050元

春秋穀梁傳卷　16開精裝　陝西人民出版社　售價台幣1100
元

論語‧孝經卷　16開精裝　陝西人民出版社　售價台幣750元

尚書卷　16開精裝　陝西人民出版社　售價台幣1200元

周禮卷　16開精裝　陝西人民出版社　售價台幣1900元

儀禮卷　16開精裝　陝西人民出版社　售價台幣1800元

春秋公羊傳卷　16開精裝　陝西人民出版社　售價台幣1750
元

爾雅卷　16開精裝　陝西人民出版社　售價台幣950元

③紅樓夢學刊（2006-2010）　25開平裝共30冊　中國藝術研究
院主辦‧紅樓夢學刊雜誌社出版　售價台幣6000元

紅樓夢學刊（2011）　25開平裝共6冊　售價台幣600元

紅樓夢學刊（2012）　25開平裝共6冊　售價台幣600元

④曹雪芹研究（總第1輯-總第6輯，半年刊，持續出版中） 18開平裝　中華書局　每輯售價台幣165元

⑤明代職官年表　精裝共4冊　黃山書社　售價台幣6000元

⑥清代職官年表　精裝共4冊　中華書局　售價台幣2090元

⑦滿族文學史　平裝共4冊　遼寧大學出版社　售價台幣985元

⑧蒙古民族通史　精裝共6冊　內蒙古大學出版社　售價台幣1590元

⑨三國志集解　精裝共8冊　上海古籍出版社　售價台幣3080元

⑩北京古建築五書〔紫禁城、天壇、頤和園、四合院、古建築地圖〕　平裝共7冊　清華大學出版社　售價台幣2525元

⑪中國古代建築裝飾五書〔千門之美、戶牖之藝、磚雕石刻、雕樑畫棟、裝飾之道〕　平裝共5冊　清華大學出版社　售價台幣1250元

⑫中國古都五書〔北京、南京、洛陽、西安、開封與杭州〕　平裝共5冊　清華大學出版社　售價台幣1435元

⑬芥子園畫傳〔梅、蘭、竹、菊、翎毛花卉、草蟲花卉、山水卷〕　全彩平裝共10冊　上海書畫出版社　售價台幣1600元

⑭馮夢龍全集　精裝共18冊　鳳凰出版社　售價台幣4840元

⑮趙翼全集　精裝共6冊　鳳凰出版社　售價台幣2475元

⑯北京話詞典　精裝　中華書局　售價台幣540元

⑰通典　精裝共5冊　中華書局　售價台幣2900元

⑱通志二十略　精裝共2冊　中華書局　售價台幣1130元

⑲明通鑒　精裝共6冊　中華書局　售價台幣3400元

⑳元和郡縣圖志　平裝共2冊　中華書局　售價台幣690元

㉑太平寰宇記　平裝共9冊　中華書局　售價台幣1900元

㉒讀史方輿紀要　平裝共12冊　中華書局　售價台幣2980元

㉓全祖望集匯校集注　精裝3冊　上海古籍出版社　售價台幣1200元

㉔王國維全集　平裝共20冊　浙江教育出版社、廣東教育出版社　售價台幣11000元

本書局各地經銷處

（有☆符號者，書較齊整；有☆☆者書最齊整）

台北市：
> ①重慶南路──☆☆三民書局、☆書鄉林、☆建宏書局、☆建弘書局。
>
> ②台大附近──☆聯經出版公司、☆☆唐山出版社、女書店、台灣个店、南天書局、政大書城（台大店）、五南文化（台大店）
>
> ③師大附近──☆☆學生書局、☆☆樂學書局（金山南路）。
>
> ④復興北路（民權東路口，捷運中山國中站）──☆☆三民書局。
>
> ⑤木柵──☆巨流政大書城（政治大學內）。
>
> ⑥中正紀念堂──中國音樂書房。
>
> ⑦陽明山──尚書房（文化大學外）。
>
> ⑧外雙溪──學連圖書有限公司（東吳大學內）。
>
> ⑨北投──藝大書店（國立台北藝術大學內）。

淡水： 淡大書城（淡江大學內）。

新莊： 敦煌書局（輔仁大學內）。

中壢： 敦煌書局（中央大學內、元智大學內、中原大學內）。

新竹： ☆水木書苑（清華大學內）、全民書局（新竹教育大學外、交通大學內）、玄奘大學圖書文具部（玄奘大學內）。

台中： ☆五楠圖書公司、敦煌書局（逢甲大學內、東海大學內、靜宜大學內、中興大學內）、☆闊葉林書店（中興大學附近）。

南投：暨南大學圖書文具部。

彰化：復文書局（彰師大外）。

嘉義：☆復文書局(中正大學內)、滴水書坊(南華大學內)、紅豆書局。

台南：復文書局(台南大學圖書文具部)、敦煌書局、超越書局、金典書局、成功大學圖書部（成功大學成功校區）。

高雄：☆政大書城光華店（光華一路）、☆復文書局（高雄師大內、中山大學內）、☆五楠圖書公司(中山一路)。

花蓮：瓊林圖書事業有限公司、☆東華大學校本部東華書坊、政大書城(花蓮店)。

台東：銓民書局台東店（新生路）。

連鎖店：全省誠品書店、金石文化廣場、建宏書局。

網路書店：☆☆里仁書局（網址：http://lernbook.webdiy.com.tw）
☆☆博客來網路書店（網址：http://www.books.com.tw）
☆☆三民網路書店（網址：http://www.sanmin.com.tw）
☆☆誠品網路書店（網址：http://www.eslite.com.）
☆金石堂網路書店（網址：http://www.kingstone.com.tw）
華文網股份有限公司（網址：http://www.book4u.com.tw）

北京市：☆王府井大街新華書店、西長安街西單圖書大廈

廈門市：☆廈門外圖台灣書店有限公司

香港：☆香港聯合書刊物流有限公司

新加坡：草根書室

里 仁 書 局

http://lernbook.webdiy.com.tw/

台北市仁愛路二段98號5樓之2

TEL：(02)2321-8231,2391-3325,2351-7610

FAX：(02)3393-7766

郵政劃撥：01572938「里仁書局」帳戶

E-mail：lernbook@ms45.hinet.net

銀行匯款：華南商業銀行信義分行

帳號：119-10-003493-8「里仁書局」帳戶

ATM轉帳銀行代碼：008華南銀行

LE JIN BOOKS LTD.

5F-2, NO. 98, Jen Ai Road, Sec. 2,

Taipei, Taiwan, R. O. C.

Please T/T To Our Account:

（外幣匯款帳號）

HUA NAN COMMERCIAL BANK LTD.

SHIN YIH BRANCH

No. 183, Sec. 2, Shin Yih Road,

Taipei, Taiwan, R.O.C.

Swift Address: HNBK TW TP

A/C NO:102-97-002651-1

（人民幣匯款帳號）

中國工商銀行

帳號：6222020200081736734

戶名：徐秀荣

國家圖書館出版品預行編目（CIP）資料

新詩啟蒙 / 趙衞民作. -- 初版. -- 臺北市：里仁, 2011.02
　　面；　公分
　　ISBN 978-986-6178-20-7(平裝)
　　1.新詩 2.詩評

820.9108　　　　　　　　　　　　　　　　100002909

・本書經作者授權在全世界出版發行・

校　對　人：鄭喬方・作者自校

發　行　所：里仁書局（請准註冊之商標）

編輯委員：王文進、吳娟瑜、洪淑苓
　　　　　　陳文華、陳萬益、賴貴三

發　行　人：徐　秀　榮

臺北市仁愛路二段98號五樓之2

電話：(886-2) 2391-3325・2351-7610・

(886-2) 2321-8231

FAX：(886-2) 3393-7766

網站：http://lernbook.webdiy.com.tw

QQ：2562105961

郵政劃撥：01572938「里仁書局」帳戶

西元二〇一一年二月二十八日初版

西元二〇一四年八月四日修訂一版

新詩啟蒙

趙衞民 著

參考售價：平裝 400 元

ISBN：978-986-6178-20-7（平裝）